钟素艳 等

——

著

情牵也迷里

北方联合出版传媒(集团)股份有限公司
春风文艺出版社
·沈 阳·

图书在版编目（CIP）数据

情牵也迷里/钟素艳等著. —沈阳：春风文艺出
版社，2020.11（2022.2重印）
ISBN 978 - 7 - 5313 - 5906 - 7

Ⅰ. ①情… Ⅱ. ①钟… Ⅲ. ①报告文学 — 中国 — 当代
Ⅳ. ①I25

中国版本图书馆CIP数据核字（2020）第213634号

北方联合出版传媒（集团）股份有限公司
春风文艺出版社出版发行
http://www.chunfengwenyi.com
沈阳市和平区十一纬路25号　邮编：110003
永清县晔盛亚胶印有限公司印刷

责任编辑：姚宏越　　　　　　责任校对：曾　璐
封面设计：郝　强　　　　　　幅面尺寸：145mm × 210mm
字　　数：290千字　　　　　印　　张：10
版　　次：2020年11月第1版　印　　次：2022年2月第2次
书　　号：ISBN 978-7-5313-5906-7
定　　价：78.00元

躬身体味家国情

——《情牵也迷里①》序

新时代，中国人民正向着梦想奔跑，中华民族已无可争辩地显示出伟大复兴的曙光。2020年，更是具有里程碑意义的一年，我们将全面建成小康社会，实现第一个百年奋斗目标。在这个伟大的时代里，作为辽阳作家，应该把手中的笔投向哪里？每一位作家都在思考。思考的结果，也就催生了《情牵也迷里》这部报告文学集。

一个伟大的时代，人才辈出、榜样云集是显著标志。全面建成小康社会的伟大实践，为文学提供了新鲜而又深刻的创作素材。挖掘素材，找到榜样，去书写、去讴歌并不难。但我们的作家并没有随意为之，而是细心地想到了一个特殊的群体：他们离开家乡、离开亲人、离开熟悉的工作环境，投身于一场国家行动中，到新疆支援当地的经济和社会建设，为全面建成小康社会做出了特殊贡献。这个被称为"援疆干部人才"的特殊群体，理应是这个伟大时代里作家关注和表现的对象！

报告文学是一种在真人真事基础上塑造艺术形象，以文学手段及时反映现实生活的文学体裁，既有新闻的真实性，又有文学的艺术性。报告文学的成败，很大程度取决于采访的力度、深度和广

---

① 也迷里：也迷里古城遗址位于额敏县也木勒牧场格生村北，距额敏县约14公里，距今780多年。额敏，古称也迷里。

度。文学是语言的艺术。把文字演化为形象化、典型化的语言，是作家当然也是报告文学作家的任务。文学又是人学。人物形象的刻画，靠的是情节和细节。没有情节，人物只是一个符号；没有细节，人物只是一个概念。《情牵也迷里》洋洋洒洒近30万字，作家们运用写实的手法，把看似平淡、平凡的工作生活形象化、艺术化，使人如身临其境。这缘自作家事先的实地采访。《情牵也迷里》的写作，是一次带着任务去采访、确定主题才构思的写作。作家们到新疆额敏县躬身采访一周时间，与援疆干部人才面对面，与当地干部群众面对面。这一次采访和写作，让作家们感觉文思泉涌，可谓风生水起，欲罢不能。因为作家笔下的人物，有太多的精彩故事，有太多的感人瞬间。而且，每一位作家在采访、写作的过程中，都深受教育，被援疆干部人才表现的舍家报国、忠诚担当、无私奉献的家国情怀深深感染。作家们由衷地感到：英雄就在平凡的工作中，楷模就在我们身边，真实可感的家国情怀就在我们面前生动展现。有了这些作为基础，《情牵也迷里》在读者面前才如此鲜活：

——《为了那片热土》着重写10年来辽阳援疆工作全貌。为读者讲述了辽阳市委、市政府的援疆决策、支持力度和对援疆干部人才的关怀，突出表现了援疆工作取得的成绩。作品既有大环境、大场面的烘托渲染，又注重把握生活和人物细节刻画，生动地展现了援疆工作队的群体形象。

——《也迷里上空的鹰》着重写项目援疆工作，即额敏（兵地·辽阳）工业园区建设。通过先后3批援疆工作队对园区的规划、招商、建设的过程，展现了工作队不畏困难、求真务实、勇于创新的精神，让读者看到了援疆工作队为当地经济和社会事业发展做出的贡献。

——《撒下蒲公英的种子》着重写援疆教师群体。通过援疆教师传授先进教学理念、结帮扶对子、建立教学小项目、建立工作室等事例，讲述了一个个立志"教育援疆""智力援疆"的感人故事，生动展现了援疆教师不辞辛苦、勇于探索、无私奉献的师者情怀。

——《辽额检察蓝》着重写援疆检察官群体。作者通过选取案例审查、检察技术、审判监督等环节，描述了援疆检察官有热情、有能力、有情怀、有担当的出色工作，为读者展现了捍卫公平正义、维护法律尊严的检察官形象，讲述了检察官援疆工作生活中鲜为人知的一面。

——《爱在也迷里》从"域外人"的视野为读者多角度、全方位介绍了辽阳人在额敏县的工作生活。作者为此次创作活动特约作家（铁岭作家），因其来自"域外"，故而他眼中对辽阳市援疆工作队队员没有一点"成见"，作品对事件的叙述、人物的描写真实感人，在文集中更显弥足珍贵。

其他作家作品则选取了援疆工作队中的人物个体，为读者展现援疆队员的个体形象，从而使全书达到个体形象与群体形象相得益彰的效果。不论是《朱志甘：从援疆到守疆》中的朱志甘、《宽广的胸怀》中的崔安勇，还是《额敏，金科的光荣与梦想》中的金科、《血在沸腾》中的白志久、《天使之情》中的赵军、《倾情"天空之城"》中的解明升，作家对这些人物的描写都运用了丰富的艺术手段，使得作品中每一个人物都让人感到有血有肉、可亲可感。再加上作家们在选材采访、立意角度、谋篇布局等方面都做了精心谋划，特别注重把人物置身国家、民族发展的大背景中加以表现，既突出了作品的文学性，又兼顾了报告文学的新闻性和政论性，使得这部报告文学集总体上取得了令人满意的艺术效果。

《情牵也迷里》的成功实践再次证明，优秀的文艺作品，总是能够反映时代的进步，代表着时代的精神标高。从这个意义上说，《情牵也迷里》这部向全面建成小康社会、实现第一个百年目标的献礼之作，是辽阳作家书写新时代、体味家国情怀的一次躬身践行，也是作家们长期坚持深入生活、扎根人民交出的一份优秀答卷。

目　录

为了那片热土

——辽阳市援疆工作十年纪实

富福安

不见滚滚黄沙

和沁血的铠甲

千年不倒的胡杨

化作也迷里的晚霞

怒放中的野菊

触摸生与死的海拔

笙鼓

吹响在八千里欧亚

孑然前行的跫音

从老风口的原点出发

十年援疆，十年逐梦

一代代耕耘，一代代接力，一代代跨越

2018年6月，辽阳市委书记王凤波率辽阳市党政代表团赴额敏县考察对口支援工作，看望慰问辽阳援疆干部人才。2019年10月，市委副书记、市长王一兵率市政府代表团赴新疆开展招商引资活动并考察调研对口援疆工作。

辽阳市委、市政府的亲切关怀和深情厚谊，从千里之遥送到了援疆工作队队员身边，送到了大家的心坎上，这使援疆干部职工备受鼓舞和感动，他们心中的爱疆爱国热情放大着、燃烧着，满腔豪情壮志在滚滚奔涌……

——不负韶华，砥砺前行。

辽阳援疆掀开新时代崭新的一页。

序 篇

公元前169年，汉文帝十一年，开始屯田边疆，军屯辅之以民屯。太初四年，公元前101年春，李广利征服大宛后，自敦煌西至盐泽往往有亭，而轮台、渠犁皆有田卒数百人，置使者校尉领护。这是政府最早派军援疆屯田的记录，也是历史上第一次西域大开发。

唐贞观十四年，公元640年，唐出兵平定高昌，设置安西都护府。二十二年，政府一方面推行羁縻政策，另一方面推行徙民实边政策，安西都护府迁至龟兹，西域军总56屯，田地2800顷。

清康熙三十六年，公元1697年，平定准部噶尔丹，开始屯田。18世纪初，形成较大规模，乾隆时期达到顶峰。

这三次西域大开发直接带动了新疆的农业、手工业和商业贸易的发展，改善了当地民族的生产生活水平。封建王朝援疆，虽有其"普天之下，莫非王土；率土之滨，莫非王臣"的思想桎梏，但实际上有力促进了民族融合和社会进步。

乾隆二十五年，公元1760年春天，43岁的阿桂不顾寒冷，从阿克苏赶赴伊犁，带着战士和300户维吾尔族农民，在伊犁河南的海努克等地开荒屯田。第二年，从迪化（今乌鲁木齐）调来500名绿营兵，又从南疆招集800户维吾尔族农民安排在伊犁河两岸垦荒播种。此后，清廷陆续派出浩浩荡荡的援疆大军。阿桂出身满族贵族，晚年官至大学士，两任伊犁将军，为了国家的稳定，他告别繁华的京城，长年驻守塞外边陲。屯田初期，他常常一腿泥一身土，在田间地头和将士百姓同呼吸、共甘苦。

中华人民共和国成立后，中央及部分省市开始对新疆进行援助。新中国成立之初，为改变新疆工业企业落后的情况，中央政府把东南沿海较发达地区的一些企业、工厂搬迁至新疆，从内地调进工程技术人员充实到新疆初建的骨干企业中来，并选送一大批少数民族工人到内地先进企业进修实习，培养了一支规模宏大的工程技术骨干力量。

轰轰烈烈的援疆行动，拉开了政治大决战的帷幕。

从帕米尔高原到准噶尔盆地，从塔里木河畔到天山脚下，一幢幢彩钢板覆顶的安居房替代了红柳芭子房，一条条平坦顺直的柏油路代替了泥路沙道，一座座"卫星工厂"让种地放羊的农牧民穿上工装拿工资……行走天山南北，没有人能忽视中国西陲正在发生的巨变。

这些变化的背后，是全国对口援疆创下的共和国历史之最：支援地域最广、涉及人口最多、资金投入最大、援助领域最全，新疆因此迎来历史上经济发展速度最快、基础设施建设投资力度最大、民生受益最多的时期。

这些变化的背后，是党中央的关怀和全国各省份的支持。自1997年首批对口支援新疆干部抵疆，20多年间，特别是党的十八大以来，中央部委、十九省市贯彻落实中央治疆方略和习近平总书记关于新疆工作的系列重要讲话精神，近两万名援疆干部和技术人才西出阳关，致力解决受援地各族群众的问题，极大地促进了新疆经济、社会、文化等各项事业发展进步。

习近平总书记指出，做好新疆工作是全党全国的大事，必须从战略全局高度，谋长远之策，行固本之举，建久安之势，成长治之业。对口援疆是国家战略，必须长期坚持，把对口援疆工作打造成加强民族团结的工程。

按照党中央统一部署和辽宁省委要求，辽阳市从2010年起对口支援新疆塔城地区额敏县。辽阳市委、市政府站在党和国家事业发展全局的高度，深入贯彻落实党中央关于对口支援新疆各项战略决策部署，以改善民生为切入点，积极开展产业、教育、医疗、科技、人才、就业等对口援疆工作。

截至2019年年底，辽阳市累计安排资金6亿多元，支持建设了100多个援疆项目，建设了工业园区，拉动了当地产业发展和群众就业；先后选派9批106名援疆干部人才，提高了当地医疗教育水平，有力地促进了额敏县经济社会发展，共同谱写了新时代民族团结的新篇章。

10年来，辽阳市委、市政府始终把对口援疆作为一项光荣的政治任务认真对待，周密部署，扎实推进。干部人才选派严格审核，优中选优；援建资金拨付及时到位，确保项目落地生根；关心干部人才成长，及时解除后顾之忧。辽阳市援疆工作队在市委、市政府和省前方指挥部的坚强领导下，坚决贯彻落实党中央治疆方略，牢固树立"四个意识"，坚决做到"两个维护"，牢记使命，恪尽职守，真抓实干，接力前行，努力打造对口援疆辽阳特色，不断推进援疆工作取得新的更大成效，为维护新疆的社会稳定和长治久安，促进民族团结，推动额敏经济社会发展做出了积极贡献。

特别是2017年以来，辽阳市援疆工作队坚持需求导向、问题导向、群众满意导向，围绕"抓重点、博亮点、全面打造平衡点"的工作总思路，聚焦聚力民族团结、脱贫攻坚、民生改善，在项目建设、产业援疆、教育援疆、医疗卫生援建等重点领域成绩斐然，得到了辽阳市委、市政府和额敏县委、县政府的高度肯定，受到了当地干部群众的一致好评，各项工作始终走在全省前列。

第一章　初战告捷

扶危帮困，让老百姓过上好日子，怎么干对就怎么干。援疆工作也是一样，出发点和落脚点始终为百姓谋利益，为人民谋幸福，不管什么时候，哪怕前方没有路，只要自己肯走，就会走出一条属于自己的路来。

来新疆做什么？怎么做？这是每一个援疆人都要思考的问题。作为第一批援疆人，没有任何经验可供参考和借鉴，一切都靠他们自己去摸索。

2010年6月，在宏伟区副区长任上的朱志甘接受组织委派，踏上了新疆这片神奇而广袤的土地。时年他44岁。他带着辽阳人民的深情厚谊和殷切希望，带着自己的梦想，来到陌生的额敏。

朱志甘个子不高，胆识魄力惊人。远在异地他乡，他心里比谁都清楚，援疆工作重于泰山，作为第一批辽阳市援疆工作队总领队，他肩上的使命虽不能与往日的将军们相比，但对于辽阳这座小城而言，他的挂帅出征，则是一次实实在在的开山探路，具有深远的不平凡的意义。人生地不熟，孤军作战，如何才能立于不败之地，辗转反侧中他想到了当年。

1949年10月，王震将军挺进新疆，他面临的最严峻的问题，就是接近30万人的最基本的吃饭问题能不能得到保障。这没有难倒大将军，反而激起他无穷的斗志。1950年，王震决定，重新走一遍南泥湾之路，他要再搞一场轰轰烈烈的大生产运动，用手和镐打造一个全新的新疆。于是，在冰天雪地的新疆大地上，开始了声势浩大的屯垦戍边运动。

为有牺牲多壮志，敢教日月换新天。一代人有一代人的使命。朱志甘和首批援疆工作队队员暗下决心：拼了，看成败，人生豪迈，大不了从头再来。他们发誓要像王进喜、焦裕禄那样努力工作，不做出个样子决不"班师"回辽。

谁也没想到，2010年，新疆突遇暴雪灾害。很多房屋垮塌，大量牧民受灾、牲畜被困。朱志甘率援疆工作队到达额敏的时候，却遇上老百姓正困难的时候。朱志甘和工作队队员深一脚浅一脚踏进了新疆额敏。

额敏，位于新疆塔城盆地中心，西北部素有夺命"老风口"之称。暴风雪肆虐，险恶非同一般。

额敏县城以外的交通很不方便，有时候需要徒步走上一两个小时才能到达村镇。朱志甘和队员们不辞劳苦，跑遍县城的村镇，和当地的老百姓交谈，了解情况。在这里，改变额敏未来走向的，竟是一本不经意的小册子，里面绘着密密麻麻的居民分布图。

新疆人最大的特点是乐观、热情、好客，他们把尊贵的客人请到炕头上热情款待。朱志甘喝奶茶吃馕，住在村子里。

回到工作队，他和队员们同吃同睡。由于条件艰苦，朱志甘本来是个小胖子，来到新疆后，身体一下子瘦了十几斤。有的队员因为水土不服，经常拉肚子，又吃不惯这边的牛肉、马肉，导致严重的营养不良，脸色黝黑。

大家克服身体不适，连续奋战两个月，终于拿下了初到额敏的"开门红"，掌握了额敏经济、政治、文化、社会和生态文明方面的第一手资料与实际情况，与县委、县政府班子的工作局面由被动转为主动。刚开始，地方上会有一些抵触，队员们克服畏难情绪，无论什么时候什么情况都真心实意，以诚相待，受到委屈回来哭鼻子，互相安慰鼓励，坚定信心，援助工作快速全面进入状态，工作队集体的团结和谐氛围日渐浓厚。所有人都铆足了劲头，只等朱志甘一声令下：干！

朱志甘朴实而睿智，他的思维和记忆力超乎寻常，读书时就是佼佼者。他把各个村的受灾情况进行了统计，对援建项目有了清晰的思路和规划。接下来，大家分头行动，一份完整的可行性报告提交给辽阳市委、市政府。

辽阳市委、市政府对援疆工作给予了高度重视和亲切关怀，2010年10月，时任辽阳市委书记孙远良在率辽阳市党政代表团赴额敏县考察调研期间，代表辽阳市委、市政府向额敏县委、县政府捐赠100万元援疆资金，对援建工作做出战略部署。2011年，受灾的1339户村民住进了辽阳市出资2443万元援建的新房；辽阳援助额敏县人民医院200万元购置彩色多普勒超声诊断系统，2011年3月安装完成，患者就医诊断难题得到解决。

朱志甘和工作队队员们都知道，没有辽阳市委、市政府和180多万辽阳人民的支持，无论如何，他们的援疆"开山之作"是完不成的。资金、项目推进到位，这是对辽阳市援疆工作队最有力的支持，更是鞭策。尤其是朱志甘，他深切感受到家乡对新疆人民的真情，也感受到一份沉甸甸的责任。就是这样，他把援建项目放在第一位，心里首先想着的是拼命干，想早一天见到成果，不辜负辽阳市委、市政府对他的信任和期望。

江山是打出来的，事业是干出来的，人生是拼出来的。援疆成绩的背后凝结着辽阳市援疆工作队每一个人的辛勤汗水。有付出才有收获。辽阳援疆历史终究会留下他们的名字。

第一批辽阳援疆工作队为额敏经济社会发展奠定了良好的基础。2011年5个在建项目全面铺开，其中有额敏县创业孵化基地（援疆干部公寓）工程，总投资550万元，包括援建资金540万元，当年完工。

大手笔擘画时代宏伟蓝图。

额敏县老年人活动中心项目，总投资500万元（2011年和2012年各投资250万元），与额敏县职工之家项目合建，当年完成主体建设，完成投资480万元，其中援建资金250万元。额敏工业园区建设项目，计划投资9040万元，其中援建资金2000万元，当年完成园区供水管网管道铺设及行政服务中心的主体、道路工程一期、通信工程、绿化等基础设施建设，完成投资5022万元，其中到位援建资金1000万元。

舍得投入，把钱花在刀刃上。额敏县村级组织阵地建设项目，总投资2802万元，其中援建资金1100万元，2011年年底38个子项目全部竣工，完成投资2802万元，全面完成援建任务。

朱志甘深知，生产力的根本要素是人的要素，只有全面提升人的素质才会促进经济社会发展。辽阳市援助额敏县干部素质提升工程，辽阳市总投资200万元，其中援建资金107万元。朱志甘还组织了援疆干部人才讲学、额敏干部到辽阳交流以及邀请辽阳市11名专家指导培训达5000余人次。

额敏县郊区乡农技服务站张新华，跟随专家团来到辽阳，走进一座座温室大棚，他心情异常兴奋。回来后，他迅速结合当地实际情况，从中筛选出适宜当地种植的蔬菜新品种，在当地100座大棚推广种植，平均每座大棚年收入达1万元以上。

援疆，就是以这种特有的方式在额敏大地上进行着。与国家战略协同脉动的巨大潜能，在西部大开发的史诗中发挥着不可低估的作用。

"在这些受援项目的基础上，额敏县还得到了辽阳市规划外的项目援助。这些都是雪中送炭。"时任县发改委主任张树维欣喜地说。辽阳援疆工作队积极搭建对口援助桥梁，与辽阳市各单位对口沟通协调，全力推动规划外项目援助工作。

辽阳市检法两院为额敏检法两院各捐赠20万元援助资金，实施了干部双向交流培训工程；辽阳市职业技术学院为额敏县电大捐建微机室并捐赠20台电脑；辽阳市卫生系统为额敏县人民医院捐建造价60万元的6座高压氧舱和造价50万元的新生儿病房，为额敏县疾控中心捐助价值20万元的仪器设备，为额敏县社区卫生服务站捐助价值10万元的仪器设备，免费培训县卫生系统专业技术人才。多方位的援助让额敏人民获得了实实在在的益处。

再看朱志甘手中的小册子：2011年，根据地区下达的援建投资计划，额敏县援建项目7个，援建资金6700万元。其中，2010年试点项目2个，2011年援建项目5个。截至年底，完成援建资金7720万元，完成援疆资金的115.2%。其中2011年援建资金6700万元，到位资金5490万元，资金到位率81.9%。

2011年年末，提前实施2012年部分村级组织阵地建设援建项目，完成投资1035万元，其中援建资金600万元。额敏县一中操场改造项目：总投资500万元，全部为援建资金。完成跑道垫层，完成投资420万元。

这样的成绩单背后是辽阳市援疆工作队集体共同奋斗的结果，江山是打出来的，是拼出来的。他们发扬"铁人精神""北大荒精神"，在援疆历史上建立了不可磨灭的功勋。

援疆工作队坚持以人为本，既讲原则又讲感情，强化学习，净化情操，提升素质，锻炼本领，丰富文化生活，让大家快乐起来、充实起来，展现有凝聚力有向心力有战斗力的辽阳干部形象。

辽阳市援疆干部人才平均年龄38.2岁，最大56岁，最小29岁；中共党员13名、九三学社社员2名、民进会员1名、无党派人士3名；研究生学历4人，大学学士14人，大专1人；汉族17人，满族2人；专业技术干部基本具有高级职称。可以说这些援疆干部年富力强，思想觉悟高，学历层次高，学识丰富。但要发挥好每一个人的作用，建功立业，也非一朝一夕之事。朱志甘清楚，光靠单打独斗是不行的，必须激发团队的力量。

到新疆一段时间后，大部分小伙子都想家，加之孤单寂寞，心理上承受着不同的压力。对此，朱志甘提出三点：第一要多学习多活动。第二要培养情趣。第三要多钻研业务。朱志甘带领援疆干部人才集中学习，增强援疆的责任感和使命感。

2011年，辽阳市援疆干部人才培训课开始。内容有：

朱志甘"辽阳古今谈""办公室文秘工作知识讲座"；

王忠利"额敏县疾控中心突发公共卫生事件应急处置能力""现场流行病学调查""疫源地现场消毒与防护""绩效考核业务培训"；

赵越"区域规划与新农村建设""如何做好村镇规划""规划审批流程"；

初兆毅"乳腺癌健康宣教"；

牛世海"肺癌最近治疗进展"；

王显超"脑血管病的一级预防""心脑血管病的二级预防""卒中单元管理模式"；

王勇"浅谈集体林权制度改革"。共计培训1611人次。

辽阳市援疆工作队成立了篮球队、乒乓球队。2011年，辽阳市援疆篮球队与额敏县消防大队、林业局、第二小学、边防哨所、沈阳援疆工作队、额敏县中青年干部培训班等进行了篮球友谊赛。参加额敏县福彩杯职工篮球赛荣获优秀组织奖。辽阳市援疆工作队组建了活动室，购买了多功能跑步机、动感单车、乒乓球桌、象棋、军旗、跳棋等活动器材和棋牌类，开展经常性体育活动。

各种兴趣小组、钓鱼协会、摄影爱好者协会、文艺团队纷纷成立，由刘汉勇、赵越负责。队员们拍摄照片，撰写散文、诗歌，参加辽宁省前指作品展。

辽阳援疆干部人才在业务上都是精英、能手。种子站杨英春结合额敏当地的实际情况，选择引进了辽阳市选育单位自主选育的9个玉米新品种，按照当地的种植习惯和田间管理在玛热勒苏乡直属三村进行试验，产量达900公斤以上，筛选出4个优良品种在2012年进行了大面积推广。在他的影响和带领下，全县玉米种植面积达到56万亩，老百姓赚到大把票子。

林业站王勇参照辽宁林权制度改革的经验及做法，结合额敏县林业实际，起草了《额敏县集体林权制度改革实施意见》，绘制林权制度改革流程图及各种表格，筹备林权制度改革培训班相关材料，集中培训当地干部，为参加集体林权制度改革的乡镇培养出一批懂业务、会宣传的骨干力量，加快了额敏县全面落实集体林权制度改革的步伐。

2011年春节前，朱志甘个人拿出2000元，带领部分援疆干部人才走访4户当地贫困户，开展爱心助学活动。在各中学选定10名思想进步、学习成绩优异、家庭生活比较困难的初中、高中学生进行帮扶。规定副县级以上领导干部每人帮扶1名学生，科级以下干部人才2人共同帮扶1名。采取物质帮扶、思想帮扶、政策帮扶、学习帮扶相结合的方式，每年不得少于两次家访，每年每名学生不少于1000元。截至2011年年底，帮扶资金万余元，捐献爱心资金3000余元。

大家心往一块想，劲往一处使，友爱拼搏进取，没有一个人掉队，没有一个人当逃兵。

跑跑跑，跑出投融资招商加速度。全心全意全力以赴，朱志甘带领工作队向着更高更远的目标迈进。

辽阳市援疆工作队启动招商引资活动，配备产业对接工作专职联系人。宣传额敏的投资软环境，引导辽阳市企业到额敏考察、投资。

企业家不远万里来到额敏。他们当中有辽宁瑞星化工的李义、辽阳金博铝业设备制造公司赵卓、辽阳建厦招投标有限公司付东升、辽阳志诚招投标有限公司冯连友、辽阳银星房地产开发公司张凤刚。互相交流，互相合作，互惠互利，增进友谊。

从朱志甘的时间表和路线图，可以寻找到辽阳援疆工作的"蛛丝马迹"。

路线一：4月18日，朱志甘带领辽阳援疆干部卢振兴、李静达、赵立勇奔赴乌鲁木齐，参加额敏县在乌鲁木齐举办的招商引资项目集中签约仪式。共签约13个项目，总投资27.55亿元。

路线二：4月25日，朱志甘赴辽宁省和内地经济发达地区开展专题项目对接洽谈活动，在沈阳市和辽阳市举办招商项目推介会。组团参加塔城地区组织的承接产业转移代表团。

路线三：4月27日，朱志甘奔赴沈阳，参加辽宁沈阳国际黎明举办的新疆塔城地区与辽宁省产业合作项目推介会暨签约仪式，额敏县与辽宁灯塔绅尚真皮制品有限公司签订畜产品深加工合作协议。与辽阳亚新农业设施加工有限公司对接农业设施加工项目（主要是温室大棚制造安装）。

路线四：6月18日至20日，朱志甘出席在乌鲁木齐市举办的中国新疆2011产业对接系列活动，额敏代表团与辽宁省代表团辽阳籍企业家及其他省市企业家进行了对接洽谈，达成合作意向。

路线五：8月30日，朱志甘率领额敏县亚欧博览会参展团，参加在乌鲁木齐召开的额敏县招商引资项目推介会，参加地区、自治区组织的集中签约会及9月1日的亚欧博览会。

路线六：11月9日至13日，朱志甘陪同以王克勇书记为团长的额敏党政代表团一行18人到辽阳市对接对口产业支援事宜。

风驰电掣，马不停蹄，想方设法打好援疆项目对接提前量。思维往往限制常人的想象力。只有来到额敏，亲身感受援疆干部的高频节奏，才能读懂何为"援疆速度"，何为"援疆精神"。

辽阳市委、市政府与额敏县委、县政府始终是辽阳市援疆工作队的主心骨和亲人。做好前后方生活保障，解决干部人才的后顾之忧，为广大干部建功立业创造良好的环境。

辽阳市委、市政府为解决援疆干部人才的后顾之忧，一次性发放援疆干部人才补助费。额敏县委、县政府为援疆干部人才专门装修了临时公寓，配备了有线、网络、电话、卫浴等相对齐全的生活设施并及时发放地方生活补贴；中秋节期间额敏县委组织部给每名援疆干部的家属邮寄慰问信和礼品。工作队在援疆干部人才及家人的生日到来之时，及时送上一份祝福。每逢重大节日，朱志甘书记的爱人马华同志会把家属召集起来，共同庆祝节日；遇到家属生病，组织到家里或医院看望。工作队建立了援疆干部人才健康档案，每年至少为援疆干部人才进行一次全面的体检。

辽阳市委、市政府领导及时了解干部人才的实际困难，努力帮助协调解决。针对援疆干部人才在职务晋升、职称评定、子女上学（高考）等方面遇到的问题，工作队不等不靠，充分发挥团队力量，利用春节假期到援疆干部人才派出单位走访，积极沟通、协调，帮助解决。辽阳市委组织部专门下发文件，要求援疆干部人才派出单位主要领导在春节期间到干部人才家中走访慰问。辽阳市总工会定期组织援疆干部人才家属到职工疗养基地理疗。援疆干部初兆毅、牛世海、刘汉勇分别晋升高级职称。

"孩子他爸爸上电视了，快来看！"辽阳电视台的《魅力辽阳，美丽额敏》专栏，播发援疆工作队的新闻，让后方家里少了一些牵挂，能安心工作了。前方援疆，后方支援。

许多感人的故事在辽额两地上演。

第二章　征途漫漫

承前启后，继往开来，把援疆工作延续下去，让民族团结的火种星火燎原。这是援疆工作队队员的共同心愿。

2012年8月4日，第10号台风"达维"登陆辽东半岛，带来特大暴雨。辽阳市境内兰河、汤河等多条河流发生洪水，超历史水位，平均降水量达110毫米，东部山区达145毫米，辽阳遭受有气象记录以来最严重的台风洪水灾害。从时空的节点上来看，这一事件影响并加速了整个援疆大决战的走向。

灾情就是命令，时任辽阳县副县长崔安勇前往灾区。但此时的新疆额敏正虚位以待。辽阳市委经过慎重考虑，在最急需的时候艰难做出选择。崔安勇临危受命，接替朱志甘，火速率辽阳市第二批援疆工作组入驻额敏。崔安勇先后任辽阳市援助新疆额敏干部总领队、辽阳市发改委副主任、额敏县委副书记。

患难之中见真情。民族团结，民族感情，血浓于水。辽阳发生洪水灾害的消息传到额敏，额敏县委立即动员全县人民为辽阳奉献爱心，并在财政极其紧张的情况下，筹集100万元救灾资金捐助辽阳市。崔安勇和辽阳市援疆工作队队员无比感动，更觉得愧疚。再艰难也不能花额敏兄弟姐妹的一分钱。辽阳市委、市政府代表辽阳人民表示感谢后，将这笔捐助款退回给额敏人民。

初来乍到，崔安勇心急如焚，他想，家乡受灾自己帮不上忙，能分担的就是把援疆工作做好，为额敏人民多做贡献，让家乡人民放心。他为人务实、认真、低调、严谨。

刚到额敏，两眼一抹黑，他有些犯难。好在凭借朱志甘打下的援疆基础，工作按部就班，很快就进入角色了。也许，每个援疆干部都不会思考自己在援疆历史中所发挥的作用，但事实证明，每个援疆人都以各自不同的方式影响着援疆进程。

2013年4月，朱志甘调任新疆塔城地区行署党组成员、副专员，巴克图辽塔新区管委会副主任，后升任新疆塔城地区党委委员，新疆生产建设兵团第九师党委副书记、师长。

逆水行舟，不进则退。崔安勇知道，需要搏击的时刻到了。他义无反顾踏上了冲锋陷阵的援疆之路。他如一头垦荒的牛，扎进额敏大地，带领全体队员在各自的岗位上全力以赴不懈奋战。

面对历史和人民的考问，他们这样回答：

——来到额敏，没想别的，就想怎样快速融入额敏各族干部群众中，围绕援疆任务，突破性地展开工作，使辽阳市对口援疆的更多民生工程在额敏大地遍地开花。（崔安勇，额敏县委副书记、援疆工作队总领队）

——我把额敏县作为第二故乡，开设了《魅力辽阳，美丽额敏》电视专栏，连续两年荣获"塔城地区优秀工作人员"。能为援疆增光添彩，感到无比自豪。（张长新，额敏县委常委、副县长）

——我利用辽阳市委组织部的资源，为额敏县委组织部在人才工作创新、干部教育培训、干部选拔和监督等方面提供了可借鉴的经验，并完成了全县98个村（社区）远程教育站点施行升级管理，6个非公有制经济组织站点建设，确保60%以上的行政村能通过互联网正常开展远程教育学用活动。客观地说，这都是应该做的。（颜仕来，额敏县委组织部副部长）

——把所有的热情和干劲都放在额敏这里了，在"清网行动"中，我们抓获全部在逃人员，取得了塔城地区第一名，我本人荣立个人三等功。全国"秋风行动"开展以来，异地抽调民警30名，一举打掉了藏匿在额敏县城阿里巴巴动漫城内的赌博窝点。之后，成功侦破了涉及全疆11个地区94家电子游戏经营场所开设赌场案件。公安部发来贺电，对额敏县公安局在侦破此案中做出的突出贡献，给予表彰和祝贺。（谢伟，额敏县公安局副局长）

——来到额敏县疾病预防控制中心，由于饮食等多种原因，我患上了肛周脓肿，其间我爱人又住院手术，但为了完成疾控机构绩效考核评估工作，我没请假回家照顾爱人，没有及时给自己手术治疗，而是一边输液，一边坚持工作，直到完成工作后，才请假进行手术。援疆干部是苦的，但苦中有乐，是生命中最宝贵的财富。（王忠利，援疆干部）

——来到额敏县人民医院外一科、急诊科、外二科展开医疗援疆工作，诊治患者1800多人次，完成手术近400例，其中结节性甲状腺肿甲状腺次全切除术、结肠肝曲癌根治术、肝右后叶血肿机化切除术，填补了额敏县人民医院的7项医疗技术空白。我们3个人觉得活得更有存在感，更有价值。（初兆毅，辽阳市第三人民医院副主任医师；王显超，辽阳市第二人民医院急诊内科副主任医师；牛世海，辽阳市中心医院胸外科副主任医师）

——我发挥呼吸内科医生特长，为额敏县人民医院筹建呼吸科和支气管镜工作室，让当地呼吸疾病患者享受专科专业治疗。通过援疆，互相学习互相交流，共同提高。（张俊波，额敏县人民医院内二科副主任）

——了解到学校在教育资源上比较匮乏这一情况后，我们与辽阳的派出单位联系，把辽阳市教育信息资源网和优秀课件带给全校老师共享，打造"辽阳班"，为提高教学质量提供了条件。我们都很高兴，为额敏教育事业做一点点力所能及的事情，特别有成就感。（卢忠波，额敏一中物理课教师，并代表其他6名辽阳教师）

——援疆就要干实事，我为企业争取补助资金1500万元，有效缓解了企业技改中资金短缺的难题。这是我们义不容辞的责任和肩负的使命。（徐智，额敏县商经委副主任）

不管怎样，不管干得好不好，都决不走形式！崔安勇给自己立下了准则。他信奉焦裕禄的名言：干工作，要走上步，看下步，心里想着第三步。

为未来培养一支带不走的智力资源队伍。崔安勇着手对口援疆工作后，辽阳市教育、卫生、农业、水利、畜牧、招商、经贸、林业、城建等系统援疆专业技术人才投身额敏各项建设事业，除了留下智力和业绩外，还留下了感情、留下了形象、留下了丰碑。从第一批的扶贫帮困活动到第二批的"心系牧区、情暖毡房"系列活动，到第三批的"辽额情"系列活动，再到第四批的"情暖额敏"，辽阳30名援疆干部如30个"爱心使者"，为困难群众捐资助学、送医送药，与少数民族群众"结亲"帮扶，增进了两地人民的友谊和感情。2011年到2014年，辽阳市援疆干部捐助5万余元，用于资助10名贫困少数民族高中和初中学生，其中有4人考取理想大学，5名考取理想高中。

崔安勇很欣慰，但他不敢懈怠。脚下，援疆的万里长征，才刚刚开始。

"应该说，额敏县得到的辽阳市援助不仅仅是项目，还有很多思想、观念上的东西。"额敏县委常委、常务副县长、政协党组书记、额敏（兵地·辽阳）工业园区管委会主任、援疆办主任徐亚民感慨地说，"额敏人民打心里感激辽阳来的领导'佳克斯'！"

这一系列工作创新，得到自治区党委、塔城地委的高度认可，也使额敏援疆工作走到了塔城地区前列，崔安勇也被辽宁省前方指挥部作为优秀援疆工作领队上报自治区党委。

这样的援助是胸襟广阔的，卓有成效的，体现出无私的兄弟情同胞情。社会普遍认为：对口支援新疆始于新中国。新一轮对口援疆投入资金之巨、参与人员之多、覆盖领域之广前所未有，可以说前不见古人，善莫大焉。

时任辽阳市委书记唐志国、市长王正谱，关心关注辽阳援额工作，多次要求全市上下不遗余力支持额敏。

2013年8月，时任辽阳市政协主席张洪武，市委常委、常务副市长黄之峰，市委常委、组织部部长翟文豹等领导来额敏看望额敏各族人民，并签订了"辽阳援额智力支持行动框架协议""辽阳援额智力支持行动卫生框架协议""辽阳援额智力支持行动教育框架协议"，实现了辽阳援额敏工作新突破新发展。

辽阳市援疆工作队与当地老百姓认门结亲，与额敏各族人民同呼吸、共命运，急额敏人民之所急，帮额敏人民之所需，积极为各族人民做好事、做实事，谱写了一曲曲民族团结的颂歌。

情理之中，意料之外，一个人的际遇将和新疆发生交集。

2013年12月，张成良成为辽阳援疆工作队的一员，作为副总领队协助崔安勇工作。辽阳援疆工作队力量得到充实和加强。

此时此刻，新疆大地上正在进行"访惠聚"活动。"访惠聚"，即访民情，惠民生，聚民心。

崔安勇是额敏县郊区乡三里庄村援疆干部"访惠聚"工作组组长。他对队员们说，作为一名援疆干部能参加"访惠聚"活动，是自己一次宝贵的人生经历。这是新疆的一项重要工作，更是对援疆干部服务意识、工作能力、综合素质的一次考验，工作组一定要不负众望，用实干做出成效。

　　崔安勇带领援疆干部走村入户，深入了解群众的困难和期盼，查找形成问题的根源。同时，帮助基层组织和基层干部树立威信，为基层争取更多的资源，指导帮助基层健全完善服务群众各项工作的机制。

　　在萨热吾林村，23名援疆干部和36户贫困户结对子，援疆干部每人自掏腰包，给贫困户送上2.70万元的米、面、油等物品及资助金，并组织医务人员为村民义诊。

　　2014年3月22日，额敏县委副书记、辽阳市援疆工作队总领队崔安勇，额敏县委常委、副县长张成良和额敏县委组织部副部长汪春来到45岁的"结亲"对象苏迷爱家里"送礼"。

　　前几天，工作队在基层调研中，了解到额敏镇桥东社区回族居民苏迷爱近两年丈夫和公公不幸去世，家中有3个孩子——两个上大学的儿子和一个上高三的女儿，65岁的婆婆李文英卧病在床，一家人仅靠苏迷爱常年打工的微薄收入和低保金生活。崔安勇、张成良和汪春商量后，马上确定苏迷爱为"结亲"帮扶对象，要千方百计让她家过上好日子。

　　他们初次登门，就给苏迷爱送来了一份特殊的厚礼——7000元爱心资金。接过"亲戚"的厚礼，苏迷爱内心十分激动。3人坐在炕头上和苏迷爱拉家常、谈未来，为她过上好日子出主意、想办法，并确定帮助3个孩子完成学业。晚上7点多钟，3人才起身向苏迷爱告别。望着"亲戚"远去的身影，有了脱困信心的苏迷爱的脸上露出了笑容。

　　额敏县郊区乡三里庄村村民热斯江卡皮坦是张成良的结对"亲戚"。说起张成良，这位80岁的老人总是说："张书记跟我的亲儿子一样亲。"

　　说出这样肺腑的话，绝不是煽情，而是实事求是。热斯江老人患病常年卧床，家庭生活困难。张成良协调辽阳援疆医疗专家到她家中免费为她会诊治疗，资助她2000元看病费用，还自掏腰包1万元，帮助她的家人开办了家庭食堂。面对平时省吃俭用，常年里外穿一套衣服的张成良，老人过意不去，可是这样的"亲戚"又无法拒绝，非常为难。

"你们是真心实意援疆啊！"老人热泪盈眶。

张成良常到二支河牧场斯海因村78岁的克里木·买买提老人家中走访，这是他的另一个"亲戚"。老人的儿子艾西丁·克里木大腿静脉内血管堵塞，在当地医院无法治疗。张成良热心地帮助联系医院，得知他们没有凑够手术费用，就掏出2.50万元垫付了手术费，并安慰艾西丁说："钱的事你不用操心，有我呢！你安心治病，一定要保重身体。"

张成良说："我要做一颗民族团结的种子，让辽阳、额敏两地人民的友谊长存。"他多次到"亲戚"家中，帮助他们改善生活条件，为他们办好事、办实事、解难事，与他们成了真正的亲戚、朋友。提起这些，艾西丁就会感动得掉泪，说："张县长，好人哪！"

走在额敏的街头，不时出现的"辽阳元素"让人备感亲切。对于这片土地来说，援疆工作打下的烙印，更多地印在额敏人民的心头，并以潜移默化的姿态，静悄悄改变着他们的生活。

走进牧民哈得力的家，女主人特尼斯站在院子里照看两个年幼的孩子，不时还同帮助宰羊的邻居聊上几句。见到工作队来访，特尼斯连忙换成汉语迎上前来，她的汉语虽说得不够流利，但脸上的笑容却饱含诚挚的热情。

2014年，特尼斯和丈夫结束长年的游牧生活，来到辽阳援建的吾宗布拉克牧场的定居点定居，家里的羊都交给其他人代牧，自己开起了牧家乐，经营到现在，已经有了比较稳定的客源，一个月能有数千元收入。稳定的生活让夫妻二人很满足，他们很感激辽阳市援疆干部的无私援助。

"辽阳人的帮助，我们老百姓非常感谢。"2014年，二支河牧场汇干社区的退休教师董青山告别住了几十年的小土房，住起了由辽阳援建的新房子。宽敞的院子里种着白菜、胡萝卜、茼蒿等近10种蔬菜，还喂养了不少小母鸡和小白兔，晚年生活充实、幸福。

特尼斯和董青山只是辽阳援建安居富民工程的受益者代表。在额敏，已有近万人在辽阳援疆资金的帮助下住进了新房子。仅两年来，辽阳就累计投入援疆资金5332万元，完成富民安居房5880户，改善了5880户农牧民的居住条件。

"生活真的是越来越好了。"吾宗布拉克牧场场长巴合提·居马西这句话道出了很多牧民的心声。

为帮助额敏贫困孩子实现大学梦，崔安勇与辽阳职业技术学院院长王会勇沟通，又联系辽宁宏大集团，为额敏21名贫困学生捐助15万元爱心助学金，并根据学生需求100%推荐就业，享受辽阳市大学生创业贷款、创业基地优惠政策。此外，崔安勇协调辽阳市总工会为额敏县总工会捐赠10万元援建资金。

辽阳市在完成辽宁省"规定动作"的同时，举全市之力推出"县—乡对口""行业结对""单位友好"等一系列"自选动作"，建立了2家友好组织部门、5家友好乡（镇）、7家友好学校、5家友好医疗单位，合作双方建立长期、稳定、全面的友好合作关系，解决了人才短缺和技术难点多等多方面困难。

辽阳市宏伟区曙光镇与额敏县玉什喀拉苏镇建立"友好镇"，拓展合作领域，将玉什喀拉苏镇建设成为塔城地区"小城镇发展十大重点乡镇"。辽阳县首山镇黑牛庄村与额敏镇桥东社区建立"友好社区"，提升合作层次，借鉴社会管理"6+1"工作平台和"一户一档"工作亮点，创新开展的"111工程""小红星"志愿者协会、党员奉献日、每月一星等特色活动，成为塔额盆地学习、观摩的示范重点。辽阳市宏伟幼儿园与额敏县幼儿园建立"友好校园"，设立多元化特色班，打造"人无我有"专业特长，促进了幼儿健康成长。

辽阳楼——一座象征辽阳与额敏人民团结友谊的丰碑，将永远矗立在额敏大地上，成为丝路花语中美好的世纪记忆。

2013年4月2日，"辽阳楼"破土兴建。

在7年后的今天来看，这次开工是具有里程碑意义的。它的拔地而起，直接改写了额敏医疗卫生事业发展的历史。

"辽阳楼"完全由援疆资金投入建设，是辽阳市"交钥匙"的援建项目，累计投入5824万元，建筑面积达17323平方米，地下1层、地上13层的全新大楼改变了额敏县人民医院门诊设施老旧、就医环境拥挤的状况。医院设急诊、ICU等科室，新增标准化床位200张，ICU病床由原来的5张增加到18张，内科由原来的2个科室增加到5个，血液透析设备也由原来的5台增加到10台，辽阳市中心医院捐献了高压氧舱。新增的中医科结束了额敏县人民医院没有中医科的历史，新增的模块化计算机房使医院步入全自动信息化管理时代。

这样一座宏伟壮观的现代化多功能大楼，创造了许多额敏之最。

2015年8月1日，辽阳楼正式竣工投入使用。"'辽阳楼'建好了！""太方便了，太先进了，以前根本想不到，现在到医院就医感觉和大城市医院一样。"说起额敏县人民医院"辽阳楼"带来的全新感受，在医院就医的额敏镇友好路社区居民王健军掩饰不住喜悦。

额敏县人民医院院长王启军说，现在病人到这里就医，享受的是二级医院的收费，三甲医院的服务。

"原来医院条件差，病人多，床位少，很多时候病人住不上院，家属和病人着急，医生、护士更着急，如今辽阳市盖了住院部，这些问题全解决了！"说起辽阳市援建额敏县人民医院的项目工程，该院办公室主任宋延刚有着道不完的感激。

额敏县郊区乡蒙古族居民布开因腰部疾病在额敏县人民医院接受住院治疗。"以前生病都是去乌鲁木齐，如今有了新楼和援疆医生，我再也不用跑那么远了。这里医疗条件越来越好，还能在这么明亮宽敞的病房接受援疆医生的治疗。"布开说。得益于对口援疆"红利"，额敏县人民医院硬件设施大幅提升，医疗水平不断提高，让各族群众真正享受到了对口援疆带来的福祉。

额敏县人民医院党支部书记商龙江说："在援疆干部的带动下，

提高了我院的医疗水平和人才技术水平，真正打造了一支带不走的专家队伍，更好地满足了广大患者的就医需求。"

"对口援疆工作开展以来，辽阳市已累计投资3.60亿元，实施51个援疆项目，80%用于民生和基层。"额敏县委副书记、辽阳市援助额敏县工作队总领队崔安勇说。

一个个援疆项目，一个个民生工程，犹如一缕缕阳光，温暖了额敏各族群众的心。

当地一位20多岁的小伙子自豪地说："作为土生土长的村民，我亲眼见证了这些年来村里发生的巨大变化。如今，我们住的是安居房，走的是柏油路，孩子上学也免费，还能在园区里打工，增加致富渠道。村里的变化，我是看在眼里，记在心里。"

村民托勒汗今年50岁，看到宽敞的园区，他觉得很兴奋："我家里有40亩地，今年种的是玉米，收了20吨。家里有20匹马、10头牛，还有10只羊。以后，我还可以到这里当工人，日子会越过越红火，越过越有盼头！"

王宏对园区的一草一木都清清楚楚，怀有很深的感情，介绍起来滔滔不绝，有滋有味。

辽阳市非常重视援疆项目建设，先后投入园区援建资金1.60亿元，实施了道路、供排水、绿化亮化、行政服务中心等基础设施建设，实现了通水、通电、通路、通信、通气、平整土地"五通一平"。额敏县借助辽阳市投入的援建资金，着力提升自我发展能力，按照"企业向园区集中、投入向园区集聚、政策向园区倾斜"的思路，在县城以西6公里处规划建设的10.13平方公里额敏（兵地·辽阳）工业园区，构筑起绿色农副产品精深加工、仓储物流、高新科技和装备制造产业3个片区的基础设施建设平台，具备承接工业企业转移发展的功能。

为确保额敏（兵地·辽阳）工业园区每年所需的工业用水，增强额敏县经济发展的"造血"功能，2015年，辽阳市投入援建资金551万元，援建总库容量3040万立方米的玛热勒苏水库，该水库解决了额敏镇、玛热勒苏镇、霍吉尔特蒙古民族乡及地区种羊场18个村（队）的15万亩农田灌溉用水和额敏（兵地·辽阳）工业园区每年所需的工业用水。

2015年7月29日至8月2日，时任辽阳市委书记王正谱带着180多万辽阳各族人民的深情厚谊，和梅福春、方守义、谷孝红等市领导来到额敏进行调研，指导援建工作，看望额敏各族人民，并代表辽阳市委、市政府向额敏县委、县政府捐赠了100万元援疆资金，并向驻守在巴依木扎、库则温的边防官兵送上3万元慰问金及羊肉、水果。

"感谢辽阳的无私援助"标语，是额敏各族人民的心声。住上援建安居房的维吾尔族老人阿不都克热木真诚地说："辽阳的支援，亚克西（好)！"

援疆，正在创造历史。

王正谱指出，中央做出对口援疆的战略部署，是国家战略，是实现新疆社会稳定和长治久安的重大举措。辽阳市委、市政府全面贯彻落实中央援疆工作座谈会精神，按照辽宁省委、省政府的部署，系统地实施经济援疆、干部人才援疆、产业援疆和智力援疆，把解决当前突出问题与长远发展结合起来，把硬件建设与软件建设结合起来，把推动经济发展与社会事业进步结合起来，把援建工作与发挥当地干部群众的优势和积极性结合起来，选派年富力强、有责任心的得力干部参加援疆工作，不断创新，长期坚持，把该做的事情办得更好，坚决完成中央和辽宁省委、省政府交给的光荣任务。

第三章　砥柱中流

白日放歌须纵酒，青春作伴好还乡。做不了诗人，那就做一个有情怀的追梦人。

一纸援疆令，万里边关行。

2014年年初，张成良从辽阳市河东新城管委会招商局踏上新征程。父母有顾虑，家人不理解，想委婉地劝他放弃。可张成良毅然决然。用他的话说，撼大树容易，撼张成良难。

援疆是大国策、大战略。家人和孩子需要自己，可新疆更需要自己。

粗缯大布裹生涯，腹有诗书气自华。张成良带着简单的行李和一堆书，只身奔赴新疆额敏县。从此，两千多个日夜在新疆度过。

张成良40岁出头，血气方刚，外表看是风平浪静，内心却波涛汹涌，算是颇具文韬武略的难得之才。他想干、能干、善干、敢干，慎独、慎微、慎言、慎行。

作为额敏县委副书记、辽阳市对口支援额敏县工作队副总领队，他用行动诠释了一名援疆干部的责任和使命。他立下铮铮誓言，要成就一番事业，为家乡赢得荣誉，为祖国贡献力量。

张成良说："我可以在援疆工作中没有英雄壮举，但绝不能碌碌无为。"他深知自己肩负的使命，他要把援疆工作拉上高质量发展的快车道。辽阳市援疆工作队在他的带领下，开始了披荆斩棘、波澜壮阔的"急行军"。

额敏的神奇与美丽深深地打动着张成良，额敏的山山水水又使他更深刻地意识到，资金人才的匮乏、发展理念的滞后等原因，造成了额敏与内地之间经济上的落差。张成良知道自己肩上担子的分量。

张成良到牧区走访，感受到各族群众盼富思变的愿望是那样迫切，当地政府带领群众发展的决心和信心是那样强烈。张成良夜不能寐，他掏出枕边那块克拉玛依玉。玉，蕴含着家国情怀，象征着清正廉洁。张成良把无限的乡愁和深情都融在玉中，视为激励自己鼓舞自己的座右铭。

每当迷惘困惑的时候，他都会拿出这块玉，然后暗下决心，向着自己最初设定的方向走下去。他知道，这是提醒他永远不要忘了初心和来路。

在辛勤的努力与无私的付出中，张成良已把自己的情感融进额敏大地，除了已有援疆项目外，他还很关心额敏的教育、医疗等领域。

要有细心、耐心和爱心，才能干好援疆工作。他说，我什么都没带来，只带来一颗滚烫炽热的心。在援疆教育、医疗、科技、干部人才引进上，张成良坚持高标准、严要求，带最好的人才来到额敏县，为额敏县各项事业的发展助力。

工业园区不断做大做强，成为经济发展的主战场、招商引资的主平台、产业聚集的主阵地、创新发展的主载体。张成良自我加压，鼓足干劲，加快推进园区项目建设和产业发展，努力为额敏发展做贡献。

额敏（兵地·辽阳）工业园区，注定成为两朝古都千年里最亮的星。

额敏县是一个农业大县，工业发展缓慢，财政收入偏低。为打好"产业援疆"这张牌，对口援疆工作展开后，辽阳市就确定打造额敏（兵地·辽阳）工业园区，使辽阳产业乃至包括全国的产业能够集聚到园区，成为产业援疆的主要平台和产业承接转移的重要载体。

深入实施产业援疆，重点强化工业园区辐射带动功能。培植新的经济增长点，创新驱动，把园区做大做强，这是援疆的大文章。

这是一张铺好的画卷，等待后人尽情挥洒智慧和才干。

张成良吃住在园区里，带领大家没日没夜地干。他有着旺盛的精力，有使不完的干劲，他军人般的执行力感染着工作队队员。他是个有理想有抱负有斗志的有为青年，大家虽然觉得跟他干太累，压力大，却心服口服。私下里，他是个讲义气的好哥儿们，大家听他的话，跟他走，一呼百应。

张成良上任3年，辽阳累计投入援疆资金11832万元，打造了具有一定规模的工业园区和创业就业孵化（扶贫）园（交钥匙工程）。2015年投入援疆资金150万元，建成面积500平方米绿色有机产业孵化园一座。2016年投入援疆资金1433万元，实施标准化厂房及基础设施建设。同时，不断加大软实力建设，积极推动和运行"助保贷"融资模式。探索与社会资本合作，注册成立PPP融资公司，助力工业崛起。

2014年11月，国务院《关于扶持小型微型企业健康发展的意见》出台，2015年，额敏县尝试推广运行"助保贷"融资模式，促进中小微企业发展，解决小企业融资难问题。张成良以特殊的身份出席银企洽谈、签约。

"助保贷"仿佛魔法盒子。张成良滔滔不绝地介绍说："'助保贷'业务是由政府、金融机构与企业共同分担风险，以帮助企业有效融资的一种新型信贷模式，借款人通过贷款风险补偿资金池的增信，可在银行取得相当于抵押物评估价值几倍的贷款额度，有效打破企业发展的资金瓶颈。我们投入资金1000万元，撬动银行资金1亿元，专项用于扶持小微企业发展。这是过去想都不敢想的新举措。"

在招商引资方面，张成良有着丰富的经验。他以独特的方法，不断推动产业合作。张成良一鼓作气，再而猛，三而强，使额敏（兵地·辽阳）工业园区顺利晋升为自治区级工业园区。

工业园区犹如一块巨大的磁铁，吸引了塔原红花、新宏基饲料、绿乡玉米、隆惠源药业、新天骏面粉、九洲种业、姑娘追风干肉、泰和富华豆制品等企业落地生根，辽阳灯塔佟二堡皮草落户额敏泽丰商贸城，打造北疆皮草之都。工业园区从业人员由200余人增加到2000余人，示范集聚效应日益凸显，正成为额敏跨越式发展、后发赶超的"强力电源"。

36岁的额敏县郊区乡霍由尔莫墩村农民巴特巴依，原来一直在家务农，全家5口人，种植玉米、小麦等农作物，一年忙碌下来，总收入仅有5000多元，日子过得不算宽裕。随着绿乡玉米制品有限公司落户额敏，2015年他通过招聘到绿乡玉米制品有限公司生产车间当了工人，每月缴纳"五险"后，领到了2000多元工资。

进驻工业园内的新疆新天骏面粉有限公司是一家大型现代化面粉加工企业，公司副总经理曹俊说："我们与额敏县及周边地区农户签订了15万亩的小麦订单，每斤要比市场价高6分钱。我们的原粮有保障，农民也能增收。随着公司产能的扩大，用工也会增加。"

"前几年，额敏农户种植的玉米每公斤最高卖到0.85元左右，额敏绿乡玉米制品有限公司落户当地后，今年与农户按30%的水分每公斤保底价1.15元签订20余万亩订单玉米，仅此一项，每公斤玉米就给农户提高了0.30元的收入，确实让农民吃上'定心丸'、种上'放心田'。"额敏绿乡玉米制品有限公司董事长张文庆代表更多企业表露了心迹。

一个园区圆了近千名农民就地"淘金"的梦，同时也为十多万农民找到了90万亩的订单农业"婆家"。援疆，给额敏送来了一个千载难逢的机遇。

一步一个脚印走，稳扎稳打，突出援助教育、就业、社会保障、人民健康等社会建设各方面，让"辽阳温暖"洋溢在新疆额敏大地上。

张成良上任以来，辽阳援疆工作在教育设施、就业培训、城乡住房、基础建设、维稳和民族交流、信息化和医疗卫生方面投资力度加大。

资金的再投入是史无前例的，当然成果也是显而易见的。

张成良把教育放在第一位。在教育设施上先后投入援建资金2300万元，建成额敏县第一中学400米塑胶跑道，操场面积2万平方米，满足了2362名学生体育锻炼的需求。还有额敏县中等职业技术学校职教中心1000平方米实习厂房、玉什喀拉苏乡寄宿制学校2500平方米综合教学楼、萨尔也木勒牧场寄宿制学校550平方米宿舍、职业高中创业孵化基地等项目陆续建成。

教育是国之大计。一系列教育援助可谓功在当代、利在千秋。就读于辽阳市援建的额敏县第一中学高二6班的维吾尔族学生亚夏尔高兴不已："教学楼宽敞明亮了，最高兴的是辽阳来的老师用多媒体给我们上课，很生动，感觉学习是件特别快乐的事情。"

为牢记辽阳无私援助的绵绵情谊，学校将操场命名为"思援操场"，援建的学生宿舍楼改名为"思援楼"。

这是最大的肯定和褒奖。

软环境是援疆的另一台"发动机"。当下，它正以前所未有的功率释放新动能。额敏县中小学双语教师培训项目，援建资金100万元，培训在职教师250人。资助内地普通高校新疆籍贫困学生援疆项目，投入资金288万元，补助新疆额敏县籍内地普通高校贫困学生480人，每人每年6000元。额敏县中小学远程教育建设项目，投入资金500万元，实施微机室建设，开办双语教学"班班通"，开展双语教学远程教育资源库建设。

借助辽阳市教育人才和智力资源优势，额敏县第一中学东校区（高中部）与辽阳一中结成"友好学校"关系，精选20名学科骨干赴辽阳一中培训后，邀请辽阳一中教学课改专家来额敏跟进指导，成立"名师""名校长"工作室，推进教学改革，提升了全县教学水平。传授的"115"教学模式，在全县推广并收到明显效果。跨越千山万水的友谊之桥飞架祖国东西部。

历史，就这样在不断地改写。

为解决就业问题，张成良带领辽阳市援疆工作队反复研究、论证，申请项目和资金。张成良付出了很多心血。就业培训基地投入援建资金800万元，建设2100平方米的额敏县创业孵化培训职教中心，每年实现创业、就业30余人，创业带动就业120余人，人均增收1.50万元到5万元，极大缓解了额敏县就业再就业工作的压力。

展开额敏县地图，我们看到，全县辖区面积9532平方公里，相当于两个辽阳市大小。而总人口约20万人，却只有辽阳市的几分之一。

新疆，地大物博呀！

在额敏，蜗居是很少见的，住房条件相对比较宽松，但危困房屋却不少。改造危房，这是援疆工作的重中之重。张成良带领工作队一次次到现场考察，登记造册，参与测量、绘图、核实。截至2016年年末，累计投入援助资金9527万元，加上中央、自治区补助资金和农民自筹资金，改善了9077户农牧民的居住条件。住进安居富民房的玉什喀拉苏镇齐勒布拉克村牧民阿依恒说："告别土坯房、泥巴路，用上水和电，过上幸福好日子，最想感激的就是辽阳人民。"如今，在村里，只要提及"辽阳"二字，总有浓浓的暖意在村民心头荡漾。

援疆不是形式，更不是空话，而是看得见、摸得着的。额敏县辖六镇五乡六个农牧场，分别是额敏镇、玉什喀拉苏镇、杰勒阿尕什镇、上户镇、玛热勒苏镇、喀拉也木勒镇、郊区乡、额玛勒郭楞蒙古民族乡、二道桥乡、霍吉尔特蒙古民族乡、喇嘛昭乡、阔什比克良种场、加尔布拉克农场、二支河牧场、也木勒牧场、吾宗布拉克牧场、萨尔也木勒牧场。在这样的条件下，基层基础建设需要纵向到底、横向到边，必须抓细抓实，筑牢基础。

辽阳投入援建资金3100万元，完成了额敏镇桥东社区服务中心、8个农村社区服务中心、玛热勒苏镇和二支河牧场办公楼、干部周转宿舍等57个项目。投入援建资金650万元，实施干部教育培训基地扶持计划；引入教育、医疗、文化、党校、远程等领域29名专家来额敏开展智力支持工作；举办大讲堂4场次；走出去培训两批84人次，选派各领域骨干人才和干部赴国内知名院校提升培训。

同时，投入援建资金370万元，购置计算机、电视机、硬盘等教学设备，加强教学资源建设和教学网站建设，完善32个县直机关党支部和两个乡镇场党员干部现代远程教育学用示范点建设，建成县、乡远程教育网络中心服务站体系，确保所有远程教育站点标准化配备计算机、电视机、多媒体LED电子屏等设备。基层阵地发生了翻天覆地的变化。

随着互联网和信息产业的井喷发展，国内电商企业如火如荼，而在新疆，受地域限制，物联快递相对滞后。辽阳投入援建资金30万元，建立掌上额敏信息平台，用信息化、网络化促进额敏产业发展，增进各民族文化交流以及生活服务信息交流。实施额敏县电商（扶贫）创业园项目（交钥匙工程），投入援疆资金237万元，建立额敏县绿色有机产业孵化基地，发展县域电子商务，打通县域特色农副产品产业链，构筑网络平台，带动贫困人口就业创业脱贫。

如何升级"辽阳楼"，避免形成形象工程概念，这是张成良需要破解的难题之一。张成良说，我就是为挑战而来的，否则，就安逸地在后方享受生活。何苦到这里，青灯孤影秉烛夜读？

不久，残疾人康复中心项目上马，投入500万元，建筑面积1200平方米，全新配备一批适合现代康复需求的先进设备。新建的残疾人康复中心成为北疆地区最大、最完善的残疾人康复中心。2016年投入援疆资金300万元，实施额敏县哈医民族医院建设项目（交钥匙工程），新建1200平方米医疗业务用房及配套附属设施。

虽然近些年内地交通信息不再闭塞，民族融合、文化融合不断深入，但对于最直接的民族交流活动还是热烈企盼的。

脚步永远不会停下，辽阳市援疆工作队再出发。投入援疆资金26万元，由辽阳团市委牵头组织30名学生，前往辽阳市进行学习交流，增强青少年民族团结，培养互帮互助等良好的思想品德。投入援疆资金100万元，购置缝纫机、绣花机、大型雕刻机等手工刺绣设备，培训贫困少数民族妇女、经营户手工刺绣200人次。启动额敏县少数民族手工刺绣基地建设项目，投入援疆资金100万元，开展刺绣基地及配套设施建设，加强技术与管理交流，选派专业技术人员和管理人员赴辽宁、苏州等地区，学习苏绣、湘绣等国内外著名刺绣行业技术、管理和产品展销经验，组织企业、合作社、经销户参加上海等新疆内外地区及哈萨克斯坦展销活动。

这一系列援助项目，把好质量监督关口是相当不易的。张成良带领工作人员探索出一套项目管理机制，创新建立项目前评估、后评价的全流程监管机制，完善健全资金管理制度，在结算和审计上织密"防护网"、升级"防火墙"，有效推进了项目建设进度，最大程度发挥了援建资金的作用。此外，张成良还组织编制《额敏县绿色有机规划》等全县五大发展规划，建立援建项目储备库，为额敏县的长远发展奠定基础。

智力援疆是关键，让"辽阳思维"嫁接额敏。辽阳援疆工作不走过场，不走形式，不漂浮，"输血"与"造血"、"硬件"与"软件"、"支援"与"互利"相结合，"辽阳力量"在额敏大地成就辉煌。

高强的本领来自优秀的人才。

人才是额敏最稀缺的资源。张成良多次强调，我们要抽调全市最好人才，为额敏县发展提供强大的智力支持和根本保证。实施外培引智备人才、建院培训孵人才、课堂教学育人才、柔性计划引人才措施。

通过工作实际，辽阳市很快发现，援疆的短板和症结所在。所谓铁打的磨盘流水的兵，工作队干得再好，也总是要回来的。为额敏储备大量人才，才是上策。辽阳市先后投入援建资金1057万元，选送354人赴清华、北大、人大、复旦等9所国内知名院校培训；选派13批522名干部到疆外培养基地参加培训，选派10批600余名基层干部到对口援疆省（市）学习考察，选派8名干部赴辽阳市挂职，使他们更新了观念，开阔了眼界，拓宽了思路。张成良在援疆工作队和额敏县开展"聚力提能大讲堂"活动，定期邀请国内知名专家、教授、学者讲学，累计举办专题讲座18场次，培训干部人才3200余人次，有效提升了额敏县干部队伍的素质和能力。

援疆是战略决策，必然意在全局和长远。张成良常常想，怎样做才能给额敏留下一支永不撤离的队伍？辽阳市援疆工作队启动"智力支持行动计划"，挂牌成立辽阳职业技术学院额敏分院，选派8名专家来额敏县开展职业教育研讨、调研咨询，帮助设置办学规划和专业，并将分院作为辽阳职院干部培养基地，大规模开展干部人才交流培训，不断提高人才队伍的"造血"能力。截至2016年年底，该院已培训幼儿教师240余名、学科带头人16名。形成了全面推进新局面，多次引来援疆干部借鉴和媒体报道。

根据额敏农业大县实际，依托自治区级工业园区、驻地规模企业等平台，按照"项目+人才，产业+人才，援疆+人才"的工作方式，工作队建立重点领域、乡（镇）场和驻地规模企业三类急需紧缺人才需求台账，邀请辽阳市教育、卫生、农业、城建等领域专家47名，以短期交流方式，通过"传帮带"推进了"造血工程"：援疆教师提出了集体备课、电子备课、"先学后教"教学、高考备考讲座等新的教研模式；援疆医生建立了医护人员大规模培训、科室小规模培训、病房现场培训相结合等医护人员培训新体制；援疆农业专家结合当前农业实际，积极组织动员科技人员进村入户，采取分片包干、蹲点指导等形式，带头开展技术培训和科技服务。截至2016年年底，开展技术服务和讲学53场次，培训各类人才7900人次，培训总数位居全疆前列。

"通过培训，眼光放亮了，脑筋动起来了，思想开放起来了，行动有目标了。"这是接受培训的额敏干部的真切感受。

额敏镇阿尔夏特路社区联合党工委书记潘新玲在辽阳实地看到品牌社区的亮点服务，学习回来后，结合社区实际工作，建立功能性党支部，成立了居民说事点，举办"邻里节"等创新活动，把居民凝聚在一起，社区形成老帮老、小帮老的良好风气。

玉什喀拉苏镇喀拉苏二村逯治山运用在辽阳学到的饲料加工、节能沼气和有机肥加工技术，在当地搞起三泉养殖场，从乌鲁木齐等地引进了"长白""大约克""杜洛克二"等100头优良品种生产母猪及5头种公猪，科学养殖，带动全村每年实现了100万元收入。维吾尔族大学生阿依古丽自新疆天山职业技术学院毕业后，被选送到辽阳职业技术学院参加培训，回到额敏后考上公务员，不仅有了理想的工作，还收获了幸福爱情。截至2016年年底，全县共有各类人才6494人，其中党政人才1309名、专业技术人才2884名、企业经营管理人才123名、高技能人才496名、农村实用人才1195名、社会工作人才487名。

第四章　风雨同舟

2016年年底，张成良任期届满就要离开新疆了。援疆3年结束，他本应该回到辽阳，回到八千里外的黑土地，那里有他的父老乡亲。

夜晚来临，他再次把那块克拉玛依玉握在掌心里。

家人的规劝甚至一次次警告，让张成良不得不思考，是去是留？这里到底有什么魔力在吸引着他？是朝夕相处的额敏兄弟姐妹，还是耳鬓厮磨的队友？

望着奔腾不息的额敏河，他渐渐找到了答案。

于是，在离开前一刻，他向组织递交了留任申请。

金科来了。

这是命中注定的一次特殊的相遇。

他的搭档、副总领队金科的加入，使得援疆工作队如虎添翼、锦上添花。组织的用意和安排是细致周到的。出发前，市委常委、组织部部长谷孝红为援疆干部人才举行了欢送会。他的鞭策和鼓励，给大家吃了一颗定心丸。2017年2月25日，在额敏县第九批援疆干部人才见面座谈会上，金科说，作为辽阳市第五批援额干部，我要继承和发扬前几批援额干部好的传统和作风，与额敏干部一道，紧盯总目标，为实现额敏社会稳定和长治久安做出应有的贡献。

金科是辽阳市司法干部，任辽阳市矫正支队政治部主任。作为额敏县委常委、副县长，辽阳援疆工作队副总领队，金科善谋善谏，张成良与他的组合为援疆工作掀开了新的一页。

金科是个厨艺高手，红烧肉、清蒸鱼、东坡肘子都不在话下，金科常常拿点菜到张成良的宿舍里，亲自下厨，两个人举杯话桑麻、煮酒论英雄，边吃边谈工作，遥襟甫畅、逸兴遄飞，怎一个痛快了得！

"咱俩不能坐在前人的树下只管乘凉，还要更大范围更大面积地种树。树多了，哪棵树下都是一片阴凉。"张成良心生感慨。

"你是总领队，听你的！"金科回应爽快。

"好，一言为定。我们俩共同把这支队伍带好。"张成良一锤定音。

有目标，说干就干！两个人一拍即合。

2017年，辽阳援疆工作队团结一致众志成城，奋力开创新局面。全年战绩辉煌，共安排项目14个，总投资22823万元，援建资金7467万元，其中"交支票"项目9个，"交钥匙"项目5个。在全省14支工作队中率先完成"交钥匙"项目报批和招投标工作。定期开展项目督查，严格控制质量、安全、投资、进度。编制《项目管理日记》，确保项目管理规范有序，从严从紧抓项目，积极打造精品工程。截至2017年年末，5个"交钥匙"项目、9个"交支票"项目，实现竣工或完成当年投资任务。

辽阳工作队不辱使命！他们年轻热血，信仰坚定；他们军规如铁，执纪如钢；他们献身援疆，战绩赫赫，声名远扬。

此时，援疆工作面临更加严峻的形势和挑战，新时期辽阳援疆工作面临前所未有的困难，必须转变观念，解放思想，创新发展。

2017年以来，受国际金融危机影响，经济走势徘徊不前，我国经济发展进入新常态，下行压力较大。随着2020年全面建成小康社会的时间节点越来越近，对口援疆和扶贫协作工作已进入啃硬骨头、攻坚拔寨的冲刺期。

从新疆看，总体发展势头良好，社会大局稳定，但仍处于暴力恐怖活动的活跃期、反分裂斗争的激烈期、干预治疗的阵痛期，"三期叠加"的特点短期内难以改变，反恐维稳的基本面没有根本改变。对口援疆工作面临的环境更加复杂，任务更加艰巨。

受援地经济社会发展存在诸多制约因素。

一是民生还需要改善。尽管这些年新疆取得了很多成绩，但农牧民生产生活条件总体仍相对落后。特别是农民收入水平不高，贫困面比较大，扶贫攻坚任务依然艰巨；农牧区存量劳动力和未就业高中毕业生就业急需解决；基本公共服务均等化存在差距；医疗卫生条件有待进一步改善；村镇道路、排水、照明、污水处理、垃圾处理等基础设施较为薄弱。

二是特色产业竞争力不强。受援地农牧业界限分明。在牧区，养殖业、畜产品加工业落后，精深加工能力弱，产品附加值低，草原、耕地、牲畜等农牧业资源未形成规模化，特色产业基地规模小、区域分散，工业产业园区基础设施薄弱；在农区，种植品种单一、产业化水平较低，耕地标准化、设施农业、机械化等现代装备水平有待提高。文化旅游业服务水平不高，旅游线路整体规划欠缺，旅游产品单一，基础设施需要进一步改善。

三是高素质人才匮乏。对口援疆以来，受援地人才交流培训工作虽然取得了显著成效，但高素质人才与经济社会发展的质量要求不相适应，人才素质提升的空间依然较大。需进一步健全人才培养机制，加大对教育的投入；制定人才引进政策，吸纳成熟人才；采取"组团帮扶"的方式，继续加大党政干部教育培训、智力帮扶、干部挂职锻炼和专业进修力度，落实分层分级分类培训。

四是塔额盆地自然植被结构单一，生态环境脆弱，抗外界干扰能力不强，生物多样性易损难复。同时，随着人类活动的增加，额敏经济社会发展与荒漠生态环境争水、争地的矛盾愈演愈烈，由于干旱少水、植被稀少，加上大量的水土、矿产资源开发，额敏县退耕还林、退地减水、草原生态修复任务仍然十分繁重。

这是额敏的总体情况，也是摆在张成良、金科和所有援疆工作队队员面前的实际问题。

援疆只有找准"靶心"，进行精准的"靶向治疗"，才能从根本上保证对症施策。

10年里，援疆人个个都是大无畏的先锋，是迎难而上、敢于应战的勇士。

这是一场关于理想与信仰的修炼。援疆在每个参与者的人生经历中注定是刻骨铭心、气势磅礴的一笔。正如汪国真在《热爱生命》中所写："我不去想是否能够成功，既然选择了远方，便只顾风雨兼程。"

因循守旧，就会停滞不前，辽阳市援疆工作队置身建设新疆、促进民族团结的高站位，精准把握政策，主动出击，扩大成果，围绕重点、亮点、平衡点，援疆工作进入全面升级版。

张成良率领工作队打硬仗、打胜仗。这一年的援疆干部很苦很累，但他们从来不叫苦不喊累。

产业援疆、智力援疆和文化援疆是辽阳援疆工作的重点。张成良和金科的战略战术就是全力以赴打好这"三张牌"：

第一张牌，十出天山。根据新疆产业发展相关扶持政策，结合额敏各类资源要素配置实际，张成良、金科带领工作队积极配合额敏县通过招商引资提升产业发展空间。他们每天工作到晚上8点，回到驻地仍然继续埋头苦干。

2017年，张成良和金科组织额敏县相关部门赴"西洽会""兰博会""亚欧博览会""厦洽会"，到河南、天津、山东、北京、四川、辽宁等地开展招商活动。10次走出去、请进来，不仅是地理意义上的位移，更重要的是背后资金项目的潜在拉动。

接待辽阳民营企业家协会、河南新疆商会等50余批次企业家来额敏考察。通过"引进来"和"走出去"等方式，以额敏工业园区建设为突破口，采取园区"一对一"支持模式，促成辽阳经济开发区、灯塔市工业园区与额敏工业园区签约合作。

至于张成良、金科每次穿越是否朗诵那首"秦时明月汉时关，万里长征人未还"出塞曲，就无人得知了。

援疆人是敢为天下先的，是忧国忧民的。如果没有这样的家国情怀，何以谈鞠躬尽瘁？何以谈死而后已？

第二张牌，回家行动。这是一次执行特殊使命的回家行动。新疆发展的软实力是智力援疆和人才援疆。此次回辽，张成良组织7名党政干部赴辽阳进行9个月的挂职锻炼。组织14名县级、科级干部赴辽阳开展以"提高党性修养、干部能力提升、新兴组织党务"等为专题的培训，选派115名基层骨干和专业技术人员赴辽阳开展1个月的培训培养。

返程中，他还组织3名卫生专家和3名教育专家来到额敏送医送教、传经送宝。以此为契机，他在额敏县职业高中筹备建立电子商务培训中心，为当地青年创业就业和农副产品销售拓宽渠道。围绕"打造一支带不走的人才队伍"目标，制定《额敏县援疆干部人才帮带提升工作实施细则》，建成额敏县人民医院和额敏一中"传帮带"工作室，16名援疆专技人才共结对帮扶对象48名，开展手把手带教、岗位技能示范、联合攻关、讲座授课、科室管理。

第三张牌，文化进疆。文化是民族精神的火炬，对于文化传承的援助是功不可没的。在张成良主导下，辽阳实施额敏县民族团结暨民俗文化园建设项目，投入援建资金55万元，实施民族团结暨民俗文化保护基地建设，开展民族团结典型剧本创作，进行微电影拍摄和制作。

辽阳市援疆工作队在郊区乡三里庄村，继续坚持和完善"六点半课堂"和校外教学辅导活动，创办了"微课堂"，组织开展送国学下乡活动，举办中华传统文化讲座，开设包括围棋、礼仪、书法、心理咨询、民族团结故事等独具特色的校外课程。组织辽阳摄影家到额敏县采风创作、举办摄影讲座，积极推动两地在文化领域的深入交流与密切合作。深入挖掘文化元素，打造旅游文化精品。在媒体上发表了《不负韶华野果林》《一座擦亮天空的城市》《云上草原孟布拉克与你共话诗和远方》等摄影作品，协助额敏县成功举办花海骑游和野果林丛林穿越挑战赛系列活动，吸引全县1.30万名各族群众观看盛会。

张成良、金科在打好"三张牌"后，开始多措并举、有条不紊推进其他工作。进疆以来，21名援疆干部人才与25个民族家庭结成"亲戚"，结对帮扶，在民族团结工作中做好事实事、广交朋友，协调解决了结亲对象在就业、住房、就医、就学、取暖、发展生产等方面的难题。5名援疆医生累计接待门诊1650人次，手术83人次，下乡义诊7次，送医下乡诊疗患者461人次，治疗重症患者19人，举办各种讲座、业务培训35次；6名援疆教师累计完成1560课时教学，组织公开课和讲座等教研活动55次，听课评课37节，主持申报课题研究5个，编写职业教育导学案等校本课程2本。

工作队协同制定《三里庄村发展壮大集体经济三年规划》，组织农业专家调研，指导农民专业合作社，农户发挥优势，走产供销一体化模式发展棚窖蔬菜生产，促进农民致富增收。

开展扶贫帮困活动中，工作队空前团结、热情高涨，累计自发捐款58900元，帮扶9户少数民族贫困户，资助15名学生上学。组织援疆干部人才深入边远乡场牧区为困难群众送医送药11次，累计投入4万余元，义诊900余人。通过与受援地困难群众面对面的接触，辽阳援疆干部人才与受援地群众的感情更浓，心与心的距离更近，关系更为密切。

逢年过节，当地百姓把整只牛羊送到工作队，大家一起烹牛宰羊，一起唱歌跳舞。大碗喝酒，大块吃肉，痛快淋漓。

张成良、金科与大家互相握手拥抱，道不尽的兄弟情同胞情。

2017年8月28日至30日，时任辽阳市委副书记、市长裴伟东率市党政代表团赴新疆塔城地区额敏县进行实地考察调研。

裴伟东一行先后考察了辽阳市2017年援建的额敏县人民医院"辽阳楼"等6个"交钥匙"援疆项目，走访了自治区驻村工作队，慰问了当地贫困户，听取了额敏县经济社会发展情况和受援情况汇报，看望慰问了辽阳市援疆工作队全体成员，并与塔城地区领导和辽宁省援疆工作前方指挥部领导深入交流座谈了对口援建工作。裴伟东表示，下一步援建工作，辽阳市要全面贯彻习近平总书记系列重要讲话精神，全面落实第六次全国对口支援新疆工作会议精神，紧紧围绕推动额敏县社会稳定和长治久安，进一步做好产业援疆工作，推进落实"援额智力支持行动"计划，确保财政资金投入，不断提升工作水平，坚决把援疆工作作为一项长期的政治任务坚持不懈地抓下去，不断书写辽额两地交流与合作的新篇章。

辽阳援疆工作队对援疆做出的特殊贡献，受到了辽宁省对口支援新疆前方指挥部的高度评价。辽阳援疆工作队被赞誉为"直属部队""王牌军"。

这是一封辽宁省对口支援新疆前方指挥部致中共辽阳市委的感谢信，从八千里外的塔城地区，抵达"东北第一城"辽阳。全文摘录如下：

中共辽阳市委：

雄鸡辞旧岁，金狗鸣春来。值此新年来临之际，衷心祝福中共辽阳市委2018年各项工作顺利，蒸蒸日上！

2017年，辽宁援疆工作再接再厉，圆满完成年度各项工作任务。援建项目138个；开展招商引资活动320余次，签约投资近120亿元；辽宁援疆医生接诊患者48626人次；两地教育交流活动352余场次，把先进教学经验传递给受援地；为当地培养各类干部人才5430人；辽宁第五批援疆工作队是全国19个援疆省市第一个启动"民族团结一家亲"活动，认亲结对342对，捐资90余万元；帮助国家级贫困县托里县实现2017年脱贫摘帽。所有援疆干部人才和当地干部群众一起参加维稳值班，履职尽责，默默奉献，无怨无悔。辽宁援疆工作受到塔城地区广大干部群众的一致好评，得到中央领导和辽宁省委省政府、新疆维吾尔自治区党委政府的充分肯定和认可。

前方支援，后方保障。过去一年，辽宁援疆工作之所以能取得较好成绩，得益于各级党委、政府的大力支持，得益于每名援疆干部人才的辛勤付出，得益于后方各派出单位的关怀厚爱。感谢中共辽阳市委对辽宁援疆工作的高度重视、大力支持、无私帮助！感谢你们选派的优秀干部人才，带来先进工作经验和理念！

辽阳市21名援疆干部人才积极响应组织号召，不远万里，从太子河畔来到塔额盆地，聚焦新疆社会稳定和长治久安总目标，不忘初心，不辱使命，辛勤工作，履职尽责，无私奉献，经受了边疆艰苦复杂环境的考验，圆满地完成了所承担的任务，展示了辽阳人民的良好形象，受到了当地各族干部群众的一致赞誉。产业援疆、干部人才援疆、教育援疆、文化援疆、卫生援疆都走在了全省前列，援建项目14个，开展招商引资活动50余批次，促成辽阳经济开发区、灯塔市工业园区与额敏工业园区签约合作；接诊患者1650人次；两地教育交流活动19场次，把先进的教学理念和经验传授给当地；为当地培养各类急需的干部人才180人；结对认亲25对，捐资1万余元；帮助额敏县完成9个自治区级贫困村顺利实现脱贫摘帽；在全省14支工作队中率先完成援疆项目报批和招投标工作，被辽宁省前指主要领导赞誉为"辽宁援疆工作队中的王牌军""辽宁前指的直属部队"，这得益于贵市市委、市政府对援疆工作的坚强领导和高度重视。

笺薄情深，语短意长。2018年是贯彻党的十九大精神的开局之年，是改革开放40周年，是实施援疆项目"十三五"规划承上启下的关键一年。在各级党委政府坚强领导下，辽宁第五批援疆干部人才将始终不忘初心，埋头苦干，砥砺前行，共同践行"四个坚持、四个坚决"的援疆誓言，努力做到为祖国分忧、为新疆奉献、为辽宁争光、为人生添彩，为新疆社会稳定和长治久安贡献力量！

辽宁省对口支援新疆前方指挥部

2018年1月5日

这封信现在保留在援疆档案里，当若干年后满头白发的援疆人再次翻阅它的时候，是怎样感慨万千呢？成绩属于过去，奋斗赢得未来。一代人有一代人的青春，一代人有一代人的使命，一代人也有一代人的梦想。但亘古不变的是，只有激情奋斗的青春、顽强拼搏的青春、奉献人民的青春、成就事业的青春，才是精彩的青春、美丽的青春、温暖的青春、无悔的青春。

戈壁滩上的红柳、大漠里的胡杨、天山上的雪松、绿洲里的白杨，被称作象征新疆精神的四种树。如果用它们来比喻战斗、奔跑、温暖的辽阳援疆团队精神，同样不为过：红柳的坚韧、胡杨的顽强、雪松的高洁、白杨的朴实，这也正是所有援疆人所经历的和正在经历的精神修炼。

荣誉是加油站。张成良告诫工作队每一个人，胜不骄败不馁，继续决战攻坚，砥砺前行。

莫负青春好韶华。

第五章　追逐梦想

春暖花开。塔尔巴哈台山和吾尔哈夏山环抱着绿色的塔城盆地，积雪融化的额敏河如奔腾的巨龙，壮观地流经额敏全境。

广袤的原野开始热闹繁忙起来。

2018年是"十三五"对口支援工作的关键一年，也是扶贫开发攻克最后堡垒的关键阶段。着力改善民生，突出精准帮扶。必须开启新一轮解放思想大讨论，啃硬骨头，乘势而上，全面聚焦，全面开花。

这一年，是张成良、金科和辽阳市援疆工作队最辛苦、最忙碌的时期。

援疆为什么？在疆干什么？离疆留什么？辽阳市援疆工作队开展思想大讨论。

白志久说，我的思想很简单，听党话跟党走，在援疆队。

解明升说，大老远来新疆，就是为老百姓干点好事。

王志胜说，我想在新疆继续圆我的文学梦，让文学的种子播撒在新疆大地。

田原说，生命里能有段援疆的历史，我一辈子也不后悔。

金科说，如果问我来新疆为什么、干什么、留什么，我就用周华健唱的"一句话，一辈子，一生情，一杯酒"来回答。生活中要喝的酒很多，要遇见的人很多，要离别的人也很多。或怀敬重之心，或怀爱慕之情，或怀相知之意。一辈子不长，要学会珍惜——珍惜工作，珍惜朋友，珍惜生活。

…………

讨论会气氛热烈。

张成良总结道，大家说得都很好，我们在疆要"干一番事业、培养一种爱好、交一方朋友"，要提高政治站位，牢记援疆使命，强化责任担当，增强做好援疆工作的责任感、使命感。要经受磨炼、历练、修炼、锻炼。辽阳援疆人要心怀大志，着眼长远，身在异乡，且当故乡，以彻底、无私的奉献精神书写现代版的"夸父逐日"。

思想理清了，行动就有方向和目标。在全年工作动员会上，张成良下达任务，吹响了2018年全面聚焦的冲锋号。他说，聚焦是硬指标。

翻开当年的工作报告，开头这样表述：新一年，援疆工作要聚焦提升教育、医疗质量。聚焦项目建设。聚焦增强实效。聚焦夯实基础。聚焦扩大就业。聚焦民族团结。

2018年6月19日至22日，辽阳市委书记王凤波率考察团一行来到新疆，参加了额敏（兵地·辽阳）工业园区创业就业孵化（扶贫）园项目开工奠基仪式，参观了园区规划展厅和产品展厅，调研了新疆新天骏面粉有限公司、额敏县人民医院"辽阳楼"、额敏县中小学双语学校、额敏镇桥东社区，详细了解了额敏县经济社会发展和社会综合治理情况，以及辽阳援建项目、产业援疆项目的规划建设和管理运营情况。随后，考察团一行来到辽阳援疆公寓楼，看望慰问辽阳市援疆干部人才。

王凤波在考察对口支援工作时指出，对口支援新疆工作是党中央和辽宁省委、省政府交给辽阳的一项光荣任务。辽阳市委、市政府始终高度重视对口援疆工作，去年以来，第五批援疆工作队在辽额两地党委政府的领导下，深入开展各项援疆工作，扎实推进援疆项目落实，对口招商成效初显，辽额两地交流交往日益密切，对口支援工作取得新成绩。辽阳市委、市政府将以习近平新时代中国特色社会主义思想为指导，全面贯彻落实党中央关于新疆工作的战略部署，认真贯彻落实习近平总书记关于新疆工作的系列重要讲话精神，按照省委、省政府部署要求，坚持真情援疆、科学援疆、持续援疆，扎实做好对口援疆各项工作，更大力度、更高标准支持额敏发展，真正让援疆成果惠及各族群众。

张成良根据王凤波书记的讲话精神，全面对准"六个聚焦"，通过一年大干，辽阳援疆工作跃上新台阶。

抓好聚焦提升教育、医疗质量。数字统计显示，张成良和金科的援疆工作项目上虽然是重复的，但内容是增效增量的，各方面高质量发展是一个突出特征。如选派5名教师进疆支教，全方位开展"一带三"传帮带工作，提升教学能力、掌握新的教学理念和普通话教学水平；将新颖、独特的教育方式带进额敏县第一中学。学生谢雨薇说："援疆老师讲课通俗易懂，课堂气氛非常活跃，同学们踊跃发言，我们都特别喜欢。"这一年，辽阳援疆医生共接诊461人次，开展下乡义诊活动9次，受益群众1200余人，得到当地各族群众的高度认可。辽阳市援疆医生积极开展远程医疗会诊、普外科手术等10余项专题教学讲座，继续开展"走基层 送健康"活动，在为各族患者祛除病痛的同时，积极提高本地医疗工作人员水平，受到了大家的好评。

抓好聚焦项目建设。从2018年的援疆总结中我们发现，张成良、金科全年共安排脱贫攻坚项目7个，投入援疆资金2937万元。推广"总部+卫星工厂"产业发展模式，实现了产业发展、转移就业和脱贫攻坚多元良性互动，安排当地150名少数民族贫困妇女通过发展民族手工刺绣产业，实现就地就近就业。一年来开展招商引资活动20次，联系15家企业来额考察洽谈，签约额12.12亿元，投资额19.60亿元，安排就业300人。

抓好聚焦实效。2018年年初以来，辽阳市援疆工作队新建富民安居房1299套，实现贫困人口的住房安全，不断巩固了受援地脱贫攻坚成果；新建村级组织活动中心11个，5175平方米，改扩建村级阵地用房3300平方米，改善了村"两委"、驻村工作队办公环境，极大地方便了群众办事。实施对口支援额敏县项目14个，援疆资金7617万元。

抓好夯实基础工作。一是抓工作队内部基础性建设；二是抓援疆基层的党建工作。援疆工作队用制度管人管事。为加快项目前期进度，工作队组建项目管理中心，建立项目推进例会制度，严格落实项目化推进机制，采取逐户调研走访、周调度等方式，高密度多频次开展项目调度、协调、论证工作，确保项目管理规范有序。同时，工作队把干部人才援疆作为提升受援地内生发展动力的有效支撑和基础工作。全年组织额敏县37名党政干部赴辽挂职培训，投入援疆资金100万元，选派乡村党政干部3批共232人赴辽阳轮训，赴辽阳挂职培训37人次，通过外派高端培训，不断开阔视野，筑牢乡村基层基础工作，提升各级干部推动高质量发展和应对复杂局面的能力。

抓好聚焦扩大就业。工作队紧紧依托工业园区，扩大招商引资，拉动当地的就业需求。开展技能培训，投入专项资金，把发展民族手工刺绣产业作为贫困家庭脱贫致富的重要产业，坚持"手工刺绣+精准扶贫"强力驱动，"造血+输血"并举，走出一条符合县情实际、贴近妇女需求的少数民族妇女创业致富新路子。

抓好聚焦民族团结工作。为做好"访惠聚"驻村工作，工作队定期走访辖区群众，采用街头巷尾谈、房前屋后聊、活动场所交流等多种方式，与居民一起唠家常、交朋友，认真填写入户登记、民情日记，把"访"做到位，把问题、困难、建议汇集上来，及时帮助群众解决实际困难和问题，把党的恩情、惠民政策宣传落实到位。一年来，工作队扎实开展"民族团结一家亲"和民族团结联谊活动，与结对"亲戚"相互勤走访、常团聚，互学语言、关爱帮扶，多层次多形式交往互动，让包容融入每个人的血液，让团结之花盛开于心田，大家走得更近了，感情更深了。

日月盈昃，辰宿列张。世界是重复的，同时又是不可逆的。对张成良而言，他和辽阳市援疆工作队又是一种什么样的状态呢？

从朱志甘踏上额敏这块热土的那一刻起，辽阳与额敏的血脉就紧紧相连了。为你燃一盏灯，照亮天空之城。薪火相传，生生不息。百年以后，千年以后，该是怎样一种英雄壮举、一种骨肉情深？

作为每一个高擎援疆之炬的接续者，即便默默无闻、平平凡凡，也值得敬畏。简单的事重复做，重复的事坚持做。可能有人说，张成良和辽阳市援疆工作队干的不外乎都是那些事。

一组组数字背后，连接的是匆忙的脚步、艰辛的汗水和无眠的夜晚。

援疆是一部恢宏的史诗，而贯穿始终的主角永远是人民群众。因此，不管是朱志甘、崔安勇，还是张成良，他们援疆的核心目的只有一个：为人民谋幸福、解难题、办实事。

援疆有地缘政治因素。由于新疆特殊的历史和国内国际环境，维护社会稳定和长治久安一直是头等大事。辽阳投入资金469万元，实施额敏县安全检查站项目，按照检查站建设相关要求科学规划设置了引导、待检、检查、警戒、登记、处置、生活区等7个区域，进一步提高了民警执勤条件和基层维稳能力。援疆民警王强始终站在反分裂斗争第一线，严格遵守24小时一级响应常态化要求，每周工作100小时以上，侦破地区督办重点案件1起、其他案件3起。

在辽塔两地市党委、省前指党组、额敏县委的坚强领导下，紧紧围绕实现额敏社会稳定和长治久安总目标，守初心，担使命，找差距，抓落实，主动适应新形势、新任务、新要求，展现新气象、新作为，开启对口援疆工作新篇章。

山外山，雪域有清泉。天外天，大漠云海间。西辽多故事，东辽越千年。辽阳与额敏，不仅有历史的渊源，更有民族的情愫。正所谓"山川异域，风月同天"。一曲曲民族团结走向复兴的颂歌在中华大地上唱响。

2019年是深入贯彻落实党的十九大精神、全面建成小康社会、实现新疆工作总目标的关键之年，也是辽阳市10年援疆工作的收官之年。

元旦夜，张成良和金科等没有回家的援疆干部围坐在食堂，大家互相问候和祝福。张成良动情地说："我们援疆工作10年了。我在额敏这片土地上，摸爬滚打了6年，年底就要离开这里奔赴新的岗位。最后一年，我们一定要拿出百倍的信心和勇气，站好最后一班岗，把最难啃的硬骨头全部拿下来，然后交给下一批援疆人。这是我们必须扛起来的责任。"

辽阳市援疆工作队抓脱贫攻坚，抓精准帮扶，抓产业援疆，抓教育医疗援疆，抓培训和"三交"项目，抓基层基础建设，最终落脚点旨在突出改善民生。

"一年干两年的活！成熟的项目全部上马！"张成良决定，在即将告别额敏的最后365天里创造新的奇迹。2019年投入援疆资金

2997万元，实施脱贫攻坚项目8个，分"两步走"：

第一步配合受援地精准确定受助人群，继续实施富民安居、贫困人口就业创业扶持、暖圈扶贫、贫困劳动力就业培训、资助新疆籍内地就读大学生、电商扶贫、旅游设施建设等项目。

第二步加大产业带动建档立卡贫困户就业力度，通过实施飞鹅养殖基地、工业园区创业就业孵化（扶贫）园、少数民族手工刺绣基地、旅游设施建设等项目，坚持以增强生产发展能力为重点，因地制宜发展特色养殖业和传统手工业，安排贫困群众就近就地就业，增加贫困人口稳定的收入来源。

援疆，绝不能躺在功劳簿上，要开创性地突破，全面建成小康社会，实现美好生活向往。额敏如此，辽阳也如此。辽阳要全面振兴全方位振兴，重点要抓好两个千亿元产业基地，这是关键。

在额敏工业园区内，创业就业孵化（扶贫）园三期项目圆满竣工。红旗飘扬，歌声嘹亮。为了按时完成任务，张成良、金科枕戈待旦，宵衣旰食，实现了三期项目当年开工当年竣工，再一次刷新了援疆速度，彰显了敢打敢拼的援疆精神。

剪彩仪式后，第一批入园的16家中小微企业立刻安排就业岗位100个。农副产品检验（测）中心项目同时上马。该项目第一期投资198万元旋即到位，项目规划、实施方案编制完成。

紧接着，"卫星工厂"系列工程顺利推进。在额敏县库鲁斯台手工刺绣有限责任公司、额敏镇桥东社区、玛热勒苏镇幸福之花社区，发挥"卫星工厂"系列工程效应，订单生产校服、工装，带动贫困少数民族妇女150人实现就地就近就业。

这些都是富有前瞻性的、与沿海城市同频共振发展的新举措。不用扬鞭自奋蹄，新疆背靠强大的祖国，在"一带一路"上快速崛起。额敏，这座历史悠久的天空之城，在辽阳市的援助下正全速向前。

如果未来的新疆额敏回头评价今天，无论如何也回避不了现在辽阳所做的努力：2019年，辽阳在教育、医疗、人才方面，投入援疆资金891万元，实施额敏县中小学双语学校、教育信息化平台建设（直录播课堂）、教育教学设备采购等项目建设；投入援疆资金497万元，实施额敏县杰勒阿尕什镇卫生院、额敏县人民医院DR及附属设备采购、哈医民族医院附属设施等项目。

落实新疆籍贫困大学生扶贫资金，资助额敏籍内地普通高校贫困大学生69名，为纳入建档立卡贫困户、城乡低保家庭的大学生提供资助，进一步推动援疆精准扶贫的具体实践。

医疗援助方面，辽阳医疗专家开展了手足显微外科手术、动静脉内瘘成形术，填补了塔城地区空白。柔性引才方面，工作队从辽阳市三甲医院协调引进妇产科、牙科、口腔科、内镜科医疗专家各1名，为受援医院培养一支带不走、高水平的医疗人才队伍，实现援疆工作"从输血到造血"的全面转变。

2019年，辽阳投入援疆资金100万元，实施额敏县农村致富带头人培训，组织重点贫困村、致富能手、科技带头人及产业扶贫、农产品营销、农村电商等领域相关人员赴辽培训200人次，培养帮扶有文化、懂技术、会经营的新型职业农民，为促进乡村振兴的人才振兴、产业振兴与组织振兴，带动全县农牧民共同富裕，推动额敏县农业农村发展上水平、上台阶提供了人才保障和智力支持；投入援疆资金60万元，实施贫困劳动力培训就业脱贫攻坚行动计划，面向16～55周岁建档立卡贫困劳动力，发挥贫困劳动力职业培训在脱贫攻坚工作中的助推作用，提升贫困劳动力的就业技能和创业能力，培训保安员200人、农机驾驶员100人，促进贫困劳动力稳定就业，就地就近转移就业240人；投入援疆资金20万元，实施"三交"项目1个。

把更多的资金、项目和工作精力投向乡村一级，让援疆工作惠及基层各族群众，这是援疆工作的出发点和落脚点。张成良把目光投向三个地方：一是在2018年援助基础上，再投入资金980万元，建设富民安居房980套，完成水、电、路等生活配套设施，着力解决贫困农户住房困难问题；二是扩大覆盖面，投入资金1731万元，新建9个村5000平方米文化阵地、办公活动场所、远程教育站点，促进基层服务能力提升；三是开辟援疆新领域，投入资金380万元，建设防洪渠道、安全饮水主管网改建项目，提高抵御自然灾害能力，改善群众生产生活条件。

面对辽阳的资源优势，张成良、金科找到突破口。组织协调当地企业参加"沈阳特采会"等各种招商会、展会，招商引资10余次；牵线搭桥，接待辽阳创新基地等企业考察5次，对接项目7个；推动大连环保科技公司生活垃圾热辐射处理技术项目、河南省滑县榆木加工利用生产仿古家具项目、建筑垃圾3D打印技术项目、污水处理厂污泥有机肥生产项目、分布式热采暖项目；协调推进特变电新疆新能源股份有限公司与辽阳市宏伟区考察洽谈分散式风力发电建设项目，新疆众和股份有限公司与辽宁忠旺集团投资合作高纯铝项目。

联姻联谊，携手发展。援疆除了建"点"，还要连"线"、铺"面"、结"网"。

目光所及之处，是大格局、大胸怀、大情操。辽阳市在选人用人上无疑是智慧的、有远见卓识的，从总领队到每一名队员，都知人善任，具有顶层设计的高度。

干部人才是立体的、多方位的、多维度的。援疆人是优秀的，要求也有别于其他人，他们所创造的援疆精神，是一笔宝贵的财富。

2019年5月11日，辽阳市委常委、副市长何亚琼带领辽阳市考察团来额敏县考察。考察团先后参观了额敏（兵地·辽阳）工业园区管委会、工业园区创业就业孵化园、新疆新天骏面粉有限公司和县博物馆。

何亚琼对额敏县委、县政府给予援疆干部的无微不至的关心、支持表示诚挚的谢意，并对援疆干部的奉献精神给予了充分肯定。他指出，参与援疆是人生的一次全方位历练和成长，希望援疆干部真心实意工作，全心全意为基层群众服务，在援疆工作中不断超越自己，为额敏县社会稳定和经济发展添砖加瓦。

第六章　辽额情深

克塔铁路建成，打通了中亚新丝路，援疆触角进一步扩大和延伸，额敏的经济社会发展插上了腾飞的翅膀。

通过旅客互动推动辽疆两地文化交流进一步向广度和深度推进，体现辽宁援疆力量，唱响辽宁援疆强音。辽宁投入援疆资金1.19亿元，着力打造了巴克图口岸中哈边贸互市。其中，丝路文化商品城是中哈边贸互市的核心项目。6月18日，塔城巴克图口岸中哈边民互市丝路文化商品城正式运营，这是塔城地区融入丝绸之路经济带核心区建设的重要契机，是融入自治区口岸经济带战略布局的良好机遇，是巴克图口岸焕发新活力、助力富民固边的关键节点。

辽宁援疆不但帮助建设丝路商城，而且帮着招商运营。辽宁省援疆前方指挥部总指挥杨军生、塔城地委组织部副部长张克、塔城市委副书记束从杰等援疆干部分别组织塔城市内、外贸企业和哈萨克斯坦客商赴辽宁省沈阳市五爱市场、南台箱包市场、佟二堡皮草市场、西柳服装市场调研考察招商。丝路文化商品城开业以来，每天吸引境内外客户2000余人，周末高达上万人，日均销售额40余万元。

目前辽宁企业正在利用新疆开放平台和优惠政策，进一步走向国际市场，商城成为辽宁产品走向中亚和欧洲的桥头堡。辽宁援疆抓住"一带一路"历史机遇，着眼推动辽疆两地经贸合作。辽疆两地农产品贸易迅速扩大，新疆面粉、干果、牛羊肉走进辽宁千家万户，辽宁的水果、蔬菜、大米也走进新疆市场，并经由塔城出口到中亚。辽疆两地不断繁荣的商贸活动，为受援地企业提供了商机、创造了财富，推动受援地经济社会加速发展。

巴克图口岸，灯塔佟二堡皮草城在这里安家落户。老板说，这里物流方便，客户讲究信誉，促使我们诚信合法经营，有利于商品交易长远发展。

6月15日，额敏县上户镇格生一村的哈吉别克收到了从国家新疆飞鹅遗传资源保种场订购的1800只鹅苗，放在村里统一建设的养殖场里养殖。2017年开始，辽阳市援疆工作队立项建设了30栋鹅舍，分散在全县各乡镇，设计养殖量达50万只，提供给农牧民使用。

新疆飞鹅是新疆特有的鹅种，风干鹅是哈萨克族的传统美食。国家新疆飞鹅遗传资源保种场场长赵全庄说，刚开始养鹅时仅有几百只，后来逐渐发展到一年20万只，加工的产品已经走出新疆，走向全国。通过辽宁援疆的帮助，他们扩大再生产，带动更多的农牧民致富。

引进国内知名裘皮加工企业，"薇黛儿"品牌强势进驻丝路文化商品城，自6月18日正式运营以来，日均销售额达3万元，其裘皮、派克服、双面呢服装，深受国内外消费者喜爱。7月1日，辽阳县小北河袜业经销也进驻商城。

2019年10月21日至23日，辽阳市委副书记、市长王一兵率代表团到新疆额敏考察。在辽阳市—额敏县对口援疆工作座谈会上，王一兵分别听取了额敏县经济社会发展情况介绍、辽阳市援疆工作汇报和援疆干部人才代表发言，充分肯定援疆干部人才付出的艰苦努力和取得的显著成绩。

王一兵在考察对口支援额敏工作时强调，要不断加大产业扶持力度，进一步拓展合作领域，多措并举推动合作项目尽快落地见效，助力额敏县绿色有机发展战略。要积极探索推进"双层全覆盖"的援疆工作机制，按照优势互补的原则，组织辽阳市各县（市、区）、市直各部门与额敏县乡（镇、场）及对口部门开展结对帮扶，建立结对关系，加强交流，扩大合作。

王一兵要求，要持续推进两地干部人才交流，深入落实援疆人才选派政策，不断优化援疆人才结构，精准选派援疆干部人才；进一步完善双方交流互访机制，健全双向挂职交流和柔性引才机制。保持资金投入力度，确保援助资金额度不减，真正用在民生保障和产业援疆项目上。同时充分发挥额敏县的"一带一路"桥头堡作用，在全力推动佟二堡皮装入驻巴克图口岸的基础上，引导、鼓励、支持更多辽阳企业走进额敏，通过优势互补实现合作共赢。

把援疆干部人才的教育管理摆在突出位置，坚持"政治上关心，工作上放手，生活上照顾，管理上从严"，牢固树立"四个意识"，强化纪律约束，严格遵守民族宗教政策，着力铸就"特别能吃苦、特别能战斗、特别能忍耐、特别讲团结、特别能奉献、特别守纪律"的辽阳援疆铁军。

援疆干部人才大力弘扬"舍家报国、忠诚担当、团结奉献、创新奋进"的援疆精神，自觉把个人理想融入新疆社会稳定和长治久安的具体实践，以忠诚、干净、担当树立援疆干部人才的良好形象。

金科说，额敏工业园已成为北疆的一个亮点，自治区党委及辽宁省委主要领导都来过工业园。辽阳市援疆工作队队员为工业园倾注了心血。金科说："队员们最期盼的是回到公寓冲个澡，吃口热饭，在沙发上睡个好觉。"

特别是机关干部和专业技术人员，克服困难，与额敏县党员干部一同参加维稳值班、带班、夜晚巡逻工作，参加反恐维稳值班430人次；努力经受特殊环境的锻炼和关键时刻的考验。县公安局副局长王强发挥自身特长，组织开展防暴演练和处突演习，带领公安干警深入重点区域开展安全隐患排查；县疾控中心副主任郑健，针对任职单位值班备勤任务重的实际，主动参与维稳安保、带班值班，卧不解衣，病不离岗，每两三天轮岗一次，经常放弃节假日休息，坚守岗位。

他们执行着铁的纪律。晚上无论几点，遇到前方指挥部有紧急任务，起床、穿衣、整装，从各个宿舍跑步到大院门前列队。不到3分钟集合完毕。

鲁迅说："无穷的远方，无数的人们，都和我有关。"对于他们来说，苦不抱怨，因为这是使命的召唤；难不退缩，因为这是笃定的信仰；累却心安，因为这是光荣的职责。

队员们面临的心理考验是巨大的、高压的，不但要谨言慎行，还要注重地区的民族政策，尊重民族生活习惯。

原以为业余时间轻轻松松，潇潇洒洒，其实这些在这里都没有，除了工作没有更多的浮华。援疆干部自律利他，用自己的选择回答了新时代如何做一名合格共产党员的考题。走过流血牺牲、毁家纾难的时代，不再有战火烽烟、枪林弹雨的考验，然而对于共产党人，使命的召唤从未停止，笃定的信仰更不能动摇。唯有不忘初心，砥砺前行。援疆家属不仅在后方默默支持着援疆人，更是以行动诠释"一人援疆、全家援疆"的崇高精神，激励着援疆人。

当然，对辽阳市援疆工作队的管理是人性化的，他们始终把援疆干部人才的安全放在第一位。坚持"以人为本，幸福援疆"的工作理念，严格落实"教育先导，制度管理，组织关怀，自我约束"的工作方针，建立健全援疆干部人才日常管理各项制度，全面推进援疆各项工作顺利进行。

工作队安排《新疆维稳形势》培训课程，增强干部人才安全意识。在驻地额敏县委党校建设公安警务站、增加安保设备，组织开展突发事件应急处置实地演练，加大巡查力度，充实值班力量，每天值班巡查人员由2人增加到3人，实行24小时值班和巡查制度，严格控制因私外出。

苛刻严厉的后面，总是一片情深似海。

人非草木亦非圣贤，张成良知道，这样一个团队不好带。修身齐家治国平天下，说起来容易，能做到却难上加难。他潜心研究，自己主动登上他开设的"辽阳讲堂"，为大家讲清史。后来，他四处请专家为大家做报告，内容涵盖基层党建、文化活动策划、经济金融、反恐安保、教育教学、职业素养、医疗健康、卫生防疫、新闻摄影等领域，共举办各类活动140余次。

他还定期组织心理健康讲座。重点抓好"政治、人身、作风、廉洁、生产"五个方面安全，重点防范交通、暴恐、酗酒等人身安全隐患。定期开展体检、篮球比赛、额敏河徒步赛、登山比赛等活动，激发队员援疆工作热情。

活着是援疆的旗帜，倒下是援疆的基石。援疆干部有的妻儿重病无法陪护，有的父母离世能见上最后一面。五加二，白加黑，像机器一样高负荷运转，永不停歇。

2019年5月，金科病倒了，急性出血并昏迷，由额敏县人民医院转到塔城地区人民医院抢救。经检查诊断，他患有十二指肠溃疡出血，肠息肉4处，腹泻造成严重脱水。醒来后，他深情地看着张成良，两双手紧紧握在一起。

"以为再也见不到你了。"张成良热泪盈眶。

"我想走，可额敏人民不答应。"金科开着玩笑。

"回辽阳去吧。我说的是真心话，到那边把病好好看看。"张成良劝道。

"不用，我想一辈子都留在这里，如果这里需要我。"金科郑重地说。

张成良自此更加理解工作队，更加珍惜这份感情，他的肩头除了工作之外，更多了一份义不容辞的责任：要把工作队队员一个不少地带回家乡去！就这样，仍然有10名队员写申请要求再次留疆。

张成良是额敏县援疆干部人才的主心骨，是他们的兄弟，更是他们的"家长"。工作中，张成良给同志们的印象是刚毅的、冷峻的、严肃的、理智的。业余时间他给援友和身边同事、朋友呈现的是自信、健康和灿烂的笑容，还有对第二故乡额敏深深的热爱。在额敏的6年里，他已把自己人生的根深扎在额敏这片土地上，把额敏人当作自己的亲人，为他们排忧解难。

张成良在额敏6年奔波辛劳中，身体状况很糟，不但患上了胃炎，还严重营养不良，体力透支过度带来好多小毛病。在父母或岳父母去世的时候，张成良、金科和队员都没有回去，新疆维稳任务艰巨，他们义不容辞，没有离开岗位半步，用钢铁般的意志战胜困难。当回到宿舍的时候，面对家人和亲人的指责和不解，他们把苦水泪水咽到肚子里。有的是父母去世，有的是几个月的孩子生病，有的是每逢佳节大团聚就缺自己。

不到新疆不知中国之大，不到新疆不知国家利益之重。

遥远的西部大地，给了这些年轻的援疆工作队队员特立独行的精神和情感。工作队员几乎清一色是小伙子，三四十岁，风华正茂、年富力强，他们怀揣理想、忠诚事业、坚守信仰。援疆干部都是好样的，他们经受住政治考验、生命的考验，站立成永恒的胡杨，必将留在记忆的长河里。2015年8月，优秀浙江援疆干部黄群超突发心脏病离世，享年47岁。2019年1月，优秀天津市援疆干部席世明因公牺牲，享年43岁。辽阳市援疆工作队虽然没有流血牺牲，但他们同样付出了很多很多。

张成良对家里人总说身体很好，没有事，他们却不知他办公室和宿舍里放着很多药；金科一年有三分之一时间吃住在村里，生病住院时，还叮嘱工作队队员保密，不要告诉辽阳家人。就是这样的无怨无悔、心甘情愿。奉献与牺牲，执着与坚持，朴实与简单，这就是援疆人的英雄本色。他们如高山雪莲一样：唯其纯粹，所以美丽；唯其平凡，所以动人。2019年年底，金科向组织提出继续留下援疆。为什么？还没待够？吃苦受罪，到底为了什么？也许没有人能读懂他们的内心世界。

张成良以一名优秀共产党员的标准从严要求自己，一心扑在额敏县的工作上。2014年以来，他年度考核均为优秀。由于工作业绩突出，张成良2016年12月被自治区党委和自治区人民政府授予"优秀援疆干部"称号，记个人二等功1次；被塔城地委和行署授予2017年度"塔城开发建设者"奖章，记塔城地区个人三等功2次；2019年被自治区党委授予第九批省市援疆工作优秀个人。

金科把援疆期间父亲病重去世的悲痛深深埋在心底，转化为不惜一切援疆的强大工作动力。

还有徐兴邦、白志久、解明升、王强、刘旭先、田原、万国强、李杰、王志胜、郑健、王序……

事实上，每一位援疆人都有不同的故事，有牵挂，有不舍，有遗憾，娓娓道来，总会在不经意间触动被坚强包裹着的柔软处。

"最牵挂的是父母，最愧对的是妻子和孩子。"

他们舍家为国，在匆匆而过的时光面前，无论境遇如何，在每位援疆人心里早已将信仰的旗帜高高树起，将"极心无二虑，尽公不顾私"的精神，作为一种援疆文化沉淀传承，并转化成一个个看得见、摸得着的细节。

生活不止眼前的苟且，还有诗和远方。他们永远保持着一颗火热的心，被冰冷的外表所包裹。记忆中的太子河，梦中捎来白塔风铃声声响彻耳畔，那久违的故乡故土，模糊又清晰……

"回首往昔无憾事，丹心一片向未来！"新时代，新征程。在平凡岗位上义无反顾地默默坚守，在群众需要时毫不犹豫地挺身而出，必能凝聚起不可战胜的磅礴力量，挺起民族复兴的坚实脊梁。

有一种情感可以焕发斗志，有一种情感可以温暖人心，有一种情感可以洗涤灵魂。张成良是一个铁骨铮铮的北方汉子，铁骨柔肠，千回百转，他把对家乡的思恋和对亲人的牵挂深埋在心底，积淀在岁月的洪流中。

2020年1月3日上午，新疆维吾尔自治区召开第九批省市援疆工作总结表彰暨第十批省市援疆骨干欢迎大会。张成良和辽阳市援疆工作队获得了最高荣誉。

大家依依惜别。金科说："成良老弟，我们一起援过疆，此生无憾来生无悔，我先走了，多保重。"张成良握着金科的手，泪水夺眶而出："我一辈子的好大哥，好大哥……"

金科一个人悄悄地走了，谁也没告诉。张成良和队员解明升、白志久等最后一批撤走。张成良说过，他要把援疆工作队一个不少地带回去。他做到了。离开额敏的那一刻，他转过身，掏出那块克拉玛依玉，交给新的领队，语重心长地说："它陪伴了我6个春秋，接下来，我想送给你们，做个纪念吧。"

"即使分别了，这里也有我们走过的足迹。与日月同辉，与天地同在。我们聚是一团火，散是满天星。我希望把宝贵的援疆精神带回家乡辽阳，为促进民族团结实现中华民族伟大复兴的中国梦贡献毕生力量。"

援疆，是这个时代的一个伟大壮举；援疆干部，是伟大壮举的实施者。辽阳援疆人用行动与生命，回答了"援疆三问"——来疆为什么？在疆干什么？离疆留什么？

八千里路云和月，诉不尽绵绵额敏情。10年来，随着时间推移，辽阳市援疆干部肩负着新时期全面援疆的历史重任，一头连着亲人，一头是担当责任，在额敏这片神奇秀美的热土上倾注了无限的才情和激情，在书写对口支援恢宏篇章的同时，盛满了深切关怀的大爱。

回眸历史，一个个援额项目，一个个动人故事，诉说着民族团结与友谊，见证着额敏走向开放、走向繁荣、走向辉煌的新开端……

尾 声

在茫茫的人海里我是哪一个

在奔腾的浪花里我是哪一朵

在援疆路上的大军里

那默默奉献的就是我

在辉煌事业的长河里

那永远奔腾的就是我

不需要你认识我

不需要你知道我

我把青春融进

融进祖国的江河

高唱着《辽宁援疆之歌》，队员们阔步离开。新一批辽阳援疆干部正从万里之遥，铿锵地向额敏走来。

向所有辽阳援疆人致敬！

向崇高的援疆精神致敬！

也迷里上空的鹰
——记述辽阳市援疆工作队在额敏县工业园区的故事

王 翔

鹰的天空

鹰，划破天际。

一道黑色闪电，风驰电掣，奔逸绝尘，俯瞰着脚下的广袤原野，如某种图腾，护佑着白雪覆盖下的皑皑世界和卑微、渺小的芸芸众生。

鹰翅的下方，正是额敏县。这里位于新疆维吾尔自治区西北，准噶尔盆地边缘，塔城盆地中心，是一个多民族聚居的地方，境内居住着22个民族。

额敏，古称也迷里。辽国灭亡后，身怀国仇家恨的耶律大石离开了中原，远迁西域。历经千山万水，耶律大石西征军来到了额敏河流域，考虑到这里的土壤适合粮食生长，就在额敏修筑城池，登基称帝，建立了西辽国，开始了西辽称雄中亚的历史。当时，也迷里繁荣一时，各民族南来北往，从事丝绸、黄金、毛皮等贸易，这里也成为草原丝绸之路上的重镇。

后来，成吉思汗率大军西征，横扫中亚，西辽随之灭亡……斗转星移，沧海桑田。800年后，这片神秘的大地迎来了辽阳市援疆工作队的旗帜。早在2010年，辽阳市委、市政府积极响应国家号召，派出了第一支援疆工作队。10年来，辽阳援疆人牢记使命，发愤图强，谱写出无数不忘初心、砥砺前行的壮丽篇章。

鹰的视野

走进2019年的辽阳市援疆工作队，迎面呈现的是一张巨幅牌匾："一群人，一件事，一条心，一起拼，一定赢"。辽阳男儿的赤诚之心，也随之播撒在这片沉淀着古韵沧桑历史的土地上。

如今，中国特色社会主义已经进入新时代，新疆工作也面临新的形势、新的任务。发展仍是解决新疆一切问题的关键。只有务实推进产业援疆，帮助受援地发展特色产业、绿色产业，拓展产品销售渠道，才能扎牢新疆的发展根基。对口援疆和脱贫攻坚，打开了脱贫致富的希望之门，照亮了新疆现代生活的方向。

根据中组部、人力资源和社会保障部2011年发布的《对口支援新疆干部和人才管理办法》，援疆干部和人才在新疆担任党政职务的，在疆工作时间一般为3年多，从辽阳市援疆工作队走出的也已经有3任总领队了。

额敏县是一个农业大县，工业发展缓慢，财政收入偏低。为打好"产业援疆"这张牌，对口援疆工作展开后，辽阳市就确定了打造额敏（兵地·辽阳）工业园区的发展策略。作为"辽阳援疆第一人"，首任辽阳市援疆工作队总领队朱志甘心里装着约20万额敏群众和9500平方公里土地，快马加鞭，夜以继日，为辽阳援疆人做出了表率。按照"企业向园区集中、投入向园区集聚、政策向园区倾斜"的工作思路，他积极参与了额敏（兵地·辽阳）工业园区的前期规划，和同志们一道，在这片只有不到两米宽道路的荒草甸子上，构建起额敏工业园区的发展之梦。

工业园区区位优势十分突出。规划面积10.13平方公里，一期规划面积4.4平方公里，远期规划至2030年，规划面积5.73平方公里。10年来，共投资3亿元，实施了园区一期电力、通信、道路、供排水、景观绿化、亮化和行政管理服务中心等基础设施建设，现已形成基础设施完善、配套功能合理、产业定位科学的工业经济绿色后花园，基本达到"七通一平"。经新疆维吾尔自治区人民政府批准，额敏工业园区升格为自治区级园区，2016年又被评为农业科技园区。

　　朱志甘的继任者是崔安勇，接过前任的接力棒，他继续带领班子集体，为"产业援疆"呕心沥血，勤奋努力。

　　在地球上，哪里有水，哪里就有生命。在现代工业中，没有一个环节不是大量用水的。为了确保额敏（兵地·辽阳）工业园区每年所需的工业用水，增强额敏县经济发展的"造血"功能，辽阳市投入援建资金551万元，援建了总库容量3040万立方米的玛热勒苏水库，解决了额敏镇、玛热勒苏镇、霍吉尔特蒙古民族乡及地区种羊场18个村（队）的15万亩农田灌溉用水和额敏（兵地·辽阳）工业园区每年所需的工业用水。

　　针对额敏县盛产的玉米、打瓜深加工等项目，辽阳市援疆工作队与长春大成集团、甘肃东方瓜园等20余家企业采取了登门招商、主动推介的招商方式。他们积极面对珠三角招商活动，多次与广东商会、福建商会等驻疆商会以及辽阳驻深圳办事处人员对接项目。

　　崔安勇还带领着同志们，加大了小分队招商力度，整合额敏及周边区域资源优势，针对飞鹅、黑加仑、生态旅游等特色资源及打瓜、油料、畜产品等优势资源有针对性地开展工作，加大了走出去、请进来的招商力度，盯住每一个项目，扎实做好招商工作。

　　招商就像相亲。经过辽阳援疆人的共同努力，至2015年，额敏（兵地·辽阳）工业园区已成功完成了诸多企业与额敏工业园区的圆满嫁接。总投资5000万元、由河南新野冠丰肥业有限公司投资的年产10万吨滴灌肥、复合肥生产项目——额敏田力特肥业有限公司已顺利入园，职工宿舍、库房及生产车间基础已经完工，生产设备也已完成订购。总投资5000万元、注册资金3000万元的新疆九洲农业科技开发有限公司玉米、小麦制种项目，库房、厂房基础已基本完工，生产设备也已完成订购。新疆泽丰房产开发有限公司大型农副产品批发交易中心及配套商业住宅建设项目一期投资3.60亿元，建筑面积14万余平方米，如今已通过验收。

针对这些入园企业，辽阳援疆人全力做到有求必应，提供保姆式服务，帮助落地企业解决实际问题，确保这些项目顺利实施。

2014年，张成良首次来到额敏县，任辽阳市援疆工作队副总领队，2015年，由于表现突出，被组织部门提拔为辽阳市援疆工作队总领队。2017年，张成良再次援疆。一晃，张成良就在额敏干了整整6年。

满满的月光倾洒在奔流不息的额敏河上，薄薄的冰霜覆在木质的小桥扶手上，在月光下闪烁着幽幽的光，望着流淌着浮冰的河水，望着河畔如星河一般的万家灯火，主管工业园区的张成良备感肩上的担子更重、更重。

如今，额敏县委指派张成良分管额敏县工业园区，与辽阳市委强调的"产业援疆""工业强县"战略是多么应节合拍、殊途同归呀！产业援疆，就是要由"输血"到"造血"，一改边疆贫穷、落后的现状。产业援疆，就是要推动当地脱贫致富、民生改善，让党的民族政策落地。产业援疆，成了促进新疆社会稳定、长治久安的大课题。这是多么难得的千年机遇！工业园区是额敏县经济发展的引擎，只有带领整个援疆团队，和当地干部群众一道，踏踏实实、不遗余力地建设好、管理好额敏工业园区，使之发挥重要的示范意义和引领作用，才能对得起党的培养，对得起辽阳人民的信任，对得起额敏群众的希冀。

经过辽阳援疆人的共同努力，园区管委会探索出一整套项目管理机制，创新建立了项目前评估、项目后评价的全流程监管机制，完善健全了资金管理制度，在结算和审计上织密"防护网"、升级"防火墙"，有效地推进了项目建设进度，最大程度发挥了援建资金的作用。

建好一个工业园区，都要经历规划、施工、招商、管理的复杂过程。辽阳援疆人经过对园区的号脉诊断、摸底调研，决定首先从管委会作风建设入手，用制度管人。他们提出了许多当年比较超前的发展理念，让常年工作在大西北的同志们获益匪浅。如：意向项目抓签约，签约项目抓落地，落地项目抓开工，开工项目抓进度，进度项目抓报表审计，完成项目抓审计决算。一环扣一环，环环相扣，从而调动了全体干部的主观能动性。经过反复调研，园区管委会在辽阳援疆人的帮助下，及时确立了园区的发展目标，并首次制作了额敏县工业园区招商手册，紧紧围绕"一产上水平，二产抓重点，三产大发展"的产业发展理念，紧紧围绕"绿色有机加工，让清真食品走出去"和"品种、品质、品牌"的发展定位，及早确定了园区工作的发展方向。

以往，援助新疆的资金都是将支票直接交付地方政府，由各个地方政府根据援疆项目计划划拨的，也称"交支票"。根据辽宁省委近年的指示精神，园区管委会与辽宁省第三建筑公司签订了建设额敏工业园区的协议，由辽宁省第三建筑公司按照额敏县的设计规划建设施工，再由辽阳市政府作为援疆专项资金以每年2000余万元出资结算，也称"交钥匙"。

辽阳援疆人面向京津冀、珠三角、长三角三个老牌的经济发展轴心区，大力实施了入园招商，引进龙头企业，支撑起工业园区的龙骨。以"新天骏面粉""宜康乳业""姑娘追牛肉干""泰和富华豆制品"等清真企业的入驻为带动和引领，打造了1200亩的清真产业发展基地。让企业进得来、落得下、见效早、发展快，成功引进知名企业在园区落地生根。园区管委会还出台了一系列园区招商引资奖励政策，创新"以商养商"的工作模式，形成了"葡萄串"效应。

短短几年内，园区入驻企业由当初的4家增至16家，从业人员由当初的200余人增加到2000余人，其中40%是少数民族职工和建档立卡贫困户，促进了当地转变经济发展方式和群众脱贫。

园区管委会充分利用额敏区域这一片净土,打造有机绿色产品,打造生态花园式工业园区。园区引进果蔬粮仓储、粮油肉类加工、制药等企业,其中包括中粮塔原红花、新天骏面粉厂、新疆隆汇源药业、绿乡玉米、田力特肥业、九洲种业等绿色企业。2016年,园区工业生产总值达12亿元。

新疆隆惠源药业有限公司是由新疆隆惠源投资有限公司注册成立的一家以甘草精加工为主的企业,该项目与上海美优制药有限公司合作,选用国内先进工艺技术和设备,企业投产后,年工业总产值达4.50亿元,上缴当地税收1800万元,填补了塔城地区产业空白。在笔者参观企业的产品展台时,公司总经理李海涛骄傲地介绍:"当初之所以选择在此办企业,就是看中了额敏的区位优势。"如今,额敏县上户镇已建设甘草种植示范基地6500亩。该项目填补了新疆塔城地区的产业空白,具有显著的社会效益和经济效益。这标志着额敏县向紧抓"丝绸之路经济带"建设机遇,加强与哈萨克斯坦经济合作,实现"东进西出"、发展地方特色产业迈出了坚实的一步。

招商工作对于任何一个工业园区的生存和发展都是至关重要的。园区管委会先后组织了额敏县相关部门远赴河南、四川、天津、山东、北京等地广泛开展招商活动。额敏县素有"粮仓、肉库、油缸"之称,是"中国绿色食品生产加工基地""中国绿色名县""全国生态文明先进县"。目前确立的打瓜种植30万亩、玉米种植30万亩、特色种植30万亩的"3个30万亩"优质粮油基地和新疆飞鹅、新疆褐牛、也木勒白羊、也迷里原鸡的"四大畜禽养殖基地"建设,种植、养殖数量居新疆前列。在大力开展"绿色招商"过程中,辽阳援疆人按照"既要金山银山,又要碧水蓝天"的发展理念,努力引进高投入、高收益、无污染的大项目、好项目。他们与世界500强、中国500强及部分央企主动"联姻",先后引进中粮屯河糖业、中粮塔原红花、中粮屯河番茄、中电投等10余家绿色环保企业,现已落地生根,实现了县域经济的提档升级。

在亚欧博览会上,额敏的维帝黑加仑果汁被抢购一空;参展群众对额雁飞鹅排队品尝、赞不绝口；塔原红花油吸引了广大客商伸出合作橄榄枝……别具特色的新疆额敏土生土长的有机农产品亮相亚博会，吸引了各商家和百姓的目光。

来自乌鲁木齐市警察学院的职工曾明品尝了飞鹅、风干肉、奶疙瘩，喝了"御语丝路"小米养生酒后跷着大拇指赞道："额敏的这些农产品就是香！"

"额敏特色农产品会在亚博会上格外吃香，除天赐的大陆性温带气候和四季分明、日照较长这些条件为农作物生长提供了有利的生长条件外，最主要的是这些年来额敏县在招商中严把引资关，坚定不移地走以农副产品精深加工为主的兴园之路，把污染企业拒之门外，将'绿色招商'放在第一位，为大力发展特色效益农业、生态农业和现代畜牧业，为实现可持续发展打下了坚实基础，使畅销国内外的额敏特色农产品在亚欧博览会上越来越'香'了。"

"这次亚博会算没白来。"额敏县天禾园生态农业有限公司经理范莉英欣慰地说。由于第一次参加亚博会，公司只带来了50件"御语丝路"小米养生酒供客商免费品尝，开拓市场，不料开馆第一天就迅速打开了局面，培育了旺盛的人气。额敏县民合奶牛养殖专业合作社社长刘月娥采取了边品尝"月娥"奶疙瘩边销售的形式，一样受到了商家的瞩目，显示了额敏品牌产品的魅力。

依托额敏县的资源优势，辽阳援疆人始终将"产业援疆"因地制宜地"做加法"，着力向"绿色"倾斜。围绕"绿色有机"的发展定位，无缝对接。他们还以新疆河南商会成立为契机，举办额敏县招商引资推介会。通过招商引资，加大了产业就业力度，增加了贫困人口工资性收入。

辽阳援疆人还依靠他们多年积累的商业资源，多次回到辽阳进行招商引资和贸易洽谈。他们联合辽阳市民营企业家协会，一次就组织8家企业，包括辽阳市著名企业——专事农产品深加工的富虹集团，组团来额敏调研考察。

考虑到为额敏县财政节约开支，每次率队外出，辽阳援疆人都要求大家，在地区洽谈业务必须住塔城办事处。当时的塔城办事处，各方面设施特别简陋，甚至可以说条件十分艰苦。在辽阳招商期间，张成良还多次自费宴请了管委会招商干部一行，当有同志问他为什么不开发票，他总是笑笑："咱们都是战友，你们来辽阳，我该尽尽地主之谊，我也挣工资，这个费用我还付得起。"辽阳援疆人以"东北汉子"的豪爽和好客，深深地打动了同事们。

辽阳援疆人经过坚持不懈的努力，促成了入园企业——新疆新天骏面粉有限公司与辽宁供销集团签署了购销协议，实现了新疆的优质面粉第一次走出新疆，被端上了辽宁老百姓的餐桌。目前，新疆新天骏面粉有限公司正在连轴转，停人不停机，三班运行，日夜生产，已达到每月150吨的销售规模。由此带动了全县9个贫困村、7000多人脱贫致富。

鹰的胸襟

额敏的冬季，天空与大地的距离显得特别近。额敏河水在冰层裸露处恣意地流淌，银色的鸟群时时飞过，大地银装素裹，形成了一幅写意的中国水墨。

当额敏（兵地·辽阳）工业园区正提质扩容，入园企业正红红火火、风生水起的时候，园区三期——额敏县创业就业（扶贫）孵化园又紧锣密鼓地开建了。

额敏县创业就业（扶贫）孵化园位于额敏（兵地·辽阳）工业园区西环路和北环路交会处，占地面积130亩，分两个年度投资7760万元，计划完成1栋行政办公楼、2栋职工宿舍楼、1栋职工生活服务中心，并设有职工食堂、超市、文体活动室等，以及1栋集中供热站、1栋冷藏保鲜库、16栋标准化钢结构厂房以及相配套的地下管网、道路等附属设施。

2016年，孵化园已完成项目建设用地审批、地勘、规划设计、项目核准、工程招投标等各项前期工作；2017年计划投资3500万元，完成行政办公楼、职工宿舍楼、职工生活服务中心、集中供热站、冷藏保鲜库及6栋标准化厂房建设项目；2018年计划投资4100万元，10月份完成所有建设内容，交付使用。孵化园重点支持发展地毯编制、十字绣、烤肉加工等民族手工业和"农家乐"等乡村旅游业，促进了贫困户就地就近就业。

2019年，孵化园即将交付使用的时候，突然传来因道路缺少石料而停工的消息，施工工地门可罗雀，机器静默，工棚内满是闲坐的工人。张成良心急如焚，通过深入基层了解到这一情况后，马上与相关部门协调。按照惯例，施工用料的固定地点都是由公安部门指定的，那里距离施工现场十分遥远，如果现在赶到那里运送石料，时间不允许。如果就近取料，那必须经额敏县自然资源局批准。张成良马上组织相关部门召开协调会，根据相关文件，只有公益项目才可以在此取料。但是，如何确认这是公益项目，无人敢签字，大家推来推去也没有结果。张成良当场站起身来说："追责就追究我，我签字。"

于是，孵化园又传来了轧道机隆隆的轰鸣声。

孵化园建成后，作为园区的园中园，如今绿树成荫、鸟语花香。这里既帮助企业家圆了"拎包即可入驻"的创业梦，又可解决全县范围内500个贫困人口就业，这无疑有效解决了额敏县中小微企业因资金短缺无法入驻工业园区的困难、带动贫困人口就业难、贫困家庭住房紧张等难题。目前，已有第一批16家中小微企业入驻孵化园，进一步提升了企业发展前景，增加额敏工业企业总量。

鹰的意志

大雪纷飞，额敏河在漫天的朦胧中若隐若现，额敏桥就像漂浮在水面上的海市蜃楼，往日温和、内敛的也迷里，又多了一份浪漫、富于动感的美。

随着孵化园的建成，新的经济发展瓶颈又出现了：许多中小微企业都是做农产品加工的企业，每年7月、8月都需要采购粮食，作为原材料大量进货，而入驻的企业大多属中小微企业，资金有限，时常出现资金短缺，面临周转困难。而在额敏县，想向任何银行申请银行贷款，都要经过逐级审批，手续烦琐，周期漫长，额度有限，还往往无疾而终。各家银行只会"锦上添花"，不会"雪中送炭"，企业发展难以为继。面对这种状况，辽阳援疆人和当地同志们一道，认真研究了2014年国务院常务会议上确定的PPP融资模式，这是打造市场化运作融资平台的政策依据。为了积极推动和运行针对中小微企业"助保贷"的融资模式，促进额敏县工业经济发展早日走上"快车道"，他们研究出台了一整套"助保贷"管理办法，成立了"助保贷"管理委员会，协调县级财政、商经局、发改委、工商局等相关部门，对所属企业的全面风险进行评估。他们多次跑辽宁援疆前方指挥部，跑地区财务部门，跑塔城市银监局，跑额敏县建设银行……历经磨难，费尽周折，终于以其十分的严谨和万分的诚意，打动了中国建设银行额敏支行，并与额敏支行实现签约。协议中明确规定，地方财政投入资金1000万元，放进银行形成资金池，作为启动资金，授信10倍，撬动银行资金1亿元，专项用于扶持中小微企业发展。如果到期不还，采用企业、政府、银行三家分摊风险的方式。于是，企业贷款门槛降低了，各家风险也同比降低。

这无异于将一股新鲜血液注入地方工业经济增长的动脉，破解了中小微企业融资难的问题，使额敏经济迸发出新的活力。"助保贷"利息低于正常途径的银行贷款利息，受到了中小微企业的热烈响应。工业园区69家中小微企业受益，最高贷款额达1000万元，到期如数还款，没有一家失信。当年，就发放贷款4700万元。由于"助保贷"的服务对象定位于额敏县工业企业的所有小微企业，也惠及工业园区以外的民营企业，所以园区以外的困难企业也积极参与，"助保贷"的新型融资模式还救活了两家濒临倒闭的工厂。业主们由衷地感谢这份来自辽阳的真诚和温暖，感谢"把实事办好，把好事办实"的辽阳援疆人，并送来了锦旗和感谢信。

鹰的梦想

北宋思想家张载有"为天地立心，为生民立命，为往圣继绝学，为万世开太平"之语，辽阳援疆人正在以此作为自己的座右铭，时刻鞭策着自己，克服一个又一个困难，向着既定目标进发。

下一步，他们将组建园区创投公司，摆脱过去以政府财政为兜底的城投公司融资模式，这样，可以有效摆脱地方债对园区发展的困扰，采取"政府引导发展方向，社会资本参与运作"的办法，实现园区项目建设资本金的市场化。

辽阳援疆人还积极探索产业援疆新路径。积极推进辽阳市经济开发区、灯塔市工业园区与额敏产业园区开展"一对一"结对帮扶，在人才、建设、管理、经营等方面开展深层次合作，增强园区自我"造血"功能，把产业园区建设成为额敏对外开放的主窗口、承接产业的平台。

2016年，"佟二堡·额敏皮草城"项目落户额敏县，国内知名裘皮加工企业"薇黛儿"品牌强势进驻塔城巴克图口岸丝路文化商品城。自正式运营以来，日均销售额达3万元，其裘皮、派克服、双面呢服装，深受国内外消费者喜爱。紧接着，辽阳县小北河袜业经销也进驻商城，推动了额敏全县第三产业升级。

同时，吸收有实力的社会资本，参与组建额敏县村镇银行，从而让额敏县的老百姓有了自己的钱袋子。

为了不断提升工业园区的产品品质，打造"绿色有机数额敏"，贯彻"一业两园三品"的发展战略定位，他们规划建设了农副产品检验（测）中心项目。该中心2019年计划投入198万元，目前项目规划、实施方案已编制完成，正在稳步推进。

大力发展特色养殖业。辽阳投入1000万元援建资金建设飞鹅养殖基地，新建标准化鹅舍1万多平方米，推行标准化、规模化养殖，受益农户200多户，扶持和带动当地贫困人口和富余劳动力就业。他们还投入援疆资金100万元整合现有资源，先后举办3期手工刺绣、服装裁剪培训班，购置缝纫机、绣花机、大型雕刻机等手工刺绣设备，培训200多位贫困少数民族妇女、经营户进行手工刺绣。启动了额敏县少数民族手工刺绣基地建设项目，开展刺绣基地及配套设施建设，加强技术与管理交流，选派百名专业技术人员和管理人员赴辽宁、苏州等地区交流、学习苏绣、湘绣等国内外著名刺绣行业技术、管理和产品展销经验，组织企业、合作社、经销户参加上海等新疆内外及哈萨克斯坦展销活动。分别在额敏县库鲁斯台手工刺绣有限公司、玛热勒苏镇幸福之花社区、额敏镇桥东社区，启动了"卫星工厂"系列工程，这些企业专事订单生产校服、工装，带动了130名少数民族贫困妇女实现就地就近就业。

他们大力发展信息、电子商务服务业，使之尽快成为支柱产业，增强经济的发展后劲，带动服务业向产业化方向发展。累计投入474万元，建设额敏县电商（扶贫）园，为新疆玛依尔食品有限公司成功搭建风干肉、食用油、飞鹅、食葵等特色农产品网络销售平台，产品远销北京、广州、深圳等内地市场。

为了及早勾勒出额敏——第二故乡的未来发展前景，张成良和同志们还用了3个月走遍了全县17个乡镇169个村庄，同时到北大方极规划院辛苦工作了整整两个月。他们日夜忙碌，查资料，找样板，咨询专家，查找专业书籍，出色地编制出《额敏县绿色有机规划》等全县五大发展战略规划，成功填补了额敏县产业规划的空白。

鹰的情怀

日未落，月已出，夕阳正红，"白月亮"高高地升起在辽阔、晴朗的天际，雪后的也迷里，清爽无垠，额敏河上充满冰清玉洁的味道。

2015年11月的一天，晚上7点半左右，园区常务副主任王宏来到了额敏县委三楼，要向张成良汇报工作。走廊上，所有的灯全都熄了，只有张成良办公室还透着光亮。王宏推开了办公室的门，意外地发现张成良正趴在桌上，身体不停地颤动。当张成良抬起头来，王宏发现他那坚强的脸上满是泪水。"我爹走了！"从桌上的面巾纸袋里抽出一张纸后，张成良哽咽着讲述了父亲的一生：张成良的母亲很早就去世了，父亲是又做爹又做娘，艰难地把两个孩子带大，如今，哥哥的身体不好，父亲的处境类似于五保户，平日里都是邻里帮忙照顾。可正在张成良为额敏县工业园区操碎了心的时候，他敬爱的父亲突发脑出血，已无法言语了。病床上，老人家咬牙坚持着、坚持着，把对儿子所有的思念和父爱，都寄托在久久不肯熄灭的目光里……刚才，接到大哥的电话，告诉他老人家永远离开了，后事都是张成良的几个朋友帮忙操办的，而他远在千里之外，除了独自流眼，只剩下无边的悲伤。

"自古忠孝不能两全。我们也帮不上什么忙，大伙儿凑个份子，代买个花圈寄托哀思吧。"有同志这样提议。为此，张成良坚决不赞同。还没出七，张成良就匆匆赶回来向额敏县委报到了。次日，他就召集全体管委会同志开会，部署近期园区工作。当时，园区各个方面工作正在爬坡过坎，可以说一刻也离不开他。望着张成良雷厉风行的背影，同志们都深深地感受到，他正默默承受着巨大悲痛……

援疆是一种大爱。在家事和国事的抉择上，几乎所有的辽阳援疆人都有段类似的故事。

2016年12月，园区建设功臣之一张成良被自治区党委和自治区人民政府授予"优秀援疆干部"称号，记个人二等功一次；被塔城地委和行署授予2017年度"塔城开发建设者"奖章，记塔城地区个人三等功两次。

为了感谢辽阳市援疆工作队多年来的突出贡献，辽宁省对口支援新疆前方指挥部2018年1月5日给中共辽阳市委发来了一封热情洋溢的感谢信，文中这样写道：

　　……过去一年，辽宁援疆工作之所以能取得较好成绩，得益于各级党委、政府的大力支持，得益于每名援疆干部人才的辛勤付出，得益于后方各派出单位的关怀厚爱。感谢中共辽阳市委对辽宁援疆工作的高度重视、大力支持、无私帮助！感谢你们选派的优秀干部人才，带来先进工作经验和理念！

……辽阳市援疆干部人才积极响应组织号召，不远万里，从太子河畔来到塔城盆地，不忘初心，牢记使命，开展招商引资活动50余批次，促成辽阳经济开发区、灯塔市工业园区与额敏工业园区签约合作；帮助额敏县完成9个自治区级贫困村顺利实现脱贫摘帽；在全省14支工作队中率先完成援疆项目报批和招投标工作，被辽宁省前指主要领导赞誉为"辽宁援疆工作队中的王牌军""辽宁前指的直属部队"，这得益于贵市市委、市政府对援疆工作的坚强领导和高度重视……

所谓的黄金海岸，都是由无数细小的沙砾组成。正如一个民族，都是由无数的普通人构成。而唯有小人物的信念汇聚，才有了今天我们大国的气质。正如那首《辽宁援疆之歌》唱的：

> 在茫茫的人海里我是哪一个
> 在奔腾的浪花里我是哪一个
> 在援疆路上的大军里
> 那默默奉献的就是我
> 在辉煌事业的长河里
> 那永远奔腾的就是我

积雪封锁了古驿站，"大风口"石碑的大红题字显得格外耀眼。碧空万里的也迷里苍穹上，鹰之歌讲述着10年来辽阳援疆人在工业园区的故事……

2020年7月　三稿

朱志甘：从援疆到守疆

李大葆

引　子

公元2010年。北京。

3月30日，全国对口支援新疆工作会议闭幕，会议传递出中央通过推进新一轮对口援疆工作加快新疆跨越式发展的信号。

5月17日至19日，中共中央、国务院召开的新疆工作座谈会，对推进新疆跨越式发展和长治久安做出了战略部署。

6月20日，中央党校入疆干部短期培训班结束，援疆干部分赴受援地。

2010年，新一轮为期10年的全国对口支援新疆工作的启动之年。

公元2010年。辽宁。

对口支援新疆，辽宁名列19个省市之中。

辽宁目标明确，责任上肩：建立人才、技术、管理、资金等全方位援疆机制，把保障和改善民生置于优先位置，支持新疆特色优势产业发展。

公元2010年。辽阳。

辽阳迅速跟进，组建机构，选荐人员，准备就绪。

以一座城市的名义"牵手"祖国西北角，责任重大，使命光荣。

朱志甘踏上丝绸之路。一项史无前例的国家行动，就是他前行的背景和动力。

额 敏 篇

脚下沾有多少泥土，
心中就沉淀多少真情。

——习近平

1

2010年，"援疆"一词，对许多人还只是一个模糊的概念。

辽宁援疆的历史，确切说来始于2005年，受援地在南疆的柯尔克孜州，先后两次派出人员；2010年，中央对全国援疆工作做出重新部署，辽宁的受援地调整为北疆的塔城地区和新疆生产建设兵团八师、九师，简称"一地两师"。至此，辽宁虽然是三次派员进疆，但此次在受援地、工作目标、任务、方式上均不同于以前，并且新一轮援疆期限定为10年。为了跟中央步伐一致，按援疆时序划分，辽宁将2010年至2013年派出的援疆队伍，统一称为"新一轮的第一批"。

在新一轮派出的援疆干部中，辽阳分到了名额，并组成了辽阳市援疆工作队，领队就是朱志甘。

辽阳市委在选派领队时是经过严格考核的，年龄、身体、专业、经历，哪一项都经过仔细敲定。市委组织部优中选优，拟定备选名单，供领导参考；几位主要领导开了碰头会，对照中央的援疆工作精神，一个一个过筛子。最后，目光集中在朱志甘身上。

朱志甘是东北财经大学的高才生，在辽阳经济管理干部学院工作7年多，在辽阳市财政局工作4年左右，又做了10年的副区长，一直从事和分管经济工作，有理论，有实践，更主要的是还有理想，有担当，干事有火一般的激情。

"上常委会定吧。"市委书记说。

5月初，市委常委会集体讨论研究，一致通过。

随即找朱志甘谈话，这是任职前的必要程序。对屡经岗位调动的朱志甘来说，此类谈话已经有过多次。可是，这次的感觉却不一样。当他接到市委领导找他谈话的通知，浑身就热了起来，心脏也突突地跳快起来。

辽阳的援疆之旅，由朱志甘迈出第一步，是客观事实，也是历史定位。"辽阳援疆第一人"这样的称谓，开始往他耳朵里灌。

朱志甘知道，这一次任职绝非寻常，成败荣辱也不仅是属于他自己的。市委的信任和重托，辽阳百姓的期待，让他与一项国家行动紧密联系起来，责任重如山！

辽阳的受援地是塔城地区下辖的额敏县，是历史在丝绸之路上孕育的一颗明珠。"无数铃声遥过碛，应驮白练到安西。"人类不断向西探进的脚步，既发现了重大的地理奇观，也"突破了地域限制，建立了对其他文明的认知"。在"一带一路"构想还没提出的当时，人们对丝绸之路新的预期就已蠢蠢欲动，拔高了标尺。

朱志甘西去的行囊里，比换洗衣服更多的，是关于额敏的信息资料。

他由辽阳，去沈阳，再去北京，各地的5000余名援疆干部一步步地集结。

中央党校的短期培训班一结束，他就向额敏县委报到了。

6月下旬的额敏，用晴空和笑脸迎接他。他在笔记本中写下了对额敏最初的感受：

> 额敏县是一个中国与哈萨克斯坦相邻的边境县。从乌鲁木齐出发，驱车需约600公里。县域面积约9500平方公里，人口约20万，少数民族占到一半以上，主要是哈萨克族、回族、维吾尔族、蒙古族等。额敏县城约有10万人，这在新疆来说是一个不小的县城了。额敏县城内驻扎着新

疆生产建设兵团第九师，也是师部所在地，是一个典型的四面环山的绿洲盆地。县域全年降雨量300～400毫米。这里的空气非常清新干净，PM2.5几乎测不出来。仰望天空，天很高、很蓝。放眼望去，几百万亩的庄稼地，一片一片的，绿油油的，是新疆重要的粮食油料生产基地。树木点缀着城乡，就像一幅油画般的田园风光。所以，被人称为"油画塔城、丝路净土、康养天堂"。这里的日照时间很长，每年的6月份至9月份，晚上11点左右天还亮着，与辽宁辽阳相比足有2.5个小时以上的时差。

尴尬的时差！起床、就寝、用餐，日常的一切都拧轴了；给家里人报个平安吧，结果已是深夜了，倒把妻子吓了一跳。

何止时差，干燥、严寒、饮食不适、交通不便、地方疾病等困扰一一袭来，还有"老风口"的暴虐，患结石、流鼻血的不期而遇，哪一样都不便与家人诉说。

初到额敏，朱志甘所任职务很多：中共额敏县委副书记，辽阳市发改委党组成员、副主任，辽宁省对口援疆工作前方指挥部成员，辽阳市援疆工作队领队。

最后这个职务，说起来好笑，刚开始的半年，说是领队，其实队里就他只身一人。他要把援疆规划工作做好了，大队人马才能进来，这叫规划先行。

"规划先行"，其实头半年朱志甘是在蹚路子。说直白点，就是按照中央援疆工作会议要求，拿出辽阳有针对性对口援建项目的规划方案。省里统筹分配给辽阳市的援疆资金指标，第一年是6500万元左右，以后每年按8%增长，5年后累计达到4亿元左右。然而，这些钱已经定了，用在哪些项目上，每个项目用多少，他得拿出方案来。

首先得自己心中有数，不能以其昏昏使人昭昭。怎么做个"明白人"？

除了肯下力气使牛劲搞调查研究，没什么捷径可走。额敏县有27个乡、镇、牧场，地广人稀，分布零星，有的牧区距离县城200多公里，冬窝子，夏牧场，到哪儿的道路都崎岖难行，甚至没有路。朱志甘每天两头不见太阳，用了半个多月，跑了个遍。吃饭赶哪儿算哪儿，困了就在车上打个盹儿。

司机小杨跟他开玩笑说："朱书记，你用不着害怕时差啦，反正早早晚晚的都在工作，都在车上。"

"时差早就怕我啦！"朱志甘幽默地回应道。

跑完乡村，再跑县城。县里的各部委办局，大小企事业单位，有点规模的个体经营户，挨个访了一遍。像发改委、经信委、招商局、产业园区管委会等，凡是他分管的单位或部门，隔三岔五就走一趟，有时候问这问那，有时候一声不吱，但是局长们都知道，这位援疆干部是无事不登三宝殿的。

在调研时，朱志甘经常把额敏与辽阳对比着想问题。一看到额敏经济发展的较大差距，就进一步认识到了党中央、国务院对口援疆决策部署的重要性。受援地各族干部群众对辽阳市援疆的期望目光，锥子一样扎在他心里。

朱志甘记忆力强，又思路清晰。没多久，一个个具体项目有眉目了，额敏的情况也了解清楚了，再说起各类牧民定居点、基层组织阵地建设、学校改扩建、工业园区建设步骤等等，朱志甘不用现掏小本子了。

一个人的援疆工作队，最怕的是寂寞。所以，朱志甘在等待队友的那段日子里，不让自己闲下来。"每天工作安排都是满满的，只有上班时间，没有下班时间。"他说。

一份经由朱志甘执笔的《额敏县"十二五"受援规划》，经专家论证，额敏县委、县政府同意，塔城地区审查通过，辽阳市委、市政府研究同意，辽宁省援疆前方指挥部审核，辽宁省委、省政府复核认可，国家发改委正式批复，如期完稿，成了额敏实现美丽愿景的蓝图，而在朱志甘心中，它就是额敏指日可待的明天。

2

有言曰：万事开头难。

又有言曰：天下无难事！

辽阳市援疆工作队的组建，本身就是一个新事物，没有经验可资借鉴。特别是全国新一轮的援疆工作，与以前援疆又有明显不同，最大的区别在于，出援的各市地由过去单一的提供资金转而在干部、人才、医疗、教育、产业等五个方面综合发力，并且每个方面中央都有一张规划项目表，辽阳市援疆工作队的压力何其大也？

但是，责任一经上肩，就没有推卸的理由。

2010年12月底，队友们到齐了。

现在，朱志甘是名副其实的领队了，这支队伍怎么带，直接关系到援疆任务完成的质量。

谋事在人。

辽阳市第一批援疆工作队由19个人组成，朱志甘称之"十九棵青松"。他们中，年龄最大的56岁，最小的29岁，平均38.2岁。19个队员的名字，早就在朱志甘心中不知浮现过多少遍。论政治面貌，有中共党员13名，九三学社社员2名，民进会员1名；论学历，研究生学历4人，大学学士14人，大专1人；论民族，汉族17人，满族2人；论职称，专业技术干部基本都是高级职称；论每个人的脾气秉性，也在朱志甘的了解之中。总之，朱志甘认为，这是一支年富力强、学识丰富、思想觉悟高、学历层次也高的队伍。

朱志甘先于队友们来到遥远的大西北，提前尝到了远离亲人的滋味，他知道"寂寞关""生活关""环境关"等折磨和考验，也同样横亘在队友面前。他们初来乍到不适感也许会为一时的新鲜所冲淡，但是，3年援疆的日子是漫长的，当现实摆在眼前了，让"青松"常青，有什么好办法吗？

朱志甘耳边又响起市委书记对他说的那句话："你是辽阳市委派出的援疆第一人，又是领队；要把队伍带好，也给以后打个好基础！"第一批援疆工作队的建队理念和机制，对第二批、第三批等后续队伍，势必产生影响，朱志甘警告自己"这个样儿千万不能给打歪了"。

怎么建设队伍，朱志甘有了一个想法，概括起来8个字，即"以人为本，幸福援疆"。

亦刚亦柔，至情至理。

队员来自各个单位，许多人此前还不熟悉，一下子来到异乡，各人又有各自对接的岗位，最忌讳的是松散和懈怠。日子绝不可消极地去挨、去混，即使处在比较艰苦的环境里，也应该认真对待每一天。朱志甘说，既然援疆工作队是一个集体，就要战友相待、兄弟相待，"一个都不能少"！

虽然是领队，但朱志甘首先要求自己不仅不能做"哄孩子的大家长"，更不可不讲章法地胡来。

在队员入疆培训结束后，队里第一时间召开党员大会，选举产生了党支部。这就是说，支部委员会是援疆工作队的领导核心，党支部负责讨论决定工作队的重大事项，做好干部人才的管理工作。

党员们推举朱志甘为党支部书记，管理辽阳市援疆工作队的第一责任人，还选出了副书记、组织委员、纪检委员、宣传委员。

朱志甘在热烈的掌声中发表就职演说，他指出，这个支部虽然是临时的，会随着援疆任务结束而取消，但是支委千万不能有当临时工的想法，支部的凝聚力、向心力取决于支委会一班人的觉悟和境界。

支委都站起来表态，决心各负其责，把队里的日常事务管起来。支部下设3个党小组，各位小组长也代表小组里的党员表了态，并请别的小组和党员监督。

在党支部领导下，按队员的专长和兴趣，队里又成立了信息宣传组、生活保障组、文体活动组，人人有平台，事事有人干。主持会议的朱志甘挠挠头皮，又想起一件事，他说队里还得成立个安全工作领导小组，大家知道领队的心思，都应声叫好。朱志甘为组长，还有几位成员，领导小组负有明确的安全管理责任，实行安全管理工作目标责任考核，以确保实现援疆干部人才在疆工作、生活中的身心健康、安全无事故的工作目标。

"高高兴兴来疆，安安全全在疆，快快乐乐离疆。"朱志甘说。

朱志甘还要求队里要有"人气"。

一天，辽阳市援疆工作队驻地突然响起了歌声，路过的额敏人停下脚步，好奇地听着：

> 在茫茫的人海里，我是哪一个？
> 在奔腾的浪花里，我是哪一朵？
> 在援疆路上的大军里，那默默奉献的就是我；
> 在辉煌事业的长河里，那永远奔腾的就是我。
> 不需要你认识我，不渴望你知道我，
> 我把青春融进，融进祖国的江河。
> 山知道我，江河知道我，
> 祖国不会忘记我，不会忘记我！
>
> 在攀登的队伍里，我是哪一个我？
> 在灿烂的星群里，我是哪一颗？
> 在通往援疆的征途上，那无私拼搏的就是我；
> 在共和国的星河里，那永远闪光的就是我。
> 不需要你歌颂我，不渴望你报答我，
> 我把光辉融进，融进祖国的星座。
> 山知道我，江河知道我，
> 祖国不会忘记我，不会忘记我！

这一首《辽宁援疆之歌》，铿锵豪迈，令人热血沸腾、壮怀激烈。在队里，一经有人起了头，大伙儿都会自发地跟上。歌声就像额敏河的波浪，连绵而亮丽。朱志甘提议成立一个合唱团，全员参加。从此，这首歌就成了辽阳援疆队的队歌。他们又制作了一面队旗，上面写着"辽阳市对口援额工作队"十个大字。旗帜迎风招展，歌声雄壮有力，合唱团将援疆队的一颗丹心展示在额敏的苍天大野之间。

额敏人不仅是通过歌声才认识辽阳市援疆工作队的。

援疆工作队的篮球队、乒乓球队既活跃了队员的业余生活，也是额敏赛场上一道亮丽的风景。他们统一着装，与额敏县消防大队、林业局、二小、边防哨所、沈阳援疆工作队、额敏县中青年干部培训班等，都进行过友谊比赛。在额敏县福彩杯职工篮球赛活动中，辽阳市援疆工作队获得了优秀组织奖，队员们拥着宣传委员上台领奖。

继篮球队、乒乓球队成立后，队里的摄影爱好者协会也应运而生。刘汉勇和赵越具体负责协会日常工作，劲头上来了，很短时间内就在辽宁省援疆网站里展出作品40余张。朱志甘及时鼓励，额敏的壮美空间，步换景移，他让刘汉勇他们把镜头对准受援地的风光和人物，多拍摄多发表。此后，"影协"的活动一发而不可收了。

公寓里的健身活动室也建立起来了，多功能跑步机、动感单车、乒乓球桌、象棋、军旗、跳棋，队员们各有所选。

朱志甘发现有的队友还爱好文学，他就动员他们把援疆感受写成诗歌、散文。在辽宁省援疆前方指挥部举办的文学作品展中，辽阳援疆队送出的作品，得到了一致好评。大漠孤烟，长河落日，本来就可激发诗情，加之朱志甘的因势利导，队里果然出了几位"作家"。他们的作品越来越多，就建立一个QQ群，自己推荐，他人点评，有时还搞个同题写作，相互唱和，好不热闹。

头雁飞，众雁随。朱志甘爱读书，队友们也立即形成了学习热潮。朱志甘带头宣讲中央新疆工作座谈会精神；支委们也跟上来，谈对口支援的重要意义；党员们都争先恐后发言，交流心得体会。在额敏县干部人才业务培训班上，辽阳市援疆工作队占尽了"讲师"席。朱志甘讲的"辽阳古今谈""办公室文秘工作知识讲座"一起头，王忠利的"额敏县疾控中心突发公共卫生事件应急处理能力""现场流行病学调查""疫源地现场消毒与防护""绩效考核业务培训"，赵越的"区域规划与新农村建设""如何做好村镇规划""规划审批流程"，初兆毅的"乳腺癌健康宣教"，牛世海的"肺癌最近治疗进展"，王显超的"脑血管病的一级预防""心脑血管病的二级预防""卒中单元管理模式"，王勇的"浅谈集体林权制度改革"，一课一课跟上来。我统计了一下听课的人数，计有736人（次）。

后来，笔者了解到这些课程的设置，原来是朱志甘给"讲师"们量身定做的。

朱志甘把额敏县国民经济和社会发展"十二五"规划编制征求意见稿带回驻地，与队员们一起讨论，提出修改意见18处，均被当地政府部门采纳。

责任感和成就感，像两只翅膀，助力队员们"快乐"起飞。辽阳市援疆工作队又像一片森林，每一棵树都有扎根立身的泥土，所有的树冠共同伸向无垠的天空，而枝枝杈杈又扭结着、牵连着，且息息相通……

"以人为本，幸福援疆"理念，更体现在制度建设上。朱志甘坚持以制度管人、管物、管事。队里根据工作实际，制定了学习、例会、工作日志、请（销）假、请示报告、内务（安全）管理、资金使用管理、信息报送等一系列规章制度，形成的《辽阳援疆干部人才管理制度汇编》人手一册，出台的"辽阳援疆干部人才公约"成为集体意志的庄严表达。

一条大河波浪宽，严格的纪律才是安全的岸。

辽宁省援疆前指充分肯定了辽阳市援疆工作队内部管理的做法，也有人称其为"辽阳模式"，朱志甘深知自己是在摸着石头过河，连忙摆手说："不敢！不敢！"

3

能够产生更大责任感和成就感的，是朱志甘和他带领的辽阳市援疆工作队为额敏县社会民生、经济发展所干的一件件实事。

中共中央、国务院新疆工作座谈会后，辽宁的贯彻思路是："把群众最为关注的民生问题，作为对口支援的工作重点。"并承诺"一定要在当年入冬前帮助受灾群众把住房建起来，不让一户受灾群众受冻"。其暗含的意义，新疆社会科学院的《2009—2010年：新疆经济社会形势分析与预测——经济社会蓝皮书》已经点出关键：必须把改善民生放在更加突出的位置，通过切实提高各族群众的生活水平，才能为稳疆兴疆、富民固边构筑牢固的群众基础。

援疆工作队干的都是与国与民密切相关的大事。

在所做的额敏受援规划中，把富民安居工程项目放在了第一位。额敏县委、县政府，辽阳市委、市政府，两地积极性都往这个点上聚焦，项目推进者朱志甘积极调度资金，用包括援建资金2443万元在内的6152万元总投资，在入冬前完成了辽宁省委、辽阳市政府交办的建房任务，使400户牧民进入了定居点，939户受灾群众也搬进了重建的新居。更让人没想到的是，这年年底，额敏县人民医院基础设施建设项目也通过了验收，即彩色多普勒超声诊断系统设备的投入使用，并且运行良好，大大提高了额敏县医院的医疗水平，所需资金也是朱志甘经手筹措的：总投资250万元，其中援建资金就有200万元。

在全国新一轮的援疆中，各个援疆工作队，实质上是派出地党委、政府协调援疆工作的前方参谋及执行机构。

忠诚履职的朱志甘，心血没有白费。盘点2011年辽阳市援疆工作队全年工作成果，人们看到许多亮点：创业孵化基地附属工程以及含有38个子项目的额敏县村级组织阵地建设工程，均已全部竣工，完成当年援建任务；其他两个在建项目，也超额完成工程进度，即一是额敏县老年人活动中心与额敏县职工之家的合建工程完成主体；二是额敏工业园区已完成园区供水管网铺设、行政服务中心主体、道路工程一期、通信工程、绿化等基础设施建设；同时，辽阳市援疆工作队还提前实施了部分援建项目，如额敏县第一中学操场改造等。

上述项目，辽阳市投入的援疆资金少则200万元，多则2000万元，哪一笔都是经过朱志甘仔细审核、认真协调的。既要完成辽宁省委交给辽阳市的援疆任务，以促进额敏经济发展，又要把钱花好、物有所值，朱志甘需要的是热情以及清醒。

朱志甘自豪地评价自己，他在辽阳、额敏两地之间，充当的是"友好使者的角色"。

这个自我定位，是准确的。

朱志甘通过与辽阳市各对口单位沟通协调，2011年还完成了援建规划外的项目4个：一是辽阳市检法两院支持额敏县检法两院项目，实施了双向干部交流培训工程；二是辽阳市职业技术学院支持额敏县电大（党校）项目，为额敏县电大捐建微机室，加大培训额敏县大学生工作力度；三是辽阳市卫生系统支持额敏县卫生系统项目，辽阳市中心医院为额敏县人民医院捐建6座高压氧舱，辽阳市第二人民医院为额敏县人民医院捐建一个新生儿病房，辽阳市第三人民医院、辽阳市疾控中心为额敏县社区卫生服务站、疾控中心赠送一批仪器设备；四是辽阳市农委在额敏县开展农业品种试种推广项目，辽阳市援疆技术人才杨英春积极引进自主选育的9个品种在额敏县大面积推广。

4

朱志甘也爱称自己是"辽阳援疆人"。

2011年6月18日至20日，中国新疆产业对接系列活动在乌鲁木齐市举行。朱志甘虽然以额敏县委副书记、额敏县代表团团长的名义，围绕额敏县确定的承接产业转移合作项目，与辽宁省代表团进行了对接洽谈，但他强调自己是辽阳老乡，大打亲情牌。浓郁的乡情加上本土援疆人的魅力，立即得到了辽阳企业界的热烈回应。

辽阳市与额敏县在三个项目上达成合作意向：一是额敏工业园区建设项目，在总投资15亿元中，辽阳市"十二五"期间在援疆资金中列支1.10亿元，并将引进5个以上辽宁省项目落户；二是畜产品深加工项目，额敏县与辽宁灯塔绅尚真皮制品有限公司签订了意向合作协议；三是额敏县与辽阳亚新农业设施加工有限公司对接的农业设施加工项目，承接温室大棚制造安装工程，并很快开始了实地测试工作。

笔者在2011年12月5日的《新疆日报》上，读到一篇名为《援疆项目助力额敏经济发展》的报道。记者浓缩了当年辽阳市援疆成果，一开篇便单刀直入——

> 受灾居民住进新居、就医条件得到改善、群众活动有了"新家"、工业企业聚集园区……辽宁省辽阳市援助额敏县以来，使额敏县经济社会得到了长足发展。

这些成绩的取得，与朱志甘带领辽阳市援疆工作队不分昼夜地推进息息相关。

笔者在贾新建的文章里，看到这样一个故事——

> 2012年，辽阳市发生多年不遇的洪水，灾情牵动着额敏广大干部群众的心，额敏人民为辽阳捐助了100万元救灾资金。辽阳市委、市政府接收资金后，代表辽阳人民感谢额敏人民的深情厚谊，之后又将这笔捐助资金回赠给额敏。

这个温情故事令人感动。笔者一下子又想到了朱志甘，当年8月，他的职务是辽阳市发改委副主任、辽阳市援疆工作队领队、新疆额敏县委副书记。

朱志甘是一手托两家。

一次，时任额敏县委书记王克勇到辽阳对接对口产业支援事宜，在与辽阳市委、市政府领导座谈时说，感谢辽阳党政部门及人民群众对额敏的鼎力支持，他们不仅得到了大量的资金、高端的技术，还有宝贵的人才。人才是额敏最稀缺的资源，因而，王克勇特别感谢辽阳市委给他们派去了朱志甘同志。

这样诚挚的肯定、高度的评价，来得有些猝不及防。参加会议的朱志甘马上站起来，向额敏也向辽阳与会的同志频频鞠躬致意，他本想说几句话，但是嗓子有些发紧，泪水盈满了眼眶……

2013年12月8日，塔城地区在辽塔新区宁城宾馆主会场和各县市分会场，隆重召开第一批辽宁对口支援塔城工作总结暨表彰大会。

朱志甘坐在主会场里。

地区主要领导诚挚地说："辽宁的援助工作，坚持民生优先，为建设幸福塔城攻坚克难；辽宁发挥人才优势，为建设幸福塔城培养力量；辽宁以高效务实的作风，为塔城各级干部树立了榜样；辽宁的援疆干部发挥桥梁和纽带作用，为增进两地友谊打下了坚实基础，使塔城各族人民深深感受到辽宁人民的深情厚谊，感受到中央的亲切关怀和祖国大家庭的温暖。"

台下掌声响起来，领导的声音被不时打断。

"辽塔情深似渤海，丝绸之路写大爱！"最后，塔城地区主要领导用一句诗结束了讲话。

朱志甘再一次热泪盈眶。

时间证实了一切。

辽宁省援疆前方指挥部原总指挥宋彦麟认为，辽宁第一批援疆干部，经过在塔城地区的3年努力，逐步形成了"甘于奉献、团结奋进、求真务实、争创一流"的辽宁援疆精神。

2019年12月，笔者到额敏采访，在朱志甘当年建设的辽阳市援疆干部公寓里，再一次听到了"辽阳援疆第一人"朱志甘"打样"的故事，将近10年，一批又一批后续者，将这故事传续。辽宁的援疆精神，在漫长的岁月中，由孕育到升华，总有一以贯之的东西给人以质感，那就是爱国奉献精神。

塔 城 篇

思想走在行动之前，
就像闪电走在雷鸣之前一样。

——海　涅

1

飞机在塔城机场降落。资料上说塔城地区大部分与哈萨克斯坦共和国接壤，边境线长达546公里，我本想在空中俯瞰它的全貌，可是夜幕遮蔽了一切。接我们去采访的汽车穿过夜幕中的市区，无数灯火映出的巨大建筑物的轮廓，模糊地留在我的记忆里。塔城市，塔城地区行署所在地，茅盾先生谓之"中国西北部的最后一个城市"。

朱志甘在这里留下了自己的故事。

按照新疆维吾尔自治区党委和辽宁省援疆前方指挥部的要求，2012年5月朱志甘参加了自治区公开选拔厅级干部考试。通过笔试、面试、推荐、考核一系列程序，当年8月，他被任命为塔城地区行署副专员。10月，朱志甘担任巴克图辽塔新区专职副主任，兼塔城地区国土规划建设局局长。这次履新，意味着巴克图辽塔新区的土地、规划、建设管理工作都放在他的肩上了。2013年8月，塔城地区行署领导成员重新分工，朱志甘负责巴克图辽塔新区、塔城地区城乡建设、人防、地震等方面的工作，塔城地区的住房和城乡建设局、人防办、住房公积金管理中心、地震局等由他分管。

> 路旁的花儿正在开哟，
> 树上果儿等人摘，等人摘。
> 那个赛啰赛，那个哎啰哎，
> 远方的客人请你留下来，
> 远方的客人啊，请你留下来！

如果说在额敏县时，朱志甘做的是援疆工作，是来帮忙的，还是个客人，而现在，身份变了，完完全全是个塔城干部了，是这块土地的管理服务者，是名副其实的主人了。

正如时任额敏县委书记王克勇说的，人才是这里最稀缺的资源。事实上，朱志甘能够实现从援疆到守疆，塔城人民看好的就是他的本事，何况，他还是自愿请命的。

为了采访朱志甘在巴克图辽塔新区专职副主任岗位上的履职情况，笔者从塔城的前世今生入手，一步一步向朱志甘的工作靠近。

自古以来，塔城地区辖境就是祖国版图重要的一部分。新时期，在"古丝绸之路"概念基础上形成了"丝绸之路经济带"的构想。这个构想分北、中、南三条线路，中线的走向是：北京—西安—乌鲁木齐—阿富汗—哈萨克斯坦—匈牙利—巴黎，巴克图口岸是必经之地。

打开地图看看就更清楚了。出塔城市区，沿着笔直宽阔的口岸公路西行，只有12公里就可到达巴克图口岸。巴克图口岸对面为哈萨克斯坦共和国东哈州，从口岸出境至哈方的巴克特口岸仅有800米。

有资料这样叙述巴克图口岸通商的编年史：260年前巴克图口岸就有了通商史；光绪三十三年（1907），塔城有俄商（号、行）291户、3840人，洋行林立。20世纪60年代，中断了贸易和人员往来。1988年秋，在中苏两国政府的支持下，边境双方地方政府通过政府官员互访，打破了近30年的封闭局面。1990年，巴克图口岸重新开通，临时过货、过人。1992年6月，国家批准塔城市为沿边进一步开放城市，并赋予了各项优惠政策。1994年3月14日，巴克图口岸被国家批准为一类口岸，成为新疆第三个向第三国开放的口岸。2001年1月至3月，巴克图口岸完成贸易额2200万美元，与2000年同期相比，增长43.39%。2003年，口岸出入境人员11386人次，完成进出口货物99244吨，实现贸易额1.19亿美元。2006年巴克图口岸外贸进出口总值4.50亿美元，与2005年同期相比增长125%。其中，出口4.40亿美元，增长44.5%；进口458万美元，同比下降60%；贸易顺差4亿美元，同比增长43%。

朱志甘在这些常人不感兴趣的数字中，琢磨出了许多味道。

采访中，朱志甘指着地图上的一道道线条，讲解着巴克图口岸便捷的交通。他说，口岸本身就是217国道的零公里处。这里距哈萨克斯坦的乌尔加尔机场只有110多公里。出口岸西行250公里，就到了哈萨克斯坦的阿亚古斯市火车站。巴克图口岸辐射的俄罗斯和哈萨克斯坦的8个州、10个工业城市，均是两国重点发展的新兴城市。巴克图口岸优越的通商条件，使它成为目前我国连接俄罗斯及中亚各国最便捷的口岸，被誉为"准噶尔门户""中亚商贸走廊"。

朱志甘回忆着。在他进疆的头一年年底，即2010年12月28日，中国外交部同意以巴克图边民互市贸易区为试点，对哈萨克斯坦公民由"一日免签"延长为"三日免签"。塔城地委抓紧地区发展机遇，申请成立一个国家级边境经济合作区，名字叫"巴克图辽塔新区"。"辽"指的是辽宁，"塔"就是塔城。塔城地委的用意十分明确，即借助辽宁省对口支援塔城的优势，与辽宁省共同打造一个具有国际性复合功能的行政区。

2011年9月，朱志甘还是辽阳市援疆工作队领队、额敏县委副书记的时候，塔城地委就给他又加了个头衔——巴克图辽塔新区管委会副主任，正县级的职级不变。距离他做副厅级的专职副主任，还有9个月。那时，巴克图辽塔新区管委会的牌子还没挂，不过，塔城地委早就看好朱志甘了。

朱志甘不是只挂个空衔的人，援疆工作队的事、额敏县委的事继续管着，组建巴克图辽塔新区的工作也得介入。

巴克图辽塔新区，是对原来的巴克图口岸和塔城市边境经济合作区进行整合的产物，两大载体可谓强强组合：巴克图口岸，是国家级一类口岸；塔城市边境经济合作区，是国务院批准的14个国家级边境经济合作区之一。巴克图辽塔新区的建立，符合塔城地委"依市建区、以区强市、产城结合、业居统筹"的城建方针和建设"向西大通道的物流中心和区域重要的物流集散地"的战略定位。

巴克图口岸的情况前面已经述及，"塔城市边境经济合作区是什么情况?"笔者问道。

朱志甘说,塔城市边境经济合作区,因为1992年获批国家级边境经济合作区之后,享有国家包括贷款贴息、税收优惠等特殊政策,因此塔城地委把它确定为巴克图辽塔新区的组成部分,这也是非常智慧的。

巴克图辽塔新区规划面积85.8平方公里,其中,塔城市占地约57.4平方公里,兵团九师占地约27.6平方公里。这是朱志甘在万里之外的新疆继续施展才华的又一个平台。

2

2011年11月18日,中共巴克图辽塔新区工作委员会员和巴克图辽塔新区管理委员会两块牌子,进入世人视野。

朱志甘介绍说,巴克图辽塔新区依据主要功能分为三个组团,分别是新城区、产业先导区和口岸工贸区。

笔者在相关材料上看到了具体介绍——

新城区规划面积22.1平方公里,包括核心区、北部新城区、南部新城区。新城区的核心区与塔城市老城区对接,规划面积7.45平方公里。重点发展文化、教育、医疗、商贸、房地产等产业。

产业先导区规划面积39.7平方公里,包括产业起步区、产业发展区。重点发展农畜产品精深加工、矿产资源精深加工、现代装备制造、新型节能建材等优势产业。产业起步区规划面积14平方公里,包括中小企业园区、物流园区等,是产城结合、业居统筹的重点区域。

口岸工贸区规划面积23.2平方公里,包括综合保税区、口岸配套服务区和进出口加工区。具体项目和作用:建设巴克图口岸商贸中心、中国向西出口商品加工基地;在关检服务区新建口岸旅检厅,以提升口岸通关能力;综合保税区,则利用综合保税、进出口加工、仓储物流、国际贸易等功能和保税、退税、免税政策优势,吸引商贸物流和进出口加工企业落户,打造国际商贸物流园,促进新区经济快速发展。

朱志甘清楚记得地委的工作要求，或者说是巴克图辽塔新区建设的步骤和目标，即"一年打基础，两年出形象，三年大变样，五年起步区基本建成"。

笔者推算了一下，巴克图辽塔新区2011年11月中旬才挂牌，"一年打基础"的要求，显然应该从2012年算起，接下来依次是2013年"出形象"，2014年"大变样"，2016年是第五年，"起步区基本建成"。

2012年9月开始，朱志甘挂帅出征，任巴克图辽塔新区管委会专职副主任，坐镇指挥，全权负责巴克图辽塔新区的日常工作。虽说坐镇，但朱志甘还是像以前一样，总是愿意在工地上转。10月末的一天，有记者在辽塔新区新城区的核心部位——"六合广场"建筑工地上，碰见了朱志甘。朱志甘鞋子上沾满了灰尘，衬衫前胸后背都湿透了，正在巡查工程呢。他回答记者的提问，说："文博书苑马上就要封顶了，其他项目正陆续开工建设。"朱志甘这里指的是辽塔新区一期的工程项目。一期分为西区（中哈边界至一六三团边检站、含九师巴克图工业园区）、中区（一六三团边检站至塔城市边境经济合作区）、东区（塔城市边境经济合作区附属工业园区）三部分。笔者的感观是：此时的新城区正处在如火如荼的建设当中。

朱志甘对记者说，巴克图辽塔新区将利用塔城盆地优质农产品的现实资源和哈萨克斯坦矿产的潜在资源，大力发展以出口导向型为主的第三产业，以此推动第一产业、第二产业快速发展，再通过5～10年的建设，使辽塔新区成为新型工业化、新型城镇化的先导区，生态宜居复合型的功能区，向西开放的试验区，口岸旅游购物的精品区，成为塔城地区跨越式发展的重要经济增长极。

连"起步区基本建成"以后的事，朱志甘也想到了。

2013年4月9日，九师工业园区管委会一行人到巴克图辽塔新区管委会考察学习。朱志甘请他们参观辽塔新区规划模型展示馆，观看辽塔新区规划宣传片，并介绍了一年来辽塔新区建设的进展情况。九师一行人看到辽塔新区规划的超前意识、战略举措和已经出现的实实在在的成果，深受启发。表示要加强与辽塔新区的联系，推进外向型经济发展，争取合作共赢。

展示馆讲解员张天萍感到，近几年一年比一年忙碌。她的状态是，站在沙盘旁给参观者介绍新区的发展情况，一天往往讲上六七场，常常连口水都顾不上喝。"来参观的，不光是国内的，还有哈萨克斯坦、土耳其等好几个国家的客商都来过。"张天萍说。

2013年11月30日，朱志甘被新疆广播电视台的几位记者团团围住，他们要他接受集体采访。这些记者已经到核心区转了一圈，看到"六合广场"已经建起了一栋栋高楼，一环路的基础设施也完工了。辽塔新区规划和建设正在全面提速的新形象，在他们心中越来越清晰了。

2013年，巴克图辽塔新区的40个重点工程，落子布局，全面开花。工地上，到处都是写着"筑精品工程、建美丽塔城"巨大的标语牌。塔城地委原书记张博、辽宁省援疆前方指挥部原总指挥宋彦麟多次视察工地，朱志甘更是现场办公，哪里有问题就出现在哪里。

赣商大厦工程总建筑面积65868平方米，地下一层，建筑面积为16740平方米，地上七层，建筑面积49128平方米，外观呈正六边形，挑檐独特，富有民族风格。6月末，基础土方施工完毕，基础垫层施工完毕，基础防水完成10800平方米，保护层完成9600平方米；7月末，1、2、6号楼绑扎底板钢筋，地下部分施工完毕；10月末，主体完工，完成产值1亿元。

安迁小区住宅工程，由12栋单体建筑组成，其中，地下一层、地上六层的砖混住宅楼11栋，框架结构的老年活动中心1座，总建筑面积45010平方米。6月末，1～7号楼条形混凝土基础完工，开始砌筑砖基础，8～11号楼土方完成并进行混凝土条形基础施工；7月末，1～7号楼干到主体二层，8～11号楼及老干部活动中心基础施工完毕；10月30日，安迁工程交付使用，完成产值8000万元。

这两个工程，是40个重点工程的重中之重，朱志甘是看着它们一天天长高的。

赣商大厦工程和安迁小区住宅工程，昼夜追赶工期的施工状态，也是整个巴克图辽塔新区建设的缩影。

朱志甘对集体采访的记者们说，同志都在现场看到了，他就不用多说什么了。但是，记者还在刨根问底："为什么速度这样快？下一步还有什么妙招？"随后，摁下了录音键。

在播出的节目中，笔者听到了朱志甘的声音："我们邀请了国家发改委、辽宁省和其他相对应的单位，为我们一共做了十三个方面的规划，我们现在的建设规模在50万平方米左右，目前已经投进去（人民币）20个亿。以后我们想每年按照这个投资强度，把新区的基础设施进行完善，预计三年能够达到我们入住、使用的目标。"

口语表达，原汁原味。

3

关于中国梦与世界的关系，习近平做了明确的诠释："中国梦既是中国人民追求幸福的梦，也同世界人民的梦想息息相通。"

2013年4月和9月，习近平主席曾两次访问哈萨克斯坦共和国，并两次会见总统纳扎尔巴耶夫，明确将巴克图口岸打造成中哈农产品"绿色通道"。12月23日，中哈巴克图口岸——巴克特口岸农产品快速通关"绿色通道"开始试运行。

其实，出于谨慎起见，这种试运行之前，曾有过一段时间的"热身"动作。

在辽塔新区全面建设中，巴克图口岸升级了。升级版的口岸，要掀盖头啦！朱志甘带着相关部门人员在口岸农产品货场上来回查看，保证万无一失。

农产品货场上，停满了集装箱货柜车，朱志甘指挥工作人员，验收合格的给挂上出境标志。寿光的蔬菜、辽宁的苹果、海南的椰子……搬运工忙碌着，用拖车将它们当天装上货柜车。塔城市永利商贸公司总经理于英萍正在检验自己的货物，她在第一时间感受到了"绿色通道"的便利。

于英萍每年发往中亚及欧洲市场的新鲜果蔬都有十多万吨，她逗趣地说，她的业绩让中亚居民的饮食消费习惯都改变了，以往几乎很少能上他们餐桌的茄子、黄瓜等，现在销得很好。于英萍在全国16个省57个县市建立87个标准化生产果蔬供应基地，与她签订单的农户多达十多万户。为了更好地开拓国外市场，于英萍还在中亚及俄罗斯聘请了80多名营销人员和市场观察员，设置了十多个国际营销网点，构建了自己的销售网络和市场反馈体系。

于英萍早就盼着货物出关能够压缩时间，这关涉她的菜蔬新鲜度。

朱志甘与货场上的人打招呼。他告诉大家：具有出口资质的企业从报关报检到出境，都可以使用"绿色通道"；贴上"农产品快速通关"标识的车辆，可以走口岸专用通道验放。

让于英萍更感到欣喜的是，如此一来，农产品的通关时间竟从3天缩短到3小时。她估计着，当天上午出关的柑橘，经过境外公路，当天晚上就可以摆上俄罗斯市场和老百姓餐桌。"比没有快速通关之前能节约一到两天，"她说，"省时非常重要，对菜蔬的新鲜度，就是多抢出一小时，利润也不一样！"

哈萨克斯坦客商特辽江也凑过来插话，他说现在他进口的中国果菜，从地里摘下到装箱通关，通常只需不到一天时间，进口的中国农产品有了更多机会转口进入俄罗斯和欧洲国家。

"我的梦想就是在不久的将来，能够在巴克图口岸建立一座国际农贸市场，组建自己的国际物流运输车队。"于英萍展开了对未来的想象。

朱志甘没想到整合后的巴克图口岸运行效果会这样好，一连几个月现场办公的疲惫烟消云散了。

2013年12月24日北京时间14时，国家口岸办和塔城地区行署联合召开新闻发布会。新疆内外19家媒体的30多名记者，就口岸工贸区内开通"绿色通道"的重大意义及其对塔城地区经济社会发展将产生什么影响等问题进行采访。

国家口岸办常务副主任白石就"绿色通道"的意义做了阐释。他说："第一点意义，就是带动了中哈两国农产品的贸易，对两国贸易是一个大的促进；第二点，通过绿色通道的运行，进一步提升了两国在口岸运行，包括两国各产业部门之间相互合作的信用水平，起到示范意义；第三点，绿色通道特别是巴克图绿色通道，是我们的一个试运行项目，这个模式完善以后，我们准备在中哈其他地域口岸进行推广。"

新疆维吾尔自治区外办（侨办）原副主任、口岸办副主任刘建新说："绿色通道的开通，对塔城地区以及哈国东部地区各自发挥农业产业优势，促进优势互补，促进农业发展，促进农产品深加工，都会发生非常积极的作用。它不仅对塔城地区、整个新疆乃至于内地的农产品，打开中亚甚至东欧市场，都会产生积极深远的影响。同时，这一通道的开通，也是实施'丝绸之路经济带'构想的一个积极探索。"

新疆人民广播电台记者李刚直接冲朱志甘去了，开口便说："我有一个问题想问一下我们的朱副专员，国家提出建设'丝绸之路经济带'构想以后，全疆各地都在认真规划、认真谋划、积极行动，塔城地区是怎么安排部署的，同时，这次开通农产品快速通关绿色通道之后，对推进整体工作有哪些作用？"

语气凌厉，问题逼人。

朱志甘的开篇很简洁，就一句话："绿色通道开通仪式过后，作为地方政府，我们有很多事情要做，要积极跟进国家战略，把好事办好，好事办实，要认真地把这个通道作为我们建设幸福生活、提升两国贸易效益的一个重要载体。"

记者看到朱志甘手里正攥着一摞厚厚的战略规划书。这里面有于英萍们的企望，也有朱志甘的信心。丝绸之路经济带的快速发展，巴克图辽塔新区的不断完善，岂不是梦想成真指日可待？

朱志甘一项一项地讲开了。

这个皮肤被太阳灼得黑黑、鞋子上落了一层灰尘的地方干部把塔城地区"战略战术"都交了底，让记者"好解渴"。

至于"绿色通道"的作用，请看巴克图口岸的一组数据：

2014年进口农产品2.80万吨，货值1765.10万美元；出口农产品6.80万吨，货值4831.40万美元。

2015年，进口农产品2.90万吨，货值1885.80万美元；出口农产品6.70万吨，货值5332.80万美元。进出口同比增长11.6%和下降0.8%。

2016年巴克图口岸成为新疆首个边民互市贸易区"三日免签"试点口岸，建成了年吞吐能力100万吨的边贸货场。哈萨克斯坦的商人无须签证就可入境三天在中哈边民互市进行贸易。进口的商品也将直接运往中哈边民互市，供消费者及时购买。

2018年，巴克图口岸进出口农产品13.30万吨，同比增长11.1%，货值8278万美元。其中，果蔬出口5.78万吨，货值近5500万美元。

2019年12月，笔者在采访时了解到，巴克图口岸农产品快速通关"绿色通道"开通以来，塔城海关通过设置农产品专用报关窗口、采取"门到门"服务、延长现场人员工作时间、加快无纸化通关作业改革等措施，大大缩短了农产品进出口通关时间。进口出口平均通关时间为4.34小时和0.41小时，比新疆各海关农产品平均通关时间分别减少26.71小时和3.72小时。由此，笔者似乎看到了朱志甘当年那一本规划中的某些细节。

12月10日下午，笔者在口岸工贸区徜徉，走进新近落成的丝路文化商品城。购买塔城风光精美明信片一套，80元；额敏产奶豆一袋，30元；由中亚进口的咖啡4听，100元——以资纪念。

九 师 篇

为什么我的眼里常含泪水？

因为我对这土地爱得深沉……

——艾 青

1

2019年12月12日下午，在新疆生产建设兵团九师一间会客厅里，笔者开始了对朱志甘的正式采访。四目相对，笔者有些诧异：笔者是作为一个辽阳老乡来会面另一个辽阳老乡，还是身有公务的作家与一个作为突出的人士晤谈？特别是此时他身份的反转，让笔者找不到谈话的切入口：他是作为一个援疆干部来展示自己的人生历程，还是作为一个新疆受援地的负责人来表达对家乡辽宁援助者的感激情感？

2013年12月，朱志甘仍然任塔城地区行署党组成员、副专员，但又开始兼任新疆生产建设兵团九师党委常委、副师长。5年后，即2018年5月，升任新疆生产建设兵团第九师党委副书记、师长。

在新疆，兵团和地方政府虽然同在一块土地上，但各有建制，使命职责不同。这是中国最特殊的管理体制了。不过双方的人员，特别是相应级别的干部是可以交流的，就像朱志甘这样。同时，"兵地融合发展"既是由来已久的传统，又是目标明确的现实需要。所以，朱志甘进入九师任职，也自然而然，顺理成章。

九师师部设在额敏县城，下设10个团场，在塔城地区境内沿边境线呈"厂"字形分布，驻守着近300公里的边境线，是兵团人均守护边境线最长的一个师。辖区总面积4928平方公里，朱志甘任师长时确切统计过人口情况：有常住人口8.20万人，流动人口近3万人。

"九师发展史的源头可以追溯到中国人民解放军第二十二兵团九军二十七师，1957年后体制、规模、名称几经变化，至2012年年底定为现在的名称。"朱志甘一谈起九师就滔滔不绝，豪迈之情溢于言表。

朱志甘介绍过九师的区位、交通现状后，就说到了生态环境。他说，九师所处的塔额盆地具有独特的气候条件，生态环境优越，工业污染少，环境承载力强，被誉为"绿色净土""天然氧吧"，

PM2.5年平均浓度在10微克/立方米以下，全年空气质量优良天数达360天以上。优美的自然环境、良好的空气质量以及日益提高的医疗、养老水平，注定这里是旅游、休闲、度假、养老的好地方。"这里是中国最宜居的地方。"他追加了一句。

激光笔在他手里摇晃，银幕上不断移动的小红点让我的眼睛应接不暇。说到生态环境，必然带出绿色有机农产品。他说，独特的光照资源和气候条件，为发展绿色有机农畜产品创造了得天独厚的条件。全师耕地面积102万亩，天然草场352万亩，果蔬大棚14000座，盛产小麦、玉米、甜菜、制酱番茄等农产品，牲畜年存栏100万只（头）左右，是新疆重要的粮、糖、肉生产基地和果蔬出口基地。近年来，九师坚持打绿色牌，走有机路，着力在发展绿色农产品精深加工上下功夫，他们的"绿翔"品牌已成为中国驰名商标。

"九师的旅游资源也挺丰富。"朱志甘如数家珍，"除全国闻名的小白杨哨所之外，九师还有被称为植物活化石的野生巴旦杏、美丽的芍药谷、神秘的无底湖、十里花梅、万年古岩画、壮美的胡杨林，以及隋唐古城遗址、孙龙珍烈士陈列馆等各类自然和人文景观。"

除以上提到的这些，关于九师的戍边文化、英模人物、基础设施，朱志甘也倒背如流地盘点一遍。笔者佩服他对家底掌握得如此清楚，是个好当家人。他说，这也是他日积月累的结果。九师宣传部部长告诉笔者，九师的家底，朱师长走到哪儿说到哪儿，跟上级说是为了得到更多政策，跟记者、作家说是为了扩大知名度，跟企业家说是为了招商引资，总之，都是为了九师好。

其实，九师的方方面面，他还多次在辽宁大说特说。

新一轮援疆工作开展以来，辽宁整合抚顺、丹东、朝阳、葫芦岛四市力量，并于2010年12月组建辽宁援疆前方指挥部第九师分指挥部，通过"4+1"方式，联合对口支援九师。朱志甘任九师师长，是受援地理所当然的代表，同时，辽宁又是他的"娘家"，推介九师他最合适。

2

朱志甘说："出援和受援，两方面都要有积极性。"此乃深有见地之谈。作为一名老援疆人，他有着自己在额敏援疆的破冰之旅，转身而为受援地的一名领导干部，他更切身地知道自己新角色的职责——对口援疆，受援地自己也应该有所担当。

2019年8月，兵团九师党委副书记、师长朱志甘，率领九师党政代表团前往辽东、辽西。

8月4日，在沈阳，访问省委、省政府。

8月5日至6日，在抚顺；

8月8日至9日，在丹东；

8月10日，在葫芦岛；

8月11日至12日，在朝阳。

代表团参观学习，对接联络，马不停蹄，昼夜兼程。

朱志甘这位从辽阳、从辽宁走出去的援疆干部典范，为辽宁赢得了荣誉，也是家乡人学习的榜样，如今，再由他出面回到家乡对接援疆工作，势必拥有很强的影响力、感召力。

一行人带着雪山的纯洁而来，带着绿洲的青春而来，带着额敏河的激情而来，带着戈壁滩欲改变自己面貌的强烈愿望而来……他们走到哪里，就把电视宣传片《红色九师，戍边热土》播放到哪里。

一双双手伸过来，攥紧了九师。

抚顺方面表示，九师需要什么，抚顺就着力支持服务什么；

丹东的领导说，为九师加快发展，丹东也是全力帮助；

葫芦岛方面强调，要把好事办好，实事办实，请九师事上见；

朝阳方面表示，只要朝阳能提供的，九师别客气。

短短几天里，朱志甘的眼眶湿了一次又一次。

第七次全国对口支援新疆工作会议召开后，援疆工作正处在承前启后、深化提升的重要时期，开启了九师加快深化团场改革、推进各项事业快速发展的全新征程。

知不足，方努力。

朱志甘一行考察了丹东城市发展及口岸建设情况，在丹东高新技术产业开发区实地考察了丹东产业技术创新与育成中心、满族医药产业基地和优纤科技（丹东）有限公司，实地了解凤城市文化旅游产业发展情况，认真学习了绥中县设施农业先进经验……

求知若渴。

在朝阳市龙城区，考察团一行先后深入辽宁天赢生物科技股份有限公司、宝联勇久朝阳市科技有限公司、朝阳佛瑞达科技有限公司等企业，详细了解产品生产工艺流程、生产规模、产品品质，听取企业相关负责人关于公司生产经营、市场营销等情况介绍。

九师与辽宁四市，在城镇规划管理技术、教育、旅游、医疗等方面达成多项协议。

九师所表达的与辽宁友好合作，实现优势互补、互惠共赢的愿望，引起了辽宁省委、省政府的重视。

朱志甘一行到达辽宁的当天，辽宁省委常委、组织部部长陆治原就与他们进行了座谈。陆治原说，援疆工作进一步增进了两地之间的感情，加深了两地之间的友谊。辽宁省委组织部将继续认真按照中央的部署要求，进一步加强对接与合作，不断创新工作机制，分解细化工作任务，着力做好经济援疆、产业援疆、人才和智力援疆等方面的工作，特别要在教育、文化、医疗、科技等方面抓实抓好抓出成效，为九师各项事业的发展做出新的贡献。

辽宁省副省长崔枫林在友谊宾馆会见了代表团一行。崔枫林的一番话说到了朱志甘的心坎里：辽宁省政府将在落实好对口支援工作任务的基础上，进一步拓宽工作思路，扩大合作领域，探索建立双方互补合作的新机制、新办法，鼓励更多辽宁企业去兵团九师发展，加强项目对接、产业对接，着力在拓展对口援疆工作广度和深度上下功夫，实现互利双赢、共同发展。

对来自辽宁的助力，朱志甘的感受最深刻、最独特。中央新疆工作座谈会召开以来，辽宁辽阳、抚顺、丹东、葫芦岛、朝阳等市的援疆行动，推进了九师的产业发展、人才引进、民生建设等一系列工作，进一步促进了辽宁和九师两地之间的融合发展，令他心存感激。

朱志甘当然也知道九师的燃眉之急。

他希望在"丝绸之路经济带"建设和新一轮东北振兴的历史机遇面前，辽宁及相关市与九师扭在一起，好好干一场——着力加强双方企业间的合作，特别是在产业合作上不断拓宽领域；要继续在发展旅游业和教育、医疗等社会事业上进一步加强合作，实现双方资源共享，形成互利互赢的发展格局。

兄弟同心，其利断金。

到笔者采访时的3年里，辽宁援疆落地九师的项目开工率、资金到位率、竣工率均为100%，得到国家验收组高度认可。

辽宁与新疆，不只有一方的凝望，还有相互的顾盼！

朱志甘兴奋极了。

3

辽疆牵手，为国分忧。

朱志甘说，不能只想着从别人那里索取什么，九师要把辽宁人民的支持与关心转化为发展经济的强大动力，以自身的能动发展回报辽宁的厚爱。

以"畅游丝绸之路·共享美好生活"为主题的2019青海文化旅游节暨中国西北旅游营销大会，于当年4月12日至14日在青海省西宁市举行。这是一次盛况空前的大会，全国31个省市区、近30个国家和地区的文化旅游部门代表来了，各国驻华使节来了，1268家各类文旅业态单位的约5000名嘉宾来了。

九师亮相兵团展厅。展厅以兵团红为主色调，凸显了兵团独家特色的旅游品质。展厅前的大电子屏里，滚动播放九师各地壮美的自然风光；展厅内，九师的旅游地图、宣传资料和特色旅游纪念品，吸引了众多游客参观咨询，工作人员向与会人员介绍九师的兵团文化，给游客讲解、规划经典旅游路线；展厅旁，按比例复制的小白杨哨所模型，成为游客合影留念的热门地点。

这次活动，九师收获颇丰。不仅在主会场成功举办了专场旅游推介会，还与新疆驰霄博骏畜牧业有限公司、成都天域生态园林股份有限责任公司等企业负责人，就九师旅游观光项目、自驾营地建设项目、农产品物流和垃圾环保二次利用等项目进行了广泛交流，并达成合作意向。

朱志甘说，九师认真贯彻"绿水青山就是金山银山"理念，传承红色历史基因，发挥自然生态优势，弘扬屯垦戍边文化，大力发展旅游产业，形成了红色故事感人、绿色生态优美、戍边文化浓厚的"一红一绿一边"全域旅游格局，这次旅销会又为九师的旅游发展、合作、交流搭建了重要平台。

在人头攒动的展厅，朱志甘举着"云上草原，红色故乡"的名片，主动担起九师旅游代言人的角色。

"你都说些什么呀？"采访中，笔者问他。

"就是上面跟你叨咕的那些，都是九师独家的东西，"朱志甘清醒地知道，"特色就是优势。"

朱志甘看到了自己的绿水青山，就是金山银山；九师也没有就此止步，由西宁回师，他们立刻举办了旅游发展交流会，邀请国内旅游专家学者、旅游企业代表，借助外脑为自己的旅游业高质量发展出谋献策。

朱志甘说，九师一年四季旅游项目不断。他掰着手指头数起来：冰雪旅游节、山花节、花海骑跑、"九师福地·海棠花开"……

2019年5月10日，小白杨哨所，朱志甘宣布山花节开幕，享誉全国几十载的经典歌曲《小白杨》响彻全场。

5月，正是九师山花盛开的季节，以芍药花为代表的上千种花朵争相开放，形成了一片片花的海洋。九师在国家4A级景区——红花谷举办"铁塔杯"千人徒步活动及九师非物质文化遗产展览。借助九师搭建的平台，中国邮政总公司举办了"芍药谷"邮票发行仪式，裕民县赛马场举办了中华大赛马、"裕羊鲜"美食展，裕锦生态园的裕民民间手工艺品、特色产品展等也参与其中。"兵地一盘棋"，下棋者其乐融融。

越来越多的游客知道了九师的"山花节"。

笔者看到九师文化体育广电和旅游局的一组数据：2019年上半年，全师累计接待游客62.10万人次，同比增长265%；实现旅游总收入约24316.90万元，同比增长595%，均创历史新高。其中，仅"山花节"期间，九师一六一团芍药谷4A级景区游客人数增长105%，旅游总收入增长128%。

4

九师旅游产业的发展，为带动一二三产业融合发展提供了前提。2019年，九师的各项经济工作全面推进，朱志甘越发忙碌了。

9月11日，华能新疆公司北疆片区筹建处主任蒲平一行到九师一七〇团考察风电项目；

9月15日，太平洋建设集团考察团一行来九师考察，在有机农业等方面寻求合作机会；

10月8日，朱志甘一行莅临福建睿思特科技公司总部，希望在物联网智能制造技术等"数字九师"建设上有所启示；

10月17日，朱志甘与顺德容桂总商会通话，动员他们参与九师产城融合建设。

这一年，招商引资成为九师经济工作的第一要事。

他们健全领导机制，组建12个专业化水平较高的小组，按照"近期实施、中期培育、远期关注"规划，层层分解指标，采用"捆绑式""组团式"以及与辽宁辽阳等市的"联手式"的活动方式，形成全师大招商的格局。

朱志甘说，这么做的目的，就是让招商引资工作由注重数量向提升质量转变、由资源驱动型向创新驱动型转变。

毗邻巴克图口岸，九师建设了一个兵团级工业园区，用以重点发展进出口加工贸易、跨境电商、高效节能技术装备、轻工制造、旅游以及农副产品精深加工等特色优势产业。采访中笔者了解到，这个工业园区总规划面积12.4平方公里，现已开发2.74平方公里，基础设施的"七通一平"已经完成，并且，建有标准化厂房及配套设施、2万吨污水处理厂、35kV变电所及输变电路、自来水厂、140吨供热（汽）站及给排水和供热管网、道路、绿化等设施。在朱志甘心目中，它是处在"一带一路"前沿的进出口加工基地、国际贸易中心和现代农业高新技术产业基地。

九师工业园区中的进口加工产业分区，设计面积1355亩。笔者采访时，已投资1.30亿元，建成50642平方米标准化厂房21栋（含冷库），筒仓6座；另外，主要对进口油葵进行剥壳及油料加工的两家企业，即锡伯图商贸有限公司、新疆珍果饮食品科技有限公司已经建成。

话题又回到了招商引资上。朱志甘告诉笔者，截至当年8月底，全师共实施各类招商引资落地项目89个，其中新建项目47个，总投资26.50亿元，当年到位资金13.90亿元；续建项目42个，当年到位资金4.70亿元。

招商引资的成果，明显促进了九师对外贸易的新发展。

有媒体记录了这样一个镜头：当年8月23日，在位于九师一六二团境内的塔城雨禾商贸公司监管库的院内，工人们在忙着分拣群众交来的彩色辣椒。

雨禾公司是一家规模不太大的外贸公司，主要从事通过巴克图口岸向哈萨克斯坦出口蔬菜等贸易工作。九师一六二团，加之一六三团、一六四团等团场，通过引进的资金和技术，增加了蔬菜产量。那些蔬菜，经他们当天收购当天出口。

由招商引资形成的良性互动，还有一个例子——

在地处一六三团的新疆永盛国际物流公司仓储基地，挂着哈萨克斯坦牌照的大型货车不时出入。它们卸下从哈萨克斯坦进口的货物，又装上中国出口的商品。这个外贸企业，虽然进驻九师已有十几年，但从来没有如此红火。

谈及九师升级专业性示范蔬菜基地情况，笔者了解到，截至2019年9月，全师已注册出口备案基地共11.20万亩，其中蔬菜出口种植基地4.30万亩，水果出口基地5万亩，出口企业原料种植基地1.90万亩；累计建成集中连片各类出口果蔬温室大棚1.40万座。2019年前6个月，九师完成外贸进出口额8496万美元，同比增长15%。

说到这些，朱志甘长长舒了一口气。

尾　声

2019年12月16日，笔者结束了八天八夜在额敏的采访和体验。回程飞机升空的瞬间，舷窗外，阳光明丽，雪野无边。就是这片天地重塑了一批又一批无私奉献的援疆人。不知怎的，笔者对时间竟有了些微警觉，不是吗？再过15天，将又是新的一年。猛然醒悟，岁月的凌厉，无时无刻不在给生命留下刻痕。

8天前，在辽阳市援疆工作队公寓外，41位辽阳老乡，在夜色中站成群雕一样的队列，迎接我们几位作家到来。在窗口射出的灯光里，雪地上的他们，利落的举手礼，热烈不息的掌声，富有节奏感的"欢迎"之声，营造了笔者对援疆人最初的印象——果敢，坚毅，拳头一样攥紧的群体。这已经是辽阳派出的第五批援疆队员了，新一年到来，他们为期3年的援疆工作也将圆满完成。

铁打的营盘流水的兵。

辽阳市援疆工作队那座公寓楼，是朱志甘年代的作品。

2010年至今，一晃将近10年，辽阳援疆人，在西北的岁月淬炼中，留下了珍贵的"曾经"。

辽阳市援疆工作队办公室的墙壁上有一幅标语——"一群人，一件事，一条心，一起拼，一定赢！"据说这是连任两届领队的张成良的创意。这是援疆人对自己生活的提炼，是信念，也洋溢着理想的浪漫。张成良谈起朱志甘，称之为"老领队"，崇敬而亲切。

"榜样的力量是无穷的。"这句话太老了，人们甚至让它闲置了很长时间，不过，它依然劲道十足，老而弥坚。

人生匆匆。我见到的朱志甘虽然额头已经添了皱纹，鬓角染霜，但他依旧血脉贲张，豪情不减。他谈起电视剧《激情燃烧的岁月》，他说援疆经历确实是很辛苦的，但职责使命让他们激情满怀，他的一些感受，与这个剧情是相同的。笔者没问他"感受"的具体所指，笔者想，那一定是"永远是年轻"的生命状态。

援疆人推动了西域的经济发展，也提供了崇高的思想资源，在他们的精神深处，是用天山雪松、大漠胡杨、戈壁红柳、绿洲白杨打造的一幅卓绝风景。

2020年，新一年的钟声又要敲响了，朱志甘说，他的援疆之路还在继续。

2020年，新的一年，国家新一轮援疆工作的收官之年，辽阳市援疆工作队的继起者，又将步入那座公寓楼，让目光拢起"中国西北部的最后一个城市"，让肩膀感受更多的分量。

飞机在沈阳桃仙机场降落。

笔者的遐想依然留在西部边疆，那个叫额敏、塔城、九师的地方，那个培育了坚强、忠诚、担当的地方。从援疆到守疆，朱志甘的10年经历，真的是一次漫漫征程；而新年钟声敲响的时候，他依然驻守在那里，义无反顾……

2020年7月22日至28日初稿，8月3日改，4日再改

宽广的胸怀

王　翔

2012年9月，金灿灿的向日葵在额敏的晴空下夹道相迎，一位个子不高、清爽干练的青年男子背着行李，走下了横跨额敏河的迎宾大桥。他，就是辽阳市辽阳县原副县长崔安勇。

首次新疆之行，对于他而言，既在意料之外，又在情理之中。3天前，辽阳市委组织部缘于首批辽阳市援疆工作队总领队朱志甘被选派新疆建设兵团九师任职、辽阳市援疆工作队总领队一职空缺，经过辽阳市委、市政府认真考虑，多方考核，任命崔安勇为第二任辽阳市援疆工作队总领队。

由辽阳县副县长，成了额敏县委副书记，这不仅意味着角色的改变，更意味着肩上责任的增大。组织部领导的谈话语重心长，犹在耳畔：通过对口援疆，持续开展项目援疆、产业援疆、智力援疆和干部人才援疆，使得额敏县的经济社会各项事业快速发展，各族群众的生活环境得到明显改善。

陌生的工作，陌生的环境，陌生的人群，成了崔安勇必须面对的一次人生大考。

　　　财富的父亲是劳动，财富的母亲是大地。

　　　　　　　　　　　　　　　　——哈萨克族谚语

104

额敏县有约20万各族群众，占地面积9500平方公里，比崔安勇所在的辽阳全市面积还要大出一倍。这里的环境异常恶劣。据当年的辽阳市援疆工作队副领队张长新回忆说，额敏的温差特别大，三分之一的季节都是冬天。冬季的气温达零下40多摄氏度，风雪施虐。有一次陪同电视台采访，因为风大，不得不一手拿着麦克风，一手拽着车门，以免被大风吹跑。

"做好援疆工作，必须一切以额敏各族群众的需求为导向。"崔安勇是这样想的，也是这样做的。经过走村入户，大量认真、广泛的调查研究后，崔安勇发现，额敏县最大的短板就是教育，师资力量匮乏和教育资源的开发利用，成了亟待解决的问题。于是，他作为县委副书记来到额敏县所做的第一件事就是，在辽宁省教育厅广泛开展"教育援疆"活动之前，就率先与辽阳市相关部门协调，经过多方努力，他组织邀请了辽阳市高校、中小学、幼儿园的教育专家，分期分批来额敏县进行培训讲学，成立了"名师""名校长"工作室，推进教学改革，提升了全县学校的教学水平。通过辽阳援疆传授的"115"教学模式，在全县得以推广并收到了明显效果。

为了让少数民族孩子谋求接受再教育的出路，2013年，辽阳市、额敏县两地组织部门牵头启动了辽阳援助额敏"智力支持行动计划"。夏季的一天，爆竹震天，彩旗飞扬。额敏县举行了"辽阳职业技术学院额敏分院"揭牌仪式，辽阳市党政代表团及塔城地委等地县领导出席了仪式活动。

为了分院办学，辽阳投入援建资金800万元，建设了2100平方米创业培训基地和1000平方米额敏县中等职业技术学校职教中心。根据辽阳智力支持行动框架协议，辽阳职业技术学院将精心选派每批至少一名教授开展职业教育援疆。同时，将分院作为辽阳职院干部培养基地，分批选派优秀青年教师以挂职锻炼形式援疆。辽阳职院在额敏分院开设了机电技术应用、汽车运用与维修、学前教育等5个专业，由辽阳职院派驻专业导师及规划团队从学历教育、师资培训、办学规划等方面给予全方位支援，全力将额敏分院打造成为额敏县高素质专业技能和实用人才培养基地。

截至2015年，该院已培训创业人员600多名，培训幼儿教师240余名，学科带头人16名。与此同时，该院还选送了171名未就业大学生到辽阳市职业技术学院培训，让他们学到一技之长，回额敏后，先后有170人走上了工作岗位。

维吾尔族大学生阿依古丽从新疆天山职业技术学院毕业后，被选送到辽阳职业技术学院培训。回到额敏，考上了公务员，不仅有了理想的工作，还收获了爱情。从云南大学旅游管理学院旅游管理专业毕业的章文清，赴辽阳职业技术学院参加培训，2013年结业后到上户镇寄宿制学校任数学教师；哈萨克族大学生哈再孜·扎汗从新疆农业大学动物医学专业毕业后，通过了辽阳职业技术学院培训，毕业后，走上了额敏镇友好路社区精神文明干事的工作岗位。

殷殷关怀送春暖，千秋伟业育栋梁。第二次中央新疆工作座谈会和全国对口支援新疆工作会议召开后，崔安勇带领着辽阳市援疆工作队结合额敏实际，加大了教育援助工作力度，在完成"规定动作"的同时，实施诸多"创新动作"：将额敏县第一中学高中部与辽阳市一中，额敏县第三小学与辽阳市白塔小学，额敏县幼儿园与辽阳市宏伟幼儿园分别结成了友好学校，借助辽阳市教育人才和智力资源优势，通过师资培训、协作办学、智力支教等方式，建立多层次全方位的教育对口支援工作体系，增强额敏县教育自我发展能力。

在此基础上，辽阳职业技术学院还为每年报考就读辽阳职业技术学院额敏籍学生实施全额免三年学费、按相关规定享受奖学金和助学金；根据所学专业及学生的需求100%推荐就业；享受辽阳市大学生创业贷款、创业基地的优惠政策，大力促进了学生创业，为额敏发展提供智力支持和强大动力。

时任辽阳市职业技术学院院长王会勇介绍，辽阳职业技术学院实施"免学费、保就业、促创业"的优惠政策，是辽阳援助额敏的重要举措，是造福额敏人民的惠民工程。2014年，辽阳职业技术学院新疆资助招生计划92人，涵盖11个专业，其中文科25人、理科67人。这项优惠政策除额敏外，塔城地区其他县市的就读学生也享受免学费一年、保就业、促创业的待遇。

额敏县第一中学高三（1）班的学生柳明参加高考后，得知这一优惠政策，经和家人商议，第一个填报了辽阳职业技术学院的志愿。他说："在辽阳职业技术学院毕业后，不用自己操心就有了工作，这样的机会千万不能错过。"

据额敏县第一中学校长高素霞介绍，经初步统计，目前和柳明一样填报辽阳职业技术学院志愿的学生不在少数。由于辽阳职业技术学院的大力援助，额敏每年实现创业、就业30余人，创业带动就业120余人，人均增加收入1.50万元至5万元，极大缓解了额敏县就业再就业工作的压力。

辽阳援疆人还先后投入援建资金2300万元，建设额敏县第一中学400米塑胶跑道和面积达20000平方米的操场，满足了2000多名学生体育锻炼的需求；完成了玉什喀拉苏镇2500平方米的综合教学楼、萨尔也木勒牧场寄宿制学校550平方米学校宿舍建设，使额敏县的基层教育教学条件进一步得到改善。

> 兄弟团结牛羊成群，妯娌和睦丰衣足食。
>
> ——哈萨克族谚语

5月的虞美人在额敏的微风中绽放，嫣红的花朵充满娇艳和诱惑，阵阵微甜芳香的气息弥漫在空气里。

崔安勇是额敏县委副书记，他的另一个头衔是额敏县郊区乡三里庄村援疆干部"访惠聚"工作组组长。"访惠聚"全称"访民情、惠民生、聚民心"。崔安勇在辽阳市援疆工作队全体动员大会上表示，作为一名援疆干部能够参加"访惠聚"活动，是我们一次宝贵的人生经历。这是援疆的一项重要工作，更是对援疆干部服务意识、工作能力、综合素质的一次考验，大家一定要不负众望，用实干做出成效。

住村后，援疆干部深入基层，详细了解群众的困难和期盼，查找形成问题的根源。同时，着力帮助基层组织和基层干部树立威信，努力为基层争取更多的资源，指导帮助基层健全完善服务群众各项工作的机制。

在萨热吾林村，23名援疆干部和36户贫困户结成了对子，崔安勇带头自掏腰包，和援疆干部一道，给贫困户送上2.70万元的米、面、油等物品及资助金，并组织医务人员为村民义诊。

一天，45岁的苏迷爱一边收拾家务，一边照顾患病的婆婆，初春的阳光铺满了院子。下午4时30分，苏迷爱听到大门响动，出屋一看：来了4位不相识的人。其中一位介绍，这是额敏县委副书记、辽阳市援疆工作队总领队崔安勇，他们是专门上门"结亲"送"礼"的。

原来，几天前，崔安勇在基层调研中，了解到额敏镇桥东社区回族居民苏迷爱近两年丈夫和公公相继不幸去世，家中有两个上大学的儿子和一个上高三的女儿，65岁的婆婆李文英卧病在床，一家人仅靠苏迷爱常年打工和低保金生活。得知这一情况，崔安勇和同志们商量后，就确定苏迷爱为"结亲"帮扶的对象。

第一次来到苏迷爱家"认门"时，辽阳市援疆工作队就给她送来了一份特殊的厚礼——7000元爱心资金。接过"亲戚"的厚礼，苏迷爱难掩内心的激动。大家坐在炕头上和苏迷爱拉家常、谈未来，为她过上好日子出主意、想办法，并承诺今后一定帮助苏迷爱的3个孩子完成学业。

帮助额敏贫困孩子实现大学梦的故事，在崔安勇和辽阳市援疆工作队那里，早已家喻户晓，不胜枚举。崔安勇甚至还协调辽宁宏大集团，为额敏县21名贫困学生捐助了15万元爱心助学金。

为困难群众捐资助学、送医送药，与少数民族群众"结亲"帮扶，增进了两地人民的友谊和感情。额敏群众逢人便竖起大拇指："辽阳干部，亚克西！"

"提供订单式的援疆服务。"这是崔安勇入疆后施行的又一举措。

3年来，辽阳援疆人累计投入援助资金9527万元，加上中央、自治区补助资金和农民的自筹资金，改善了9077户农牧民的居住条件。

住进安居富民房的玉什喀拉苏镇齐勒布拉克村牧民阿依恒说："告别了土坯房、泥巴路，用上了水和电，过上了幸福好日子，最想感激的就是辽阳人民。"如今，在村里，只要提及"辽阳"二字，总有一种浓浓的暖意在村民心头荡漾。

在医疗方面，崔安勇和同志们投入了援建资金5650万元，购置了多普勒彩超仪，填补了额敏县人民医院医疗设备的空白；新建了17323平方米的十四层的"辽阳楼"，新增住院床位150张、大型仪器设备3套，极大改善了额敏医疗的硬件水平。

"原来医院条件差，病号多，床位少，很多时候病号住不上院，病人家属着急，医生护士更着急，如今辽阳市在额敏县医院盖起了作为医院住院部的'辽阳楼'，这些问题全解决了！"说起辽阳市援建额敏县人民医院的项目工程，该院办公室主任宋延刚有着道不完的感激。

崔安勇曾说："辽阳、额敏两地之间密切的交流、交融，是援疆工作的关键。"

根据额敏农业大县的实际，按照"项目+人才，产业+人才，援疆+人才"的工作方式，崔安勇和援疆工作队的同志们建立了重点领域、乡场和驻地规模企业三类急需紧缺人才需求台账，邀请辽阳市教育、卫生、农业、城建等领域专家47名，以短期交流方式，通过"传帮带"，推进了"造血工程"。

按照崔安勇的要求，援疆农业专家实行结合额敏县农业实际，组织科技人员进村入户，采取分片包干、蹲点指导等形式，开展技术培训和科技服务。

"通过培训，眼光放远了，脑筋动起来了，思想开放了，行动有目标了。"这是接受培训的额敏干部的真切感受。

额敏镇阿尔夏特路社区联合党工委书记潘新玲在辽阳实地看到品牌社区的亮点服务，学习回来后，结合社区实际工作，建立功能性党支部，成立了居民说事点，举办了"邻里节"等创新活动，把居民凝聚在一起，社区形成了老帮老、小帮老的良好风气。

玉什喀拉苏镇喀拉苏二村逯治山引进了在辽阳学到的饲料加工、节能沼气和有机肥加工技术，回到当地后就搞起了三泉养殖场，从乌鲁木齐等地引进了100头"长白""大约克""杜洛克二"等优良品种生产母猪及5头种猪，科学养殖，带动了全村每年实现100万元收入。

郊区乡农技服务站的张新华在辽阳学习农作物栽培技术时，看到温室大棚蔬菜产量非常高，返疆后，迅速结合当地的实际情况，从中筛选出适宜当地种植的蔬菜新品种，在当地的100多座大棚里推广种植，平均每座大棚年收入可达1万元以上。

在崔安勇带动下，援疆教师提出了集体备课、电子备课、"先学后教"教学、高考备考讲座等新的教研模式；援疆医生建立了医护人员大规模培训、科室小规模培训、病房现场培训相结合等医护人员培训新体制。

"输血"与"造血"、"硬件"与"软件"、"支援"与"互利"相结合，"辽阳力量"在额敏大地成就辉煌。

不劳而获的珍宝，不如劳动得来的羊羔。

——哈萨克族谚语

额敏河像一条哈达，披挂在额敏大地上。在天边晚霞的辉照下，日夜流淌，川流不息。河流的下游，就是哈萨克斯坦。

额敏是一个农业大县，工业发展缓慢，财政收入偏低。为打好"产业援疆"这张牌，对口援疆工作展开后，辽阳市就确定打造额敏（兵地·辽阳）工业园区，使辽阳产业乃至全国的产业能够集聚到额敏（兵地·辽阳）工业园区，成为产业援疆的主要平台和产业承接转移的重要载体。

按照"企业向园区集中、投入向园区集聚、政策向园区倾斜"

的思路，崔安勇和辽阳市援疆工作队先后投入援建资金9832万元，在额敏县城以西6公里处规划建设的10.13平方公里额敏（兵地·辽阳）工业园区，目前已构筑起绿色农副产品精深加工、仓储物流、高新科技和装备制造产业3个片区的基础设施建设平台，具备承接工业企业转移发展的功能。他们先后完成了工业园区的行政服务中心、绿化、管网、道路和消防等基础设施建设，为县域经济加速发展夯实了基础。如今，额敏（兵地·辽阳）工业园区已晋升为自治区级工业园区。园区犹如一块巨大的磁铁，吸引了塔原红花、新宏基饲料、绿乡玉米、隆惠源药业等10余家企业落地生根，工业园区的示范集聚效应日益凸显，已成为额敏跨越发展、后发赶超的"强力电源"。

为了确保额敏（兵地·辽阳）工业园区每年所需的工业用水，增强额敏县经济发展的"造血"功能，崔安勇和同志们投入援建资金551万元，援建总库容量为3040万立方米的玛热勒苏水库，解决了额敏镇、玛热勒苏镇、霍吉尔特蒙古民族乡及地区种羊场18个村的15万亩农田灌溉用水和额敏（兵地·辽阳）工业园区每年所需的工业用水。

36岁的额敏县郊区乡霍由尔莫墩村农民巴特巴依，原来一直在家务农，全家5口人，种植玉米、小麦等农作物，一年忙碌下来，总收入仅有5000多元，日子过得不算宽裕。随着绿乡玉米制品有限公司落户工业园区，去年通过招聘到绿乡玉米制品有限公司生产车间当了工人，每月缴纳社保费后，还能领到2000多元工资。一个园区圆了近千名额敏农民就地淘金的梦想，同时也为十多万额敏农民找到了90万亩的订单农业"婆家"。

建一个园区，兴一方产业，富一方百姓。"十三五"期间，额敏县计划在辽阳市援疆工作队援建资金的帮助下，投（融）资5亿元，实现入驻企业50家以上，集聚从业人员3万人，实现产值100亿元，使其真正成为塔城盆地一流的农副产品加工产业园和额敏经济圈又一重要的经济发展平台。

如今，额敏田力特肥业有限公司年产10万吨滴灌肥、复合肥生产项目已入园，总投资5000万元，由河南新野冠丰肥业有限公司出资筹建，目前，职工宿舍、库房及生产车间基础已完工，生产设备已完成订购。新疆九洲农业科技开发有限公司玉米、小麦制种项目，总投资5000万元，注册资金3000万元，目前，库房、厂房基础已基本完工，生产设备也已订购完成。新疆泽丰房产开发有限公司大型农副产品批发交易中心及配套商业住宅建设项目一期投资3.60亿元，建筑面积14万余平方米，如今已通过验收。崔安勇还代表额敏县人民政府与北京富德康集团签订了投资17亿元建设的10万吨有机小麦种植基地及深加工生产线项目合同。北京富德康集团公司总经理邢少峰介绍："在额敏县投资17亿元建设10万吨有机小麦种植基地及深加工生产线，看好的就是额敏县的招商服务和绿色资源，这在别处是很少见的。"在第四届中国亚欧博览会塔城地区新闻发布会暨项目签约仪式上，额敏共签约了7个项目、总投资14.80亿元。

辽阳援疆干部"一职双责"，助力额敏县民生建设和经济社会发展。崔安勇时常要求大家，"规定动作"要做精，"创新动作"要出彩，计划外援疆要"多点开花"。围绕绿色有机数额敏，促进园区经济快速发展。继续完善工业园区基础设施建设，争取更多企业入驻园区。

招商就像相亲，每一步都要做到主动、真诚、细致。针对玉米、打瓜深加工等项目，他们与长春大成集团、甘肃东方瓜园等20余家企业采取了登门招商，主动推介的招商方式。他们还积极面对珠三角招商活动，多次与广东商会、福建商会等驻疆商会以及辽阳驻深圳办事处人员对接项目，邀请10余家企业来疆考察。

签约的福建大华集团肉牛养殖及深加工项目计划总投资2.50亿元，建设6000头现代化高标准示范养殖场及屠宰分割加工生产线。规划用地600亩。额敏隆惠源药业有限公司甘草深加工项目，占地220亩，总投资2.50亿元，主要建设3000吨流浸膏生产线，500吨甘草酸生产线，100吨单铵盐、50吨次酸及甘草切片生产加工等项目，目前，6000亩甘草基地种植已完成。新疆方城房地产开发有限公司额敏县城市综合体建设项目一期总投资10亿元，建设酒店、商业地产及高档住宅，总建筑面积37万平方米。上海新东方希望集团对额敏县及区域内玉米资源优势、区位、水源等方面实地考察后，有意向在额敏县实施玉米深加工项目。

针对这些入园企业，崔安勇和同志们全力做到有求必应，提供保姆式服务，帮助落地企业解决实际问题，确保这些项目顺利实施。

辽阳援疆人还加大了小分队招商力度，整合额敏及周边区域资源优势，针对飞鹅、黑加仑、生态旅游等特色资源及打瓜、油料、畜产品等优势资源有针对性地开展工作，加大了走出去、请进来的招商力度，盯住每一个项目，扎实做好接洽工作。

他们还加大了辽宁援建地区的招商力度，加深与辽宁省及辽阳市大企业的经济技术合作，深入挖掘额敏县资源优势，拿出具体方案，寻找两地经济协作的切入点，强化双方的合作和交流。组织当地企业家来额敏考察、洽谈。同时做好辽宁地区宣传工作，利用当地政府网站、商会组织等平台开展工作。

崔安勇和同志们还积极与驻疆商会，地区驻京、上海联络中心及聘用的6名驻外招商代理对接项目，强化责任单位招商力度，利用宾馆酒店、网络媒体等场所、平台传递信息，推介项目。充分利用园区完善的基础设施、优惠的投资政策及优质的投资服务，筑巢引凤，形成产业聚集。

大地承受不住的东西，人的胸怀可以容纳。

——哈萨克族谚语

雁去雁归，芍药花遍地怒放，蜿蜒的额敏河冲走了整整10年的光阴。

辽阳市开展对口援疆工作已经整整10年了。辽阳市委、市政府对援疆工作始终给予高度重视和亲切关怀，2010年以来，辽阳市历任市委书记、市长都曾率辽阳市党政代表团赴额敏县考察调研，代表辽阳市委、市政府向额敏县委、县政府捐赠了援疆资金，对援建工作做出了战略部署。

"感谢辽阳的无私援助"的巨幅标语，表达了额敏各族人民的心声。

辽阳市历届市委、市政府针对辽阳市援疆工作队反复强调，援疆，是国家战略，是实现新疆社会稳定和长治久安的重大举措。辽阳市委、市政府全面贯彻落实中央援疆工作座谈会精神，按照辽宁省委、省政府的部署，系统地实施经济援疆、干部人才援疆、产业援疆和智力援疆，把解决当前突出问题与长远发展结合起来，把硬件建设与软件建设结合起来，把推动经济发展与社会事业进步结合起来，把援建工作与发挥当地干部群众的优势和积极性结合起来，选派年富力强、有责任心的得力干部参加援疆工作，不断创新，长期坚持。事实证明，援疆，正在创造历史。

统计显示，额敏县在辽阳市对口支援的助推下，公共财政收入由2010年的1.31亿元达到2015年的4.70亿元；生产总值由2010年的35.20亿元达到2015年的56.81亿元；农牧民人均纯收入由2010年8039元达到2015年的11319元。一项项指标均创历史新高。

人才是额敏最稀缺的资源。因此，辽阳市抽调全市最好的人才，为额敏县发展提供强大智力支持和根本保证。

2012年至2015年，辽阳市先后投入援建资金1057万元，先后选送额敏县干部354人赴清华、北大、人大、复旦等9所国内知名院校培训；先后选派13批522名干部到疆外培养基地参加培训，选派10批600余名基层干部到对口援疆省（市）学习考察，选派8名干部赴辽阳市挂职，使他们更新了观念，开阔了眼界，拓宽了思路。开展"聚力提能大讲堂"活动，定期邀请国内知名专家、教授、学者讲学，累计举办专题讲座18场次，培训干部人才3200余人次，有效地提升了额敏县干部队伍的素质和能力。

通过崔安勇和援疆工作队全体同志的共同努力，额敏县玉什喀拉苏镇与辽阳市宏伟区曙光镇建立了"友好镇"，拓展了合作领域，目前该镇已建设成为塔城地区"小城镇发展十大重点乡镇"。额敏镇桥东社区通过与辽阳县首山镇黑牛庄村建立"友好社区",提升了合作层次,借鉴辽阳市在社会管理"6+1"工作平台和"一户一档"的工作亮点,创新开展的"111工程"、"小红星"志愿者协会、党员奉献日、每月一星等特色活动,成为塔额盆地学习、观摩的示范重点。额敏县幼儿园通过与辽阳市宏伟区幼儿园建立"友好校园",以培养幼儿兴趣、开发幼儿潜能、发展幼儿特长为重点,开设语言、计算、社会、艺术、健康教育课程,设立舞蹈、美术、逻辑狗等多元化特色班,打造"人无我有"专业特长,促进了幼儿健康成长。

提及多年前那次援疆之行的心路历程,崔安勇每每不无感慨:"只有到了新疆,才能真正感受到祖国的大好河山地大物博。只有到了新疆,才能真正加深了对国家大义和民族团结的深刻认识。只有到了新疆,才能真正体会到作为一名共产党人屯垦戍边、保家卫国的责任重大和使命光荣。只有到了新疆、离家万里之外的时候,才能真正完成对家庭、父母、儿女亲情的重新审视。"

辽阳市援疆工作队住在额敏县委党校院里,当时的辽阳市援疆队员里,年龄最大的队员已有58岁了。为了照顾好队员的生活起居,便于援疆工作队日常工作的沟通交流,及时解决家庭、生活、工作中出现的各类矛盾,崔安勇创造性地开办了援疆食堂。援疆食堂聘请了汉族厨师,一改往日哈萨克族厨师的口味,餐桌上摆满富于家乡特色的饺子、炖菜,崔安勇还像大哥哥一样,时常亲自下厨,端出援疆队员习惯的味道。既调动了广大队员的工作积极性,也稳定了远在他乡的援疆队伍。

勇当援疆弄潮儿,根植额敏展才华。作为辽阳市援疆工作队总领队的崔安勇带领着广大援疆干部,带着这样的豪迈,带着这样的奉献,以其"特别能学习、特别能吃苦、特别能干事、特别能团结、特别能自律、特别能奉献"的援疆精神,潜移默化地影响着额敏人解放思想,转变观念,添动力、强实力、增活力,每一位援疆干部的足迹,都深深地印在了额敏各族人民的心坎上。

"只有尽快融入当地，融入少数民族干部群众当中，才能最终得到广大群众像亲兄弟一样的认可和接纳。"给崔安勇开了3年车的司机是一位维吾尔族小伙子，叫马尔旦，平日里两个人就不分彼此，亲如一家。崔安勇3年援疆即将期满返回家乡。额敏县领导组团将崔安勇送到辽阳，马尔旦也随团前往。临别时，他紧紧地抱住了崔安勇热泪盈眶，声泪俱下："哥，你啥时还回来？"崔安勇的心里也不是滋味，一种难舍难离的情感在心中涌动。他轻轻拍着马尔旦的后背安慰道："兄弟，别这样，额敏也是我家，咱们永远是亲戚。"以后的日子里，每逢欢庆佳节，崔安勇都会给马尔旦送去一份遥远的美好祝愿。

援疆人收获的是其他人永远得不到的一份深情。

2012年以来，崔安勇和同志们一道，紧紧围绕援疆中心工作，勇于实践，大胆创新，创造性地展开"智力支持行动"、援疆医生走基层、援疆干部人才小项目等活动，使辽阳市对口援疆的更多民生工程在额敏大地"遍地开花"。这一系列工作创新，得到自治区党委、塔城地委的高度认可，也使额敏援疆工作走到了塔城地区前列，崔安勇也被辽宁省前方指挥部作为"优秀援疆工作领队"上报新疆维吾尔自治区党委。

回眸喜人的辉煌成就，一个个援额项目，已成为一座座用爱心凝成的丰碑，见证着辽阳人民与额敏人民之间的兄弟情谊；一个个动人故事，已成为一批批激情澎湃援额干部的群雕，见证着辽阳人民对额敏人民的无私奉献；一次次人员交往，已成为一座座友谊与合作的金桥，见证着额敏走向开放、走向繁荣、走向辉煌的新的明天……

"祖先留下的遗产，一半是给客人的。这是一句哈萨克族谚语。"崔安勇如是说。

2020年7月二稿

爱在也迷里

刘国强

引　子

　　新疆地域辽阔，总面积166万平方公里，占全中国六分之一，是我国面积最大的省区，疆域面积相当于3个法国，或4个日本，或7个英国，或16个韩国。

　　位于新疆大西北的也迷里，只是一个边陲小县。但"山不在高，有仙则名；水不在深，有龙则灵"，这小小的盆地竟是两度龙兴之地，是西辽王朝建都的地方，也是成吉思汗三公子窝阔台安居立业的首府！以此为中心，当年耶律大石率铁骑驰骋疆场，翻过塔尔巴哈台山，将今天的哈萨克斯坦、吉尔吉斯斯坦、塔吉克斯坦、土库曼斯坦、阿富汗等圈进版图。

　　也迷里为古代称谓，现在叫额敏。

　　公元1132年，耶律大石从东北辽阳率队纵横万里来到也迷里，缔造了威震中亚的西辽大帝国，实现了几乎不可能实现的神话。也迷里因此繁荣鼎盛，成为草原丝绸之路上的重镇。

　　千年之后，为了国家安宁和边疆人民的幸福生活，同样有一群血性男儿，同样从东北辽阳来到也迷里，奉献智慧和汗水，书写波

117

澜壮阔的传奇人生。我来时，这个团队的总领队叫张成良，这个团队的名称叫辽宁省辽阳市援助新疆额敏县干部工作队。

"王牌军"和"直属部队"

也迷里是离海洋最远的地方，为"亚欧大陆内心"。四面与海洋的距离均超过2400千米。内心测算完成于1997年，内心周围地势平坦开阔，地表呈沙砾质荒漠草原。

"亚欧大陆内心"概念源自英国近代地理学奠基人H.J.麦金德的"陆心说"：欧亚大陆地理内心是大陆远离海岸的陆地心脏所在地。

2019年9月6日下午6点半，我与辽阳市援疆工作队队员李杰、王爽一同来此，分享了这独特的景观和别样的感受。我步入亚欧大陆内心大理石镶嵌的"指示区"，平面上映衬的那幅浅蓝色的世界地图中，雄鸡形的浅红色中国地图傲然其上，而"内陆中心"那个"小圆点"恰好在雄鸡尾部上翘的翎羽上。

我站在高高的桥形纪念建筑观景台，压抑住血液加速快流的激动，好奇地环顾四周，试图找到"不一样的所在"。左为早秋枯萎的草原，残存着绿星星般珍贵的绿色，似在向我眨眼送波；右为高举着黄色火把一样的白杨树，彰显着英勇就义前最后搏击的悲壮；前方为一片浓绿密织的矮树，我不知道它是什么树，却认定它们是真正的抗寒勇士，在萧瑟的晚秋里仍穿着碧绿的夏装！

哪有什么"不一样的所在呀！"

在同一块土地上展现不一样的风采，将平常的日子过得有滋有味，让每一个过往都活色生香，把所有的时间都注满爱，我们眼前的一切，我们生活的每个地方，都有"不一样的所在"呀！

一进辽阳市援疆工作队办公室走廊，东墙上醒目的大字展现了"不一样的所在"："一群人，一件事，一条心，一起拼，一定赢！"

如果把这组词组拆开，每一组三个字都相当于一部厚重的书，每个书名下都有一长串的故事。

也迷里夏天高温，冬天寒冷，张成良带领的辽阳援疆团队，每天都要在备受气候折磨的环境中坚守。

冬天零下三十六七摄氏度，每天都要跟刀子风对抗。因为历史上常年干旱少雨，我观察过额敏县城的马路，没有排水设施。早春寒风凛冽，在这伤人不伤水的季节，堆积在路边的过人高的积雪，都要"天然融化"。马路上雪水自由泛滥，步行上班的工作队员，要在路面上跳来跳去，一不小心滑倒，扑腾一声，顿成半个泥人。

每年的9月中旬，辽阳人还在兴致勃勃地满山看风景、席地吃野餐，也迷里山里已经下雪，即将封山！初冬来临，山上的虫蠓被寒流赶下来，雾一样在县城的半空飘浮，成群成群扑在脸上、钻进衣领。有一种不知名的家伙是个偷袭高手，连个"嗡"一声的招呼也不打，突然在半空拐个急弯俯冲下来，一头扎在脸上，叮一口就跑。

10月1日，辽阳人穿得花枝招展，还在漫山红叶里陶醉，也迷里已经寒风呼号，开始供暖。忽然一场没腰深的大雪捂严了大地，牧场和羊群都埋在雪里，张成良和援疆伙伴们要火速驰援！

2018年，大雪下了40场，很多地方积雪都没腰深，辽阳市援疆工作队队员们赶上37场！下雪就是命令，张成良马上率领援疆干部奔赴牧场前线，火速救灾！羊有吃的吗？人断粮了吧？救灾如救火，赶快把埋在雪里的东西扒出来！

寒冷是疾速出击的猛虎，如白色的刀刃，在牧场四处砍斫，留下几片宽大的间隔，仿佛是它深深的叹息。

夏天，阳光的金手指频频伸过来，摸哪儿哪儿热——吓跑了"桑拿天"，霸道的"烧烤天"横冲直撞，包打全场！光线像烧热的锥子，能穿透衣服灼伤皮肤。队员们多数人每天步行上班，每次三四公里，挨晒已是常态。

晚上宿舍干燥得像劣质煤烘烤的炉膛，队员们土法发明了"空气加湿器"——在地上多泼水，把窗帘喷湿了再挂上。

额敏的自来水含碱成分大，沐浴器喷头孔半个多月会被积碱堵死。泼在地上水干后，浮一层乳白色的碱花。队员们的洗脸盆都有一层"碱锈"。做菜的黑铁锅只要熬一次汤，锅底必有积碱。

有人说吃碱多容易得肾结石和胆结石，队员们毫不在乎："没那么可怕。多干工作多运动，结石就'嘚瑟'下去了！"

"得结石病的人多了！没来额敏援疆的，不是照样长结石？"

没有一个人是完全幸福的。所谓幸福，就是认清一个人的限度而安于这个限度。

援疆工作苦吗？苦。可比起队员们在维护边疆安定、支援边疆建设中锻炼了能力，提升了境界，又算得了什么？

援疆工作累吗？累。可比起队员们开阔了视野，磨炼了意志，提升了政策水准、管理水准，精神和灵魂得到双重洗礼，又算得了什么？

在额敏采访的日子，我每天都被辽阳市援疆工作队队员们所感动。每个人都像拧足了发条的机器，都在最佳状态工作。

"工作的事再小也是大事，自家的事再大也是小事。"这不是一句空话，而是关乎家国情怀、考验灵与肉的自觉行动。

张成良的母亲去世早，父亲是他唯一的亲人。可是父亲病重时，他却在工业园区忙得脚打后脑勺，没有见上最后一面。副领队金科的父亲病危去世，金科同样在新疆处理棘手的工作。薛世杰的母亲去世，白景超的岳母去世，郑健的母亲去世，薛昌全的父亲去世、岳母去世，解明升的哥哥去世，他们都没能送上最后一程……

这些忘我奉献的援疆赤子只能舍小家顾大家，暗暗吞下痛苦、泪湿枕巾，独自忍受今生今世再也没有机会补偿的缺憾……

高级教师李杰的女儿于2019年8月18日结婚，李杰匆忙回辽阳张罗了婚礼，8月19日便赶回额敏。9月6日女儿宴请亲朋好友，李杰在额敏正忙于教学。在万里之外的也迷里，李杰向女儿女婿发去祝福视频。

但，他们没有后悔，更没有退却，当自己援疆期满，面对留下与离开的艰难抉择时，队员们宁愿克服自家的重重困难，也要与张成良一起留下来。"援疆太苦，到期赶紧回去"的话丝毫不能影响队员们援疆建设的赤诚之心，2018年6月，14名援疆一年半的专业技术人才工作期满，2017年年底，辽阳援疆干部有14人到期，居然有12人写了"留在新疆"继续援疆的申请！

珍惜能看到的，也要期待暂时看不到的。夜催花悄悄地开放了，甘愿让白日去领受谢词。

张成良像常年干旱的额敏随处可见的滴灌装置，平时静静地躲在一边。而哪棵庄稼或树木旱了，一定在第一时间挺身救场，送来滋润和甘霖。每位队员都是好兄弟，谁也不能掉队。张成良心中装了满满的爱，随时送给这些"家庭成员"，细致入微地关爱每一个人。他能记住每个援疆队员的生日，并送去祝福。队员值班时他要提醒饭别忘了吃，深夜有队员加班没回来，他打电话问询，派车去接。每位队员老人去世，他会第一时间打电话问候，给予力所能及的帮助，代表工作队送去花圈。在张成良的领导和全力推动下，队员个个忘我工作、表现出色，援疆的每个干部职级都提了半格。医生和教师全部晋升了职称，来时中级职称的晋升到副高级职称，副高级职称晋升为高级职称，并全部兑现了工资。副领队金科被提拔为副县长，王强由副科级提拔为正科级。徐兴邦工作进步出色，担任额敏县发改委主任，在辽宁省272名援疆干部人才中，他是唯一被提拔为地方部门正职领导的。

每个人的心里都有一片属于自己的森林，迷失的人迷失了，相遇的人会再相遇。

在新疆援疆，领导曾这样评价："只要工作在新疆，哪怕什么都不做，也是好样的。"

辽阳工作队的同志们怎么会"什么都不做"！在新疆打拼的日子里，他们个个都是好样的！

人与人之间的交往，并不是一方努力付出的结果，是相互扶持、互相鼓励的。

白志久，2017年5月出差期间，患上丹毒，头部水肿，高烧不退，伴有牙齿剧痛，坚持带队乘机往返，连续开展工作，在额敏县人民医院输液治疗12天。他任额敏县招商局副局长，借招商引资之便有太多回辽阳的机会，但他全力回避，把机会让给同志们。

徐兴邦，连续6年援疆，因工作表现突出，被任命为额敏县发改委主任，开了援疆干部任正职之先河。

解明升，任劳任怨，被誉为"老黄牛"，克服党政事务繁杂的困难，同时兼顾抓援建项目建设。

万国强，连续两届援疆教师，带领教师组同志，开办"微课堂"和"六点半课堂"活动，受到当地师生好评。

赵军，给额敏县人民医院编撰医生考评方案和细则，受到地区卫生系统好评，协调联络4名急需的医疗专家短期来额援疆和培训当地人才。

林林，来自辽阳电视台，为额敏县外宣办审读上百万字新闻和外宣稿件，成为"讷于言而敏于行"的表率。

王强，工作雷厉风行，带队侦破多年前杀人案件，打掉当地涉黑团伙。

李光旭，作为食堂管理员，干在前吃在后，努力增加花色品种，变众口难调为众口可调。

邱忠鹏，带领额敏县人民医院医生开展静脉瘘手术，为塔城地区首创，为患者和家属减轻痛苦和经济负担。

王爽，引进内地先进经验，参与拟订融媒体筹建方案。为拍摄牧民春季转场，他克服寒冷、饮食不适等恶劣条件，与牧民在山窝子里同吃同住，为丰富额敏县影像资料库拍摄了大量出彩镜头。

…………

不用滞留采花，只管往前走，一路上百花自会盛开。

辽宁省对口支援新疆前方指挥部主要领导给予辽阳市援疆工作队很高赞誉，称他们是"辽宁援疆工作中的王牌军""辽宁前指的直属部队"。

2017年、2018年，辽宁援疆前方指挥部给中共辽阳市委写了热情洋溢的感谢信。

有一种爱叫迎难而上

2014年2月，额敏寒风凛冽，大雪飘飞。"老风口"接连霸占央视屏幕，十级大风怒吼着卷起排空雪浪，埋上轿车，将地面上的浮物"拎"起来，狠狠地摔到几里地之外！

额敏县管理层也刮起了"十级大风"，旋涡中心为"五大产业建设规划建设"。怀揣改变家乡面貌的美好愿望，与北京某知名规划院签订合同，计付劳务费500万元，先付270万元。谁知，"风景区"突成"老风口"，当北京的几位规划师将设计规划端上额敏规划评审会时，立刻炸锅了，评审们群情激昂，纷纷指责这个规划漏洞百出，清一色投了反对票！

张成良对规划提了十个方面的问题，尖锐地指出要害：纸上得来终觉浅，"太学院派""空洞""没有可操作性"，这个规划放在塔城行，放在深圳也行。

双方对峙，陷于两难境地。高高在上的规划院没想到在小小的西北县城折戟沉沙，站起来困难，行走更加困难。额敏县已经花了270万元，前进不了，也没有退路！

接连开了多个连轴转的县委常委会扩大会议，县委书记果断决策：将修改规划的任务交给时任额敏县委常委、副县长的援疆干部张成良。

这担子重千钧，张成良仿佛听到自己肩胛骨咔咔作响。没有丝毫准备的张成良肚子里有千言万语，可他只简洁地回答："好的，我一定尽力。"

有一种爱叫迎难而上。因为，总要有人先攀险寻路，插上路标，把方便留给队友。

心大了事就小了，心小了事就大了。

张成良清楚，他接下这项工作，只是暂时把这个"明火"扑灭了。那么，"明火"下堆积了多少干柴，他是否有能力将其扑灭或掩埋，都是未知数。

张成良相信：再小的个子，也能给沙山留下长长的身影；再小的人物，也能让历史吐出重重的叹息。

查资料，寻样板，咨询专家，查找专业著述，张成良旋即进入角色。

成长是一种和自己的比赛。因为优于别人并不高贵，真正的高贵应该是优于过去的自己。

在繁华热闹的首都北京，张成良独自憋在一个房间里，不知道什么时候夜幕悄然降临，也不知道什么时候曙光再照东窗。时光仿佛缩小了，甘愿屈居在一个小小的荧屏上等到地老天荒；时空收窄成"一条线"，穿过首都汪洋的楼海，越过千山万水沙漠戈壁，回到他深深爱着的额敏……

张成良非常清楚，规划宏大而辽远，既要卧接地气，还要威武昂首"高大上"；既要符合今天的需要，还要适用于无数个手拉手的明天——历史与人文交融，景观与经济携手，自然与发展联袂，形象与逻辑并举，保护与创新双行……

一行行规划书出现在电脑屏幕上，每个字都有温度，都带着张成良的体温和对第二故乡的热爱；每句话的后头都呈现一幅幅"图画"，郊区乡的城乡接合部的特点，玛热勒苏镇地理面貌，霍吉尔特蒙古民族乡的"世界唯一的野生苹果基因种子库"，地处老风口的欧亚大陆内心，位于额敏镇至杰勒阿尕什镇公路的南面、距县城7.5公里的也迷里古城遗址，贯穿县城的额敏母亲河，以及额敏盆地内生机勃勃、魅力四射的湖泊、湿地、平原、野生鸟兽，都"如约"出现在屏幕上，向张成良招手、微笑或皱眉……

张成良能读懂它们的每一个表情，也意会所有的支持或提醒，因为，来北京修改规划之前，张成良花了3个月，披星戴月走遍了额敏县17个乡镇169个村。

张成良以虔诚的敬畏和深深的感情，心里装着约20万额敏的父老乡亲，"打笨仗，出实招"，进行田野式调查，脱鞋下河，钻林入谷，越岭攀山，把自己当成体温计，量遍了第二故乡的"体温"！

天空虽不曾留下痕迹，但我已飞过。

虽远在首都北京，张成良的脉搏却始终与第二故乡同频跳动！

另一方面，张成良又十分清楚，规划不是纪实作品，不是照片，不是简单表层的"同框"，更不是花拳绣腿"比颜值"，而是站在额敏的土地上，让现状与科学双轮驱动、双翼齐飞，"欲与未来试比高"！

这就难了！

在设计规划的每一天，时光比秋叶落得还快，眨眼间一天没了，眨眼间一周就翻篇了，当一个月时间付诸东流，张成良的"初稿"仍在难产阶段！

孤单是一个人的狂欢，狂欢是一群人的孤单。人间至味是清欢，越是艰难越振作。

我没有问过张成良，在首都北京，眼前摆放一大摞子国内外响当当的规划作品，在著名规划专家和一群博士的包围中，这位小小的援疆干部，以怎样的勇气毅然举起"规划首秀"的大旗。

我也没有问过，当张成良这位"外行的小学生"日夜不休地潜心坐在电脑前，修改那些大名鼎鼎的专家们的作品时，人家在用怎样的目光看他，用怎样的心思揣摸他。

我却知道，张成良是一直站在规划"圈外"的人。即使他在管理中接触过规划设计与应用，与此次在首都北京的高档次"尖锋较量"，必是云泥之别。

所有的今天都会成为明天，但所有的明天却不一定都会成为今天。简单亦化境，方寸也汪洋。真正重要的不是给生命以时光，而是给时光以生命。

张成良在大北京的某个小房间里"蜗居"第五十九天，他交出了答卷。

过了这个"高门槛"相当重要，但"终裁"却是额敏县人大常委会。

卷子交上去了，张成良和北京规划方仍然捏了把汗。

我们熟悉的考试惯例是一群人答卷，少数人判卷。这次却相反，一个人答卷，要一群人判卷。换言之，"考生"张成良一个人把规划在县人大全体会议上公布后，代表们要"集体判卷"!

投票的那一刻，最紧张的不仅有设计方，还有许多人若怀揣小兔，心提吊到嗓子眼——270万元已经支出，这次再被否定怎么收场？

理想像长脚的云，跳上天空等你。

又一次出乎意料，这个规划似乎有着人见人爱、花见花开的魅力，所有代表都欣然赞成，获得满票通过!

历史有自己的生命，它就像一个人，既随和又自尊。

"要把事故变成故事"

要作为思想家去行动，还要作为实践家去思想。

在闻名遐迩的额敏（兵地·辽阳）工业园区，新天骏面粉有限公司是非常抢眼的新星，短短几年，便以其产品质优、产业兴旺迅速占领塔城地区60%的市场份额，并成为新疆同类企业中的佼佼者，影响辐射全国。

"新天骏"将一二三产业连在一起，种粮食、收储粮食、加工粮食一条龙，完整的产业链和优质产品，让上游的种粮农民欣喜，也让下游的用户高兴，赢得广泛的市场信誉，后势强劲。

熟知内情的人惊喜万分，赞不绝口，一位工人说："多亏张书记救了我们。"

用户赞道："这是上好的有机面粉，吃了放心哪!"

现任总经理王明辉更是有感而发："没有张成良副书记的成功改制，这一切都没有! 我在内地干这行20多年，根本实现不了的事，在这里全实现了!"

2014年年底，辞旧迎新之际，多民族聚居的额敏县城热闹起来，穿着各式民族服装的群众有的走亲串户，在为旧年"收口"，有的兴高采烈地办置年货，迎接新年。县委门前却聚集一大群人，他们情绪格外激动，吵吵嚷嚷，坚决阻止额敏县粮油购销公司改制。

理由就一条："你们一改制，我们不就失业了？"

　　可企业的现状却是连年亏损，县财政每年补贴600万元。

　　面对这个实在负担不起的老大难企业，县里引进一家企业救场，不想却遭到工人们的坚决抵制。车一进来，有人立马躺在车前："不许进工厂！要进，就先从我的身上轧过去！"愤怒的工人们又把亲朋好友聚集起来，"找他们去！一人先给100万元，我们就同意转制！"

　　马蜂窝被捅开，全县沸腾了！

　　不转制，死路一条，转制会有一线生机。但，工人们一门心思拼死抵制转制。彼时，马蜂窝已经捅破了，躲是躲不开的。摆在县主要领导面前最重要的选择是，谁能把这窝蜂引开，重建蜂巢？

　　进退两难时，县委书记又把任务压给了张成良。

　　时任县委常委、副县长张成良刚从辽阳来额敏半年，对工厂和工人情况一无所知。

　　工人75%为维吾尔族、哈萨克族、蒙古族等少数民族，语言沟通便是一道坎。备受冷落的张成良一进厂，便成为"最不受欢迎的人"。工人们躲的躲，不理的不理，更有甚者见了张成良便小声"嘀咕"。翻译不方便把这些谩骂的话"直译"出来，张成良却从表情看出对他的敌视。工人们把他视为"打饭碗的人"，无论张成良怎么解释，人家都不信。大家要轰走张成良，张成良却要在此扎根不走。不管工人的态度多么不近人情，张成良始终微笑着跟他们沟通。于是，这场1∶85的硬碰硬的较量正式拉开帷幕。张成良首先修改了转制方案，把原来"全厂一刀切"的转制方式，变成"一人一个方案"。他跟全厂85名工人谈话，一个一个谈。少的一个人谈七八次，多的谈20多次！维吾尔语和哈萨克语要带翻译，翻译有时也听不懂的话，张成良便看表情，猜。翻译赞赏张成良："猜得真准。"

　　起初，85人形成一道铜墙铁壁，任你说出花了，人家就三个字：不同意。

　　为什么要改制？改制后职工的社会地位和待遇不降低，只能提高，张成良帮工人勾画美好前景。不改制的后果会怎么样？改制后用什么办法让企业和国家"双赢"？像学拼音那样从练习"发声"开始，若学诗词那样"反复背诵"，张成良始终以情动人，以爱暖人，以心暖心，"铁壁铜墙"终于出现"裂隙"……

遇见对的人，做喜欢的事，每一刻都热血沸腾。

半年后，张成良的爱心使"战局"发生大转变，1：85的局面大掉转，多数人都站在张成良一边，只剩下一个叫海拉尔的维吾尔族中层干部与张成良"对战"。一周后，海拉尔紧紧握着张成良的手说："辽阳干部，亚克西（好）！"

"定盘子"那天，张成良召开了全体职工大会，这边进行法律公证，那边由财政局发放补助金。

这是额敏县第一例成功改制的企业，也是"扑火"最干净利落的经典案例，"强拧瓜"改制后，工人们个个笑逐颜开，实现了"零上访"。

好戏还在后头。张成良没有把工人推向社会不管，而是迈上新的征程，勾画了完美收官的蓝图。投资人响应额敏县招商引资政策，看好额敏工业园区和地方资源条件，引进了新天骏面粉公司，转制后仍是国有企业。国有股份占51%，民营股份占49%。企业加大投入，风险扛过去了，工人们还是国企职工，身份没有变，收入和社会地位却提高了。

2015年完成改制，2016年盈利2万元，与上一年亏损600万元相比，实际等于当年赢利增加602万元。

时间跨入2018年，当年里倒外歪的丑小鸭已变成振翅长空的白天鹅，新天骏面粉公司从同行业脱颖而出，已现"明星相"——

春天，收储公司统一要求农民播种新冬18号小麦，粮食品质有保证。秋天收粮，在市场价格的基础上，收储公司每公斤补助6分钱（钱由天骏面粉公司出），粮农增加了收益。

而今的企业生机勃勃，由做大众面粉跨上做有机面粉的高台阶，把周围有机小麦加价收购，培养和激活农民种有机小麦的习惯和热情。"新天骏牌"面粉年产量达六七万吨，现在歇人不歇机器，工人实行三班倒加紧生产，向年产15万吨迈进。辽宁省援疆工作队迅速拉动销量，已经打开辽宁市场，在东北和西北分销蓄势强劲。在公司外，迅速扩大有机小麦种植面积，在公司内，按计划增加有机小麦生产线，打造"新天骏"名优品牌。

然而，在改制之前，"新天骏"差点"胎死腹中"。

这天，老板王明辉急了，吵着闹着找县领导，县委书记走到哪儿，老板跟到哪儿。事出有因，在额敏县政府主持下签署的合约，这家企业的6062万元货款瞬间"消失"！

事情太难办，有些人说，一位主管领导甩手不管了，"签完约了，关我什么事？企业赔了找我，你挣钱了怎么不找我？"

这话瞬间激怒王明辉："再不解决，我就发动更多人来闹！"

张成良在专题会议上说："新疆的稳定很重要，咱们要千方百计想法把事故变成故事，不然就出问题了。"

县委书记当即把"包袱"甩给张成良："从现在起，由成良同志负责处理此事。"

这家企业落户额敏，由县委、县政府牵头，把额敏县的小麦全部卖给企业。因为直接跟政府签约，王明辉没有查看小麦质量，直接把6062万元购货款打进政府的账户。打开粮仓看小麦那一刻，王明辉当场就哭了，小麦一半以上是芽麦和杂麦！

王明辉就是兴致勃勃要参与额敏县粮油购销有限公司改制的。谁知，改制尚未进行，却在收小麦上碰个大钉子！

张成良对王明辉说："出了这样的事，政府有责任，你也有责任。不管买什么货，事先必须要验货的。但现在，我们不是要埋怨谁，而是要解决问题。我建议你先进行行政诉讼，走法律程序，政府和企业在庭前和解，重新签约，你的损失由政府补上。"

张成良清楚，王明辉不是做把买卖就走，而是要参加企业改制，要在额敏扎根办面粉厂，对这样的招商引资而来的企业要予以重点支持，绝不让人家伤心而退。另一方面，要在企业与政府之间、企业与麦农利益之间找到黄金分割点，相信"办法总比困难多"。

在张成良的协调主持下，很快跨过了这道高坎，王明辉与政府握手言和，很快参加改制，"新天骏面粉"成为额敏县工业企业最耀眼的一颗新星。

我讲述如上故事，也许有人纳闷儿："张成良真的这样厉害？"

我负责任地揭开真相：这"厉害"是真的，但由来已久，来之不易！

一切伟大的行动和思想，都有一个微不足道的开始。

出身寒门的张成良没有任何背景，靠品学兼优和工作奉献，得到大家认可。1991年，读高中二年级的张成良提前报名参加高考，被沈阳师范大学政教专业录取。张成良履历丰富，援疆前做过高中教师、团委书记、党支部书记、教育局干部、组织部副部长，并历任三个街道书记、招商局局长、副县长等岗位。

人生如同道路，最近的捷径通常是最坏的开始。

张成良曾经三次担任三个街道的党工委书记。街道工作千头万绪，招商、办企、治安、繁荣经济、抵制黄赌毒、"两个文明一起抓"……

勇敢的人不是不害怕，而是战胜了害怕继续前行；闪亮的人生不是未经黑暗，而是在黑暗中也努力燃起了一道光。

都是些什么人搞得街道工作困难重重？欺行霸市的、打架斗殴的、地痞流氓、调皮捣蛋的混混、坑蒙拐骗偷，一伙儿一伙儿找到头上，张成良挺直腰板迎上去，不躲闪，不惧怕，不回避。因人因事而别，有时摊牌政策法规，有时亮出法律武器，有时实行"怀柔政策"，有时"一对一大群"，有时"一对一"单挑，有时果断报警，有时"交成哥儿们"……

这些已经翻篇的宝贵历练，成为张成良后来"治理疑难杂症"的重要支撑和坚强后盾。因此，他才能在援疆工作中迎着硝烟冲上去，一次又一次扭转败局、转危为安。

诗翅膀只为大爱而飞

心态要高，姿态要低，不要看轻别人，更不要高估自己。

2018年8月26日，14名中期轮转的专业技术人才、19名援疆队员刚到额敏县辽阳市援疆工作队驻地，热烈的鞭炮噼啪噼啪响了起来，红彩当空开花，蓝烟缭绕，营造了浓郁的火爆氛围。"欢迎大家的到来，"张成良微笑迎上前，指着眼前的公寓楼办公楼，"这就是你们的家！"

张成良跟队员们一一握手，详细询问每个队员的名字。

大家心里格外温暖，仿佛不是来到万里之遥的额敏，而是回家了！

简单的欢迎仪式上，张成良给队员们留下深刻的印象，这位大名鼎鼎的县领导，丝毫没有官架子，像久别重逢的老大哥一样和蔼可亲，句句话都洋溢着兄长般的关怀和柔情，令人舒服，更令人温暖的是，张成良称队员们为"兄弟"！而令人吃惊的是，刚刚认识，张成良居然亲切地叫出每一位队员的名字！

在陌生的地方遇知己，那种被尊重的感觉暖流能瞬间流入心房。

当然，他们并不知道，张成良博闻强记，数百首唐诗宋词张口就来，能熟练背诵《岳阳楼记》《滕王阁序》《出师表》《春江花月夜》……

"不是张书记记性好，而是心里有我们。"我采访的时候，多位队员表达这样的心声。

"我工作了这么多年，没见过张书记这样的人，太善良了！"

"张书记水平很高，让人钦佩。他事无巨细地关心我们，太令人感动了！"

好几位队员红着眼圈说过同样的一句话："他这么操心，我们心疼啊！"

每个队员疼爱张成良的真诚表情令人动容。我想：所有队员都异口同声地赞扬一个人，这大概就是"民心"吧？

2014年2月19日，副县长张成良，身负国家使命和辽阳市委的重托，首次来新疆额敏县援疆，任辽阳市援疆工作队副总领队。

2015年10月，组织提拔他为辽阳市援疆工作队总领队。

刚到额敏，张成良内心迷茫。在内地工作20多年，一下子来到人生地不熟的地方，从大的方面政策、思路、程序，到小的方面作息时间观念、饮食及工作方法，完全是陌生的！同样的事情采用同样的举措，怎么会出现完全不同的局面？

任额敏县委常委、副县长，在分管的工作实践中，那些积累数十年的成熟经验，怎么不好用了？

每一个强大的人，都曾咬着牙度过一段没人帮忙、没人支持、没人嘘寒问暖的日子。过去了，这就是你的成人礼；过不去，这就是你的无底洞。

任辽阳市援疆工作队总领队同样碰到很多棘手的事情，这个"杂牌军"共有43名队员，分别来自38个单位。大家的脾气迥异，性格不同，爱好有别，这，都是张成良必须面对的现实。

"当无力改变环境的时候，就要适应环境。"这是张成良给自己下的第一道命令。第二道命令更狠："牌不是我抓的，但我必须打好！"

"兵熊熊一个，将熊熊一窝，我带领43个弟兄，必须干好！"

"我可以没有英雄壮举，但绝不能碌碌无为。"

"我在辽阳有个家，新疆也有个家，辽阳市援疆工作队就是我第二个家。一个人好不算好，援疆工作队的所有队员整体提高了，这才好。"

刚来额敏，大家吃不惯新疆的饭菜。主食天天吃面，所有菜肴都是重口味，辣、咸、油腻。队员的身体从未遇到过这样大的挑战。几天之后，不是爱不爱吃的问题，而是引起身体的强烈抗议，有的得了痔疮，有的胃疼，有的饭后感觉肚子痛，有的患上厌食症。张成良换了几位当地厨师，仍然解决不了这个难题，便责成管理伙食的李光旭：一定要找家乡的厨师。辽阳的一对夫妻厨师来了，张成良过问细节，确定了每顿四菜一汤，多换样，问题得以缓解。一年后，这对夫妻厨师嫌工资少，去南方另谋出路。张成良借春节放假回家，再次和李光旭"淘厨师"，面试后，把一对夫妻请到李光旭家，当场试做荤素搭配、有多种技术含量的十几道菜，大家品尝后同声喝彩。"好！定了！"张成良拍板后，第二天便请这对夫妻厨师直奔新疆额敏，这才解决了老大难问题。

教育部布局的教育专家项目，辽阳有22名教师在额敏援疆。这些人统一在额敏县委党校食堂就餐，一个月后个个瘦。大家嚷嚷"受不了"，甚至有人因饮食不适应紧急回辽阳做手术。张成良知道后当即决定请他们到干部援疆工作队驻地一起就餐。

"多个人多个管理风险，一下子多了20多个人，要多多少风险哪！"

"本来不归我们管，现在管过来，这不是给自己添累吗？"

"原来的食堂小，还要扩大，锅灶炊具都要增加，这可不是一般的麻烦哪！"

"多麻烦也要管，"张成良表态道，"这一，都是辽阳人，土亲人也亲，我们不能袖手旁观。这二，他们的身体吃不消，我看着心疼啊！为了大家的健康和安全，我有责任照顾好他们。"

这是一个流行离开的世界，但是张成良不擅长告别。

教师们的困难解决了，张成良的困难却增多了。因为，他这个领队要对这个群体的每一个兄弟负责。

管人的麻烦比起调剂伙食，不知要难多少倍！

若不是心宽似海，哪来的风平浪静？

张成良天天要牵挂所有的队员，大到谁的派出单位有事，谁的家里有事，谁的职务晋升和职称晋升遇阻，谁来也迷里后工作不适应，小到感冒发烧、失眠、郁闷、晚上加班，他都要管。工作队驻地不远便是那条著名的"也迷里河"（又称"额敏河"），河岸上的人行路，便是张成良和队员的"感情线"，一旦发现哪位队员郁闷了，张成良便第一时间找他谈心，能帮的帮，能办的办，按下火气，理顺情绪，找到思路，把所有的麻烦都抛进也迷里河。

流淌了千年万年的也迷里河是最好的见证，张成良就是道坚固的堤坝，拦住所有队员的"斜逸旁出"，大家手挽手肩并肩，伴奔腾的河水一道奔向远方……

辽阳市公安局刑侦支队二大队副大队长王强有勇有谋，科班出身，不怕吃苦，敢于担当。他怀揣干一番事业的梦想来到额敏，任县公安局副局长。他思路和干劲双向出色，却极不适应。对新疆的工作态势估计不足，以为也就侦破案子，结果现实情况反差太大，他干着急使不上劲，下下打在棉花堆上，内力耗尽不见效，憋得身体快要爆炸了，心理的弦绷得不能再紧，眼见就要崩溃，快要撑不住了！

关心要用眼睛，更要用爱。初见时的笑那样爽脆，而今怎么掺杂了迟疑和勉强？初见时的目光明亮而果决，而今怎么迷离而躲闪？初见时饭量很大，而今怎么少吃了一半？这些都是谜面，张成良要用关爱和智慧找到谜底。

有时虚比实生命力更强。墙上和脸上的斑点可以去掉，心里的斑点却很难消除。

张成良发现王强不对劲儿，情绪沮丧，主动邀他去河边走走。王强迟疑一下，出于不撅面子才伴行而走。虽然肩挨肩走，心理距离却很遥远。

人心就是一方田，植一米阳光，获一缕温暖；植一缕花香，获满室芬芳；种下一份美好，就会收获一种幸福。

"大强啊，"王强一愣，觉得叫得亲切，"工作上有啥困难跟大哥说，大哥一定要高高兴兴把老弟带进疆，平平安安把老弟带回辽阳。有困难就告诉大哥，大哥一定全力帮你。"

回忆像一条鱼，频繁出现在同一片水域，却一直找不见从前的伙伴。

一口一个老弟，王强万般感动。在陌生的地方，在陌生的环境，自己觉得"够不上"的领导竟这样爱护自己，这位习惯打打杀杀的硬汉眼窝湿润……

"大强啊，"张成良亲切地拍了拍王强的肩膀，"不管遇到什么困难，一定要坚持本心，遵纪守法，融入当地。遇到许多新问题新困难，以前没有遇到过，要多多学习、勤于思考。碰上把握不准、估计不足的问题，你就跟大哥说，大哥给你出出主意、当当参谋。"

每一次普通的改变，都可能改变普通。

第二天，张成良专门去一趟额敏县公安局，同局领导沟通情况，理顺思路，请他们多多关爱新来的干部。

公安局的领导也深受感动："张书记专门跑一趟，这样关怀下属，太难得了。"

在张成良心里，难得的不是一次语重心长的谈话，也不是一次与主管领导沟通，而是天天关爱、时时关注、一辈子的兄弟情！

等待，不只是为了你回来，而是找个借口不离开。

多少个午夜，王强每天都会接到张成良的电话："在哪儿呢？""开会呢。""你别一个人走，我去接你。"

王强回来早些，张成良主动"勾他"："大强，下班了？""下班了。""走，跟我到河边转转。"

今天的忍耐，恰是为了明日的花开。命运不会亏待努力的人，你要做的，是用最少的悔恨面对过去，用最少的浪费面对现在，用最多的梦想面对未来。想要理想的生活，那就放手勇敢去追！

王强很快走出低谷，焕发往日的生机和活力，成为额敏县公安局的破案能手、管理主力。

"在我坚持不下去要当逃兵的日子，张书记救了我，"王强红着眼圈道，"当时我太难了，进不得，退不得，成宿成宿睡不着觉，都快抑郁了！"

每个人都曾经历过艰难的时刻，但也一定有被感动被温暖过的惊喜。相由心生，境随心转！当你保持身心愉悦、对这个世界充满善意时，美好的人和事自然会被你吸引。反之，当你悲观烦躁、郁郁寡欢时，负面的东西就会暗潮汹涌。

人生舞台的大幕随时都可以拉开，关键是你愿意表演还是躲避。

王强又有感而发："张书记为我们操碎了心，关心每一个队员的成长。这一点，没有任何人能做得到。我参加工作20多年，没见过这样的领导，一直为你鼓与呼。"

"吃苦在前，享受在后"这句话之所以"永远年轻"，是因为像张成良这样的干部不断地传薪续火，赋予她新内容，使她像春天一样蓬勃。

每年春节前，工作队驻地会一天比一天冷清，教师们回家了，医生们也回家了，党政干部们后走。而张成良，则是最后一个回家的人。

每当这时，张成良便施展他的厨艺，每天都要换新菜谱。

张成良热爱生活，以为他人付出和奉献为乐趣。援疆前，每年春节张成良都要为家人下厨。必有火锅，象征着日子红红火火。他一个人买好菜，一个人当水案，一个人切墩。备好两个菜板，一个做生菜，一个做熟菜。腊月二十八就把面发上，炸丸子、炸大馃子，炸、蒸结合。菜肴丰富多彩，每年春节都要做20道菜。红烧狮子头、酱炖鱼等主菜一样不能少。

只要张成良回家，兴高采烈的女儿就会率先"发话"："妈，我爸回来了，不用你做菜了！"

现在，在万里之遥的新疆额敏，张成良的上等厨艺派上了用场。

大街上的年味越来越浓，驻地里的人越来越少，最后只剩下几个人，张成良像欠大家多大人情似的，歉疚地说："不是我不心疼你们，按照相关规定，队里必须保证这么多人哪。"

"工作上从严从紧，生活上关心关爱"，张成良无数次强调他的理念："我们一定要把辽阳市援疆工作队打造成一流爱岗敬业、勇于奉献的团队，我们有责任有义务带好他们，管好他们，爱护他们。"

善良是人生最长的路。这路是我们生命的一部分，是我们的血肉。我们的身体时常因为这条路而疼痛，我们的梦与快乐也源自这条路。

我被深深地感动，张成良不是一天这样两天这样，而是天天这样。他不是关心一个两个队员，而是关心每一名队员！好几位朋友向我说了同一件事：张成良的善良与生俱来。在额敏河畔散步，张成良见到乱爬迷路的蚯蚓，会弯腰捡起来，放到河中。见到流浪猫，他为猫找个人家，再送200元钱买猫粮。每次碰到流浪狗，担心它会饿死，张成良会把它抱回驻地饲养，及时把照片发到微信群里，"这个小狗不错，哪位认领？"

月儿把她的光明遍照，却留着她的黑斑给自己。

张成良深深地爱着每一个队员，唯独忘了他自己。按照规定，队里每年有一次家属探亲，队里负责报销往返路费。家属一来，副领队、主任到机场把探亲家属接到队里。张成良回回安排食堂做几道好菜，档次不够热情补，渲染欢迎气氛，让家属们有回家的感觉。他问询家里的困难，尽力帮忙。他安排队员带家属去伊犁和喀纳斯卡那斯风景区游玩。

采访期间，我无数次听到这样的话："张书记心里装着每一个队员，他太操心了！"

"他白天在县里负责那么多的工作，早早晚晚还要管我们，额敏河畔就是他的办公室！他太累太累，我们看着心疼啊！"

感动之余，我情不自禁地想："向心力"这个词发明得好，有中心吸力，也有四外向中心倾斜、方向明确的内引力。同时也表明世上最大的吸引力是人心，而非化了装戴上面具的物欲和权力。在离乡万里的也迷里，张成良首先伸出爱的橄榄枝，忘我无私地围着大家转，点点滴滴都是爱，才牢牢地吸引了队员们，被大家尊为有着旋涡般引力的"内心"。

也迷里河是季节河，我去时已干涸，铺满石子的河床，像一贫如洗的母亲亮出家底。但我知道，每年9月22日母亲会"重新富有"，因为，冰冷冰冷的冰山会如约释放哗哗翻滚的热情！就像张成良和队员们一同在河边走，兄弟情谊从未断流！水来，兄弟情伴波共舞；水走，兄弟情蓄储在心……

张成良平素不喝酒，但为了援疆工作队这个集体，他端起了大号酒杯。

2018年7月的一天，夕阳西下，雁鸟即将归巢。

张成良兴致勃勃，下厨为明天要回辽阳的医生、教师、技术干部饯行。这位不吃肉的人特别会做肉，他亲手割下一块块香喷喷的肉，喂进离别队员的嘴里，切一块喂一块，挨个儿喂，所有离别队员都这样，"一个都不能少"。

队员们热泪盈眶。

援疆的日子一页一页翻过，每一页都有张成良对每个队员的关爱，此时以这种方式离别，大家非常感动。不知谁最先哭出声来，一下子点燃了大家，所有队员都哽咽不止……

张成良高高举起酒杯说："聚是一团火，散是满天星。众弟兄明天要走了，希望你们在今后的工作中，发扬援疆精神，取得更大的成绩！"

张成良简明扼要总结了大家在新疆一年半取得的成绩，又说："万里援疆路，一生兄弟情！这第一杯，敬大家对我工作上的支持，表示真诚的感谢，我向大家敬个礼！"

这个深躬礼引爆一阵热烈的掌声，队员们眼含热泪使劲拍，手都拍疼了！

张成良昂首干杯后，又倒满酒："干了第二杯，不管走多远，我们永远是兄弟，要互相照应。"

"这第三杯，回辽阳的弟兄，欢迎你们再回援疆路走走，再回来看一看。你们回去后，要像战友一样相处，打造援疆的团队精神，再立新功！"

队员们群情激昂，还要喝酒。张成良担心大家喝多，高高举起空酒杯："我提议，用我们最喜欢的一首歌代替饮酒，现在，我们大家齐声高唱《辽宁援疆之歌》，好不好？"

"好——！"队员们齐声应和。

> 在茫茫的人海里，我是哪一个？
> 在奔腾的浪花里，我是哪一朵？
> 在援疆路上的大军里，那默默奉献的就是我；
> 在辉煌事业的长河里，那永远奔腾的就是我。
> 不需要你认识我，不渴望你知道我，
> 我把青春融进，融进祖国的江河。
> ……………
> 在通往援疆的征途上，那无私拼搏的就是我；
> 在共和国的星河里，那永远闪光的就是我。

不需要你歌颂我，不渴望你报答我，

我把光辉融进，融进祖国的星座。

…………

激情的歌声刚落幕，好几个队员改变了行动方向，他们决定留下来，"再陪张书记一届"。东西都寄走了，家里的工作也安排好了——这有什么呀？寄走的东西再寄回来，安排好的工作再重新调整……

信仰是只吉祥鸟，黎明还未到时，就触着光而讴歌了。

这天，张成良猜出李光旭有心事，便主动搭话："老弟，跟我到河边走走？"

李光旭也是位激情豪爽的汉子，2017年2月，他申请第二次留下援疆。他的派出单位是灯塔市第二高级中学。这位学校的骨干教师、后备干部中的"第一号人物"，现在心理落差很大。在他第二次援疆期间，学校接连提拔了三名教师，却与他没有任何关系。校长说得很客观："你又延长援疆时间，学校急等用人哪！"

2017年7月，李光旭回辽阳休假。

每年暑假，张成良都把援疆教师的单位走一遍，向学校领导沟通教师在疆的表现，解决教师的现实问题。

这天，张成良给李光旭打了电话，让他下午在学校等他，与他一起见见校长。下午3点，张成良与县委组织部部长、副部长，县教委党委书记和教委主任一同来到学校，单刀直入，直接找到校长，表扬李光旭在援疆工作中的出色表现。

一下子来了这么多上级领导，校长惊讶不已。更惊讶的是，领导们对李光旭的突出事迹竟这样如数家珍！

原来，张成良第一站到了县委组织部，详细汇报了李光旭的援疆表现。第二站，又会同组织部领导到了县教委，来第二高中已经是第三站了。

领导们现场办公，主题是：不能让表现优异、在万里之外援疆的李光旭同志错过提拔机会。当场拍板，提拔李光旭为总务主任。

这天，在也迷里河边，负责教师工作的李光旭专题向张成良汇报一件事："崔广安已经三四天没睡觉了。"

"为什么？"张成良的眉头拧成个疙瘩，异常关切。

"崔广安是灯塔市第一高中教师，他的老伴也是高级教师，在同一个单位工作。崔广安来援疆，他老伴因为有重度风湿病，站不了讲台，学校安排她在学校当门卫。冬天寒冷，门口出出进进的人不断，每次进出都带进来一股风，崔大嫂的腿疼得扛不了，成宿成宿睡不着觉，太遭罪了。"

"怎么才告诉我？"张成良呼地站起来，似乎他也腿疼，"底下同志有这问题，你应该及时掌握，及时向我反映。崔广安已经两三宿没睡觉了，说明咱的工作没有做好哇！你马上从援疆工作的角度，向学校发个函，建议他们对援疆教师的家属要给予关怀，建议调整崔广安爱人的工作岗位。"

第三天，灯塔市第一高中校长打来电话：见函后他们立刻专题召开了人事调整会议，已经把她从门卫岗位调整到实验室。

听说徐兴邦的老父亲过生日，张成良买了大蛋糕送到机场，请代为祝福。第二年的同一天，张成良借出差亲自给老人过生日，徐兴邦感动得热泪盈眶："张书记，还记着我父亲的生日呢！"

闻知郑健的母亲病重在沈阳抢救，在北京招商的张成良半夜三更坐车赶到沈阳的医院，帮忙协调好治疗方案，又返回北京。

知道解明升的独身哥哥病危，"忙蒙圈"的解明升却在沈阳完成援疆项目招投标招商工作带队要赶回额敏，张成良连忙打来电话："你现在不能回额敏，作为政治任务，你必须把老哥的事情处理好！"

真正的勇者不是没有眼泪，而是含着眼泪带着笑奔跑。

2015年11月，张成良的父亲突发脑出血病危，远在万里之外的张成良却忙得分身无术。你方唱罢我登场，诸多项目经纬线比夏草还茂盛，都要从张成良这个针孔里"过一遍"……

张成良哪里知道，万里之外，他敬爱的老父亲已经气若游丝，只剩下一口气。父亲已经说不出话来，却一直不闭眼睛，他使尽今生今世所有的力气，坚持着、坚持着……他渴望最后看一眼成良啊！

大哥知道弟弟很忙，没有告诉他实情。

这天傍晚，张成良惊闻父亲去世，脑袋嗡的一下大了，一下子呆坐在椅子上，失声痛哭……

额敏工业园区管委会常务副主任王宏告诉我："我一辈子不会忘掉那个场景，下午7点40分，其他办公室的灯都黑着，只有张书记的办公室还亮着灯。我到他办公室汇报工作，看见他在抹眼泪。我问他怎么了，张书记说：'刚得到消息，老父亲在家里去世了。'张书记实在说不下去，扶着桌子放声痛哭……"

王宏红着眼圈又说："我深深地被震撼！铁血男儿，流血又流泪呀！他忍受着丧父之痛、别家之苦，把全部精力都投入到边塞来！"

这是张成良无法痊愈的痛！

"童年是牧歌，成年是离骚，八千里路云和月，只有一声叹息呀！我连父母都不给送终，下辈子他们还是我的父母吗？"

夜深了，灯像菊花那样一盏一盏盛开，恍惚中，张成良见到了父亲，在一片盛开的菊花地……

敢于担当是大爱

根是地下的枝，枝是空中的根。

张成良主管额敏工业园区管委会时提出："意向项目抓签约，签约项目抓落地，落地项目抓开工，开工项目抓进度，进度项目抓报表审计，完成项目抓审计决算。"一环扣一环，环环紧扣。

2019年6月9日，工业园区创业就业孵化（扶贫）产业园项目第三期工程的交工日期迫近，却因为缺砂石料而停工，路面铺不上了！

按照计划，6月16日之前必须交工，时任辽宁省省长唐一军要来检查工业园区的援疆项目。

施工单位赶紧向负责项目协调工作的援疆队员解明升报告："项目已经停工，再不来料就不能按期交工了！再说，这么多人耗在这儿，一天要损失多少钱哪！"

公安部门批准要上固定的地方取料，距离太远，来不及的。

解明升赶紧找自然资源局，协调就近取料。自然资源局负责人说他们做不了主，除非领导批准。

张成良立刻组织相关部门开协调会，确定了就近取料的料场。

如果把所有错误都关在门外，那么真理也被关在门外了。自然资源局的人担心被追责，提出只有公益项目可以这样办。问题是，谁来确认这是不是公益项目？几个人推来推去不敢决定。

只有那些从不仰望星空的人，才不会跌入坑中。张成良当即拍板："追责就追究我，我签字。"

总算复工了，这天夜里，拉料车被清泉村农民给扣下了！因为自然资源局没有协调好，老百姓围堵了运砂车："你挖我的东西，你得先给钱！"

张成良再次协调乡村干部，这才放了3辆被扣的运砂车。

一个人是否成功，不是用来衡量的，而是用人品做标准。你若不能创造价值，就没有存在的价值。

2018年12月，额敏县天寒地冻，大雪封城。为了推进少数民族贫困人口创业就业扶持项目，张成良天天在工地忙碌。采购的手工刺绣织机、缝纫机，要投放到各个乡镇，张成良挨个乡镇去验收时，发现了问题：气泵配套少了9套，这等于9套设备成了废铁！解明升找供货商要，供货商以"已经采购结束，手续出完了"为由，拒不认账。张成良火了，亲自找到供货商："不行！必须购齐9套气泵，少一个气泵，后期的货钱我不会给你！"

为什么出现这种状况？

张成良跑了一大圈，深入乡镇调查，发现有的乡镇收到设备不签字，他们担心设备闲置会被追责。张成良厉声质问："你们提的计划需要，我们按需要配套了设备，为什么不签字？"

建工业园区不容易，招来企业难，让企业在此建功立业就更难了！

在探索的路上，纵然华丽跌倒，也胜过无谓的徘徊。

2014年9月，针对小微企业普遍缺少资金的现状，张成良引进了"助保贷"业务。政府、企业、银行三家，共同推出一种新型社会融资方式。政府先铺资金1000万元，放进银行的资金池，作为启动资金，授信10倍，就是1亿元，用于扶持小微企业的发展。如果到期了还不上，采用企业、政府、银行三家各摊风险的方式。企业贷款门槛低了，各家风险也同比降低。

张成良跑了人民银行、建设银行、发展银行和邮政储蓄银行，推广内地已经普及的小额贷款方式，碰了一鼻子灰。

"这个业务要是失败了，谁来负责？"

"我来负责！"张成良说完，立刻拿出一整套管理办法，"我们要成立额敏县助保贷管理委员会，县级财政、商经、发改、工商等联手，对企业全面风险进行评估，在这个基础上再操作实施。"

做一根有志气的枝条，不论是翠绿还是枯黄的季节，都会在自己枝头装点出一幅好的风景。

张成良终于找到突破口，成功地引进这个业务。因为利息低于银行，业务受到小微企业的热情追捧，工业园区69家中小企业受益，最高贷款达1000万元，到期如数还款，没有一家失信。现在，"助保贷"业务已在额敏蓬勃发展，成为推动小微企业发展的新引擎。

目标就像蝴蝶，你去追它的时候总是很辛苦，其实你只要种下很多花，蝴蝶便会自己飞过来。

为了爱，我愿意重返枝头

有的时候，我们需要继承与坚守。我们一路大步前进，不是为了改变世界，而是不让世界改变我们。

只要有爱，就值得去战斗和歌唱，就值得活在世上。

2019年9月8日下午，我们的汽车在二支河牧场斯海因村的一户人家前停下，司机玛尔旦·买买提刚下车，眼前紧闭的老红色大铁门"咣啷"一声打开，80岁高龄的克里木·买买提兴冲冲地出来，欢迎我们的到来。

克里木·买买提满面红光，直而长的鼻子，阔嘴，双眼含笑。"来客人啦！"老人喊一声，克里木夫人、二儿子、两位儿媳，还有4个四五岁的小孩，呼啦一下围上我们，纷纷用维吾尔语向我们问候，热情扑面。见克里木的夫人跷脚向外张望，张成良的司机玛尔旦·买买提知道她在盼谁来，便亲切地告诉她："张书记正忙工作呢，今天来不上了。"老太太这才不再张望，回身进院，给我们摘葡萄。

下午4点半左右，太阳正足。热烈的逆光透过半空的葡萄叶照射过来，我们眼前水汪汪的嫩绿连成一片，像吊在半空的绿湖，非常漂亮。我被眼前的人和美景感染，提议大家合个影。克里木大叔闻讯热烈响应，把眼前的家人招呼过来，在葡萄架下的长条凳上坐好，快门"咔嚓"一响，这张象征民族团结的合影便横空出世！

我写这个细节，只想告诉亲爱的读者，这个欢快的场景来之不易呀！

两年前，张成良来跟克里木"结亲"，成了最不受欢迎的人。面对东北来的援疆干部，克里木大叔认为所谓的"结亲"只是作作秀，走走过场，因此很是有心结。

张成良知道克里木大叔有心结，便很少使用声音语言，而是使用肢体语言，见活就干。铡草、扫院子、劈柴、烧火、炖肉。他还拿出烹饪手艺，给全家人做东北特色的菜肴。张成良吃住在克里木家，餐餐付饭伙钱。张成良接连干了三天活，感动了全家人。第四天，克里木向张成良高高竖起大拇指："有你这样的干部带领，我们的日子会更好。"

火候到了，张成良这才侃侃而谈，讲汉族离不开少数民族，少数民族离不开汉族，各少数民族之间也互相离不开；讲只有56个民族大团结，祖国才能更加强大，人民生活才能更加富足美满；讲家里的困难只是暂时的……

得知克里木老人眼睛患了白内障，张成良说："请放心，我一定帮忙的。有困难就跟我说，我能办到的一定办。您老人家不要想太多，要多多保重自己的身体，剩下的事我来办，我就跟您家的儿子一样。"

张成良当即告诉他的司机玛尔旦·买买提："从明天早上开始，你不用接我，而是天天接送克里木大叔去医院看病，医生我找好了，钱由我出。"

克里木的二儿子艾西丁·克里木右大腿静脉内血管堵塞，病情很重。

张成良派司机玛尔旦·买买提和一个护理人员，将艾西丁送往乌鲁木齐做手术。闻知他们缺钱，张成良垫付了1.50万元。

克里木一家人感动万分，在古尔邦节非要给张成良宰只羊。"老爸，千万别为我宰羊，一只羊一两千元，"张成良赶紧表态，"再说了，我吃素哇！"

克里木一家思来想去，给张成良送一面锦旗，锦旗上写："感谢张书记对我们全家的关心。张书记是位好领导，真诚地为老百姓服务。"

知道我要写张成良的文章，克里木老人激动地说："张书记太好啦！他的故事几天几夜说不完。他救了我的眼睛，救了我二儿子命啊！"

艾西丁感动地走过来，把右裤筒向上提，露出满是疤痕的紫红色的腿，告诉我们："当时病很重，眼看整条腿都要完蛋了，已经做两次手术了，才恢复成这样。如果没有张书记帮忙……"

"这条腿就没了吗？"玛尔旦·买买提抢话道。

"不是腿没了，连命都没了！"艾西丁说。

艾西丁又说了这病的严重性，为什么会没命，我听了倒吸一口凉气。

克里木老人告诉我，他的"汉族儿子"经常"回家"看望他们，哪次来都不空手，面哪米呀油哇就不用说了，今天给500块，明天给1000元，回回来都给他们钱。一家人抢着讲述张成良的故事，场面感人。

我们告别时，克里木老人说刚才在葡萄架下照相时人不全，我们应该照个"全家福"。艾西丁招呼过来妻子和嫂子，又喊来4个孩子，大家在克里木家刚刚装修的新客厅长椅上坐着合影。4个孩子在前边，大人在后。12个人中除了我和辽阳市援疆工作队的援疆教师李杰，另10位都是维吾尔族朋友。

过往不念，未来不迎。既不抱怨，也不纠缠，怀着一颗感恩的心，去善待每一天。

2018年7月3日下午，一辆白色救护车一路鸣叫着疾驰，蓝色警灯频频闪烁，开进额敏县郊区乡三里庄村，在一间平房前停下，车门哗啦一声打开，几位穿白大褂的医护人员迅速抬着担架下车，急速冲进小院……

一位中年妇女出来，一下子拉紧张成良的手哭着说："哥，妈妈要不行了，你可来啦！"

"别着急妹妹，放心，妈不会有事的！"

张成良边说边快步进屋，见医护人员正要抬土炕上的老人，"慢着！"张成良说着赶紧伸手，"我来扶妈妈的头。"

救护车火速开走，张成良在车里给县卫生局领导打电话，请他们协助一下，让县人民医院提前准备好，一定要找到最好的医生，车到后马上抢救！

这位妹妹叫阿里达，是生病老妈妈的女儿。刚才，体弱多病的母亲突然病重，张口喘，出气多、回气少，眼见要不行了，她才打电话向张成良求救："哥你快来吧，妈妈眼见要不行了！"

故事至此，读者朋友已经意会，这又是张成良"结亲"的妈妈。

这位哈萨克族妈妈叫热斯江·卡皮坦，今年81岁。老妈妈患有心脏病、风湿病和肺气肿病。每到换季或冷天，肺气肿病就会发作。今天下午，老妈妈突然不停地咳嗽，脸憋得刷白，半天缓不过气来。

氧气管里咕咕冒着水泡，热斯江妈妈呼吸微弱。张成良守在床前，紧紧握着妈妈的手，内心波翻浪涌……

老妈妈的经历令人敬佩，她当年怀着建设新农村的满腔热血，从额敏县城到郊区乡三里庄村工作，1965年加入中国共产党，当过40多年妇联主席、村委会书记、妇代会主任和计划生育委员会主任，奖章证书荣誉一大堆，曾荣获新疆维吾尔自治区三八红旗手和全国三八红旗手称号。这样辛苦一辈子的老妈妈，从未考虑过自己，以至晚年没有劳保，生活困窘……

老妈妈起死回生，见她最喜欢的"儿子"张成良守在床前，哽咽着说不出话来，热泪横流……

阿里达也擦着眼泪说："妈妈，这次太危险了，多亏张书记救命啊！"

我采访时，热斯江老妈妈多次流出喜悦的泪水，指着外屋的煤堆，指着面和油，指着她床上的半导体收音机，指着自己身上的衣裳，指着她衣兜里的钱，告诉我们，这都是"汉族儿子"给的。

阿里达又插话道："张书记给我妈看病，花了一万五六千元。"

阿里达离异后，生活没有着落，张成良自掏1万元钱，帮助阿里达开了"一家亲餐厅"。协调县文旅局，给老妈妈的孙子解决了就业难题。

"结亲"二字的关键在"亲"字上。阿里达告诉我，张书记每隔两三天会给她打电话、发微信，问候妈妈的身体怎么样，需要些什么。她有两个哥哥，很少来看妈妈。张书记经常来，一来就跟妈妈唠四五个小时，如果时间允许，就住在妈妈家。给妈妈读习近平总书记的著作，读最新的报纸，讲当今中国发展的故事，讲额敏县最新的变化。张成良知道，孤独的妈妈需要"知音"，需要拉近心理距离，因此，张成良愿意做一个倾听者，听妈妈讲自己过去的故事，一次又一次……

热斯江老妈妈告诉我："张书记让我看到了生活的希望，他比我的亲儿子还要亲。"

霜花满地，我只认叫"家乡"的这一朵。

老妈妈很犹豫，希望张成良留在新疆，别再回东北了。又觉得这样做太自私，谁舍得离开自己的故乡呢？

"放心吧！"张成良说，"不管我在哪儿，妈妈需要我，我一定会来。"

我采访时，体弱气虚的热斯江老妈妈告诉我，她近日在专注地做一件事——写信。她虽然不会写汉字，但也要用哈萨克文给额敏县委写一封信，好好讲一讲她的"汉族儿子"张成良的故事。

尾　声

也迷里的秋天像一卷老辣的草书，恣肆而狂放。

谁把毛笔举上高天，在雪亮的白云上激情挥毫，写下威武的雁阵？

雁阵由远而近，声声唤！

我仔细观察大雁的队形，忽而"一"字中间射出"箭头"，一个"人"字大大地写在天空上！

我知道，你们不认识汉字，却写得这样好，是在提示每一个认字的人，要做出表率吧？

我知道，大雁有两个故乡，一个叫北方，一个叫南方。

张成良和他的援疆干部团队也有两个故乡，一个叫辽阳，一个叫也迷里。

我不知道大雁从哪年开始爱上也迷里，我却知道，一茬茬热血赤子往往来来，用智慧和忠诚续写"民族团结一家亲"……

我目送雁阵渐行渐远，缩成一个省略号，不见了。但我一点也不伤感，我知道，明年你们还会来。

2019年9月19日首稿

9月26日晚修改

额敏，金科的光荣和梦想

李大葆

引　子

时间：2019年12月中旬，一个年度的末梢。倒计时掐算着，时光令人更加紧张、匆促，白驹过隙，飞梭迫人。一段人生历练，将在这个年度的终点里打包，储存于记忆中，再去为新的时光单元奠基。你在时光中播种，回望岁月花开。

地点：额敏。中国西北的边境小城。边境线触手可及，"国家"的位置与尊严变得异常质感。城中的河水，向西蜿蜒，像一条哈达，给邻国递去另一端，它的宽度和长度，陡然间无法用常规的数字去计算。生存于此地的人们，对领土的理解有另一番深刻。

人物：金科。血气方刚，在一大批援疆人中，如一块璞玉，经历过特殊时空的打磨，越发坚实、明朗、超拔，无掩饰，无做作，向崇高升华，向纯真走去，直面"更好"的自觉和英勇。

事由：我扑向万里之外，于岁末、边城、辽阳援疆人中，伸出自己渺小的触觉，感受国策——援疆——的温暖、智慧以及伟大。我的使命是：用卑微的书写，追索金科在额敏大地上的举手投足，观察他在3年援疆生活即将结束的时刻如何向过往的经历挥别；通过对这一个体"彼在"故事的描述，留下国家行动中一帧值得铭记的影像。尽管我至薄的纸页难以承载他沉甸甸的歌哭，我愚拙的文笔难免挂一漏万，且对那一颗奔突的心灵追赶不及，可我，愿意坦露我的感动……

渴　望

我想象不出金科16岁的样子，但那一定是青葱的，甚至青涩，却又耽于幻想，充满激情，欲展翅鹏程，欲有惊人之举。

这是人生的懵懂的"自我设计"期，一张白纸，画上什么？

这一年，有个人意外地在他的心里播下了一颗种子：到远方去！

给他播下这颗种子的是他的一位同学，或者说是这位同学的父亲。学友之间，又是邻居，放学后便相互串门。一天，金科突然怔了一下，怎么很久见不到这位同学的父亲了呢？就好奇地问了一句。同学说他父亲援藏去了。

"什么是援藏？"金科不解。

"就是响应国家号召，支援西藏建设。父亲是一名技术员，在那里可以贡献一技之长。"同学说着，一脸喜气。

一人当兵，全家光荣。同理：父亲援藏，儿子自豪。金科懵懂地推证着。

金科记下了同学的故事。随后，凡是有关西藏的信息，他一股脑儿都往心里装。盼着自己成长、成熟，以待国家征召，是这个少年人的最大心思。西藏是他的远方，远方埋着他滚烫的心愿。不计翅膀的稚嫩，一颗心早已在雪域高原放逐千里。在那个名为弓长岭的辽阳域内小城，金科起飞的理想拥有了最初的精神台阶。

促使金科遐想"远方"的还有他的父母。他们常给他讲下乡青年"支边"的故事，"远方"需要知识、需要人才。

生命不可承受之轻。金科扭头看看自己的肩膀：如果没有使命的重量，它还去承担什么？

金科考入了团市委，热血青年聚集的地方。活泼的身影，较劲的激情，"后备军"的责任感，是那个青春职场特有的标记。他们中的每个人都是一个无形的孵化器：将冲动向理性靠近，将幻想向理想融入。团干部金科在心中一次又一次鼓励自己：人生中一定要有一次"在远方"的经历！

在西藏的美景之外，金科当然知道它的严寒和缺氧，知道大自然的残酷和人生命的脆弱，但是，援藏的愿望却像自己成熟起来的骨骼，越发坚强。

今日长缨在手，何时缚住苍龙？

一天，他终于听到有去西藏的消息，立刻给市委组织部门写信，申请前往。那一天，好漫长啊！申请书是早上递上去的，快下班了还没等到答复，连夜他又写一封，第二天一早又递上去了。他用诚恳的文字表白，他是真心的，他的愿望是非常非常强烈的。

然而，领导的答复是，眼下派出的主要是教师和医护人员，机关干部有，但少。金科来团市委之前曾当过老师，他就把那一段经历搬出来跟领导争辩。领导说，此一时彼一时，过去是教师是过去的事，意思是说他毕竟现在不是，不软不硬挡了回去。金科懊恼极了。

2013年，金科碰到了老熟人崔安勇。久未见面，相谈甚欢。金科捶着他的肩膀问："这些年跑到哪儿去了？"崔安勇说："干了一件大事。""什么大事？"金科急了。"援疆啊！"崔安勇的笑，有掩饰不住的自豪。

哦，除了援藏，居然还有援疆，而且，崔安勇还是辽阳市援疆工作队的领队！

"我也去。"金科急忙表示。金科想援藏没有机会，不够条件，这回援疆总可以吧？他希望老熟人助自己一臂之力。

"行啊！"崔安勇答应得很痛快。

"手续怎么办？跟哪个部门说？哪位领导主管？"金科步步紧逼。

崔安勇半天没回话。他不是不想带上金科，也不怀疑金科的真诚，只是市委有严格的选拔程序，再说眼下名额已满，既不能"超编"，也没有谁掉队。"下期吧！你够条件。"崔安勇尽力安慰金科。

"下期什么时候?"

"3年以后。"

在他们这一问一答之后，时间就来到了2016年的冬季。金科写过援藏申请书，且有两个版本。他把有用的段落摘下来，结合新的形势新的要求，没费劲援疆申请书就写成了。

金科在等待机会来敲门的这3年里，做了许多功课：马兰基地、罗布泊、大戈壁，浩瀚，苍凉；克拉玛依、吐鲁番、毡房、大巴扎，刺激，有趣。用金科的话说，他琢磨新疆琢磨了整整3年。

预案很丰满。

市委关于新一轮选派援疆干部的通知下发了。时任市矫正支队政治部主任金科，见到文件，马上向支队长汇报。支队长过去也听金科唠过他的想法，很果断地同意他去报名。

金科对支队长的支持心生感激，但还是忧心忡忡。为什么? 年龄按规定超了一岁，心里没底呀！

支队长说先报名，走一步是一步。

金科向市委组织部汇报了这么多年他是如何如何想去"远方"，锻炼哪，贡献哪，说了一大堆愿望和理由，他也承认自己年龄上的"短板"，但他强调这是个不太短的"短板"。真诚感动了领导。负责报名的同志说："超不超的，先别纠结，把名先报上。"其实，文件上的年龄条件是"基本上"，有灵活性，但金科不托底。

名报上了，但结果如何，不知道。起初，他三番五次地打听，消息也越发坐实：头一次说还没研究呢，不过快了；第二次说领队人选定下来了，是张成良同志；第三次说队员基本敲定了，但要上常委会，有谁没谁，暂时保密；第四次说等着吧，有你自然会通知的。金科脸皮薄，接下来的，不好再追了。

2016年11月报名到2017年2月初得到准信，3个来月，金科说那段日子真难熬哇！

　　2017年正月初三，金科接到市委组织部一位科长的电话，嘱咐金科对他科里的一位援疆同志多照顾些，远在他乡，金兄毕竟年长，拜托啦。这一番话，弄得金科好尴尬：我自己的梦还没圆呢，何谈帮助别人？对方说："金兄，这次援疆有你，你还是副领队人选呢，有带好队员的责任。"

　　"真的吗？"金科不敢相信他被批准了。

　　"真的。名单就在我手里呢，刚刚定完，所以才通知你。"人家也是讲组织原则的。

　　机会总是赋予那些有准备的人。金科喜出望外。

　　消息来得突然，愿望也实现得突然，命运之神的奖赏弄得人百感交集。从16岁到46岁，30年的神往之路，灵魂的赴约之路，一夜之间将要踏入；一锅老汤，已经熬得有滋有味了。

　　出发的准确日子也说来就来了。2月13日，元宵节刚刚过完，市委组织部副部长蒋永常打来电话，通知金科15日至16日去沈阳培训，17日乘飞机进疆。

　　金科一边向单位领导、同志，向亲戚、朋友告别，一边置办行李。妻子、儿子眼泪汪汪地与他一起往旅行箱里装东西，妻子提醒他带上这个、带上那个，儿子则把箱里的物品塞得严严实实。金科将去那么远，而且要3年。一家三口打点行装，谁都没多说话。14日，金科忙完紧张的行前准备，连夜去看望年迈的父母，两位老人家叮嘱儿子好好工作，声音颤抖而湿润。

　　沈阳的两天培训，使金科体味到了一种庄严的仪式感。这是省领导对全省援疆队员的一次集体谈话，是全省援疆队员的领命誓师，雄壮而深情。

　　"远方"，你是"葡萄美酒夜光杯"，你是"大雪满弓刀"，你是"早穿皮袄午穿纱"，你是雪如沙、月似钩、孤烟直、朔风吼……

　　未入新疆，金科先对新疆有了切近的了解，这是沈阳培训的成果。未入新疆，金科也像迎来了一串考题：援疆为什么？在疆干什么？离疆留什么？金科感觉血液正呼啸着在胸腔里滚涌，党性意识，家国情怀，使命担当，这些平日里写在文件上的大词，已经移入心怀，一呼一吸般地体己、切近、具体而可感。

经过近4个小时的飞行，飞机到达乌鲁木齐机场。金科又坐汽车，押运队员们的行李，经过8小时的路程，进入额敏。

整整30年，对"远方"忠贞不渝的追求，一旦到了切实起步的一刻，金科才体味到了理想更为珍贵的内涵。他拎起旅行箱，踏进坐落于额敏老街路的辽阳援疆队公寓，对自己长长舒了一口气：值啦！即使唏嘘，也是一把英雄泪，不为儿女情……

种子期待发芽，人生开启了又一个起点。

本 分

这是一场肩负使命的历练。

金科没有想到，辽阳市委不但没把他这个年龄稍稍冒高的报名者给pass掉，还让他做了副领队。对前者，他感激不已；对后者，则诚惶诚恐。

在辽阳援疆工作队里，领队、副领队分工明确。关涉队里的事，张成良负全责，也主外，即向辽阳市委、前指及塔城地委汇报、沟通等工作，是张成良的任务。金科主内，一是思想政治，二是后勤保障。这两项工作，说白了就是要当好一个"安全员"。队里的事，吃喝拉撒睡，林林总总，琐琐碎碎，副领队全包全管，队员在"政治、人身、作风、廉洁、生产"等方面都得安全过关。金科心里嘀咕：这活儿不轻啊！

谈完分工，张成良见金科脸上飘过一丝犹豫，连忙补上一句："咱俩一起抓！"他给金科减压。

成良是上一期的领队，这一期又主动留下来，颇有新疆工作经验。他对金科说要想让大家高高兴兴地进疆，再安安全全地返回，队员们必须过好"五大关"。

"什么'五大关'?"金科认真地问。

"展开来说,话就多了。"成良说,"一是政治关:新疆民族众多,习俗迥异,政策严格,要管住嘴,不能啥都说;管住腿,不能哪儿都去;管住手,不能什么都碰。二是生活关:作息时间、饮食品种都挺折磨人的。三是亲情关:一年就在春节探亲20多天,跟家人还没亲够,就正月十五了,过完元宵节都要返回额敏。平时家里有事的时候,顾及不上;亲人病重病危,甚至都见不上面,也根本赶不上。有的队员,子女正处在叛逆期,管不上,只好扔给媳妇了。四是心理关:孤独、寂寞,处理不好就会抑郁。五是健康关:这边的包虫病、布病,病菌通过空气传播,人一旦接触了,后果很严重。"

如此一关一关的,金科听得认真,记得深刻。

成良肩膀硬,敢担当;心肠热,凝聚力强。金科听着听着,忽地站起来,敬了一个不太标准的军礼:"按队长的指示办!"

金科也是勇谋相济的人才,又懂得组织原则,令张成良看好。张成良也站起来,紧紧抓住金科的双手说:"咱俩可得把这支队伍带好!"

他们知道,首先把队伍带好了,才能完成全队的援疆任务。全队的总任务是什么?成良说,就像材料上归纳的那样:面向额敏"抓重点,高位推进援建项目建设;博亮点,扎实推进产业援疆;全面打造平衡点,让教育、医疗、文化等援疆领域持续发力"。

打铁需要自身硬!金科懂了。

两个人越谈越投机,不觉夜已深沉,都没有困意,在西北料峭的早春,寝室的灯居然亮了一宿。

我了解到:这期队员,来自38个单位,计43人,其中21人由市委组织部门抽调,来自机关、学校、医院等不同部门;其他22人来自本市教育系统中不同的中小学,属于教育部"万名教师援疆工程"成员,队里代管其用餐、住宿。所有队员的工作业务,都由受援单位负责及管理。总之，这个集体是松散型的，队里没有人员编制的制约，也没有专职的管理人员，机构也是临时的。

一群陌生的面孔，呼啦啦涌来。此前，金科与队员们基本都不认识，即使与白志久一人在出发前的体检时打过照面，也仅是互通姓名，谈不上了解。这支队伍怎么带，对副领队金科来说，确实是个问题。

金科把援疆工作队比作一支远征军。事实也是这样，他们远离辽阳大本营，万里之外，独立作战，并且是一支快速混成的部队，内部管理的好坏，直接影响外部任务的完成与否。金科想到了《亮剑》，如果成良领队是军事主官李云龙，那么，副领队就应该像赵刚政委那样，为队员的思想、作风建设好好服务。金科暗下决心，配合好成良，到位，不越位，更不能缺位。

领队对队员的约束力在哪里？队里对队员没有提拔职级权，没有奖励惩处权，甚至对代管的队员都没有准假权，他们请个假什么的，受援单位说了算。

伸开的五指，如何攥成拳头？

张成良拍了一下金科的肩膀说："谁说我们没有提拔权、奖惩权？"尽管他讳莫如深，金科一下子就懂了，会心地笑着。

先说他们的提拔权。张成良和金科经过一段时间的观察、思考，在队里成立了党支部，除他俩分别担任书记、副书记外，还设3名支委；下设党政办公室、行政后勤科、信息宣传科、项目科、"访惠聚"（访民情、惠民生、聚民心）驻村工作队，各设主任、科长、副主任、副科长，还设立了工会，又成立5个组，有组长、副组长。一纸长长的任命，三分之二的人都当了"官"，目的是人人肩头都有担子。

互相陌生的松松散散的一群人，都进了"组织"。有队员调侃说，当年是"抓两头，带中间"，今天咱们队是"一路纵队，人人都在前排"。

再说他们的奖惩权。奖励方面，是从伙食费中调剂出一些钱，买来牙膏、牙刷、毛巾、香皂、洗衣粉什么的，搞点文体比赛，人人有奖，奖薄奖厚，差不多少，既是生活必需品，又是奖品，整个场面弄得其乐融融，充满幸福感。金科说大奖也有，比如自行车，有几位老师，学校离驻地较远，表现又突出，发一辆自行车，免得他们中午下班耽误了开饭时间，不是应该的吗？

惩处方面，如果谁犯了错，要在全队会上检讨。"都谁检讨啦？"我追问了一句，金科说，到目前3年了，这样的事还没发生过。至于有没有向领队检讨的，他不知道，他说也没必要知道，这是尊重。在张成良那里，响鼓重槌总会想着法地变成和风细雨。金科佩服成良的本事。

金科也不喜欢用"管理"一词，他想方设法把这两个字糅进"服务"里。在服务这支队伍时，他有个独家招法。他选了一些"耳目"，让他们注意观察，发现情况及时向他报告。谁家里有难事啦，谁饭量减少啦，谁头疼脑热啦，谁的生活费打不开点啦，谁发了无名火啦，谁闷在寝室不出来啦，等等。尽管鸡毛蒜皮，丝丝缕缕，但都关系弟兄们的"民生"，民生无小事，当领队的不得考虑嘛！金科觉得，这是服务的手段之一，绝不是想要窥探谁的隐私。究竟谁是"耳目"，只有他和张成良知道。有了这些消息灵通人士的情报，金科总会第一时间掌握"险情"，哪怕是好几天没打上照面的队员手指头无意中划破了，都瞒不过他，消炎粉及时派人送过去了。

金科跟每个队员都多次谈过心，这种谈心虽不是正襟危坐的教训，却是有意为之的"约谈"。虽表面上有一搭无一搭地唠着，没有大词，但都注入了正能量、主旋律。同志之间的磕磕碰碰在他的三言两语间化解了，兄弟般的情谊在静谧的岁月中越流越涌，深入浅出，无为而为，润物无声，静水流深。金科还帮助领队掌握队员的准假标准和火候，宽严适度，以人为本。"我最反对'交锋'这个词，用在兄弟身上不合适。"金科说。

管理就是服务，而服务，金科靠的就是一个字：情！兄弟之情，战友之情！金科想：我真心地为你好，一颦一笑，一哂一嗔，都出于善意，出于真心，把坚冰放在心窝，还有不融化的吗？再说了，把本来就有较高觉悟的队伍带好，何难之有？

不过，陌生环境的间离感，长时间离家的孤独感，开展工作的艰难感和挫败感，饮食习惯和时差的不适感，还是时时考验着每一个队员，也更考验着作为副领队的金科。

为了队员"不出事"，金科建议队里多搞活动。除了日常打乒乓球、台球之外，节日里组织爬山，参观马兰核基地，去小白杨哨所上党课，组织论坛，开办图片展览，这样一系列的"心理按摩"，既转移了队员抑郁情绪又进行了思想教育，两全其美。

除了开展活动，还有别的招儿吗？我问。

"一个好的炊事员，相当于半个指导员，"金科说，"可别小看了一日三餐，抛家舍业的人再没有点烟火气勾着，日子不就更寡淡了吗？"金科知道，最难办的是食堂。别说在新疆，就是在后方辽阳不也是咸啦淡啦的，荤啦素啦的，多啦少啦的，难调和。头一年金科连换了三个厨师，家乡菜做得不地道，说轻了是惹队员更想家，说重了是涣散军心！金科一定要找一个让队员都叫好的人做菜做饭。2018年年初，这样的能人终于淘来了，是来自家乡灯塔的一对夫妻。

有时，金科、解明升、李杰，几位会做几个拿手菜的队员也在厨房各显神通。灶房通着餐厅，煎炒烹炸炖，锅碗盆瓢勺，像进了一个交响乐池，大家欢呼着："金头儿几位进厨房，咱们的伙食大变样。"金科说："我们可不敢贪功，还是感谢人家厨师两口子吧。"

这来自家乡的厨师两口子还真请对了。他们言语不多，却拿心眼儿干活，有炒有炖，有菜有肉，自己做的小咸菜，滴上几滴芝麻油，爽！一色家乡食品，一桌"妈妈的味道"，队员上下班有早有晚，不论什么时候进餐厅，饭菜都不会差样，开饭全天候！

把伙食经费用好是一条底线。金科主张成立后勤服务保障中心，有主任，两位副主任，还有几位成员，都是普通队员。每天的食谱，需要多少钱，由主任领着大家每周例会研究决定。他们中采购的、验收的、管库的、报账的，每组都是两个人，既各不兼任，又一环套一环，以便相互监督。金科满意自己的这个制度设计。他说，实行严格的运转模式后，各个环节都有人把关，跑冒滴漏的现象没有发生过。在财务上，金科就是要给队员一个放心的清楚的交代。

金科还动员大家随时点评口味，让厨师采纳意见及时改进。菜肉适量，温凉应时，餐餐如意，金科的目的是把众口难调变成了众口可调，实践证明他实现了。

每天，物质上的三餐给远离家乡的队员带来了慰藉，但是，还不够，晚餐后总不会人人都闷在自己的寝室吧？于是，入寝之前的集体散步就成了一日生活制度的惯例，犹如一场"精神晚茶"。

队员王志胜是个作家，他把额敏河边的步栈道叫作"辽阳援疆队员小道"，其灵感是不是来自"邓小平小道"之谓，我没去追问。但为了防止队员班后及假日寂寞，三四十人的列队散步，就成了额敏河畔的一道风景。说笑声中，河面上，苇丛里，野鸭子、天鹅、赤麻鸭，飞起落下，金科带头唱起了歌，"五环哪，你比四环多一环，你比六环少一环"，哼哼呀呀，废话不废。张成良突然发现，额敏河及两岸的建筑，跟太子河与老城、河东的景象堪有一比。队员们停下脚步顺着他的手指细看，继而发出赞同的欢呼声。金科说，这样一比，家就像在身边一样。于是，"五环哪，五环，我心中的五环！"不再是金科的独唱，而是一群人的合唱。由此，一支支歌曲，接龙一样联翩而出……

后来的某一天，不知谁提起了一首叫《额敏河》的地方歌曲，这首新疆方言味道浓重的男声歌曲，让金科兴奋极了，他下载了原唱。歌词是这样的：

弯弯的额敏河从我家门前流过，
宽宽的河面上荡着清波。
戏水的小姑娘向我唱着歌，

黑黑的眼睛里充满了欢乐。

我撩起河水看着朵朵白云飞过，
两岸柳絮随着风儿漂泊。
波光粼粼里鱼儿一路欢歌，
白色丝带蜿蜒像一条银河。

啊，额敏河，额敏河，
你来自高高吾尔喀夏山上，
流向了遥远的阿拉湖滋润牛羊；
你是我童年的伙伴陪我成长，
你是养育我的母亲让我永世不忘；
不管我走到哪里，
不管我去向何方，
你的身影永远在我心中激荡！

这首歌引起了队员的兴趣。他们用辽阳口音唱出的这首歌，引起同在近旁休闲的额敏人的热烈掌声。融入变得如此温暖。

一条流淌不尽的河，一串波浪般哗响的歌声，齐唱，独唱，轮唱，多重唱，音符由每一个人的胸膛进出，注满了清寂的晨昏和空旷的大野，队员发现自己与额敏靠得更近了，心中原来的寂寞和焦虑悄悄隐遁，代之以一种莫名的自豪和欢欣。"人如果不是理智地活着，就不能有愉快的生活。"先哲伊壁鸠鲁的劝告，在额敏河畔，在辽阳援疆队员那里找到了智慧而热情的知音。

烟气间，笑闹间，队员们的眉头心上换了模样。

金科回顾当时的情景，感慨地说："我都有点醉了！"是呀，生活本来就应该是一杯佳酿。

辽阳市援疆工作队上下齐心，酿制着自己的佳酿。

张成良说，过好"五关"，兄弟们一个都不能少！

金科重复了一句，不出事，不能少。

帮腔，帮好腔，是副领队的本分。

领 命

对于援疆干部人选，辽宁的做法越来越严格，也越来越精准。

什么是人选的基本条件？简单地说，就是符合新疆需要。

金科报名的时候，辽阳市委组织部已经收到干部申请500多份，人才方面如教育、卫生等系统也有大量报名者，最后经组织部门反复衡量、多次筛选，圈定下来的人选二十分之一还不到。有人称，就某种意义说，援疆干部人才是精华中的精华。

蒋永常副部长说，其实，我们对援疆干部之所以苛刻挑选，完全是为了适应额敏的呼唤，为了对额敏呼唤的准确回应。

组织部领导的意思，用时政语言表述就是：援疆干部人才，都是按照新疆发展的实际情况，有针对性地选拔上来的。他们要有过硬的本领，还要有甘于奉献的牺牲精神。作家周建新了解到，组织部门还有一种形象而简洁的表述，就6个字，即"选硬人""硬选人"。

人选要硬，选人方式也要硬，直接揭示了这项国家行动的庄重性、严肃性。

前面讲到金科为自己稍稍冒高的年龄惴惴不安，看来也大可不必。他的依然胜出，可见组织部门"硬选人"的执着和智慧。

援疆干部人才一般在队内队外都要担当一定任务，队外的职责则要更重。

在援疆工作队副领队职务之外，金科是额敏县委常委、县政府党组成员、副县长。他特别看重这些职务，采访时，他还一再向我强调：这可是任职，不是挂职呀！

一字之别，差之千里。挂职可以甩手，若即若离，任职就得认认真真地待在那把椅子上，任职、挂职，是两个概念，区别大了。

金科向我解释着。

他知道肩头担子的沉重。

从2017年正月初三那天知道自己被批准进疆的消息后，金科就开始做功课。正像斯蒂芬·茨威格说的那样："如果我们想要了解一座城市、一件艺术品或是一个人，就必须了解它的过去，了解它的历史和发展历程。"金科查找着各种版本的资料。他了解到，辽宁与新疆，两地交往，可谓源远流长；更有意味的是，辽阳与额敏还有许多不同凡响的巧遇。

金科谈起两地的交往：1000年前，耶律大石率领的大军就是由辽阳出发，落脚于额敏的。辽东的文化播撒在额敏河两岸，瞄着辽阳城的样子一座也迷里方城落成了。也迷里转音额敏，母亲乳房的意思。额敏大地敞开母亲的胸怀，滋育着远征人大开发的梦想。在元代，成吉思汗的子孙摊开巨大的牛皮地图，在东北辽阳圈定了中心驿站后，又沿着曲折的驿路向西北规划，丝绸之路上的额敏出现了与辽东建制一样的"站赤"，以驿路为藤，以驿站为果，为后世的城镇及部落奠基。250年前，5000人的锡伯族队伍出现在伊犁、额敏一带，这些来自辽阳、沈阳的垦荒者，同样为新疆建设留下了精彩的一笔。历史好像长长的跑道，接力棒在传承。1949年，在王震麾下的10万进疆雄兵中，也有"东北野战军"中的辽阳儿女，他们跟随将军在额敏河边挥汗如雨，义无反顾。2010年，辽阳开始了与额敏的对口援助，两地的亲情故事，被时代的主旋律烘托得越发激昂。

辽阳，额敏，历史造就的机遇，宿命般的缘分！

历史感为肩起使命助力。"作为辽阳人，在额敏，我感到一种格外的荣幸！"金科手中的接力棒让他兴奋。辽阳的援疆史在额敏由来已久，而今天，而此后，他的任务是继往开来。

新一批辽阳援疆队员到额敏不久，大家都在集中培训，时任县委书记王克勇就开始琢磨起金科的分工了。

一天，王书记打电话："金科同志，你过来一哈呀，我跟你唠唠。"王克勇的亲切中含着严肃。

金科说马上到。

不一会儿，金科就气喘吁吁地出现在了王书记面前。王克勇一惊，不为别的，只为金科闪电般的迅速。额敏民间有一则笑话，说"马上到"的意思是被招呼的人也许正在马背上呢，什么时候颠儿到，就叫不准啦。这是笑话。金科的雷厉风行让王书记很感动，第一面就留了好印象。

王书记给金科倒了一杯水，抬手指了指沙发。

金科抹着汗涔涔的额头，坐下来。

"经请示地委，也听取了县里一些同志的意见，关于你的分工我也越来越清晰了，今天不算决定，只是先跟你沟通一下，听听你的想法，再上常委会。"王书记一板一眼地说着。

机灵的金科还是在王书记的平静中看出了不平静，但也只是点点头。

王书记打算把县里的交通、市场监督、招商引资、工业园区建设、安全生产、环保监察工作交给他管，同时让他协助常务副县长抓工业经济，地区行署派驻额敏的烟草专卖局、工商联、运管局、路政局、海事管理局等单位也由他联系。

关山万里，阵前领命。顿时，金科头都大了。

也难怪金科一时发蒙。他参加工作这30来年，干的都是政工，哪接触过经济呀！他也想过自己的分工，他说："根据自己的经历，管个文教卫生什么的比较顺。"

"但是，额敏经济上的腾飞更是重中之重啊！"书记语重心长。

金科怔在那儿。

王书记看着他，目光很复杂，有命令、希望、期待，似乎还有丝丝缕缕的歉意。

这么多活堆在一个援疆干部身上，也够难为他啦！

有着丰富用人经验的王书记，非常看好金科。他掰着手指头数着金科的长处，理念新啦，接受新事物快啦，肯学习啦，有沟通能力啦，一句话：那些工作，还真非金科莫属！

"硬人"就要冲着"硬任务"去，完成"硬任务"就得"选硬人""硬选人"，王书记坚定地说着。他的话，让金科听起来耳熟。辽疆两地党委想到一块去了。

王书记给金科的杯子里加了点水，说："不是还有县委、县政府一班人吗？没有什么困难是我们共产党人拿不下的。"

正确的路线确定之后，干部就是决定的因素。突然间，金科感到自己背负的恰是党和人民的信任和期望，在辽宁与新疆的对接点上，他看清了自己的位置：个人是微不足道的，但是，他一旦把自己投放到国家的格局中去，个人的卑微就不是借口，他不能推却时代的选择！

金科无条件接受了组织的分工。

我在额敏县委的公示板上看到了金科的分工，又被吓了一跳：现任额敏县委书记曹春山不知何时又给他加了码，县审计局、统计局也让他协助县长分管。我掰着指头算了一下，嚯，大大小小十几个部门，职责涉及百八十条。而且，哪一部门的任务，哪一方面的工作，都是重头货，都不敢当甩手掌柜，敷衍过去。

这是额敏两任县委班子，对"硬人"的期许。

敬业是执业的前提，"白加黑""五加二"，金科扑在工作上，忙得喘不过气来，但是，有努力就有收获，有谁是生来什么都会的？

金科十指弹琴，各项工作都摆布得有条不紊。

2019 年 12 月 12 日，我采访金科的时候，他对自己"分内的活儿"倒背如流——

说到交通。他说额敏的交通，是丝绸之路上的黄金路段，省道 201、221、318 三线穿城而过，县道、乡道网络交接，四通八达，县域公路总里程达 857 公里，日均车流量千余台次。通往塔城机场、巴克图口岸、周边城市、冬夏牧场，哪里少得了额敏的路面，其建、养、用、管诸方面，都与国际荣誉、民生福祉密切关联。

说到市场监督管理局。他说这是一个由原来的工商行政管理、质量技术监督、食品药品监督管理三局合一的大单位，主要职责有14个方面，涉及国家法律法规20多部，服务商户3000多家。

说到环境保护。他说"绿水青山就是金山银山"的理念，已经给环保工作定出了底线，在哪里这项工作都是最棘手的，额敏尤其突出。额敏号称国家级的粮仓、肉库、油缸、糖罐、药谷，每一寸土地，每一升空气，每一滴水珠，都污染不得。

说到安全生产。他说县应急管理局除了有直管单位65家外，还负责对一些行业进行监管，如人群密集的住建、学校、养老院、医院、商场、商铺的消防问题，如高层电梯、加油站、加气站等特种设备设施的安全问题，都不可大意。全县有高层电梯320部，使用常识的普及也是个问题。

说到招商引资。他说这项任务主要由商工信招局负责。什么是商工信招局？就是商业工业信息产业和招商局。都管啥，有多少活，一看名称就知道了。

说到工业经济。他说截至目前全县工业企业包括个体工业在内已达530多家，其中规模以上的有12家，2018年实现生产总值73.50亿元，2019年的统计还没出来，但一定还有增加。这些数字，对西北小城额敏而言当然难能可贵。

他还说到了他分管的工业园区、统计局、国家统调队……

我听着，掩饰不住惊喜，我说你管着额敏县的半壁江山哪！

金科异常冷静，不紧不慢地说："都是一票否决的活。"

慎独，对于握有权力的人多么重要。我想起了援疆干部人才面前的那个大大的问号："在疆干什么？"这是一个严肃的时代之问。

金科用不敢懈怠的执着、用如临如履的认真，对时代的选择做出回答。

在县领导班子成员公示板上，张成良、金科位置靠前的照片，笑意盈盈。金科的标准照排在县长和常务副县长中间，按说常务是该紧随一把手之后的，我有些诧异，莫不是额敏对援疆干部的厚爱？常务副县长王涛抢过话头，说："作为决定位置，金科同志名副其实。"额敏领导班子是团结的、务实的，王涛尽管谦逊，但我也相信他的真诚。我参观了金科的办公室，狭小，简单，书籍、文件在桌上放得整整齐齐，犹如主人严谨利落的思维。我想：他坐在这儿的第一时间，心情一定是不平静的。对于赴任额敏的金科来说，这是一次行程万里的履新，从遥远的辽阳走来，在这间办公室里停留，迎接并梳理新的岁月，他也许追问过自己：昨天为什么出发？

在金科援疆3年即将收官的日子，我到额敏县委、县政府机关采访。这是金科一个重要的人生节点，花朵变成了果实。额敏县人民检察院党组书记束文芳知道千百年来辽阳与额敏的历史幸会，知道金科已经圆满完成了任期，更亲眼见证了今日辽阳援疆工作队的不凡贡献，耶律大石等等的引经据典地说了许多。告别的时候，她郑重地握着金科的手："至亲至爱的援疆人，你一定再来呀，别让我们千年等一回呀！"

老大姐在风趣之中注满了爱戴，唏嘘之中淋漓着诚挚。

报　国

"内圣外强"，金科第一次看到这个词，是在辽宁省援疆前方指挥部总指挥杨军生的一篇发言稿里。这篇稿子是杨军生代表全省第五期273名援疆干部写给省委的决心书。

有资料记录了杨军生这篇稿子的主要内容，概括起来就是8个字：四个坚持，四个坚决。即，坚持讲政治、顾大局，坚决做到无怨无悔、报效祖国；坚持惠民生、聚民心，坚决做到忘我工作、不辱使命；坚持强制度，严管理，坚决做到令行禁止、确保安全；坚持抓班子、带队伍，坚决做到团结奋进、内圣外强。

"内圣外强"，含义饱满，一锤定音，认真听讲的金科一下子就记住了。

誓言只有化为行动，才具有力量。

金科是怎样践行自己的誓言的？下面讲几个故事。

故事之一。

在额敏，每年有超过3000小时的充足日照时间，当然对农作物和牧草生长大有益处，但是对在路面上工作的人来说，无遮无拦的阳光投下强烈的紫外线，使他们一个个变成了黑泥鳅。公路修到哪里，金科就出现在哪里。脸蛋由红变黑，露在阳光下的肩膀晒掉了一层皮。

修路筑路由塔城地区行署负责，但额敏县要在施工中当好监理。金科要求下属就一条，即工艺、质量、进度必须符合合同规定。这对建设方、施工方都有好处。交通建设中"前仆后继"的腐败现象，多么触目惊心，金科不允许自己倒下去，也不许下属倒下去。

"协调料场，是比较难的。企业都想利益最大化，成本降到最低，随便就地取材，额敏的生态就保证不了啦。"金科说。金科告诉国土资源局的领导，你们制订一个科学的方案，我带头支持，非你们圈定料场的砂石，别想上我分管的路面！

道路施工监理时，对容易质量缩水的部位、容易出现漏洞的地方，诸如水温层啊，摊铺厚度哇，金科的眼睛瞪得圆圆。正是8月天气，四五十摄氏度的地表，铺上去的沥青化成一摊。金科带领技术人员，拿着专用检验工具，一米一米地验收。不达标的，就一句话：返工！管你施工的是谁？谁要是来说情，金科就告诉他："你再磨叽我就到纪委报备去。"

"招标我不参与，拨款我说了不算，但违背了合同规定，把路修砸了，不行。"金科的脸更黑了。

额敏是草原丝绸之路的黄金重镇，距离巴克图口岸68公里，走几步就是哈萨克斯坦共和国。额敏草原广大，戈壁无边，合格的交通线，意义重大。早在100年前，时任地方官内审国势，外顾边防，就看到了道路对于政权的支撑作用，额敏一地"东通阿尔泰大路，北与斋桑接壤，商贾辐辏，络绎不绝，地方极为要冲"。而今，道路交通在国民经济中的位置越发突出。中国的人流、物流走向中亚、东欧的陆路交通，不能在额敏出现任何闪失，何况是阻塞。

我看到的一个数据是，仅2018年额敏县就完成了农村公路建设960公里，妥善使用投资12.20亿元，工程一次性通过验收。

对于道路质量，作为分管的副县长，金科自加压力，责无旁贷。他说，何况，倒了人，塌了路，对县委也说不过去。因此，他必须隔三岔五去一趟工地，脸黑红黑红的。

夏天的太阳还不是最严酷的，最严酷的是冬天的老风口。

额敏县每年9月20日左右下雪，来年的4月10日左右停止。在塔城机场，我们一下飞机，就看到了白茫茫的雪野。金科来接我们，说："今年的雪还是小的。去年同期已经下了35场雪了，摞起来到这儿。"他随手指了指腰部。

每年这六七个月时间，金科以风为令，一见风起，就早早上了老风口。

提到老风口，我原以为只是一个山口。一个山口，再长能长到哪儿去？其实地处大盆地中的额敏境内，老风口的路段有30多公里长，其中玛依塔斯是最容易出事的地方，说起就起的十级以上大风，裹挟着沙子一样的积雪，瞬间填满"U"形路面，让行走的车辆顿时失去方向感，并被死死捂在里面。

这就是传说中的"风吹雪"。

在东北长大的人是不怎么在乎雪的。从小雪开始，到中雪、大雪，再到暴雪、暴风雪，雪在升级加码，轮番上阵，各种各样的雪组成了东北漫长冬季的面孔，金科见得多了，况且它们越是严酷，越能激起金科一种奋然的情绪。

然而，额敏的"风吹雪"却让他不敢小觑！

"风吹雪"让额敏老风口每年都死人。"2010年那次受灾，国务院总理都来了。"额敏县交通运输局的人这样向金科汇报。

我的采访更关心的是近几年有没有事故发生。

"我可以自豪地讲，我整整管了3年，一个亡的没有，一个伤的没有。是我运气好，也是我铆上劲儿了。"不喜欢自我表扬的金科，兴奋得不能再"谦虚"了。

每到冬天，他就和救援队的人一起住在现场的救援房里。"我不敢走哇，一旦出事，第一个追究的就是我的责任。我是分管县长，我不出面指挥，谁出面?"

我让他细一点跟我说说，这该是一个采访亮点。他点了一支烟。此前的交谈过去了两个多小时，他都没抽烟，此刻，抓起烟，点上，慢慢说起来:

"我就住在现场执勤房里，那可真的就是战天斗地。风起来，积雪就像被一只大簸箕扬起来，又像破布一样罩下去，执勤房像个孤岛，被撞得摇摇晃晃。我们十天八天地待在里面，水、食品随时可能断顿。我们的巡视车更有意思，车里固定一根绳子，有人需要下车，就把绳子的另一端系在腰上。若不这样，一出车门人就被风雪裹住，张不开嘴，直不起腰，地形地貌全变了，两眼也啥都看不见，耳畔像有10万只巨兽嗥叫，温度又极低，过不了多久就给冻死了。比我们东北的冒烟泡厉害多了，不服不行!

"我们使用的除雪工具是退役下来的装甲车、坦克，这大铁块子，风吹不走。我还联系塔城地区的社会力量，组成像车友会似的救援组织，让他们的越野车严阵以待，一旦有令，立即开过来，清路的清路，引导的引导，还会带来方便面、饮料甚至蔬菜、肉蛋等，把被困人员送到临时避险场地及时补给，别没冻死却饿死了。县里财政再困难，我也申请出经费，慰问塔城地区派来的路政管理人员，让他们安心在救援第一线战斗。所以，这3年零伤亡，过路的人没事，援救的人也没事。

"没经历过的人，体会不到这里的艰难，也体会不到'零伤亡'的自豪!"金科补充了一句。

我请求趁着没起大风到老风口路段看看。在额敏县城东走出20多公里，长满骆驼刺的大戈壁一望无际，四周是二三百里的无人区，金科提醒我关注一下路旁的树木，我看到它们都是斜的，这是常年被风吹的结果。进入"U"形路段后，车辆好像在锅底爬行，涂着蓝白相间图案的执勤房矗立在路旁，一片一片的风力发电杆在不远处转动着涡轮叶片，空气凛冽起来，雪花也开始纷纷扬扬飘起来，只一会儿，就模糊了视线。司机让雨刷器摇动着，车速慢了。

在玛依塔斯至铁厂沟一线是偌大的老风口，也是额敏域内严重交通事故多发地。路旁巨大的牌子不断闪过车窗，黄牌上写着"风吹雪路段"，白牌上写着援救电话号码及"系好安全带""注意横风""雪害路段"等提示字样，更奇特的是两侧高高的路标，连绵不断，我有一种在长廊里穿行的感觉，路标把醒目的红箭头折在空中，指向路面，那红色在警醒中洇漫，如血！

"分管交通责任够重的呀！"我向金科投去敬佩的目光。

从老风口回来后，额敏县交通运输局党委书记赵志强还跟我讲了金科管理交通的另一个情节：2018年年末塔城地区召开交通系统工作情况交流会，金科关于额敏以过境省道为载体，重点布局发展域内交通运输业的经验发言，得到了行署领导的高度肯定。行署领导特意把他的稿子要去，幽默地对金科说：你的做法正是我之所想，我把稿子里的"额敏县"换成"塔城地区"，就可以到自治区的会议上交流啦！赵志强说，行署领导的意思是在交通管理上金科副县长搞出的"额敏模式"值得在更大范围推广。

我问金科都是什么经验，金科说得轻描淡写："就是帮助客运站减轻企业负担、打击长途拉客的黑车什么的。"

减轻客运站资金包袱，金科帮着要政策，我这里省略了。车祸猛于虎，我想介绍一下金科治理非法营运这件事。从额敏到乌鲁木齐有一些微型面包车，没有营运执照，7个座位往往上去二十来人，还要躲避高速收费站，路况也没保障，去时拉一拨，回时再拉一拨，一天两趟，司机精力上也是问题。"隐患多了去啦！不治理不行。"金科提高了嗓门儿。怎么治理？金科说，说起来也没什么，就是按章办事，严厉打击，就这么简单！事实上，金科做得也很干脆：来说情的，他谁都不理；放狠话的，他一点不怕。"总之4个字：立即取缔！无所谓经验，就是顶住压力，递钱不接，吓唬别怕。"金科说。

故事之二。

在额敏采访的日程中，有一项是参观巴克图口岸。

2013年4月和9月，习近平主席两次出访哈萨克斯坦，在与纳扎尔巴耶夫总统会见时，明确将巴克图口岸打造成中哈农产品"绿色通道"。2017年4月，巴克图口岸边民互市贸易区动工建设。2019年5月30日，二层的丝路文化商城按期实现试营业。

我走进这座红墙灰顶、涂着白色腰线的欧式风格的建筑，一楼在不同的玻璃隔断中，摆满了哈萨克斯坦的巧克力、咖啡、蜂蜜，俄罗斯的奶糖、雪糕、饮料，格鲁吉亚的红酒、围巾，一楼还有一个邮局，两名工作人员正忙着为顾客打包、发货，我买了一打额敏风光明信片。在二楼，我惊喜地看到了佟二堡皮草卖场。陪同我们的解明升告诉我，二楼有7家商户，除辽阳的佟二堡外，还有沈阳"五爱"、海城的服装、南台的箱包。

万里之外看到了家乡的商户，并受到了热情接待，主人续茶添水，一唠就唠了很久。这家商场的名字叫"薇黛儿皮草"，面积600平方米，与海城"富柳服装"的800平方米相比，面积第二大。我问起经营情况，主人说销路超好，货走得比内地快，还享受一些免税待遇，利润也上来了。

"这多亏金科副县长当时的'劝'。"主人说。

为动员商户，负责招商引资的金科真是苦口婆心地说个不停。头一次去说，人家连头都不抬，守家待地的，经营也挺好，谁愿意往外跑，两眼一抹黑的，有风险。第二次去说，人家仰起脸笑，不相信金科说的优惠政策，馅饼能从天上掉下来？第三次、第四次、第五次……功夫不负有心人，人家来了，果然住有住的、吃有吃的，利润还可观，这张馅饼就等你张嘴接着呢！

金科说招商引资是一手托两家的活，要双赢。

前指在沈阳搞新疆产品推介会，金科带队，调集了不少额敏的土特产参加。这是在家门口举办的活动，沈阳、辽阳相距60公里，好久没看见亲人啦，可他没急着回家，而是抄起一摞产品说明书，读起来。他要把它们背下来，亲自做一把解说员。额敏的风干肉、马肠子、沙棘、红花、也木勒白羊、也迷里原鸡，哪一样不是叫绝的特产呢？何况，塔原红花油、金塔毛纺、屯河番茄、绿乡玉米、塔安酪蛋白、新疆飞鹅、维帝黑加仑等等，早已成了额敏的金字招牌。他要利用推介会的载体，把它们尽力展示得好一些；培植这些成果的那个过程，他付出的汗水也不少。

他在说明书上画着重点，激动得手有些抖。

手机响了，家里人告诉他父亲有点不舒服。他回话说过两天推介会开幕了，有机会回家。他想，一定是父母惦记他了。

展厅里，展品堆了一地，工作人员正在他的指挥下一样一样往架上放。又是家里的电话，说父亲进医院了。他想，明天一定要回家看看，老人看来是急了。

第二天，却有个协调会，作为带队的他必须参加，有些事会上可能要拍板，别人代替不了。第三天他又处理了几件事后，回到辽阳。

糟了！

病房里，眼见父亲蒙着白床单，金科大脑一片空白。躺在那里的还是他老人家吗？咫尺之间，阴阳两隔。如此相见，多么残酷而心痛。父亲严厉，少年金科疏于读书时他投来的目光，深深地剜进少年的心里；而父亲又是深情的，尽管金科说在额敏工作很顺利，但是，在家千般好，出门事事难，他对儿子放心不下，整夜辗转反侧，忧心忡忡。金科多想拿出一点时间，跟父亲说一番透话，说一说进疆以来的成长和见识，而机会还没来到，父亲竟在疲惫的等待中撒手人寰了。更痛悔的是，如果说金科往时因在额敏，山阻水隔，也便罢了，而今已经来到家门口，如果从沈阳早那么一点点回来，他还能与父亲说上一句话，现在，无力回天啦……金科哑默无言，顿生大哀，五内俱焚，万箭攒心。

为了忙于招商引资，金科过家门而不入，竟然留下终生遗憾，谁听了也不免唏嘘。

金科接过我递去的纸巾，拭了拭眼角。

不一会儿，他又振作起来，说："不过，我还算赶上了父亲的后事。"他的意思是他还比较幸运。我了解到，在援疆队里亲人天人永隔的事还有几例，张成良、郑健、薛世杰、解明升，他们亲人过世时，谁都没有赶上！

是的，忠孝不能两全。金科忙的谁说不是国家的大事，比如联想到巴克图口岸的意义，家事再大也就微不足道了。

"要奋斗，就会有牺牲！"伟人的话，颠扑不破，在今天这样和平安详的岁月里，我依然信仰，但无力复述。

故事之三。

中国社会近年来突飞猛进的城镇化建设，使一些老旧县城得到很大改观。比如供暖管线的铺设、公交车的运营、高层楼房的崛起等等，额敏这个西北小城，一点都不落后。记得金科跟我说过，在这个不大的县城里光高层电梯就多达350部，我为大戈壁上这个"迷你"之城骄傲。

"但是，居民在城镇化的转变中还有不适应的地方，"金科有些忧虑，他说，"装电梯好不好？好，但它也是双刃剑。"难怪他是学哲学的，喜欢逆向思维。

金科刚上任，听应急管理局同志汇报：就在前不久，一位居民就因进电梯间丧了命。原因是建楼时，电梯空间预留大了，后来安上去的电梯又小了，结果电梯口有一个挺宽的缝子，那人一步踏空，就没活过来。

代价惨重，令人扼腕。

"后来呢？"金科问。

"电梯还在对付用。"应急管理局同志答。

"人命关天，怎么可以对付？"金科霍地站起来，差点去拎对方的脖领子。

金科命令那部电梯必须立即停用，什么时候没有大缝子了，再用。

亡羊补牢。金科立即到应急管理局去开会，把350部电梯的布局、状况一一记在本子上，也把它们一一落实在监管责任人的头上。金科还定下规矩，每个月巡检一次，他领头。

开完会，他就带着应急管理局的同志开始了头一个月的检查。

他亲手按电钮，看电梯口的缝隙，看门合的宽窄，看厂家的使用说明，看承重指标，看上上下下是否真的像广告说的那样"享受"……350部电梯，东西南北中，住宅酒店商场，查看一遍就是两天。

也许是受到电梯问题的启发，金科又盯上了液化气罐。"这东西用好了行，用不好就一炸弹。"金科说得虽然血糊刺啦的，却是实情。

还是金科牵头把全城的液化气罐摸查了一遍。几年来，全县液化气罐拥有量为5万多个，没打码的1000多个。检查液化气罐比检查电梯难多了。它不但量大，而且分布广，有些散失的又无法追踪。许多人家上了楼，用上了煤气，液化气罐有的送人了，有的扔在仓房里、牲口圈里，有的当废品给卖了，排查起来太难了。金科把政府相关部门都组织起来，还动员社区治安工作队，拉网式地推进。金科直接包的六户村，有178户457口人，金科让其中的13名党员及5名驻村干部带几个小组，挨家检查，效果很好。金科把这个经验推广到全县179个社区、村队，所有平房、料场，哪怕是废弃的棚圈，都有人一一过目。对大的村镇、零星的牧场，排查过后还要随机抽查。经过全县不留死角地摸排，又捞出4000多个废罐。最后，金科决定：把凡是在用的罐，登记；没有打码的，打码；废弃的，集中销毁。

我一边听着被采访人的讲述，一边想：这么多"炸弹"，就是只有一个响了也不得了哇！

金科举一反三，对供暖、照明、客运站、加油站等凡在他职责之内的，都过了一遍筛子，然后依旧不断线地检查，并要形成制度。

现代化的城市设施，给人们带来便利，也带来隐患，所以，居民行为的城镇化转变依然是躲不过的必修课。当然会引起部分群众的不理解。有的抱怨："老百姓过日子的事，也管。"有的拖后腿儿："援疆干部就3年任期，你何必自找苦吃？"

金科一点都不觉得自己是"臭多余"，虽然许多问题是历史遗留的，但新官也要理旧账啊！理旧账时，金科第一不过问某件事是怎么产生的，第二只研究某件事该怎么解决，何况，自治区领导要求"维护社会稳定不出事，安全生产不出事"呢？金科是帮忙不添乱。

金科援疆的任期快到了，额敏县委常委、县纪委书记王清江有些依依不舍。我知道王书记分管干部巡察工作，便向他提问道："你觉得金科给新疆留下了什么？"

"金科同志认真，有情怀！"王清江说。

正是因为有情怀才会有担当，才会像习总书记要求的那样，以施工队长"一竿子插到底"的精神，去"像绣花一样精细"地管理城市，才会用干部的辛苦指数换来人民群众的幸福指数。

故事之四。

哈拉也门有个工地，2018年夏季的一天，有18个工人突然间倒下了，原因不明。金科接到报告，立即让他们赶紧去县人民医院，又安排县人民医院做好抢救准备，随后他与市场监督管理局局长也赶到了医院。

金科看到病人上吐下泻。经过医生检查发现，病情是天气炎热，患者吃了变质的食物引起的。好在医院抢救及时，这些人生命体征平稳。

集体食物中毒事件是要及时向上级报告的。

不一会儿，县委书记知道了这件事，但不是金科说给他的，而是地区行署领导过问后他才知道的，被动得很哪！

咋回事啊？谁捅上去的呢？

书记发了火，给金科一顿"暴搂"。

虽然心里委屈的金科正争分夺秒地忙着抢救，再说了也不到两小时的报告时限，但是，金科理解书记的急躁，这是18条人命啊，搁谁身上会不上火？

金科请书记给他一点时间，把事情的来龙去脉弄清楚。

原来是事发地的边防站把情况报告上去的，按照属地化管理的原则，这有点乱。

书记理解了，随后又向金科道了歉。

不解，委屈，在担当面前不值一谈。

实际上，此前也有这么一档子事，是更严重的食物中毒。那是2017年8月，克拉玛依的5位游客在老风口别墅聚会，误把乌头碱当野芹菜采来吃了，当场就撂倒3位，被就近送到额敏县人民医院。

金科接到报告，立即奔赴医院。患者在抢救室里躺着，门口乱作一团。金科到来，立即静下来，围观者都把目光集中在他身上。此刻，那3位较重的患者中，有一位心脏停止跳动已经2分钟了，多数人决意放弃治疗，另两位也是重度昏迷，生的希望渺茫。金科立即决定对心脏停止跳动的患者继续进行按压抢救，对另两位注意观察，要求迅速查明病因；并稳定相关游客情绪，劝走围观者，改善医生救治环境。

随即，金科向县委书记做了汇报。

书记做了三点指示：第一，全力以赴坚持抢救，保生命。第二，调度额敏县及争取九师一切救治力量。第三，你就是现场总指挥，负责处理此事，随时跟我汇报。

按照组织程序，金科又给县长打电话。县长说："我在服务大厅值班呢，出不去。我完全同意县委书记的意见，也全权委托你抓好这件事。"

金科还得向分管卫生的副县长通报情况。这位副县长非常信任地说："哦哦，我完全同意书记、县长的意见，你怎么定怎么是，我这边还有点事。"

金科一边打着这些电话，一边组织医疗、市场监管等部门开现场会，进一步布置分工：负责抢救的，不停；到事发现场调查的，立即出发；向九师转院的，马上对接。

这时，负责抢救的医生一脸无奈地跟金科说，心脏停跳的那位肯定不行啦！

金科说了两条：第一，人工呼吸不能停。第二，马上连线自治区医院，求他们远程参与抢救。

医生说，心电图都是一条直线了，说明医学上已经宣布死亡。

金科吼着："换几个人轮番摁！坚持一下，也许奇迹就能发生呢！"

换上来的医生又一阵满头大汗，患者的胸腔被摁得咔咔响。

金科向我回忆着当时的情形，依然抑制不住兴奋。他说："我的命真是好哇，不一会儿，那个人居然活过来了！"

"你的命？"我默默纳闷儿，活过来的，好像是他金科自己！

"现场一片欢呼。"金科继续着他的讲述。

额敏县人民医院只有一台心脏救护设备，忙不过来，金科就给九师医院院长吴卫东打电话求援。九师方面立即出动救护车，把重度昏迷的那两位患者转运过去了。

吴院长亲自上手，金科一帮人守在门口。

时间过得好慢，下半夜2点多的时候，吴院长终于着一身疲惫出来了，金科跑着迎上去，吴院长说没事了，金科没听清，问："啥？"吴院长摘下口罩又说了一遍："没事了，放心吧！"

金科虽然相信吴卫东，但还是要求进到抢救室里看个究竟，若不，心里没底。

吴卫东不顾疲劳，陪着金科返回到患者面前。吴院长对患者说："额敏县领导，金科副县长来看你们来了，若是没有额敏县及时协调，抓住了抢救时机，像你们这样持续重度昏迷，命早就没了！"

金科见患者清醒了，就开始问询病因。患者说："我没吃啥呀，就一把野芹菜。"

这时，前往现场采样的卫生防疫人员也回来了，拿回来的东西，跟洗胃出来的残渣一对比，哪里是野芹菜呀，这不是可怕的乌头碱吗？

另一位中毒者也睁开眼睛，看看金科，说："领导哇，这医疗费谁给拿呀？"

金科"噗"的一声笑了，没想到他会提出这样的问题，只好说："你安心养病吧，钱的事找医保。"

毕竟救活了3条人命，人命关天！

故事之五。

2018年7月，中央第八环保督察组提出额敏县有18台锅炉需要去功能化。

什么叫去功能化呢？就是不许它们再燃煤了，可以用生物颗粒、油、电、气来代替燃料。

但是，改造这些锅炉，对额敏县来说是最难的。县里规模以上企业就17家，需要去功能化的锅炉，大部分都在这些企业里。但是，环保问题处理不好，对企业，对国家，都交代不了，必须有一个恰当的解决办法。

金科跟市场监督管理局的同志说："还愣着干啥？挨家挨户地走吧。"

隆惠源投资有限公司是一家招商引资来的企业，额敏县的座上宾。企业主卖掉了在北京的10套住宅，凑集了1亿多元资金，拼上了全部家当来做甘草深加工。自治区环评的时候没问题，但是，这次却有一台锅炉需要改造。本来人家是赔着钱在额敏硬挺着，哪有钱再往技改上添？金科知道，这是额敏县最大的企业，每年可处理1.50吨甘草，产品甘草流浸膏、甘草酸、甘草铵盐、甘草次酸、中药饮品都有广阔的市场前景，社会效益、经济效益的贡献率，在整个塔城地区都屈指可数。但是，锅炉不改造又绝对不行。怎么办？金科也跟着犯愁。

金科积极请示上级，拿出个"缓办"的主意，并亲自负责监督，保证企业在一年内由燃煤改成燃油。地区行署几乎一天一个电话询问进度，企业也积极抓紧时间改。我这次采访，在这家企业见到了河北保定口音浓重的63岁的企业主，他说，锅炉整改这事，金副县长给上面递出的军令状是一年，我不能让人家背黑锅，咬着牙往前赶，这不提前完成了。他笑出了一口白牙，其实他也轻松了。

像这样典型例子还有轻工饲料那家，金科也是顶着压力给他宽限出一个月。企业主也挺义气，说："你已经给我照顾了，我一定改好！"不到一个月，这家企业所有的锅炉都改成燃烧生物颗粒的了。

金科说，他抓环保，都是一企一策，既要改好，又不影响企业发展。

对必须封的，二话没有。

在对锅炉排查时，在一个劳动人员密集型的企业中，一台黑锅炉撞上金科的枪口。它不但应该去功能化，而且是没有注册登记的劣质品，必须取缔。

"它这质量，安全难保哇，一旦爆炸，后果不堪设想。"金科意识到问题的严重性，开始调查是哪个部门允许使用的，询问安监部门，不知道；商检部门，不知道；环保部门，也不知道；司法监督部门，更不知道。各部门表示不但没有批准使用，就是连它的存在也压根儿就不晓得。那么好，金科把这些部门的主要领导找在一起，说："你们不是都不知道有这台锅炉吗？好，我可要追你们的责啦！你们每人给我一份检讨，手写的，签上名，盖上章。"检讨书放进了金科的办公桌，那台锅炉也立即封掉了。

这事为金科赢得了一封上访信。信中指责金科耍官威，不顾企业死活。一时机关里也议论纷纷，本来额敏县乃至塔城地区口碑挺好的一名援疆干部，引起许多人侧目。

金科一看，惹出事啦，就将放进办公桌里的那些检讨书递到了王克勇书记面前。王书记对中央环保督察组的意见本来就非常重视，并且在相关部门的整改方案上早就做过批示，而后，是他授命金科执行这个任务的，现场办公，集体决策，程序合法，步骤合理，金科何来"乱弹琴"之说？

地区行署领导也对"告状"者发出质问："凭什么企业想多挣钱，而让一个援疆干部买单，你觉得公平吗？"随后指示地区环保局：金科他们贴的封条那一条不够，以行署的名义给那个企业再加一个封条！

人民政府就要为人民的利益负责！

我在以"政经热点、全球视角"为传播理念的权威刊物《中国报道》中，看到一篇解明升撰写的稿件，内载：额敏人"大力实施治污工程，进一步加大对污染减排工作的监管力度，加强对重污染排放企业环境违法行为整治。他们加强日常监管，坚持一手抓新污源控制，一手抓老污染治理，对重点企业每月进行一次现场监察，对一般污染企业每季度进行一次现场监察。他们认真执行环境影响评价制度，累计批复建设项目环评审批及预审意见36个，新建项目环评执行率达100%。最终工业废气排放达标率为91.6%，工业固体废物综合利用率、最终工业废水排放达标率均为97.3%"。

国标，是凌厉的红线！

在与额敏人共守绿水青山，打好生态环保攻坚战中，我看到了金科冲在前面的身影，机敏而豪迈。

深　情

在额敏县民间流传一个"县长卖肉"的故事。说的是在领导干部与群众走"亲戚"活动中，这位县长到亲戚家走访，亲戚在市场上卖肉，他也跟去帮着卖。故事的主人公就是县委常委、副县长金科。

习总书记讲到新疆时说，新疆的问题最长远的还是民族团结问题。衡量新疆工作好不好，看两个局面：一个是安定团结的政治局面，一个是和谐稳定的社会局面。民族团结是各族人民群众的生命线，要像珍惜自己生命一样，爱护自己眼睛一样来珍视民族团结工作。

高屋建瓴。

额敏县立即响应。10650名干部职工与10912户群众家庭结对认亲，用行动将"民族团结一家亲"活动引向深入。额敏县还派出驻村干部，通过"访惠聚"，加强党的作风建设和基层组织建设。

我想让金科讲讲他卖肉的故事，他谦虚地说，自己没什么好讲的，于是就讲起了辽阳援疆工作队集体。在我以前的采访中，我知道他们成立了一个"访惠聚"驻村工作队；但我没了解它的作用，此刻听听金科讲述也无妨。金科说得很形象，"访惠聚"驻村工作队就是领导干部结亲戚活动的"增温站"，是实现社会稳定的"压舱石"，是村党组织建设"助推器"，是各族群众团结在一起的"黏合剂"，是好事办好的"孵化器"。

我了解到，3年来，援疆队员累计自发捐款58900元，帮扶少数民族贫困户9户，资助15名学生上学。"访惠聚"驻村工作队组织援疆干部人才深入边远乡场牧区为困难群众送医送药11次，累计投入4万余元，义诊900余人。通过与受援地困难群众面对面的接触，辽阳援疆干部人才与他们的感情更浓，心与心的距离更近，关系更为密切了。

3年来，金科与4个家庭结了亲，每月都要住上5天。在"结亲周"里，金科与"亲戚"同吃同住同劳动。金科结的那个哈萨克族"亲戚"，一家三口人，孩子上高中，男主人卖肉，女主人是家庭主妇，在家料理家务。金科早晨一碗奶茶，一块馕，吃过了就陪着男主人上市场。金科学着男主人的一招一式，手上、衣服上都沾了油污，把肉样子抬到案板上。男主人忙别的去了，他就自己招呼顾客。男主人会做生意，但不会写汉字。金科在等待顾客的间隙，教他用汉字写自己的名字，由此让他掌握更多汉字。男主人开阔了交往空间，说小镇似乎也不小哇！

金科不是还分管着市场监督吗？他就号召商贩合法经营，还让大家献工，整理乱七八糟的摊位，市场的卫生条件改观了，货也走得快了。

小镇上的人，抬头不见低头见，都熟悉，这个陌生的摊主是谁？别人指着卖肉的金科问。

"当官的亲戚，汉族干部！"男主人回答。

大家都竖起大拇指，感慨地说："亚克西！"

"不是每一朵花都能盛开在雪山之上，雪莲做到了；不是每一棵树都能屹立在戈壁，胡杨做到了；不是每一个人都能来援疆，你们做到了！"

当我在与当地群众采访座谈时，听到他们朗诵这首诗，我知道了"亲戚"们对援疆干部人才诚挚的爱。

金科在"亲戚"眼中是可赞美的一员。

2019年12月14日上午，我们作家采访团团长钟素艳女士和我走进玛热勒苏镇乌兰布哈村马学知的家里。这是金科的一户回族"亲戚"。

主人马学知请我们在沙发上落座。敞亮的家居，冬日的阳光铺在茶几上。好客的主人在茶几上摆满了小盘子，葡萄干、柿子干、蜜枣、葵花子、大红枣，一个大些的瓷盘里盛着苹果、库尔勒香梨，还有一只大石榴。好客的主人招呼我们吃这吃那，又在每个杯子里注上了热茶。

马学知见我一直盯着那只石榴，风趣而诚挚地说："我们大家抱成团，跟石榴籽学习。"我知道他的话来自哪里。习总书记曾说："各民族要像爱护自己的眼睛一样爱护民族团结，像珍视自己的生命一样珍视民族团结，像石榴籽那样紧紧抱在一起。"马学知是自豪的，他说他是党员，是村委会后备干部，践行民族团结。

2018年年初，金科与马学知认亲结对。官凭文书私凭印。他们认认真真地填写了"连心卡"。马学知说签字的时候，他手心里全是汗，激动啊！我从这个回族兄弟家柜橱的玻璃窗里，看到了那张粉红色的"连心卡"。他们各自的照片、身份、电话、住址等信息清清楚楚，一目了然。一式两份的"连心卡"，像互诉衷肠的兄弟，兜着底儿地把自己亮相给对方。

马学知今年35岁，租种400亩土地，是一位种田能手。2017年春季，他准备大干一场的时候，资金出了问题，贷款不足，且又左等右等下不来。金科知道后，立即帮他跑银行，主动担保，又多争取了资金，使马学知终于打破了资金瓶颈。

马学知选种的作物是玉米。金科就联系农业科技部门，要来相关资料，便于马学知参考。马学知说，这些资料太管用了，以前有了病虫害，就只好干瞅着，现在就不怕了，材料上的办法，管用。马学知受益后也不保守，他把资料送到场部，让更多的种粮大户都学学，都受益。

马学知还告诉我，金科在每个月到他家的"结亲周"里，都要到地里看一番，跟他一起播种、施肥、收割。金科说，这些活，都机械化了，我没干力气活。彼时彼刻，金科的心情是愉快的，他和马学知挤在农机驾驶室里，一块儿操作，彼此闻到对方的汗味。他说，驾驶室高高的，马老弟的400亩土地连着无边的草场、戈壁，一望千里。金科的内心顿然产生一种无以名状的坦荡和奔放。

我明知道额敏县干部在"亲戚"家吃饭都是付费的，但还是问了马学知一句："金副县长在你家吃饭给钱不？"

马学知说："他干活不要钱，他吃饭却给钱，上哪儿说理去？"马学知笑了一阵儿，又说，"他还自带米面油，每次都带，全家用都用不了！"

当我告诉他金县长已经完成3年的援疆任务，过几天就要回辽阳时，马学知怔了一下："这么快？我舍不得他……"话还没说完，眼泪就涌出来了。他说："心里好难受哇！"

"你还可以去辽阳看他嘛，他还可以再来额敏的。"我说。

"那就是后话了，不容易呀！"马学知说着，泪水在这个高挑、刚毅汉子的脸上，顿时流个不止。

记得在一次座谈会上，张成良引用了一段名言："为天地立心，为生民立命，为往圣继绝学，为万世开太平。"除了关乎辽阳市援疆工作队队员们自觉的道德修养，还呈示了他们几年来艰苦奋斗所依凭的精神动力：建立的是党心民心，聚焦的是受援地建设的总目标，在时代的呼唤中忠诚于自己所选定的出发点、落脚点。

辽阳市援疆工作队队员们也清醒地知道：高远和超拔，都来自脚踏实地的一步步践行。我在他们的公寓一进门的走廊里看见了一行大字："一群人，一件事，一条心，一起拼，一定赢！"金科告诉我，这是他们的"队训"。

哲学家巴迪欧反复论证后的结论是：真理产生于事件。把各族人民群众对中华民族、伟大祖国、中华文化、中国共产党、中国特色社会主义道路的认同凝聚起来，是宏大的筑梦工程，需要一砖一瓦地投入。金科是这"一群人"中自觉的一个，是一块透着理想光泽的石头，他的努力尽管卑微，但是率真！

"五十六个星座五十六枝花，五十六族兄弟姐妹是一家，五十六种语言汇成一句话：爱我中华……"翻涌在心灵深处的歌声，箴言一样慈悲。受援地各族兄弟姊妹像石榴籽一样紧紧地抱在一起的情怀，让金科感动，也让他产生融入的自豪，美丽的语言竟脱口而出：

> 小城不大，
> 风景如画。
>
> 故事多多，
> 值得讴歌！

大漠孤烟，旌旗号角，万众一心，硕果累累，这就是金科的诗与远方。

尾 声

我的青年时期，曾有10年军营岁月，对军事化的印象颇深。采访援疆干部人才，我有重归辕门之感。

管理辽宁17支援疆工作队的领导机构名曰"辽宁省对口支援新疆工作前方指挥部"，简称"前指"。

一天晚上，已经21时了，金科和白志久正在接受我们采访，突然接到前指的查岗信息，他俩立即回到公寓会议室，接受视频检查。他们是跑步去的，画面上难掩气喘吁吁。

"我们是半军事化管理。"金科说。

前指对辽阳工作队的3年工作给予了充分肯定。

总指挥杨军生说："辽阳市援疆工作队，是前指的直属部队。这直属部队，就一支，没有第二支。"

副总指挥张宝东说："辽阳市援疆工作队，是前指的王牌军。这个王牌军，也独一家。"

张克部长说："辽阳市援疆工作队，是前指的亲军卫队。"

领导同志在不同时间里的表达，有着强烈的明显的一致性，这说明什么？说明上级领导对辽阳市援疆工作队是有共识的。

我看到了前指致辽阳市委、市政府的感谢信，文字是这样写着：

> 辽阳市援疆干部人才积极响应组织号召，不远万里，从太子河畔来到塔额盆地，聚焦新疆社会稳定和长治久安总目标，不忘初心，不辱使命，辛勤工作，履职尽责，无私奉献，经受了边疆艰苦复杂环境的考验，圆满地完成了所承担的任务，展示了辽阳人民的良好形象，受到了当地各族干部群众的一致赞誉。在全省各支工作队中率先完成工作，被辽宁省前指主要领导赞誉为"辽宁援疆工作队中的王牌军""辽宁前指的直属部队"。

笺薄情重，语短意长。领导的口头表扬，化作了官方文件，永载史册。

作为这支"王牌军"的副领队，时任额敏县委常委、县政府副县长的金科是自豪的，他说，他赶上了最好的时代，赶上了国家援疆方略更为成熟的制度设计，赶上了辽、疆两地党政班子及各部门的高度重视和支持，赶上了领队张成良凭着两期6年带队经验积累和正直正派人格魅力所发挥的凝聚力。

对金科的采访，说心里话是比较困难的。他讲述的是队友，刻意回避自己。这是援疆人共同的品格，他们说的都是别人，恰巧，也正是在别人的诉说中我了解着金科的故事。

从辽阳市援疆工作队公寓到额敏河畔，要穿过民房间的一条狭长的陡坡，队员们风趣地称它"宽窄巷"。这叫法是金科的别出心裁。宽窄之道，深意里关乎的该是哲理。我问："是否指向心灵的达观，指向对追求一种人生境界的自觉？"金科笑而不答。

一直腾不出时间治疗的十二指肠溃疡，终于把晕倒的金科撂倒在病床上。张成良一直盯着他惨白的面部，焦灼地盼望医生早一点确诊，早一点撤去病人鼻孔里的输氧管和床前浪线起伏的测量仪。他手里托着两块小巧的玉石。他早就想让金科挑一块，以石（实）对石（实）。但是一连几天不是金科沉在基层，就是他在开发区那边忙着"交钥匙"工程，金科回公寓取换洗衣服时，二人也没碰上面。成良守在床前，也许是两块玉石的碰触声让金科的眼睛悄悄睁开了一道缝。成良兴奋得嗓门儿高了八度："臭小子，你可醒了，你都把我吓坏了！"金科笑着，一板一眼地说："你给我的任务还没干完，我怎么能过去呢？"成良也笑了，将收拢的双手伸过去说："别卖关子了，这两块玉，你要哪只手里的？快说！"金科知道它们都是用不了几个钱的大路货，不算夺人所爱，说："别费事了，都送我不就得了！""你可够狠的。不过，能时（石）来运转也值了，臭小子！"成良摊开了双手。

援疆工作队许多人都喜欢到克拉玛依市场上淘玉，或置于案头，或把玩于掌中，或交流关于玉品玉德的见解。张成良把送给金科的玉石做了命名，一块曰"情同手足"，一块曰"志在四方"。

　　人大概也会像玉石一样在时光中受到淬炼。法国学者埃莱娜·西苏说过大致这样的话：人必须跨过一段完整而漫长的时间，即穿越自我的时间，才能完成一种造就，人必须熟悉这个自己，必须深谙这个令自己焦虑不安的秘密，深谙它内在的风暴，人必须走完这段蜿蜒复杂的道路进入潜意识的栖居地，以便届时从自我中挣脱，走向他人。

　　金科呢？

　　激情岁月，匆匆时光。

　　3年一晃就过去了。辽阳市委组织部来考核，问他将来何去何从，他想，自己已经49岁了，近知天命之年，如果当时对为什么出发是懵懂的，那么，现在对如何落脚应该是清醒的，因而，他又写了一首诗：

> 不惑之年进天山，
> 为国戍边整三年。
> 壮心不已凯旋日，
> 但思辽东写新篇。

　　辽阳，你远征的好儿男回来了！他感到了又一段征程，于脚下正展开新的起点……

2019年12月22日至28日一稿
2020年3月27日改于辽阳

血在沸腾

孙　浩

见到白志久，是在新疆额敏县的晚上 10 点多钟。

我们辽阳市作家采访团一行六人，于 2019 年 12 月 8 日早上 6 点钟从辽阳出发，到达沈阳桃仙国际机场后，乘 9 点钟的飞机，经停兰州，于下午 4 点钟到达乌鲁木齐机场，又快速办理转机手续，到达塔城机场已经是晚上 7 点多钟了。辽阳市援疆工作队副领队、额敏县副县长金科到机场接机。我们上了中巴，又行驶了一个多小时，在漆黑的夜色中到达额敏县辽阳市援疆工作队驻地。

让我们完全想不到的是，车一停下，在车灯和路灯的映照下，辽阳市援疆工作队 30 多名同志，在寒风的夜晚里，整齐地站在楼门前，迎接我们的到来。在一阵阵热烈的掌声中，车门缓缓打开，我们几名作家在欣喜和不安中走下了汽车。

先是和额敏县委副书记、辽阳市援疆工作队领队张成良握手，我们算是老同事了，一别 6 年。紧接着，我又见到了一张非常熟悉的面孔：圆脸、浓眉、不太长的头发、不太白净的面容，一双炯炯有神的眼睛。"志久!"我情不自禁地大声喊了出来。

"老领导。"白志久也大声地喊了出来。

我俩先是握手，然后就紧紧拥抱起来。

在这里见到白志久，真是一件十分高兴的事情。

一段往事

认识白志久，那是2013年10月的事情。

辽阳市委派我到河东新城管委会任职，主要任务是宣传正在建设的辽阳市河东新城。到任的第二天便参加了河东新城管委会的例行工作调度会。那天，分管河东新城管委会的市委常委、常务副市长也参加了会议。管委会下属的各局、办分别汇报工作。当时管委会的级别比较高，各局、办都是副县级，管委会班子成员都是正县级。轮到服务局汇报时，坐在我们对面的一个中年男子开口了："我们局长临时公出了，由我来汇报。"我身边的杨副主任小声对我说："他叫白志久，是服务局副局长。服务局有两位副局长，他排在前面。"我听后点点头，听白志久汇报。

他说话声音洪亮，汇报得有条有理。但没汇报几句，就先后被管委会主任和副市长分别打断。当时的河东新城建设正处在关键时期，而服务局的工作职能又极其特殊，主要是房地产开发事务，这也是河东新城建设的最主要任务。招商局把投资企业招来后，服务局就要马上跟踪服务，办理各种审批手续，施工许可、预售许可、综合验收、施工企业备案、勘察设计备案等，还有在企业施工建设的过程中出现的各种问题，都要由服务局进行协调解决。

"这个建筑公司的备案手续怎么解决？"

"那个地产开发项目的许可证还差什么？"

"有几个群众来上访，说房产证不给办？"

…………

面对主任和副市长的不断发问，白志久对答如流，每一个问题的来龙去脉他都心中有数，怎么解决也都提出了具体办法。我身边的杨副主任又小声对我说："白志久在局里分管主要业务，这些事都装在他脑子里，领导问不倒他。"

服务局的汇报用了半个多小时，比别的局时间都长。领导没表扬，也没有批评。杨副主任又小声对我说："在河东新城管委会，不批评就是表扬。"我听后笑了。再看对面的白志久，他用纸巾擦了擦额头上的细汗，打开桌上的一瓶矿泉水，大口地喝了起来。

我对白志久的第一印象深刻而又美好。

在接下来的日子里，我们的接触多了，了解也更多了。他总是那么风尘仆仆、急急叨叨。进领导办公区域，说话的声音洪亮，开着门就能听到他响亮的说话声。他早来晚走，周六、周日几乎不休息，工作上的急事、难事从没有难倒过他。他是河东新城管委会中层干部中的一员干将。

我到河东新城管委会工作的主要任务是宣传河东新城。经过几个月的调查了解，我决定要编辑出版一本反映河东新城建设的报告文学集，名字叫《衍水之歌》，并且要发动河东新城建设者自己动笔来写，写自己的亲身经历，这样会更生动。我的这一想法，得到了管委会领导班子的赞同和大力支持。紧接着，召开了编写培训会议，各部门相关领导和文字综合的同志参加。白志久参加了这个培训班，认真听，认真记，还问了我几个具体问题。

在后来的工作中我发现，白志久还是一位写作高手。在河东新城建设3周年的时候，他和另外3位作者一起，经过认真调研，采访，写出了长达几万字的通讯《东进序曲》，翔实记录了河东新城建设3年来的曲折经历和取得的骄人成果。文章在《辽阳日报》头版、2版大篇幅发表，给全市人民和河东新城建设者以极大地鼓舞。我认真拜读了这篇文章，并完整地将其收入《衍水之歌》一书之中。

在审阅河东建设者写的稿件中，白志久的名字再一次脱颖而出。他写的两篇文章都非常出色，非常感人。其中一篇文章《讨薪》讲述了他帮农民工讨薪的故事。

2012年6月，正值盛夏。这天，白志久刚从建筑工地回到办公室，他拿起茶杯刚要喝水，手机响了，接通了一听，赶忙丢下茶杯，一个箭步冲出办公室，开车急奔建筑工地。只见工地的一个塔吊上，站着一个工人，要往下跳的架势。塔吊下聚集了好多人。打电话的企业负责人介绍说，这个工人因为老板欠钱，几次去要无果，想要跳下自杀。这是一幢高层建筑，已经建完22层。白志久二话没说，冲进楼里，快速往楼上跑，一口气冲上了22层，他喘着粗气，擦着额头上的大汗，他站在了塔吊与楼的接合部，看到了离自己不远的那个黝黑的小伙子，站在塔吊上，风吹得他有些摇晃。

"你，你快下来，欠你工资，我，我保证给你要到手……"

白志久有严重的恐高症，平时都不敢爬高，今天因为心急，一下子冲上了22层，他的两腿发软，心慌气短，不敢看下面一眼。他说话已经不连贯。

"不行，你们说话不算数，我不相信你们。"小伙子大声回答，连连摇头。

风从白志久的身边吹过，他晃了晃，几乎要栽下去，身边一同冲上来的警务队的同志赶紧把他扶住。白志久脸色苍白，不断地喘着粗气，隔了好一会儿，他又大声地说："我叫白志久，是服务局的副局长，要钱的事全归我管，我保证，欠你的钱一分都不会少地给你要回来。"

小伙子听完想了一会儿，大声问道："你要是要不回来呢?"

白志久又喘了几口粗气，费了好大的力气大声说道："要不回来，拿我的工资给你，决不欠你一分钱。"

小伙子听完，又在思考着。白志久又好言相劝，经过半个多小时的对话，小伙子终于相信了白志久，从塔吊上爬了下来。当他站在地面的瞬间，白志久却晕了过去。警务人员把他背到楼下，要用车送他去医院，白志久醒了，摇着头说："没大事，我就是恐高。咱马上去找施工方，赶紧要钱，农民工着急呢!"

这一天，他和施工方负责人谈到了晚上7点多钟，把拖欠农民工的工资全部发完。那个要跳下去的小伙子一手拿着钱，一手拉着白志久，眼里流着泪，激动地说："白局长，谢谢你，真的谢谢你!"

那些年，白志久帮农民工讨薪达数千人次，共计几千万元，且无一冒领、错发情况发生。他还和其他同志一起，化解重大矛盾，使3000多户购房业主顺利入住。他也曾连续工作24个小时，突击完成了重大的项目集中开工仪式。河东新城建设的重大事件中，都有白志久的身影。

我也曾目睹了这样一个场面：因为一项工作，白志久的意见和管委会领导的意见不一致，而这位又是主要领导。白志久大声地说："主任，你的意见不对，事实不是那么回事。"

主要领导面带不快，连连摇头。

白志久仍然大声地说："主任，你的意见肯定不对，就是不对。"因为着急，他的声音很大，脸色涨得通红。一旁有人批评白志久，让他不要和领导争辩。但是白志久不听，仍然大着嗓门儿，几乎是在呐喊："你是领导，但你说得不对呀！不对就是不对呀！这么决策不行啊！"他急得几乎要流泪。

这就是工作中热血沸腾、一往无前、敢于较真、刚正不阿的白志久。

一股干劲

2017年2月18日，春节刚刚过去，白志久同辽阳市21名干部人才一起，作为辽阳市第三批援疆工作队成员，乘飞机来到了新疆，开始了为期三年的援疆工作。

一踏上新疆的土地，白志久浑身上下都有一股使不完的干劲。经过塔城地委党校民族史、宗教史和新疆历史的"三史"教育，以及维护社会稳定、国民经济、社会发展史等课程的培训，白志久于2月27日正式到额敏县招商局报到。

按照中央的安排，辽宁省对口援助新疆塔城地区。

按照辽宁省的安排，辽阳市对口援助新疆塔城地区额敏县。

额敏得名于额敏河。额敏河古称也迷里河，所以额敏古称也迷里。额敏地处塔城盆地，拥有"塞外江南"的美誉。土肥草茂，宜耕宜牧，是新疆的粮食、油料和肉类主产区之一。额敏县历史悠久，人文内涵丰富，县内有25个民族，风情独特。

白志久能够来援疆，还真有一段插曲。

援疆干部的选拔，有一个基本的原则：那就是新疆需要什么干部，内地就选派什么干部。新疆是一个远离海岸的地方，而额敏县更是一个离海洋最远的地方，为"亚欧大陆内心"，四面与海洋的距离均超过2400公里。额敏县的对外开放和招商引资的任务尤为艰巨，他们急需外经外贸的干部。

辽阳市在选择这类干部的过程中，遇到了困难，按照援疆干部的年龄、性别、职务、身体等诸多条件，合适人选不多。白志久得到了这个消息，他决定去援疆，主动向组织部门提出了申请。

组织部门认真审查了白志久的经历，他学历够，年龄和职务合适，更主要的是他在县区工作过，有丰富的基层工作经验，在河东新城管委会工作期间，多次参与对外招商引资工作，为招商引资的企业搞好服务更是得心应手、经验丰富。经过认真考核，并经河东新城管委会和文圣区领导同意，白志久成为辽阳援疆工作队的一员，职务是额敏县招商局副局长。

白志久的到来，令辽阳援疆工作队领队张成良万分高兴，因为他们曾经是并肩战斗的战友。

张成良是一位十分出色的年轻干部，学识、才能及人品都非常优秀，他和白志久在河东新城管委会共同战斗过两年，度过了一段非常难忘的时光。那时白志久是服务局副局长，正科级，而张成良是河东新城党工委委员、办公室主任，副县级。两个人性格相投，都是干工作不要命的茬儿，在那一段难忘的岁月里，两个人结下了很深的友谊。

2014年年初，张成良从河东新城管委会调任辽阳县政府副县长，后任辽阳市援疆工作队副领队，进疆工作了3年。2016年，张成良作为辽阳援疆工作队总领队，继续新一个3年的援疆任期，而这个时候，他的好友白志久来了。

到额敏县招商局报到，让白志久有多个想不到：想不到办公条件会这么差，额敏县四大班子都在一处办公，院子很大，但两栋破旧的4层小楼，实在不像是一个县级的政治中枢。招商局人员太少，基础太差，县里招商引资任务繁重。额敏县经济欠发达，招商受客观条件限制，利用外资的能力很低。看到这一切，白志久深深地吸了一口气，困难比来之前想象的要严重得多。

晚上，张成良找白志久谈话，因为是老同事、老战友，他开门见山："志久，今天去报到，有什么感受？"

白志久沉思了一下，语气坚定地说："困难确实很大，但我不怕。没有困难，我来这儿干什么？"

白志久就是一个不怕困难的人。他经过十几天的深入调查研究，把招商引资的重点放在了对现有额敏企业与辽阳企业双向合作上面来。近年来，辽阳市为了打好"产业援疆"这张牌，创建了额敏（兵地·辽阳）工业园区，引进了一批项目。其中有一个农产品深加工项目，叫新天骏面粉有限公司，是原有国企改制后引进外资成立的新企业，利用额敏及新疆主产小麦的优势，加工生产优质面粉。项目已经建成并且投入生产，是工业园区中代表性企业。但企业面临扩大产能，寻求合作伙伴及扩大销售渠道的困难。白志久首先想到了辽宁省供销集团，这也是辽阳甚至辽宁有名的农产品深加工企业，产品在全国有广泛市场，如果能促成双方合作，那就是双赢。白志久将自己的想法向张成良副书记和县委、县政府有关领导做了汇报，得到了大力支持。

白志久利用自己在辽阳工作期间的资源，与辽宁省供销集团的业务主管、副总经理、总经理等人进行电话、网络等沟通和联系，又与辽阳市政府机关事务管理局及相关用面粉大户进行沟通，介绍相关情况。在做了大量基础工作后，他带领相关同志回辽阳开展招商引资工作。他一头扎进了辽宁省供销集团，与业务人员、副总经理、总经理进行洽谈，详细介绍新天骏面粉公司，介绍辽阳援疆工作情况，他的真诚、他的热情感动了辽宁省供销集团的领导，他们同意去额敏实地考察、商谈合作事宜。

离开辽宁省供销集团，白志久又来到辽阳市政府机关事务管理局和市内食品加工企业帮助推销新天骏面粉，他介绍产品质量说得在情在理，他讲述援疆政策说得情深意切。他善于表达且充满真诚，他善于交友且言行可信。有的企业他一连去了两次、三次，几天的招商下来，他的嗓子哑了，眼睛红了，牙肿了，嘴上烧起了大泡。那几天，他吃不好、睡不好，回到家里只是和妻女匆匆见上一面，来不及说更多的话。去见双方年迈的老人，连饭都顾不上一起吃。巨大的压力，超负荷的工作，他终于病倒了，患了丹毒，高烧40摄氏度，头部水肿，伴有剧烈的牙齿疼痛，周身暴发大面积皮肤病，奇痒难忍。见他病得这么重，一同出差的同志劝他留在辽阳马上治病。但白志久摇着头说："我得马上回去呀，招商引资工作刚开了个好头，后续的工作必须抓紧，一刻也不能耽误。"他强忍着剧痛，咬牙坚持乘飞机6个多小时，又乘车7个多小时，回到了额敏县。第二天，他就因病情加重住进了医院。这一住就是12天，每天除了吃药、输液，他还坚持工作，打电话处理事务，找相关人员到医院谈工作，谈招商引资。

在白志久勤奋工作下，新天骏面粉公司合作项目和产品推销都取得了很好的效果。同时，垃圾发电厂、荨麻草加工厂、服装厂、生物降解地膜项目都取得了积极的进展。招商局率先完成了地区下达的招商引资保底目标。年底，还组建了招商引资项目库，全县招商引资工作走上了正轨。

额敏所属的塔城地区，位于新疆的西北隅，与哈萨克斯坦共和国接壤。塔城地区有一个重要的外贸口岸——巴克图口岸。这是国家一类口岸，是"丝绸之路经济带"西北通道的桥头堡。

辽宁省援助塔城地区，把巴克图口岸建设作为重要的项目来抓，决定在口岸帮助建设一个丝路文化商品城，作为边民互市的商贸平台。项目在抓紧建设期间，辽宁省援疆前线指挥部就明确提出：要将辽宁省的五爱市场、西柳服装、南台箱包和佟二堡裘皮引到巴克图口岸，让它们从这里走向中亚、东欧市场。招引辽阳佟二堡皮装业户入驻巴克图口岸的重要任务自然就落到了白志久的身上。

这些年，佟二堡皮装市场得到快速发展，成为全国三大皮装基地之一，在国内外有很高的声誉。但是，要把佟二堡的皮装业户引到巴克图口岸来，也不是一件容易的事情。开始，白志久一个人来到了佟二堡，向皮装经营业户推介巴克图口岸，尽管白志久讲得口若悬河，嘴角冒白沫，但业主们反应冷淡。经过仔细了解才知道，业主们不愿意跑万里之外的新疆做买卖，不愿意再去冒风险。白志久不灰心，不泄气。他回到新疆后，组织力量，充实内容，于2018年10月29日，在佟二堡召开了巴克图口岸丝路文化商品城项目专题推介会。辽宁省及新疆塔城有关负责同志来了，辽阳市及灯塔市有关领导来了，辽阳援疆工作队领队、副领队来了，佟二堡管委会领导来了，规模之大、人员之多是近年来少见的。白志久在会上详细介绍了巴克图口岸以及丝路文化商品城具体项目情况和相关招商引资优惠政策，特别是商铺包装修，三年免租金，一年免水电税费，住宿免房租，引起了皮草业户的极大兴趣。

第一个"敢吃螃蟹"的人来了，他是薇黛儿皮草行的老板闵福久。他有自己的工厂，以前做光面，后来改做貂皮，地店加批发，北到哈尔滨，南到海宁，都到他家上货。白志久立即带领商行代表闵晨来到新疆巴克图口岸，选中了商城二楼电梯旁的一个重要店面，面积有600多平方米。在随后不久开店前紧张的日子里，白志久带领相关同志入驻商铺，起早贪黑，忍饥挨饿，帮着装修，帮着进货，帮着协调，甚至直接参与衣架组装、模特摆放、运送材料、打扫卫生等。他把这个店铺当成是自己的。店铺如期开业迎客。辽宁省援疆前线指挥部总指挥杨军生在视察丝路文化商品城时，听了有关同志的汇报，对白志久同志的工作给予了极高的评价，他说："如此紧张装修时限，是辽阳援疆工作队，是志久这样的同志，冲在第一线，才能做出这么好的结果。"

白志久的工作，得到了方方面面充分肯定。

一个心眼

白志久干工作就是一个心眼。组织上让干什么就干什么，干什么都要干好，干什么都要干得出色。

2018年6月，按照教育部和省教育厅的统一安排，辽阳市有22名教师来到额敏县教育援疆。他们统一在额敏县委党校食堂就餐。由于饮食习惯的巨大差异，十几天下来，这些教师的身体出现了很多不适，开始影响了教育援疆工作。辽阳市援疆工作队领队、额敏县委副书记张成良看在眼里，急在心上，他经过请示，决定将这22名教师纳入辽阳市援疆工作队统一管理之中。

这一决定被后来的工作实践证明是完全正确的。

这一决定，也给辽阳市援疆工作队带来了困难和挑战。人员由21人变成43人，一系列的困难可想而知。

这天晚饭后，张成良把白志久叫到了额敏河边，两个人一同散步。这也是张成良解决工作困难时常常采用的一种方式。看着眉头紧锁的张成良，白志久大声问了一句："张书记，有什么事？你快说吧！"

"志久，我们把辽阳援疆教师统一管理以后，工作量大增，这支队伍的管理就成了重中之重。我再三考虑，决定把你的工作重心做一下调整，除了做好招商局的正常工作外，要把主要工作精力放在我们这支队伍的日常管理上，包括吃住行、拉撒睡，一切都要管好，服务好，这个担子不轻啊！"张成良说完这番话，殷切的目光看着白志久。

"放心吧，张书记，这事我明白，你是领队，又担任县委副书记的职务，在县委分管着一大片的工作。金科是副领队，在县政府担任副县长，分管那么一大片的主要经济工作。你们俩每天忙得焦头烂额，分身无术。工作队内部的事就交给我吧，大事我请示，小事我做主。"白志久爽快地回答。

听了白志久的话，张成良高兴得连连点头。

要解决的第一个困难就是吃。正所谓民以食为天。过去食堂是一个大屋，放两张桌就够了。现在人多了，食堂要扩容，又改造增加一个大屋，又放了两张大桌，又买炊具，又买碗筷，又买桌椅，让白志久连连忙活了好几天，天天早出晚归，忙得满头是汗。改扩建了餐厅，还要调整厨师，过去用本地厨师，做的饭菜大家不爱吃，后来从辽阳请了一对夫妻来做厨师，饭菜做得挺好，但不久他们嫌工资低，到南方另谋出路去了。现在找厨师，还必须从辽阳家乡找。白志久通过工作队员的关系，又找到了一对灯塔籍夫妻来做厨师，解决了吃饭的大问题。厨师每周都要公布食谱，并征求大家的意见，吃的问题基本解决了。

第二个问题就是住。工作队员住的公寓是辽阳市建设的，在县委党校院内。过去这栋楼的管理由当地负责，时间久了，楼内的设施不断老化，当地的管理维修又跟不上，出现了一些问题。辽阳市援疆工作队经过研究决定，公寓楼变为自己管理。过去有事打电话，现在有困难要自己动手。白志久组织人员实施地热、门窗、上下水的集中修缮。那些忙碌的日子，白志久天天马不停蹄地穿梭在建筑材料市场、工程队和公寓楼之间，他看材料、谈价格、讲质量，就像给自己家装修房子一样认真。有时为了十几块钱，也和商家讲得满头是汗，争得满脸通红。有人背后劝他说："志久，别太认真了，就这几个钱也不算什么。"白志久听后摇着头说："我们援疆工作队的钱，是辽阳人民省吃俭用拿出来的，我们一分钱也不能乱花。"

我们采访团到额敏县第五天的中午，那天很冷，风也很硬，在公寓楼门前，看到了正在忙碌的白志久，他正指挥着施工人员挖开冰冻的地面。一问才知道，供热主管道漏水。在地下查找漏水点是很麻烦的事，几经周折才在傍晚找到漏水点，但堵漏只能在第二天进行。白志久通知援疆队员，晚上要做好防寒准备，发放电热毯、电用取暖器，生怕把队员们冻着。他晚上最后一个吃晚饭，还十分抱歉地说："真对不起，要让大家冻一个晚上了。"

第二天一早，他就安排施工人员干活，并在一旁看进度、看质量。中午的时候，暖气通了，屋子热了，白志久的脸上也露出了笑容。还没等他坐下来抽支烟、喝杯水，陆续有队员向他反映，手机不好使，处于停机状态。手机是在疆工作和生活必不可少的工具，停机是绝对不可以的。白志久马上向有关运营商联系，得知停机的原因很简单——欠费。

援疆工作队员到新疆后都配备了一部新疆号段的手机。在新疆工作、生活期间都用这部手机，手机所产生的费用由当地政府支出。额敏县当时财政异常紧张，已经很久没有支出这笔费用了，现在一时也拿不出。白志久马上赶到运营商那里，反复说明情况，请求给予支持和帮助，他好话说了一汽车，就差跪下磕头了。他的真诚感动了运营商，同意暂缓交费。队员们的手机又陆续开通了。像这种求爷爷告奶奶的急事、难事，白志久不知道做了多少次。他不叫苦，不叫累，也不向领导邀功请赏，只是默默地付出，他成了工作队里名副其实的"人管家"。

白志久是辽阳援疆工作队党支部委员，具体负责宣传和信息工作。辽阳援疆工作队在张成良的领导下，工作成绩显著，在全省工作队综合排名中位列第一名，是受到新疆维吾尔自治区表彰的唯一先进集体，被称为"铁军"。这给宣传和信息工作带来了不少压力，每年各级新闻单位要来采访，各级领导要来调研，作家要来采风，各级领导机关要各种信息、简报。忙碌了一天的白志久，夜深人静的时候，在别人都进入甜美梦乡的时候，他还要挑灯夜战爬格子，及时准确地报送各种信息，为新闻单位写作稿件。3年来，累计向省前方指挥部报送各类信息文稿300多篇，起草工作计划等文字材料120余份，接待主流媒体采访采风120多次，撰写各类稿件50多篇，为宣传辽阳援疆工作做出了贡献。

一个名额

白志久担任正科级职务已经十几年了，在辽阳河东新城管委会，他是县级后备干部，也多次参加组织部门举办的后备干部培训班。但是，他一直没有跨入副县级领导干部行列。2018年年底，一个好消息来了：辽阳市委组织部给辽阳市援疆工作队一个副县级调研员的名额。这是一件好事，可是白志久高兴不起来，他有一个强大的竞争对手——徐兴邦。

徐兴邦，辽阳市发改委下属的经济发展研究中心科长，年轻后备干部。2014年2月援疆，任额敏县发改委副主任，3年的援疆工作十分出色。2017年2月留在额敏继续援疆，担任额敏县发改委党组书记、主任。发改委在国民经济和社会发展中占有举足轻重的地位，人称政府中的"小政府"。作为援疆干部，好像有一条不成文的规定：无论是科级还是厅级，一般都担任副职，能够担任正职的实属少见。徐兴邦开了这个先河。他的工作能力、水平以及为人，都得到了上上下下一致赞扬。和他比，白志久甘拜下风。

这天晚上，他邀张成良副书记到额敏河边散步。走了一段路程，两个人都没有说话。两个人都是聪明人，都知道对方在想什么，有可能说什么。还是张成良首先打破了沉默。

"志久哇，我知道你想说什么，其实，我们能争取到这个副县级调研员的名额是很不容易的。我们援疆工作队是临时的，没有机构，没有编制，市委组织部是看我们工作队成绩突出，才特事特办，从辽阳市供销合作社中抽出一个副县级调研员职数，现在干部管理非常严格，要想再争取名额是不可能的。"

白志久一听这话急了："张书记，我找你可绝不是这个意思，你已经为我们做出努力了，我找你来是想说，这个名额我放弃了。"

"为什么?"张成良急切地问。

"因为徐兴邦比我优秀，这个名额应当给他。"白志久语气坚定地说。

张成良听后点点头，然后轻轻叹了口气说："其实我也难哪，你们两个各有优点，各有千秋，俗话说，手心手背都是肉，这一个名额给谁，确实让我难心哪！你能有这个态度，让我很高兴。"

这时，白志久的手机响了，看了一眼来电显示，是徐兴邦的电话，白志久的心情一阵紧张，他赶紧接了，电话里传出了徐兴邦亲切的声音："志久大哥，我听说上级给咱们一个副县级调研员的名额，我向你表个态，我不争，我不要，我全力支持你。我正在外地出差，回去后和你见面再谈。"他不等白志久说话，就把电话挂了。

电话里的声音，一旁的张成良听得一清二楚，他为援疆工作队有这么两位优秀的同志感到骄傲。

两天后，徐兴邦出差回来了，他找到白志久。不等他说话，白志久先开口了："兴邦，这个名额应当给你，论援疆的时间、论援疆的工作，你都比我干得好。"

徐兴邦赶紧接话说："志久大哥，你年龄比我大，任正科的时间比我长，什么事总有一个大小吧。再说，我也告诉你一个秘密，我准备今后留在新疆，好多部门欢迎我去工作。"

一听这话，白志久才开心地笑了，他握着徐兴邦的手说："兴邦，你年轻，有才华，一定能在新疆大有作为。"

两个人的手紧紧地握在了一起。

不久，辽阳市委组织部干部考核组来到了援疆工作队，完成推荐、考核等一系列程序，后经市委组织部研究，任命白志久为副县级调研员。

徐兴邦后来留在了新疆，在一个副县级的领导岗位上从事更重要的工作。

一个名额，成了辽阳市援疆工作队里的一段佳话，也给白志久3年的援疆工作留下了难以忘怀的记忆。

一片深情

白志久是一个情深义重之人。他能来援疆，在亲情上也是付出了巨大的牺牲。

白志久的父母年纪都70多岁了，父亲患有小脑萎缩，生活自理有困难，需要有人长期陪伴。母亲也有多种慢性病，特别是患上了牛皮癣皮肤病，只能是他的哥哥一个人往返于辽阳、沈阳之间，求医问药，检查治疗。他的妻子是独生女，岳父岳母身体不好，患有冠心病、高血压等疾病，每年都要住院治疗，都需要人手。白志久在家的时候，他是两个家庭的顶梁柱，可是他去援疆，顶梁柱没了，家里的困难可想而知。白志久的女儿正在读大学，想着要考研究生，她也十分希望父亲能够在身边，给自己勤奋学习增加一股力量。

常言道：忠孝不能两全。既然选择了援疆，就要舍小家，为国家；舍家庭小爱，为国家大爱。白志久把对父母、对妻女、对亲人的爱化作工作的巨大动力。2018年、2019年他都是7月下旬才休假回家，短短的假期，他还要处理招商引资的一些工作，和父母、妻女在一起的时间是很短暂的。援疆3年，他的妻子和女儿都没有时间去新疆探亲，双方父母也都因为年迈体弱，没有到新疆去探望或游玩。连续3年，除了春节外，正月十五、端午节、中秋节、国庆节、元旦，他都是在新疆度过的。特别是元宵节离春节那么近，他都不在辽阳多待一天，就急匆匆赶回新疆。2019年的元宵节，是他在新疆最后一个元宵节，他不顾家人的万般挽留，于农历正月初十和领队张成良等4人一同登上了返回新疆的飞机。他们急着赶回新疆是为完成国家发改委有关规划调整工作。回来就忙了3天，元宵节的那个晚上，张成良领着白志久等人，来到了县城的一个小餐馆，望着窗外已经升起的一轮明月，大家都不言语。此时，所有人的心都挂念着家乡的亲人，希望能和家人一起吃顿团圆饭。5个人的眼里，都涌出了思念的泪水。还是张成良举杯说："兄弟们，什么都不说了，把这杯酒干了。"5个满含热泪的男子汉，将一杯酒一饮而尽。这真验证了那句话：男儿有泪不轻弹，只是未到伤心处。

白志久把自己的一片深情，全部倾注到了新疆民族团结上来，让民族团结之花像天山雪莲一样盛开绽放，冰清玉洁。

按照组织上的统一安排，白志久与哈萨克族牧民毛乌兰·沙买提一家结成"亲戚"。只要是不出差，白志久每个月至少到他家去一次，每次都自掏腰包带上礼物。他和毛乌兰一家畅谈民族团结的大好形势，畅谈听共产党话、跟共产党走的坚定决心。特别是传统的中秋节，重要的国庆节，白志久就拿上月饼、水果到毛乌兰家做客，还跟他共同喝上两杯。白志久非常喜欢毛乌兰家的孩子，每次去都给他买智力玩具和儿童图书，给他讲故事，一起做各种游戏。孩子见到白志久来了，非要让他抱抱。他胖嘟嘟的小嘴亲吻着白志久的脸颊，每到这时，白志久的内心便充满了幸福，充满了快乐。

毛乌兰也把白志久当成了自己的亲人。有好吃的、好喝的，一定要等到白志久来时再吃、再喝。生产生活上遇到什么困难和问题，他都要和白志久商量，充分听取他的意见和建议。对于那些破坏新疆民族团结和社会稳定的言行，毛乌兰第一个站出来坚决反对。当白志久要结束援疆离开的时候，毛乌兰抱着他失声痛哭，舍不得这个汉族好兄弟。

除了正常工作，新疆的维稳任务相当繁重，白志久还要承担驻村脱贫、维稳值班、斋月加班、去极端化宣讲等，他曾经一个月6次值班，每次值班是24小时，不能有丝毫的差错。

3年援疆路，奋斗在征途。1000多个日日夜夜，白志久用自己辛勤的汗水和无私的奉献，向党和人民交出了一份满意的答卷。

白志久，一腔热血为祖国。

愿志久同志的血，永远沸腾！

倾情"天空之城"

钟素艳

新疆维吾尔自治区塔城地区额敏县周围群山环抱,四季分明,生态优美,空气清新,素有"蓝天无处觅白云"之美誉。额敏的天空,总是高远辽阔,纯净通透。因而,额敏有一个别名——天空之城。

序篇:谁是我笔端的人物

夜幕四合,星光寥落。

辗转一天,飞机降落新疆塔城机场时,已是晚上7时35分。之后,还要赶往我们的采访地——30公里以外的额敏县。自决定采访辽阳市援助新疆额敏县干部工作队之日起,我就对这块素有"天空之城"美称的神秘土地和援疆人充满了期待和敬意。经过无数次的网上搜索和资料查询,心里已勾勒出大致的风物轮廓和援疆人群像。

额敏县在祖国的边疆之边,位于新疆维吾尔自治区西北部、准噶尔盆地西北边缘,北与哈萨克斯坦接壤,是我国西北的战略屏障和对外开放的重要门户,地理位置和军事地位十分重要。这里是亚欧大陆内心,是远离海岸的陆地心脏地带,在祖国雄鸡形的版图上，它恰好在雄鸡尾部上翘的翎羽上。额敏县辖区面积9532平方公里，县辖四镇七乡六个农牧场，境内驻新疆生产建设兵团农九师师部及所属7个农牧团场。县域资源丰富，是多民族聚居地区，居住着汉族、哈萨克族、维吾尔族、蒙古族等25个民族同胞。自然风光旷远纯美、民族风情多姿多彩，是旅人骚客欣赏自然、探求艺术的向往之地，但这里经济、文化、交通、医疗、教育都相对落后。自全国开展新时期对口援疆工作以来，辽阳市援疆工作队队员响应党的号召，为稳定边疆、发展边疆放弃优渥的生活，从大东北来到大西北援建祖国西北边陲额敏县。入疆以来，援疆人在气候环境、饮食习惯、民族传统、工作模式等方面都存在差异的艰苦条件下，克服生活上、工作上、心理上的诸多困难，聚焦实现全面小康，推进脱贫攻坚，助推受援地实现脱贫目标，着力帮助额敏各族群众解决就业、教育、医疗、住房等基本民生问题，促进民族融合，维护社会大局稳定。他们坚韧乐观，无我奉献，打造了"没有什么不可能"的美丽传奇。

时空转换，进入新疆这片广袤地域，即将见到新时代戍边的战斗团队，一种未知的、跃跃欲试的兴奋和激动鼓荡胸中，不知谁将成为我笔端的人物……

飞机滑行，我打开手机，辽阳市第五批援疆工作队办公室主任解明升发来微信，他已经在出口等待我们，他是援疆工作队与我们的联络人。筹备采访以来，无论是工作上的协调、公文上的处理，还是生活上的提醒，他都不厌其烦、无微不至。他说："你有事随时联系我，不用考虑时间，我24小时开机。"几次通话后，即使没见面，感觉已经非常熟络。他淳厚的声音，朴实的话语，真挚的热情，不加修饰的率真，让我联想到他应该是位敦厚微胖、亲切如邻家兄弟的实诚人。

果然如我所料，站在国内到达出口的解明升中等身材，微胖，穿着朴素，脸色黝黑，圆脸大眼睛，正招手示意我们。一同来接机的还有援疆工作队副领队，额敏县委常委、副县长金科和额敏县文联主席郭万贤。

四周雪野苍茫，干冷气息扑面而来。驱车赴额敏途中，周遭空旷，道路平坦，路遇的车辆很少，一路畅通无阻。据金副县长和解主任介绍，这里地广人稀，两个县之间都有上百里的距离……而最让我们感到奇巧的是，辽阳与额敏竟有千年情缘——

1000 年前，到额敏开疆拓土的竟然是来自辽阳的勇士！12 世纪，在大辽国势衰竭之时，契丹皇族耶律大石凭借自己的信念奋斗抗争，率众从东北辽阳开始了雄奇悲壮的西行。他们纵横万里，跋山涉水过沙漠，来到额敏河流域的山间谷地，修筑城池，招抚当地部落，建都叶密里（额敏）城，为契丹民族建立了新的家园，缔造了威震天山南北及中亚一带的西辽大帝国，成为雄踞西域的霸主，统治中亚近百年。当时，西辽与占据东欧的东斯拉夫人及北宋王朝均保持密切联系，通使和贸易十分活跃，额敏成为草原丝绸之路上的重镇和东西方文化交流的重要通道。作为契丹民族最后的余晖，耶律大石再续契丹数十年国运，在历史上描绘了一幅波澜壮阔的史诗画卷。

千年一瞬，虽如沧海一粟，惊鸿一瞥，但历史不会忘记金戈铁马的征战和雄霸一方的辉煌。而今，全国对口援疆，工作队众多，新疆又疆域广阔，辽阳和额敏竟又牵手结缘，共谋新疆发展康宁，令人怀疑是冥冥之中神奇的点化，巧合得不可思议。也许，额敏这块土地，天生就是辽阳人施展智慧、创造奇迹的舞台，因为辽阳市援疆工作队给额敏带来的新变化、新气象，丝毫不亚于当年西辽创造的从荒芜到繁盛的不朽传奇。

晚饭时，大家都已就位，我因为与解明升最熟悉，就环顾着找他。他从厨房出来，挽着袖子，两手湿淋淋的，憨憨地笑着，像个店掌柜，招呼这个，照顾那个。

工作队驻地离我住的宾馆有一段距离，他坚持把我们送到住处。路很窄，要过一个满是冰面的下坡、一片杨树林和一条河。路上，他给我们讲额敏的发展规划，讲几年来路的变化、桥的变化、河水的变化、两岸风光的变化、百姓生活的变化，话语中满是建设者的成就感和自豪感。

第二天醒来，已近7时，天还黑着，距上班时间还有3个小时。我急于了解援疆工作队的事迹，便开始翻阅资料。3年来，辽阳援疆人建立了经济援助与智力援助共推、输血与造血并进、硬件与软件齐发、政府主导和社会参与结合的援疆模式……

这是2018年辽宁省对口支援新疆前方指挥部致中共辽阳市委的一封感谢信。特摘录如下：

    ……过去一年，辽宁援疆工作之所以能取得较好成绩，得益于各级党委、政府的大力支持，得益于每名援疆干部人才的辛勤付出，得益于后方各派出单位的关怀厚爱。感谢中共辽阳市委对辽宁援疆工作的高度重视、大力支持、无私帮助！感谢你们选派的优秀干部人才，带来先进工作经验和理念！

    辽阳市援疆干部人才积极响应组织号召，不远万里，从太子河畔来到塔额盆地，聚焦新疆社会稳定和长治久安总目标，不忘初心，不辱使命，辛勤工作，履职尽责，无私奉献，经受了边疆艰苦复杂环境的考验，圆满地完成了所承担的任务，展示了辽阳人民的良好形象，受到了当地各族干部群众的一致赞誉。产业援疆、干部人才援疆、教育援疆、文化援疆、卫生援疆都走在了全省前列，援建项目14个，开展招商引资活动50余批次，促成辽阳经济开发区、灯塔市工业园区与额敏工业园区签约合作；接诊患者1650人次；两地教育交流活动19场次，把先进的教学理念和经验传授给当地；为当地培养各类急需的干部人才180人；结对认亲25对，捐资1万余元；帮助额敏县完成9个自治区级贫困村顺利实现脱贫摘帽；在全省14支工作队中率先完成援疆项目报批和招投标工作，被辽宁省前指主要领导赞誉为"辽宁援疆工作队中的王牌军""辽宁前指的直属部队",这得益于贵市市委、市政府对援疆工作的坚强领导和高度重视……

信中每一个数字都是援疆人辛勤汗水和炽热情感的凝结,每一个赞誉中包含多少艰辛坚守多少奉献实绩,是不可言喻的。在时间有限、人力有限、精力有限、资源有限的条件下,这奇迹般的一组组数字是如何创造的?

这个集体中的每一个人都饱经磨砺与淬炼,都是奇迹的创造者,而我们要寻找的援疆工作队传奇故事就蕴藏在这里,在每个援疆人的经历之中!等待我们每一位作家用心挖掘、用笔记录,把援疆故事、援疆精神奉献给人民、奉献给社会、奉献给历史!

接下来的一周,解明升负责配合我们的采访工作。而我要采写的援疆干部正是他——辽阳市援疆工作队办公室主任、额敏县委办公室副主任解明升。

执念:一波三折入疆路

执念属于赵朴初十大宇宙定律的深信定律。说的是,人如果真正深信某件事会发生,建立相应的信念,同时向着理想持之以恒努力,信念就一定会变成现实。

解明升是辽阳市辽阳县穆家镇人大主席,一位普通的乡镇干部,工作中和新疆没有任何联系,旅游也没到过那么远的地方。新疆,对于解明升来说就是一个遥远如异域的神秘梦想,也是他无比向往的地方。他对新疆的了解主要来自地理宣传片,来自歌曲《吐鲁番的葡萄熟了》《我们新疆好地方》以及各种传媒。他知道新疆地域辽阔,是我国的西北屏障。那里风景如画,有广袤的草原、纯净的湖泊、圣洁的雪山;那里民族众多、风俗神秘、风情迷人。可是,那里贫穷落后,经济、交通、教育、医疗都相对落后。借此,解明升这个善良又仗义的人多次暗想，希望自己能为新疆做些什么。前些年，国家实施西部大开发战略时，电视里经常报道大学生志在边疆的事迹。他觉得这些刚出校门的青年人敢于到最艰苦的地方去磨炼意志报效祖国，就是勇气，就是壮举，令人钦佩！而他热血沸腾之后，紧接着的是一声叹息：可惜自己年龄大了，不符合条件了，否则，一定会报名到大西北去。就像是某种执念，你总是想着念着盼着，机会就离你越来越近了。2010年国家开展了全国对口援疆工作，可那时候，他家里老人身体不好离不了人，还有一个备战高考的孩子，妻子吃住在市里的诊所，实在帮不上家里太多，解明升只能将愿望压在心里。2014年，孩子上大学了，他的负担小了，他又燃起了援疆的想法。他请镇里人事部门同志帮忙咨询，电话打到县委组织部，得知援疆人选已经确定，没有机会了。他失落了一段时间，但很快就调整好了心态，因为援疆工作期限为3年，这一批没去上，还有下一批。在这3年里，他始终关注新疆变化，关注援疆干部在新疆的工作和生活，做好了援疆的心理准备。2016年11月下旬的一天，他刚到镇政府上班，就接到了援疆报名的通知。通知很急，要求下午两点前上报县委组织部。消息来得突然，他非常兴奋，马上给爱人打电话说自己要报名援疆。爱人那边正忙着，说不行啊我不同意，你走了家怎么办？一盆凉水泼过来，解明升保存了好几年的火种刚燃起火苗就被浇灭了一半。挂了电话，迎面走来了一位同事，她听后说："那么远，那么艰苦，撇家舍业的，要是我，我就不去。"解明升说，这是自愿的，组织上没有难为谁。其实，解明升早就和镇里主要领导表明了态度，定了主意，等了好几年怎么能打退堂鼓呢？他马上打电话向在省委党校学习的镇党委书记请示，书记不同意，原因是镇里工作多人员少，他那一大摊子离不了他。解明升一再争取，书记最终同意了。同时在征得了镇长同意后，他交了报名表，心里踏实了一些，等待县委审核。晚上，妻子也急匆匆地从辽阳赶回来了，她总是不由自主地叹气，满脸惆怅，话也不爱说，饭也不爱吃，丢了魂一般。她说："3年的时间太长了，那里那么艰苦你受得了吗？"解明升说："我一个农村长大的大男人，有什么受不了的？条件艰苦我不怕，工作上的事我更不怕，你别太担心了，我能行。再说了，报名的也不止我一个，县委要优中选优，我还不一定能选上呢。"爱人说："选不上最好。"

同学、朋友知道了解明升报名援疆的消息，纷纷打来电话：现在都是平职入疆，新疆条件特别艰苦，你这么大年纪了去干什么？受得了吗？回来还能提拔吗？……

来自各方面的声音，就像一条条丝线，编织了一张关心的网、阻碍的网，但他从未动摇。即使大家说的重重困难立即降临，他也不改初衷，这是他的夙愿。此时，他相信，执念就是愿望的场，坚持下去，一切利好会吸引而来，直至愿望实现。

几天后，镇里负责组织人事工作的同志跟他说："你可能选不上了。"

"为什么呢？"他心里咯噔一下。

"首先，你年龄超了两岁，不符合条件。另外，县委组织部准备选一个文字水平高的。听说，现在正在考核另一个同志写过的材料。"对方解释道。

解明升一听，完了，县委组织部没有向自己要材料，是不是去不上了呀？可又一想，这只是猜测。他坚信自己的文字水平没问题，这一次一定能选上。

那天晚上，妻子也回家了。她一进门，高兴地把包往床上一扔——那包也很高兴似的，在床上蹦了好几下——笑着说："我听说你去不上了，这下太好了！"

12月初的一天，县委组织部来电话了："你被确定为援疆干部人选，职务是新疆塔城地区额敏县委办公室副主任。"

解明升如愿以偿，那一天，他高兴得见谁都想笑。紧接着体检、培训、购置生活用品……紧锣密鼓地做入疆前的准备工作。

2017年2月17日，是援疆工作队出发的日子，解明升将和全省273名援疆干部人才一起到辽宁省委参加入疆前的培训，第二天飞往新疆。早晨天还没有亮，妻子就起来了，她一边收拾东西，一边默默流泪。眼泪掉在箱子里，掉在行李上。解明升看着，心里不是滋味。

逆转：从垫底儿到前三

任何一种竞技，把落后变成领先，都是一件很难的事。但解明升坚信，谋事在人，只要努力，没有什么不可能。奇迹，不只存在于神话的虚无想象之中。遵循规律，锲而不舍，必得其果。

2017年2月18日，是解明升永生难忘的日子。这一天，他飞越万水千山，从祖国的大东北来到大西北，来到"天空之城"额敏县，成为辽阳市援疆工作队的一员，多年的愿望终于实现。他是个谦虚务实的人，所以对于援疆，他说谈不上壮志凌云，但真是豪情满怀，决心在3年里踏踏实实地为新疆的建设尽自己所能，决不枉此一行。

在辽宁援疆前方指挥部集中培训5天后，解明升来到了额敏县委办公室副主任的岗位上，参与县委办的日常工作，主要负责全县重要会议的会务安排、审核把关主要领导讲话稿、精神文明建设工作、党建工作、政务信息工作。这几项工作是机关里最为繁忙的事务，整天埋在会议和文字堆里，琐碎细微，成绩难出，失误难防。而在解明升看来，这些算不了什么，做什么事只要有"认真"二字，就没什么做不好的。工作多不怕，去援疆不就是工作去了嘛，人生的价值就体现在工作中。

在额敏县委办公楼里，解明升就是一名普通的中层干部。电视上轮不着露脸，会议上轮不着讲话，决策中轮不着举手。但是，其中哪里都暗含着他的努力，看似默默无闻，实则无处不在。在平凡的工作中，他最叫得响的是政务信息工作。

入职后，解明升看到的第一份文件，就是自治区政务信息的年度通报。原来额敏县的政务信息因为报送数量少、质量不高，采用率低，在地委和自治区的单项指标考核中总是垫底儿。解明升深知宣传信息工作的重要性，它是党委、政府与人民连接的纽带，是领导决策的重要参考，是展示当地政治经济文化实时动态和精神风貌的窗口。要扭转信息工作落后的局面就要配以有力的措施。解明升立即召开全县的政务信息工作会议，了解垫底儿的原因，又到基层调研，很快形成了管理规范。成立了信息办公室，配备专职人员，专门负责信息的审核报送工作。建立县直各部门、乡镇、农（牧）场专职信息员队伍，实行网格化管理，确定分管领导。建立相关制度，规范信息报送、审核、考核等相关工作办法，对指标进行分解量化，落实责任任务，建立奖惩机制。加强信息员创作培训，除了请记者编辑等专业人员授课外，解明升还上讲台，举具体事例，讲解如何收集素材、选取切入点、抓住中心写作信息。要求做到内容真实准确、报道及时，并且人物事件要具有正能量，工作方法、经验有可借鉴性。他认为写作信息不仅体现专业水平，还体现政治素养。他强调加强保密工作，特别是对突发事件的报道，信息工作人员要不断提高政治敏锐性。

接下来的一个季度，解明升把关全县所有稿件，审核、修改，并对每月的稿件进行统计汇总，做稿件质量分析。日常的工作琐碎繁忙：每周至少一次常委会会议，他要把关会议材料，安排会务；精神文明建设工作，他要组织各项活动，做好策划、实施、考核等一系列工作；党建工作中，要组织日常学习，召开组织生活会，组织专题测试等，再加上临时性工作的办理……班上没有时间审核信息，他就加班加点。夜晚，额敏县委办公大楼，他的办公室总是亮着灯。小到一个标点，大到谋篇布局；小到一个错别字，大到内容结构、舆论导向，他都一一把关，并定期和作者交流，现场指导。渐渐地，稿件数量多了，质量好了。额敏县的发稿量在塔城地区7个县市跻身第二名！3年来，他对信息工作的每个环节都严要求，毫不松懈，一直保持地区前三的位置。通过信息工作，解明升从一个不熟悉额敏工作的外地干部，变成了额敏县委的百事通，各个领域的工作动态他都清楚。

从住处到县委，解明升每天步行上班，单向需要40多分钟。冬天上下班"两头不见日头"，来回都是走夜路。最冷的时候，零下40多摄氏度，雪大路滑，步履维艰。夏天上下班"两头顶着日头"，40多摄氏度高温炙烤，无处躲藏。县委办公条件非常简陋：老旧的桌椅，台式电脑，一张塌陷的沙发。没有空调，卷柜的一角放着一个台式电风扇，那是他自己买的，否则夏天太热了没法工作。一个月值班三次，一次24小时……除了县委办公室工作，他还肩负着援疆工作队繁重的项目建设和党政办公室工作。

这种情况下，解明升每天像陀螺一样不停旋转，而且时刻保有热情，不叫苦累，毫无怨言。3年撰写、审核各种材料上百万字。他说："3年时间很有限，生怕浪费一分钟，要尽量多做工作，做好工作。"

结亲：石榴籽一样的亲情

民族众多构成了新疆多姿多彩的独特风情，在同一块土地上生活创造，只有相互融合，才能繁荣发展，喜乐安宁。辽宁省援疆工作队前方指挥部党组书记、总指挥杨军生说："各民族要像石榴籽一样紧紧地团结在一起，这就是民族团结一家亲。"

3年来，解明升和两户少数民族群众结成"亲戚"，把党的温暖带到了少数民族同胞的心中。按照规定，结亲之后，干部两个月"走亲戚"一次，一次5天，同吃同住，帮助解决生产生活中的实际困难。

解明升的第一个"亲戚"住在郊区乡三里庄村，是一户蒙古族人家，户主叫巴土不龙。他平时靠打零工谋生，没有固定的经济来源，妻子没有工作，孩子读初中，家中还有一个老母亲，日子过得紧紧巴巴。

解明升第一次到巴土不龙家"走亲戚"，了解到巴土不龙家2016年10月盖好了新房子，却没有钱装修，至今住着毛坯房，屋里黑乎乎的，生活用品无处摆放。这户人家勤劳肯干，却苦于没有钱开发合适的致富项目。解明升和巴土不龙商量，根据他家的情况，制订了一份养牛计划。他找到额敏县农村信用联社的领导，为巴土不龙申请了担保贷款，接着帮助盖好牛棚，巴土不龙高高兴兴地买了9头牛。为了养好牛，解明升特意到县畜牧局请来专家，为巴土不龙传授养牛技术。巴土不龙吃苦耐劳，又有技术保障，他精心饲养的9头肉牛长势喜人，个个膘肥体壮，当年就还清了贷款，还剩1万多元。年底，为了感谢解明升的帮助，他专门宰了一头牛，请解明升来家里吃肉。"亲戚"家生活有了改善，第二年装修了房子，屋子宽敞明亮，整齐干净，一家人脸上洋溢着幸福，嘴里不停地说着感谢的话。

巴土不龙养牛步入正轨，解明升又联系兵团九师，帮助巴土不龙的妻子巴图新找了工作，在地下商场当售货员，工资每月2000多元。巴土不龙家的生活越来越好了，一家人对生活充满了信心，开始规划更美好的未来……

结亲一年多时间，解明升和巴土不龙家结下了深厚的感情。

在郊区乡依萨塔木村，一幢别有民族风情的木头棱子房子里，住着维吾尔族吐尔逊·热合曼一家，这是解明升2018年4月结的一门"亲戚"。家里老两口有两个女儿一个儿子，女儿一个嫁在当地，另一个在南疆巴楚县。吐尔逊·热合曼和儿子在市场上做生意，一家人生活无忧。可是，去年8月，爷儿俩因为生意上的事被治安处罚。

解明升"走亲戚"时，发现吐尔逊·热合曼家里只有吐尼沙老太太一人，她身体不好，患有高血压、高血脂。老人爱干净，屋子鲜艳的民族特色装饰，收拾得干干净净。解明升了解她家的情况后说："以后咱们就是亲戚了，家里有什么事有什么活，你就给我打电话。"

考虑到老人去医院不方便，细心的解明升学会了量血压，教会了老人使用微信。之后，老人需要什么药就用微信发照片给他。他上街给老人买药，不管天气怎样，不管路有多远，他一家一家药店去问，一定要买到，他不想看到老人失望的眼神。得知老人喜欢喝一种饮料，他每次去一定会带给她。

老人的儿子生了病，住在额敏县人民医院结核病科，担心被传染。老人着急，给解明升打电话，解明升立即去医院看望，再把情况转告她，安慰她，叫她放心。解明升每两个月去老人家里住5天。每次去就像回到自己家一样，帮助解决生活困难，做力所能及的家务，给老人量血压，讲解保健常识，教老人认识汉字，讲国家大事和党的政策，让她更多了解国家的发展，了解党对少数民族的关心……老人家里院子很大，整个菜园子的打理解明升都包了。春天，解明升帮助老人种菜、种花，夏天帮助拔草、浇水，秋天帮着收秋、储存过冬的秋菜。新疆的冬天雪特别大，解明升担心老人摔跤，及时去除雪。木头房檐上的冰溜子一大排，像一颗颗尖锐的牙齿，都是潜在的危险。解明升担心伤着老人，他穿着大棉袄，举着大棒子，仰着头，一个一个地把它们敲下来……在家人不在、无人照顾的情况下，老人得到了这个汉族干部无微不至的关心帮助。她非常感谢这个汉族干部，逢人就讲："一个人在家的日子一点也不孤单害怕，事事有人帮助料理，党非常关心我们哪！"相处下来，她对待解明升也像对待家人一样，有好吃的都要留着，等他来时一起吃；晚上老人会把他的床铺好，半夜经常起来给他盖被子……

吐尔逊·热合曼经常出去喝酒，一走就是一天，老伴说他也没用。她给解明升打电话，诉说苦恼，请求帮忙。解明升知道后，利用休息时间特意去了一趟，言辞恳切地做吐尔逊·热合曼的工作。他对吐尔逊·热合曼说："大哥，你不在家时，大嫂时时刻刻想着你、担心你。现在，你回来了，不能总把她一个人扔在家里，她有高血压，万一出点事怎么办？你要多关心她……"

吐尔逊·热合曼一边听着一边点头，老伴在一旁低头流泪。

现在，吐尔逊·热合曼不再出去喝酒了，每天在家陪着老伴，一家人其乐融融。

一年多里，解明升和维吾尔族同胞结下了深厚的感情。去年，解明升妻子来探亲，他们夫妻一同到吐尔逊·热合曼家"走亲戚"，还照了全家福。吐尔逊·热合曼激动地说:"各民族就是一个大家庭,民族团结一家亲哪!"

2019年12月,这一批援疆工作马上结束了。解明升临走还惦记他们。我在他的公寓厨房里,看到了已备好的木糖醇饼干、核桃粉、天津大麻花、饮料等礼物。他说:"离开新疆之前,我要抽时间去看看他们,结亲任务虽然完成了,但深厚的感情没有完结。我还要告诉我的孩子,新疆有我们少数民族的'亲戚',这个亲情要一直绵延下去……"

扶贫:我是你的兄弟

兄弟如手足,息息相关,福祸相连。解明升说,帮助贫困户脱贫,就要用真心办实事,把他当成自家兄弟,为他着想,为他奔忙。他就是一块石头,也有焐热的时候。

解明升的第一个扶贫户是个45岁的汉族人,叫朱建忠。他没结过婚,一个人生活。因为身体患病不能工作,生计难以维持。自家的房子倒了,没钱盖新房,正好姐姐到外地打工去了,他就住在姐姐家的两间房子里。解明升打电话联系他,还加了微信,想细致地了解情况,研究帮扶措施。可朱建忠语气冷漠,对生活没有热情,对解明升也没有热情。他不相信一个外地来的援疆干部能真心实意地帮他解决困难,爱搭不理的。

第一次对接是在初春,天气还很冷。那天上午11点多钟,解明升在村干部的引见下,推开了朱建忠的房门。屋内物品凌乱,灰尘到处都是,地上鞋子东一只西一只,炕上被褥又脏又破,团在一起,未洗的碗筷杯碟杂乱堆放……此时,朱建忠睡眼惺忪,脸还没洗。村干部做了介绍,解明升说明了来意,而朱建忠满脸木讷,也不言语,就那样闷坐着。

解明升简单帮他拾掇了一下,坐下来和他聊天。他说:"帮助你脱贫,这是党交给我的政治任务,也是党对贫困人员的关心。从大

216

东北到大西北，这么远，没有党的政策，咱们一辈子也不可能认识。今天，我既然来了，就要真真正正地做点实事，尽我所能帮助你，希望你能配合，共同把你的生活搞得好一点……"

解明升的诚意打动了朱建忠，他看着解明升，半信半疑地点了点头。原来他因为患慢性病无法工作，也不知道自己能干什么，就指望她姐姐零星的接济，除了吃饭，连买药的钱都不能保证，病也越来越重。

朱建忠的话语中完全是自生自灭的放弃，没有一点对生活的热情，更谈不上信心和希望了。

解明升听后，故作轻松地笑着说："你这病又不是绝症，一定能治好。你还年轻，和我同龄，怎么能这么对待生活呢？咱有病看病，能干点什么就干点什么，能挣多少挣多少……你就这样窝在炕上，中午了都不起床，没病也窝出病了。自己要有信心，要付辛苦，日子才能过好……这样，你今天把家里收拾干净，把自己也收拾干净，明天我带你去医院。人生，有钱没钱不是最重要的，信心才是最重要的。"

朱建忠又不吱声了。

解明升站起来说："你放心，医药费我给你拿。今后，你就把我当成兄弟，有困难，咱们一起解决。"

第二天，解明升带他去了医院。排队挂号、看医生、拿药……解明升一直陪着他。临走，解明升嘱咐他："一定按时吃药，没有了告诉我，我买了给你送去。"

从此，解明升自掏腰包给朱建忠买药，及时送到。解明升还跟朱建忠聊天，了解他的心理状态，鼓励他坚定信心。到了冬天，天空飘雪了，解明升担心他冻着，买煤给他送去。渐渐地，朱建忠被解明升兄弟般的情谊感动了，和解明升也无话不谈了，健康状况有了好转，人也变得开朗积极了，开始有了自食其力的想法。解明升立即到建材市场给他找工作，经过几天的沟通协调，终于帮他找了一份装卸的工作。朱建忠高高兴兴上班去了，月工资三四千元。

两年多来，朱建忠已经脱贫，家里添置了新的生活用品，被褥也换了新的，叠得整整齐齐，原本死气沉沉的家有了生机和活力。

现在，朱建忠和解明升还保持着联络，像两个无话不谈的亲兄弟……

二道桥乡萨尔巴斯村，离额敏县城40多公里。村里哈萨克族的卡德尔别克是解明升所在的县委办公室包扶的贫困户。2018年从春到秋，几乎每个星期，人们都能看到解明升和同志们的身影，他们打着红旗，带着农具和干粮，到卡德尔别克家干农活。

卡德尔别克50岁左右，没有工作，生活困难。他家里院子很大，大约4亩地，可是多年不侍弄不管理，荒乱得像个垃圾场。站在门口，一人高的蒿草挡住视线，看不见房子。解明升来到房门前，一把冰冷的锁头把他拒之门外，他无法了解卡德尔别克的困难及需求，决定先把院子收拾出来。他从邻居家借来推车，同志们开始清理小山一样的垃圾堆。5月天气已经很热了，石头、塑料、酒瓶子、草棍子、鞋头子、烂袜子……灰尘四起臭气熏天中，同志们用一上午拉出去十多车垃圾。可蒿草就没那么容易清理了，新疆常年干旱，越是少雨，草根子扎得越深，经年累月，它们强壮得像一棵棵树，牢牢地抓住了大地。解明升带头锹挖镐刨，汗流浃背，终于铲除了蒿草，露出了土地的本来面貌。但土地板结无法利用，必须深翻。天黑前，他们平整了院子，一锹一锹翻出了新土，打出了整齐的田垄。

一位小同志说："解主任，您干活太老到了，一看就是行家。"

解明升说："我就是个农村人，虽然在乡里工作，但农活一直没扔。你们看，这么宽敞的院子，这么好的地，种上菜，种上花草，才像个人家呀！"

第二天，解明升到集市上买来茄子、西红柿、辣椒等秧苗，买来黄瓜、香菜等菜籽，结合秧棵高矮、光照等因素，给菜园子划分了区域，栽上秧苗，种下菜籽，封好埯子，浇上清水，就等着种子发芽、秧苗苗壮啦。之后，即使路途遥远，他们也定期去浇水、拔草、打尖……精心侍弄这块菜地，农家小院有了生机。

6月，解明升的妻子来探亲。解明升说："今天我们支部党日活动，你也是党员，参加我们的活动吧。"那个大晴天，太阳暴晒，没遮没拦，解明升举着大旗，走在队伍的最前边，十多个人一个纵队去卡德尔别克家给菜地浇水，给瓜秧搭架……

包扶开始的时候，卡德尔别克很少露面。他即使在家，也不管菜地，也不和解明升说话，仿佛院子不是他的，凭你们怎么折腾，我就是不理不睬。有的同志就说："咱是热脸贴冷屁股哇，不去得了。"解明升说："不管他怎样，这是我们的工作，干活就行了。慢慢地，就是铁石心肠也会被感化的。"

渐渐地，卡德尔别克看着大家辛苦劳作，看着小院的变化，开始主动给大家烧水、买西瓜，让大家到屋里歇凉。

秋天，院子里的大白菜大丰收。解明升麻利地砍菜、打包、装卸、摆放，累得满脸汗水，卡德尔别克再也不好意思袖手旁观了，也跟着一起干了起来。

卡德尔别克家终于有个家的样子了，他本人也有了生活热情和信心。从长远打算，解明升计划帮他做一个有收入的营生。卡德尔别克家紧挨着公路，地理位置好，解明升根据他的实际情况，帮他开了一家民族餐厅。

看着扶贫户甩掉了贫困的帽子，日子一天一天好起来，解明升说："扶贫，输血不重要，造血更重要。金钱不重要，信心最重要。"

援疆：没有一条走不通的路

就像要走出一片荆棘杂芜，没有路也要走，即使披星戴月，即使流汗流血，最终总会走出一条路，到达向往的地方。援疆中遇到五花八门的困难，没有经验可借鉴，甚至到处碰壁，但是解明升坚信：不灰心不松懈，找方向想办法，没有一条路是走不通的。

在援疆工作队，解明升任党政办公室主任，负责党政办工作和项目建设。2017年起，对新疆的援建方式由原来的"交支票"改为"交钥匙"，当年全省共组织实施"交钥匙"项目21个，仅辽阳市援疆工作队就负责实施9个。辽阳市每年支援额敏县资金的60%由额敏县确定项目，辽阳市援疆工作队负责实施，包括勘察、设计、预算、招标、施工、审计等一系列环节，直至工程竣工交付使用。解明升在辽阳市援疆工作队负责援疆项目的推进协调工作。每一个项目都要参与推进，和各个部门打交道，其中的工作量可想而知！

2018年，额敏县民族宗教事务委员会确定一个少数民族创业就业扶持项目，在17个乡（镇）场开办刺绣车间，鼓励扶持少数民族妇女手工刺绣，解决少数民族妇女就业问题，增加家庭收入。项目设立之初，各乡镇对设备型号数量进行了摸底调查，确定需求后填表格，党委书记签字盖章上报。政府经过招标等规范程序，采购了一批缝纫机、绣花机等刺绣设备。12月初，县民宗委给各乡镇送去了设备，可是其中有12个乡、镇、场不验收、不签字。县民宗委工作了一个月，想尽了办法，也没有完成交付，便来找解明升帮助解决。

解明升做了一番调研，明白了其中的原因：原来，前几年部分乡镇也开办了刺绣厂，自治区领导来督导时，发现设备利用率不高，追究了当地领导的责任。这次，他们担心被追责，所以不验收、不签字。解明升针对这一情况制订了推进方案及工作路线。

时间已是12月，新疆大地冰封，解明升开始一个乡一个村地做工作。新疆地域辽阔，乡和乡之间路途遥远，雪后的路面都是冰，狂风劲吹，几乎要将汽车掀翻，每一段路都异常难行。一路上，肇事的车辆触目惊心。在这天寒地冻的茫茫雪野中，解明升坐在车里提心吊胆，司机师傅更是如履薄冰。就这样，他早出晚归，一跑就是十多天，每天去五六个村做工作。

他问当地的负责人："刺绣设备是你们按需求报的，对吧？"

"对，是按需求报的。"

"产品合不合格?"

"合格,没有问题。"

"那为什么不验收、不签字? 为什么不抓紧投放? 你们是担心设备利用率低被追责,对不对?"

对方点头。

解明升坐下来,耐心地给他们讲政策,讲国家对少数民族群众生活的关心,讲援疆干部帮助他们的决心和一系列扶助计划,并且保证加强技术培训,保证产品销路,只要大家肯劳动,再也不会出现设备利用率低的问题,百姓一定会增加收入,改善生活质量……

就这样无数次晓之以理、动之以情地宣讲后,各乡、镇、场领导终于逐一签字了。现在刺绣车间的生意很红火,生产形式灵活多样,也十分人性化。有的村子集中加工,有的分散在家里,依托合作社收集绣品。绣品种类繁多,有浓郁的民族风情,非常精美。有生活日用品杯垫、坐垫套、帽子、披肩、挂毯、手包、鞋子,还有民族工艺品、动物玩具等等。

有了工作,增加了收入,平日里赋闲的少数民族妇女脸上多了甜美笑容,家里多了漂亮装饰,心里多了希望憧憬……面对我们的采访,一位维吾尔族妇女用不太流利的汉语说:"感谢党的好政策,感谢援疆干部给我们买设备,教我们学技术,给绣品找销路,提高我们在家庭和社会上的地位,让我们真正成了生活的主人。"

工业园区创业就业孵化园三期项目中,园区道路的修建是辽宁省三建公司投标建设的项目。由于施工工艺和规范问题,图纸有了新的调整,延误了开工日期,上级要按合同约定的期限验收,前提是施工的工艺和规范不能减,必须保证优质。时间紧任务重,为了确保如期竣工,解明升天天到现场去,按照图纸的变化变更手续,工地排查、施工监管、质量监管等等一系列问题,他都要亲自过问、亲自协调,一天忙得团团转。可就在这时,铺路的砂石料出了问题。由于涉及生态环境保护,取料地点发生了变更,需要到新的地点取砂石料，可当地的百姓不让拉料。一天夜里，好几台拉料车被村民扣住了。

解明升接到电话，立即起床奔向事发地。巧妇难为无米之炊。修路，砂石料是基础性材料，没有原料，怎么修路？当时已是10月份，离合同约定的工期只剩20多天了，即使可以推延工期，可天气也不允许呀！新疆冷得早，11月就天寒地冻，没法干活了。现在停料，今年就无法交工。来年，园区内其他项目施工就会受到影响，会出现糟糕的连锁反应，所以，原料供应一天也不能停啊！

解明升急得火上房，开车疾驰在黑夜中，一个多小时后，他来到了取料点。只见几辆车装满了砂石，排成一列，已经熄火。一群村民拦在路中间，看见解明升过来，理直气壮地说："谁让你们来拉料的？没有手续，不给钱，这料就拉不走，谁来都没有用！"

解明升详细解释了原因，也理解村民的做法，他们视土地如生命，珍爱土地上的一草一木一沙一石。他说："各位乡亲，取料点临时变更，没来得及办手续，请理解支持我们。建工业园区，利在额敏百姓，大家都是受益人。现在，车已经装好了，让我们先拉回去，明天保证补办手续……"

可是，不管解明升怎么解释，甚至求情，村民们拦在路中间，就一句话："把料都卸下来，不给钱拉不走！"

无奈，工人们只好卸了料，空车返回。这一折腾，到了下半夜，解明升睡不着了，他得想出解决的办法。

第二天一上班，解明升就跟乡里协调，同样遭到拒绝。他又跑到县自然资源局说明情况，自然资源局给乡里开了手续，他又到乡里给村里开手续，村里总算同意拉料了。但是，每拉一次料就要出一次手续……经过多次协调，保证了原料充足供应，修路项目按时完成了。

解明升说，这是项目推进过程中时常发生的事，麻烦点，多跑几趟，累点没什么。项目建设工程中，总会有意想不到的变化打乱原计划，让你措手不及。要想干事，没有一条路是好走的，但只要努力不放弃，再难的路也是能走通的。

2018年，额敏县决定在二支河牧场的切恩格勒德哈仁村建立飞鹅扶贫养殖基地，项目由县畜牧局具体承办。为了修建鹅舍，援疆资金投资800万元，建60套鹅舍、20套养殖用房。招标结束后，项目建设却实施不了，原因是选址有问题，相邻库鲁斯台草原生态保护区。

解明升到塔城地区自然资源局、塔城地区林业和草原局协调，请求航拍确定地理坐标点，结果显示，项目地有四分之一毗邻保护区外缘。怎么办？不能半途而废呀！解明升决定两条腿走路，一方面做环境评估，一方面争取分管副县长帮助。在副县长的协调下，把保护区领导小组办公室成员、相关专家请到切恩格勒德哈仁村，召开了现场项目环评论证会。会上，解明升向大家汇报项目实施的目标、计划及助力脱贫攻坚的重大意义。解明升的汇报打动了他们，经研究讨论，环评人员认为项目没有利用草地，那里不是草场，不是耕地，而是未利用荒地，不会影响保护区自然生态恢复。

之后，解明升拿着这份论证结论，在十多天里，3次到塔城地区请示，地区终于下了批复：同意开工建设。

现在，飞鹅基地里的60栋鹅舍、20套养殖用房已经建起来了……

辽阳市援疆工作队的14个援建项目中，每一个都有解明升兢兢业业的身影，从大家对他尊重和欢迎，就可见一斑。到学校采访，校领导和老师都亲切地和他打招呼，一个男孩子看见他，远远地跑过来抱住了他。到医院，好像医生都认识他，一路打着招呼。为学校建宿舍、食堂，为医院建门诊大楼、添置影像设备……那时，不知跑了多少趟，他是给学校、医院带去好消息的人。

解明升从入疆那天起，就把自己当成新疆民族大家庭中的一员，是额敏大地上的主人，而不是过客。

喇嘛昭乡是额敏县最偏僻的地方，这个乡一共有3个村，都坐落在戈壁之中，远远望去，一片荒凉。居住在此的村民大都是哈萨克族，这里没有可以耕种的土地，到处都是寸草不生的荒滩和戈壁，常年刮六七级的西北风，生态环境恶劣。村里的劳动力大都出去打工了，村里便少了活力和生气。

对喇嘛昭乡的村民来说，2017年春天是个不一样的春天。解明升多次带领县委办公室的干部肩扛锹镐、运送树苗到村里植树，打破了这里多年的荒芜和沉寂。大风肆意狂啸，沙尘漫天，吹得人睁不开眼睛。头上烈日炙烤，脚下沙石遍地，刨个半米深的树坑都十分艰难，人已汗流浃背，气喘吁吁，坑里却不见一点湿气。堆放一旁的沙土毫无黏性，干燥得随时会被大风吹散。树苗栽进去，要赶紧填土踩实，固定好。浇水就更难了，取水路远，全凭人力手提肩担，一次次往返，一棵棵浇灌。不要说干净的自来水，这里连浑浊的水都是玉露琼浆，珍贵难得，是树的生命给养，更是希望的源泉。而大地的干渴岂是几桶水能改善的？一桶水下去，像倒进了无底洞，树苗的根须还没来得及吸上多少，水很快就渗到地下了——沙石地是不存水的。每天中午，在背风的地方，大家席地而坐，午饭就是干巴巴的馕、矿泉水和不时钻到嘴里的风沙。

在望不到边的荒漠中，这一排排站立在风沙中的树显得势单力薄。

一个同志担忧地说："这么大的风，又干旱缺水，这些树能活吗？"

解明升眯缝着眼睛说："我们是用汗水浇灌的它，能活一棵，我们就没白来。大家准备好力气，为了保证树苗的成活，明天，我们还得来，给树封窝子、浇水。连着浇水，我就不信它不活！"

入疆以来，每年春天，解明升的身影都会出现在喇嘛昭乡的戈壁滩上。无论烈日炎炎，还是风沙四起，他带领一行人红旗招招，肩扛锹镐，手提水桶，弓身植树。渐渐地，他的汗水都化作了一片片绿叶，戈壁滩多了一抹抹绿色……

3年时间是有限的，对于思乡而言是漫长难熬的，可对于干事业的人来说，又是极其短暂的。像解明升这样，3年内做了多少工作，我们无法全面了解。即使这样，我们把上述这些放在3年的时间里，也该是一般人难以承受的忙碌劳累呀！他争分夺秒，只想多做一些，再多做一些……有机会，还不忘带动身边的人。

在他的述职报告中，我看到了献血的事，问起来，他无所谓似的笑了笑，打开抽屉拿出3个献血证书。到新疆以来，一共献血1100毫升。他说自己20多年前就开始献血了。那时，因为家在农村，每次都要坐公交车到辽阳市里去献血，一共献了十多次了。

到新疆后，第一次在新疆献血是2018年7月30日。那天，他下班回宿舍，看见路边停放一辆塔城地区中心血站的医务车，他毫不犹豫就献了400毫升。之后，每隔6个月，他就能收到血站发来的定时定点献血的短信。2019年9月30日，他接到短信后，决定下班去献血。

解明升献血之后，坐在那里按着针眼，想休息一会儿再走。这时，来了一个扎蓝头巾的少数民族妇女，身边带个六七岁的小男孩，她说他们全家都是"熊猫血"。看她犹豫不定的样子，解明升决定做她的思想工作。他抱起小男孩，一边逗孩子玩，一边劝她说："大妹子，你的血型是稀有血型，太珍贵了。献血不会对身体有影响，只会对国家做贡献，是做救人命的善行善举。"说着，他拿出自己的献血证给她看，说自己已经多次献血了，身体还是棒棒的。她看了献血证，非常相信这个汉族大哥的话，决定献血了。

一直到她献血结束，孩子始终抱在解明升怀里。他为这个妇女竖起大拇指，希望她动员家里人也来献血……

画像：援疆队里的"老黄牛"

有时侧面旁观比正面相处更具有客观性真实性。一周工作中的耳闻目睹，我对他的工作和为人做了细致的观察；队员们对他的评价，更是发自内心，不约而同地肯定褒扬。我认为，这是获取采访资料很重要的一部分。

对解明升面对面的采访，安排在12月14日上午，那时我们已经买好16日返程的机票。在这之前，他根本没有时间坐下来好好聊聊自己。而我，虽没有和他面对面地交谈，但从侧面对他也有了深刻的印象。他负责我们采访的所有事宜，包括资料的提供，采访对象的协调联系等一系列事项，并要随着我们的思路不断调整、增加工作。他陪同我们到县委、到工业园区、到巴克图口岸、到医院、到学校、到少数民族同胞家里采访，按照每位作家的需求收集、整理、打印资料，并分类储存到U盘里。每天早上，我们出发时，他已在大厅等候；晚上把我们安全送回后，转身消失在旋转门外的黑夜中，走回驻地……我们没有一项工作离得开他，没有一处看不到他忙碌的身影。他忙着我们的事，有求必应，细致周到。同时还要忙队里的日常事务，忙县委办公室的工作，忙项目建设的协调推进。面对这样的重压，他做得井井有条，面对这样的劳苦，他毫无怨言，而且一直都是精神饱满……我想队员们称他为"老黄牛"，真是太贴切了。

我们来看看援疆工作队队员眼里的解明升是个怎样的人：

辽阳市援疆工作队总领队张成良：在辽阳市援疆工作队，解明升任党政办公室主任，负责项目建设和党政办工作。辽阳43名援疆干部人才来自辽阳38个单位，进疆后分散在额敏县多个部门，但吃住都在工作队。按照省前指的管理制度和纪律要求，在安全教育上，强调重点抓好"政治、人身、作风、廉洁、生产"五个方面安全；在安全管理上，严格落实请销假、早晚双点名、重大事项报告、"八提倡、八不准"。作为办公室主任，解明升既配合领导抓好项目建设，还要抓好党建、队建，召开支委会会议、党员大会、专题民主生活会。组织大家深入开展"援疆为什么、在疆干什么、离疆留什么"思想大讨论，开展"四学四促"文体活动，落实党风廉政建设主体责任，着力培育特别能团结、特别能奉献、特别能吃苦、特别能战斗、特别能忍耐、特别守纪律的团队精神……这些工作具体落实起来，很烦琐，不容易，但他就是默默地干，毫无怨言。老解呀，难得的好人、"老黄牛"。

白志久：解明升是基层锻炼多年的干部，接地气、办法多、好学习、能吃苦。他负责的项目建设工作量非常大，他推进协调，事无巨细，吃苦耐劳，兢兢业业。每年8000万元上下的项目，审计都是零问题。解明升把额敏当成自己的家，坚守岗位，队员中他回家的次数是最少的，每年的正月十五都是在额敏过的，他爱人3年也只来过两次。他是真正的"老黄牛"，咱们的大内总管，工作上的事，队员个人的事，他都操心。他淳朴善良，除吸烟外没有不良嗜好。

王志胜：新疆和辽阳有两个半小时时差，新疆早上10点上班，晚上8点下班。3年来，解明升每天早早醒来，单元走廊和工作队院子里的卫生他全包了。他抡起扫帚扫院子的哗哗声，就是同志们叫早的闹钟。

封闭的环境，容易使人焦躁抑郁。为了排遣队员们思乡的情绪，减轻心理压力。解主任想办法消解队员们的寂寞。周末，他经常组织大家一起活动：长跑、篮球赛、爬山、额敏河岸徒步等。一方面增加队员之间的交流，凝聚团队精神，另一方面让大家动起来，避免独自懒在床上看手机变得越来越孤独、越来越想家。平日里，他经常到同志们宿舍去聊天，经常说笑话打趣，语言幽默，亲切和善，老人哥一样。和他在一起轻松快乐，大家都喜欢他。

现在，通信发达便捷，但他很少和家里人视频，有时忙完工作，看看时间，家人都该睡着了。特别是，他说看到屏幕上的老人一天天衰老，自己不能在身边尽孝，心里不是滋味。

刘旭先：解主任是咱们的定心丸。记得2017年4月，那时暖气刚停，天气特别冷。

一天早上，洗漱时，我发现卫生间的门开开合合地晃动，是地震了。这时就听队员们一边喊一边往出跑。我们跑到楼下的空地上，发现解主任没下来，大伙儿就一起喊："解主任，快下楼哇——"

他站在窗口对大伙儿说："没事，别害怕……"他特别镇静，没有下楼。

227

后来他说，其实他心里也害怕，但他年龄最大，得稳住军心才行。

在工作中，他鼓励年轻队员多做事，一方面支援边疆建设，锻炼自己的能力；另一方面，一忙起来就不想家了。

回望：没有一种完美不伴着遗憾

就像阳光会带来光明，也会带来阴影一样，人们凡事追求完美，可没有一种完美是绝对的，完美和遗憾是相生相随的同胞兄弟。"十全十美""两全其美"只是人们主观的美好愿望。"不能两全""各有利弊"才是真实的客观存在。

援疆队员每年有20天探亲假。2018年，解明升一年没休假，即使回辽宁招商，距家不足百公里，他也没有借机回家看看。平日里，队员休假前欢天喜地买机票、买特产、整理行装的情景，曾多次勾起他浓重的思乡情绪，心里蠢蠢欲动，想回家看看。家里也有很多的放不下，老人身体不好，爱人实在太辛苦了。她既要在市里忙诊所，又要照顾老人，还要经常去敬老院照看哥哥日常穿的、用的。去年哥哥4次住院，也都是爱人精心护理。家里还有个菜园子，从春到秋也是爱人一个人侍弄……他多想回家帮爱人分担一些，可额敏这边一大堆事，实在走不开，就只有等过年了。

春节期间，他在家休假，每天忙里忙外，时间安排得满满的，恨不得把一年没做的家事都做完，以填补对家对爱人的亏欠。可是，腊月二十九那天，他不慎将脚烫伤了，尽管按时换药，但还是化脓溃烂，肿得铮亮，鞋都穿不进去了。除了行动不便，钻心的疼痛令他吃不好睡不好。本想在家多休养几天，可有一天，他接到了张成良书记的电话："国家发改委抽调各省干部组成检查组，检查各地实绩考核工作，省前指要求援疆队员提前归队。你的脚怎么样啦？要不你晚几天回来吧。"说完，张书记又迟疑了一会儿说："不过，这边也需要你，你在身边我心里踏实。"

解明升想都没想，脱口而出："我没事，保证按时归队！"

　　算一算，年前年后，解明升一共在家休息了13天。正月初八，解明升脚上缠着绷带，趿拉着拖鞋，一瘸一拐，准时出现在桃仙机场。

　　去年6月，解明升为配合额敏县畜牧局、商务和信息化局、粮油供销公司的几个建设项目回辽宁招标。招标结束后，他接到爱人来的电话，他的哥哥去世了。哥哥一辈子没结婚，他们兄弟的关系就像父子一样。前几年，哥哥脑血栓留下了后遗症，生活不能自理，住进敬老院。援疆后，他很少去照顾他。放下电话，解明升的泪水就涌了上来。在这个世上，他们兄弟一场到此缘尽，有多少知心话没来得及说，有多少暖心事没来得及做呀……可这时候，回新疆的机票已经买了。领导听说他的情况后，决定让他回去看看。

　　解明升只用一天时间，回家处理哥哥后事，就匆匆忙忙返回了新疆。一路上，他思绪万千，想着兄弟俩一件件往事，泪流满面。没有人知道，他心里有多少遗憾，多少悲伤，多少对逝去时光的留恋，多少对亲人的珍惜和挂念。可这些和援疆相比，他仍然义无反顾。

　　回到新疆，解明升立即投入紧张的工作之中：向领导汇报工作情况，签订项目合同，办理中标手续、开工手续……

　　2017年春节，堂哥因为糖尿病综合征，双目失明瘫痪在床，解明升回老家看他。他们是东西院住着，一起长大的兄弟，无话不谈，感情很深……从堂哥家出来，转身的刹那，眼泪就不由自主地流了下来。男儿有泪不轻弹哪！他心里清楚，堂哥的日子不多了，也许这一走，今生就永别了。5月份，就听到了堂哥去世的噩耗，但他因为工作忙，没有回去送堂哥最后一程。

　　对于亲人的相继离开，他痛心疾首又无可奈何，因此更加珍惜亲情。岳母75岁了，他对待她就像对待亲娘一样，无微不至，贴心周到。在采访期间，他陪同我们到巴克图口岸采访，口岸离额敏100多公里，平时很少有机会去，而且口岸的商品大都是进口的，价格便宜。那天，大家都大包小裹地买了很多东西。他站在门口等大家，手里拎着一个鼓囊囊的方便袋——他只给岳母买了一大包奶皮子。他说："这个，我岳母爱吃。有机会来，我就给她买点，但愿人生少留遗憾吧！"

对于平职来疆平职回辽、没提拔没重用这个问题，他说：没想过这些，只想着不能白来，尽可能多做点工作，多出一份力。额敏——天空之城，自然风光优美，让这里经济发展人民富庶是我们援疆的初心和使命。每个人都做一点，汇聚起来，像水滴汇成大海一样，就能看到新的面貌！

在新疆工作3年，解明升和这里的一草一木都结下了深厚的感情。要离开了，难以割舍。他略显遗憾地说："如果有机会我还会来。这次也提了申请想继续留下工作，但是由于种种原因，来不上了，最主要是年龄超了。以后，即使我人不来，但心还在。我会一直关注支持第二故乡的发展，和各族同胞结下了深厚感情，也还是会走动的……"说到这儿，我看到了他眼睛里的伤感。那湿润的光亮，让我顿生酸楚。

解明升接受我的采访，两次加一起不到3个小时，一直说自己没做什么，只是踏踏实实地履行自己的职责，很平凡，不值得宣传。采访期间，我们的谈话不断被打断。原因是援疆工作队宿舍楼停了暖气，12月的天气，他们已经冻了两天了。窗外，供暖公司的工人正在维修管道，不停地和他隔窗对话。县委办公室也电话不断，他遥控协调处理公务。放下电话，他憨厚一笑，对我的等待报以歉意。他说：我平均每天三四十个电话，不敢关机，也不敢没电，24小时开机随时接听。有事马上办，有事马上到，已经习以为常了。

采访结束了。我合上笔记本，问起他援疆的最大感受，他手指夹着香烟，竟然说："不是所有的花朵都能在天山开放，只有雪莲。不是所有的援疆人，都能在新疆坚持下来并干出成绩。只有经过艰苦环境磨炼的意志坚定者，才能像天山雪莲一样，在新疆大地绽放。"

解明升诗人一般的情怀，哲人一般的语言，令我深感意外。我想，其中的哲理都是年复一年艰苦的凝结，带着手上的老茧和脚上血泡；其中的诗意都是日日夜夜憧憬的放飞，含着意志的磨砺和坦荡的自豪。

天空收起蝉翼样轻薄的翅膀，光线一点点暗淡下去。这样安静的傍晚，在这篇报告文学动笔之前，我重听了一遍采访录音。一周的时光浓缩在小小的录音笔中，解明升朴实的话语，憨厚的微笑，和善的目光，以及他消失在旋转门外夜色中的背影，他脚上缠着绷带、趿拉着拖鞋到机场的样子，他在项目建设现场忙碌的身影，他给维吾尔族老人量血压时专注的神情，他和队员们谈笑风生的畅快……历历在目，犹在眼前。

续篇：边疆之边

人生一世，草木一秋。这感叹形容人在宇宙洪荒之中，沙石草芥一般微不足道，既短暂又平凡。但我想，一个人即使普通如一块石头，如果参与实践了社会重大革新，他的人生就印上了历史的符号，就是历史阶段性的见证，他就不再是一块沉默的石头，而是一座界碑，虽然无语，却昭示未来，值得铭记。

是解明升和辽阳援疆人让我想到了这些。

他们响应党的号召，为稳定边疆发展边疆放弃优渥的生活，撇家舍业，横跨4000多公里，从大东北来到大西北援建祖国边疆之边额敏县，克服困难，忘我工作，为额敏的发展做出了积极贡献……

此时，我正在窗前看着空落落的停机坪。天空灰白空茫，能见度很低，湿冷的气息不开窗也感知得到。有几辆闪着红灯的机务车往来，有几辆除雪车正在作业。因为天气原因，我们被滞留在中转地乌鲁木齐。

迷茫的天空，就像我迷茫的心情，突然有想哭的感觉，无法言说。返程前，辽阳市援疆工作队副领队发来微信，说不送了，送一次伤感一次。现在，我深切地体会到了他的心情。离家几千里，一走就是3年，有的已经离家6年，回家的次数屈指可数。平日里，偶尔看见辽阳牌照的汽车都会惊呼，都会热泪盈眶，何况相处了一周的家乡的人呢！几天的密集采访，他们对于我不再是神秘的陌生人。他们忙碌的身影，坚毅的面庞，憨厚的笑容，诙谐的言语，还有偶尔的发呆和忧郁……时刻浮现在我脑海里，无法忘记，我爱他们！

一个星期前，为采写援建新疆塔城地区额敏县的辽阳市援疆工作队的先进事迹，我们作家一行6人兴高采烈地进疆了。早就听说新疆气候恶劣，夏天酷热，高温可达零上40多摄氏度，骄阳似火；冬天寒冷，极寒时可达零下30多摄氏度，寒风如刀。风大干旱少雨，马路上连排水系统都没有。而冬天却是多雪的，据说去年冬天降雪40场。我们启程时已经12月初了，向往已久的大美景色肯定是见不到的，而恶劣的天气却极有可能挑战我们。可是，援疆工作队可以在那里工作3年甚至6年，我们只工作一周应该可以支撑吧。

事实上，现实超出了想象。感受是明显的，难以招架的不是来自极寒和大雪。由于时差和小高反的原因，晚上睡不着，头痛耳鸣；早上早早醒来，可9点了天还黑着。空气干燥，夜里无数次起来喝水，鼻孔像两个喷火的烟囱，鼻腔里结满了血痂。牛羊肉很好吃，大快朵颐后，下颌、脸颊、额头都冒出了红疙瘩。几位作家相继出现了身体不适，其中，我较为严重。平常日子，我偶感风寒是不吃药的，大量喝水足以排泄掉毒素，充足的睡眠也足以抵抗病菌的侵袭。可在这里，这一招毫无用处。大桶的矿泉水一夜喝掉五分之四，丝毫不见效。胸中像结了一块石板，又闷又紧，不敢大声说话，不敢深呼吸，否则咳嗽、干呕不止，胸腔痰声轰鸣。没办法只好投降，吃药。

采访结束后，本可以再在新疆休整一两天，逛逛额敏县城，给亲朋捎些特产，或者和当地的朋友小聚聊聊天。但是，我选择了提前返程。当然，也是不忍再打扰援疆工作队，他们太辛苦了。

我想，没有一个铁打的身，没有一颗执着的心，就会草一样被新疆的烈日烤焦，被新疆的狂风吹跑，被新疆的大雪埋掉。而在自然环境的恶劣之外，语言交流的障碍、工作理念的差异、双方配合的契合等等，多少力不从心的焦急和无奈，让他们的援建工作难上加难，在这样的环境里能挺住就很了不起。而援疆工作队的所有队员，时刻秉持"一群人，一件事，一起拼，一定赢"的队训，不但挺住了，而且在项目援疆、医疗援疆、教育援疆、文化援疆中成绩斐然，被誉为"辽宁援疆工作中的王牌军"。一年又一年，额敏的马路变宽变平坦了，现代化的工业园、医院、学校建成了，闲散的劳动力就业了，有收入了，百姓生病不用跑乌鲁木齐了，孩子上学可以住宿。大面积的植树让喇嘛昭乡的荒凉成为历史，令灾害频发的老风口变成风景区。认亲结对让蒙古族巴土不龙家养起了牛，维吾尔族吐尔逊·热合曼家加入了合作社，哈萨克族卡德尔别克家开起了餐馆……

在他乡，解明升和辽阳援疆人，没有一个人把自己当成过客，都把额敏当成自己的第二故乡。进疆以来，他们和各族人民结下了放不下、割不断、离不开的深厚感情。在维吾尔族、回族、哈萨克族的"亲戚"家里，我感受到了他们对援疆人亲人一样的信任、热情和不舍。他们说："有困难想起的第一个人就是援疆干部，他们会真心帮助我们。"在学校，一个维吾尔族小男孩见到解明升来了，立即跑过来抱住他；在医院，患者最信赖的，是辽阳来的专家……

人非草木，身上的苦累可以扛，可思乡的苦楚如何消解？多少个节日不能团圆，多少个长夜无法入眠。解明升和援友们额敏河岸徒步疾行、练字赏石、频繁加班……为的是挤走想家的时间。然而，一个顶梁柱对一个家庭日常义务的缺席，在心里结痂结茧，是一种难以弥补的愧疚哇！有的队员妻子住院不能护理，有的队员孩子高考不能陪伴，有的队员父母去世不能送丧……面对多病的亲人，离别时转身拭泪，不知道哪一次分离就成永别。这撕心裂肺的疼痛都要深埋心底，因为一声令下，须即刻奔赴援疆岗位。而他们自己呢，结石这种地方病沉积在身体里隐隐作痛，包虫病在俊朗的脸上留下疤痕。雪灾时，救人救牛羊救物资，几天几夜奋战。有一次到边境执勤，雪大得快与防护网一般高了，每一寸土地都是要隘，200米一个哨位，密集拉网成血肉长城。因为道路不通，供给无法上山，他们一天里只吃一个土豆……而在新疆工作了好几年，队员们竟然没游览过天池，没游览过喀纳斯！

就是这样的坚持坚守，每个人都像一根紧绷的琴弦。有一次，一个队员探亲回家。上车前，工作队院子里摆了张桌子，大家喝酒饯行。喝着喝着，他突然放下杯子大哭起来，是那种爆发的号啕大哭！周边顿时沉静下来，只有他的哭声。伤怀的情绪迅速蔓延，五味杂陈，在场的每一个男子汉都泪流满面。这是共同的感受，集体的释放，不用言说。

解明升说："在额敏，年底盼着过年回家，可回到家，心里想的都是额敏的事。额敏已经深深地驻扎在心里了。"

现在，援疆工作期限满了，他可以回家了。可他和援友们又提出了申请，愿意留下来继续援疆。有的队员已经连续两届三届留疆了。

雾气消散，窗外停机坪上飞机多了，排队等待起飞，执勤车往来穿梭，很是繁忙。看来，起飞有望了。

当我续写这些文字的时候，夜已经深了，飞机经过4次推延，于晚点8个半小时后飞翔在万米高空。归心似箭，这滞留的烦躁可想而知。可是援疆队员们，他们的每一次假期都十分宝贵，但由于气候的特殊原因，停飞、延误、返航、备降是常有的事，甚至遇到危险，惊恐中接过空乘人员递过遗书的书写纸……

是的，眼前岁月静好，身后一定有人负重前行。人世间多少生活的幸福美好，都是拼搏付出的抵换。

我想，如果我年轻，如果我在写一篇小说，我或我的主人公一定会义无反顾地重返额敏，和解明升一起，和这些新时代的戍边人一起建设边疆之边。

天使之情

孙　浩

从培训入手

站在额敏县人民医院的大楼前，赵军的心情很不平静。

这栋13层的大楼，造型新颖，格调明快，是额敏县标志性建筑之一，这也是辽阳市人民为额敏县援助建设的。

赵军，40多岁，大高个儿，他是第一次踏上新疆额敏这片神奇的土地。作为辽阳市中心医院ECT室主任，一位年轻有为的医生，被辽阳市委组织部选中，担任辽阳市援疆工作队医疗组组长，同其他5名医生一起，于2018年8月来到新疆，来到了额敏县人民医院。

站在医院大楼前，赵军的心里非常清楚，办好一所人民满意的县医院，仅仅有漂亮的大楼和先进的医疗设备是不够的，还必须有一支政治上可靠、业务上精湛的医护队伍。大楼好建，设备好买，而建设一支过硬的医护队伍却是十分不容易的。

赵军被任命为县人民医院院长助理兼医教科科长。顾不上旅途的劳顿，顾不上环境的变化，赵军马上投入工作，开始对医院情况进行深入调研。几天下来，他拿着丰厚的调研成果，走进了院长王启军的办公室。

王院长 55 岁，一张和蔼可亲的脸。他对辽阳来的这位领队医生印象不错，赶忙让座、倒水。

赵军是个急性子，快言快语，说话开门见山："王院长，我向您汇报一下我的一些想法。"

"好哇！我正想听这些呢。"王院长高兴地说。

赵军开始讲述自己的想法。"咱们额敏地处北疆，自然环境不是很好，经济条件也不好，我们又是一座县级医院，尽管这些年上级拨款加上兄弟市援建，我们医院的硬件设施有了很大的改变，但相应的医生队伍变化不大，别说国内顶尖医科大学的毕业生招不来，就是省级医科大学的高才生、研究生也不容易招来。"

王院长听到这连连点头，他对赵军的说法表示赞成。

"所以，我们要把主要精力放到对全院现有医生技术水平的提升上，这就要加大培训力度，从全院实际出发，从每个科室、每位医生的实际出发，做到有针对性、有实效性。"

"好，你这个想法好，我完全同意。这个培训计划就由你来做，然后院长办公会议讨论，最后还要报地区卫生行政部门批准。"王院长不等赵军把话说完，就把这个重要任务交给了赵军。

那些日子，赵军一头扎进了培训方案的制定之中。他结合在辽阳市中心医院业务培训的经验，又紧密结合额敏县人民医院的实际，方案既有理论高度，又有实际应用，连续几个白天晚上的加班加点，制定出了《额敏县医生理论考试办法》。《办法》得到了院长办公会议的一致赞成，随后报到塔城地区卫生健康委员会，一次获得通过，并得到了高度赞扬。

在全院召开的培训动员会议上，赵军详细地解读了《办法》。他说："我们这个考试办法，有100道题，概括了我们医院管理和治疗的方方面面，我们考试就从这里面出题，有共同题，也有专业题，大家要结合自己的专业，来学习，来领会，记牢这些题。我们考试是绝对的闭卷，监考如同高考一样严，考试成绩与大家的绩效工资挂钩。"

这一句考试成绩与绩效工资挂钩，让医生们有了无形的压力。

那些日子里，医生们除了正常上班外，其余时间全部是在进行业务学习，有的还相互讨论，有的回到家里还在继续学习，县医院一下子形成了学习业务的浓厚氛围。业务考试的时候，赵军担任监考，严肃考试纪律，考题全部来自学习大纲。医生们在短期内业务水平有了一个很大的提高。这种考试办法也得到了地区卫生行政部门的充分肯定。他还提出了辽阳援疆医生一个带当地三个医生的想法，也得到了王院长的大力支持，并很快将这一想法变成了现实。

医生培训初见成效，让院长王启军非常高兴。但高兴之余，他还有很多困难。这天上午，他主动找赵军，开口道："你能不能帮我想想办法，解决我们医院最薄弱的几个科室，比如儿科、妇产科、口腔科、内镜科医疗技术不足的问题？"

这段时间，赵军已经发现这4个科室患者多，医生少，重病多，诊疗技术水平低，是整个医院的短板，急需进行技术援助。但他也知道，内地援疆人数是受名额限制的。他想了一下说："王院长，这4个科室确实需要援助，但我做不了主，我要马上回去向组织上汇报。"

第二天，赵军急匆匆飞赴辽阳，向市中心医院领导进行汇报，并提出自己的想法：派短期医疗队进行援助。

市中心医院领导对援疆工作历来高度重视，院长杨艳立即召开办公会议，进行认真研究，在征得上级领导机关同意后，从4个科室抽调了4名政治素质好、业务能力强、具有副高级职称的技术专家，进行为期3个月的医疗援助。经过快速准备，赵军带领这4名专家来到了额敏县人民医院。

风雪巡诊路

这是2018年12月初的一天早上，新疆塔城地区额敏县。

天上飘着雪，不大不小，不急不慢，这雪已经整整下了一天，地上是厚厚的积雪，放眼望去，尽是洁白的世界。

风很大，很刺骨。北疆，冬季是十分寒冷的，而2018年年底的这个冬季，雪来得早，来得勤，气温也比往年低很多，已经到了零下30多摄氏度。没有什么特别急事的人，这个时候，都是"猫"在家里。街上的行人很少，车辆也很少。

额敏县人民医院的大楼前，却是另外一番情景：一辆救护车停在那里，车辆发动着，排气管冒着白气。车上的医用警灯闪烁着，很刺眼。几名身穿白大褂的医务人员正搬着各种医疗器械和物资。今天，是额敏县人民医院医疗小分队下乡巡诊的日子。

一个40多岁、圆脸、戴着眼镜的医生正吃力地搬着一箱药品走过来。领队的赵主任见了立即大声喊着："王大夫，昨天不是和你说了吗，你感冒了，今天的巡诊你不用去了。"

王大夫叫王序，是辽阳市中医院骨伤科主治医师，也是辽阳市援疆工作队队员，2018年8月份来到额敏县人民医院中医康复科任副主任，这也是他第一次参加医疗队下乡巡诊。王序把东西放进车里，擦了擦头上的汗，笑着对赵主任说："我没事，就是点小感冒，我都吃药了。"

赵主任摇着头说："那也不行，我们新疆自然环境比不上你们辽阳，你刚进疆，要有个适应过程。"

王序笑着恳求道："还是让我去吧，我不能错过这次直接为村里老百姓服务的机会，多一个人就多一份力量。"

看着王序坚定的态度，赵主任想了一下，只好点头："那好吧，你一定要把握好自己，坚持不住就进车里休息。"

"好嘞！"王序高兴地答应。

救护车迎着风雪起动了。他们要去的是离县城几十公里远的玉什喀拉苏镇，这是一个哈萨克族群众聚居的村落，因为离县城较远，群众有病很少外出就诊。他们十分期盼县里医生能经常来村里义诊。路上的积雪很深，车子行驶得很慢。在车上，王序又吃了几片感冒药，他生怕因为自己的身体影响这次巡诊。

车子跑了两个多小时，终于开到了镇卫生院，那里已经有30多位患者在等候。车一停下，王序就和大家搬仪器，搬药品，很快就开始了诊疗。

　　诊疗是分专业的，来的医生有内科、外科、骨科。王序是中医骨科，他刚在小桌前坐好，一个60多岁、身体不高、有些消瘦的老人走到了他的面前。老人张嘴说话，王序一听愣了，他说的话全是哈萨克语，一句也听不懂。老人面部表情十分痛苦，王序就用手和他比画，但老人看不明白。王序十分焦急，他马上找来了一旁的村干部，一了解才知道，老人是长期腰疼、头晕，几乎丧失劳动能力，过去也曾去县里医院看过病，也检查过，但治疗效果不好，老人就再也不去了，病情也越来越严重。王序让老人躺在小床上，给他做认真仔细的检查，发现是腰肌劳损严重。于是进行针灸、拔罐、推拿等手段的治疗。

　　王序毕业于辽宁中医学院，主修就是骨伤科，有着20年的从医临床实践经验，并还多次到上级学校和医院进修学习，他业务精湛。半个小时的治疗，特别是推拿，那是很费力的，王序的头上冒出了热汗，再看看病床上的那位老人，来时紧锁的眉头放松了，脸上也露出了笑容。他紧紧握住王序的手，连连说了好几句王序听不懂的感谢话。

　　王序把自己的名字和电话号码写在一张小纸条上，递给老人，又让一旁的村干部转告老人，让他有机会到医院去找他，继续给他治疗，并给他拿了几盒对症治疗的中药。

　　老人接过字条和药，给王序行了一个大礼，这才依依不舍地离开。

　　刚给老人治完病，还没来得及喝口水，擦把头上的汗，又一个老人走到了他的面前，这位老人也是哈萨克族，但他能说简单的汉语，他也是腰部有关节错位，去医院看过，医生建议他做手术，但他非常害怕，不想手术。王序给老人做了认真的检查，并用中医手法进行了康复治疗，然后详细地讲解这种错位的病理，消除老人怕做手术的恐惧心理。老人听后非常满意，连连点头。

　　一天巡诊，王序的病人一个接着一个，下午3点钟结束的时候，他才吃了一个带去的面包，喝了一瓶矿泉水。带队的赵主任心疼地说："王大夫，你今天是带病来巡诊，万里之遥来我们新疆，支持我们，真是不容易呀！"

王序深有感触地说："到了村里，到了牧民的家里，我才深切感受到，这里需要医生，这里需要我们，党的援疆政策真是对呀！"

他们冒着风雪，踏上了返回的路程，直到晚上9点多钟才回到了医院。

按照要求，王序在科内选了3个年轻医生作为自己的帮扶医生。他把自己所有学到的、掌握的知识和本领，全部教给他们。到住院处查房，他一边查房一边给他们讲解病理、治疗方案。有时做推拿疗法，还手把手地教，一遍又一遍，非常耐心。在门诊，对每个前来看病的患者，他一边诊疗，一边给他们讲解。他向被帮扶的医生传授腱鞘炎、腰腿痛针刀、银质针治疗方法。结合医院实际，开展了刃针治疗软组织疼痛等适宜新技术，开展了银质针治疗躯干及四肢软组织损害等新项目。他将上述治疗方法完整记录在案，方便医生查阅。他帮扶的这3名医生都基本掌握了以上治疗技术，开始应用于临床。

由于中医骨科人员少，科内有同事下沉农村，责任主治医师到自治区医院进修，导致科室工作紧张，王序就主动担负起病历的批改、签字工作，使运行病历能及时归档。他主讲的业务讲座达15次之多，传授了髋关节置换术的注意事项、四肢关节石膏固定的功能位置、小儿桡骨小头半脱位的诊断及治疗、刃针松解治疗肱骨外上髁炎、腰椎管内外病变的临床鉴别等医疗技术知识，使中医骨科的医疗诊治水平得到了快速提高。

一年半的时间里，王序接诊门诊病人360余人，治疗住院患者125人，医治效果非常好，病人非常满意。他还参加了十多次乡、村、场义诊活动。并与少数民族兄弟结亲，用自己治病救人的实际行动，践行着民族团结一家亲的理念。

闪光的业绩

辽阳援疆的几位医生，用自己的爱心和高超的业务水平，为额敏县人民的健康倾注了心血，做出了贡献。

邱忠朋，辽阳市中心医院手足显微外科主治医师，他同赵军等人一起来援疆，任额敏县人民医院外科副主任。从辽阳的三甲医院来到新疆的县医院，他没有落差，有的只是一片爱心。他一到科室，就和这里的医护人员打成一片，参与科室值班、诊治患者、带班手术。

通过调查，邱忠朋有针对性地提出了专业建设方案，包括需要的硬件、人员配置、软件的选择利用，通过具体病例的讨论、分析，制订务实的治疗方案。通过规范的查房，讲解有关疾病的诊治常规，规范治疗。通过实际病例手术，指导正确的消毒铺巾、手术入路、手术技巧等，术后定期查看患者，指导正确的换药复查方案。通过"一带三"帮扶，提高了科室医生的诊疗技术，使其能够独立开展创伤、骨折复位固定、软组织缺损的修复（植皮术、皮瓣转移修复术），并在辅助下能够完成复杂的创伤、血管神经肌腱损伤的修复手术。

在边疆的县级医院，能不能做一些高难度的手术，这一直是邱忠朋思考的问题。看到一些肾病患者因为动静脉出现一些问题，要到自治区首府乌鲁木齐去治疗，极大地增加了患者的痛苦和经济负担，他想做这种手术，但这在县医院没有先例，在塔城地区也没有先例。有人为他担心，劝他别冒风险。

赵军知道了此事，他鼓励邱忠朋："只要你技术行，做好充分准备，这个手术就要去做。我们来援疆，用医术解除新疆人民的病痛，这不是我们最大的心愿吗？"

在赵军的大力支持下，在医院有关科室的配合下，邱忠朋为一位肾病患者做了动静脉内瘘成形术。手术获得圆满成功，填补了塔城地区肾病透析的技术空白，也为额敏县人民医院争得了荣光。后来，这样的手术他又做了2例，全部成功。他还把这种高难度的技术，传给了当地的医生，留下美名。

丁鑫，辽阳市中心医院骨外科医生，到额敏县人民医院任外科副主任，他同邱忠朋一样，工作在外科，每天面对大量的患者，积极开展医治，从门诊到病房，从病床到手术台，都留下了他勤奋工作的身影。他的手机24小时开机，常常是深夜被唤醒，参加一些交通事故的紧急医疗手术，他创造性地开展了PFN手术，填补了当地医疗空白。同时积极开展"传帮带"工作，将更多先进的诊疗技术留在了当地，为额敏县人民造福，受到了医务工作者和广大患者的好评。

薛昌全，辽阳市第二人民医院骨科副主任，他2017年2月援疆，任额敏县人民医院外二科副主任，2018年8月第一个援疆一年半结束后，又请战继续留下来。外二科主要是骨科方面的患者，从门诊到病房，他对每一位患者都至亲至爱，有时遇到语言不通的少数民族患者，他就一边学简单的民族语言，一边用手比画，与患者交流。他医术高明，为人热情，肯于吃苦，乐于奉献。3年来，他参与或指导了上百例骨科手术，多次到边远牧区义诊，为患者解除病痛，并把自己的医术传给被帮带的医生，为额敏留下了宝贵的精神财富。

几位短期援疆专家到来后，立刻开始工作，他们快速熟悉情况，制订工作方案，开始了卓有成效的工作。

儿科医生李素娥。6月16日入疆后立即投入工作，每天参加晨交班，指出存在的不足。指导查房，指导诊治疑难病30多例，急重患者20余例。新开展2例曼陀罗中毒，诊治门诊病人60余例，参加ICU会诊2例，指导病历书写，进行学术讲座多次，主要是呼吸系统抗生素的应用、糖尿病的诊治、水电解质紊乱及酸碱平衡等。指导年轻医生规范全身体格检查，医疗义务下乡2次，在诊疗工作中发现额敏地区儿科患者贫血的发病率很高，指导开展额敏地区贫血性疾病的诊断及病因的调查诊治。

妇产科医生刘莹。开展妇科内分泌疾病专题系列讲座4次，规范了妇科内分泌疾病的诊治及激素类药物的使用，填补了当地妇科内分泌疾病诊治的短板。努力降低剖宫产率，指导医师严格掌握剖宫产指征，开展孕妇学校讲座，指导孕期营养及饮食运动，预防巨大儿，以增加阴式分娩的机会及可能性。每周组织一次规范查房和疑难病例讨论。尤其是针对严重妊娠合并症的患者，给予详细的临床指导，控制孕产妇及胎儿、新生儿的死亡率，提高了妇产科危重症疾病的诊治水平及质量。开展了新的妇科手术术式，如宫腔镜下子宫内膜息肉电切术、腹腔镜下卵巢囊肿剥除术、腹腔镜下子宫肌瘤剥除术、保留生育功能的子宫肌瘤剥除术等。教会科室3位医生独立完成新式手术术式的操作，并能长期开展。她在3个月援疆期间诊治门急诊患者80人次，住院患者100人次，危重患者20人次，手术10人次，会诊15人次，开展新适宜技术1项，开展新项目1项。她在科室管理上、业务培养上、科室凝聚力方面发挥了个人的最大能量，建立了具有精湛技术水平和强大的团队合作能力的新型妇产科。

内镜科医生张震。通过手把手教学方式，带领3名医生，完成胃肠镜检查300余例，开展胃肠镜下息肉切除术30余例，这3名医生已经可以独立完成胃镜室检查治疗工作。开展了不同部位内镜下黏膜剥离术（ESD）5例，开展了内镜下异物取出术1例，开展了多场学术讲座，使科室的业务水平得到了很大提高。

口腔科医生孙素芬。通过每周的讲课示教，提高了科室人员业务水平及临床操作能力，降低了临床治疗的并发症。通过疑难病例的讨论及实际操作指导，迅速提高了帮扶医生的业务能力。严格强化无菌操作规范，杜绝交叉感染。讲授口腔正畸口腔修复国内国际知识热点、先进理念及技术操作要领，通过疑难病例的讨论、分析及查找资料，提高了对疑难病例的治疗能力。参加了两次下乡义诊，普及口腔医疗常识，增强边远地区人民的口腔预防意识。对口腔正畸方向的固定矫治、活动矫治、儿童肌功能矫治，进行全面系统的强化培训，填补了科室的空白。

4名专家在额敏县人民医院3个月的紧张工作，极大缓解了医院诊治的短板，提高了医院的诊治水平。看到这些工作成果，王院长开心地笑了。

辽阳援疆医疗队，在辽阳援疆工作队的领导下，团结一心，努力工作，取得了丰硕的成果，共开展业务培训35次，接诊门诊患者700余例、住院患者2万余例，参与并主持门急诊、病房患者手术

100余例。多项医疗诊治技术填补了县及地区空白，极大地减轻了患者的身心痛苦和经济负担，使患者在县级医院享受到了三甲医院的诊疗水平。他们还多次组织下乡义诊，为边远牧民送医送药。

这里有疫情

他是医生，但不临床。

他不临床，但是医生。

他工作的范围，在人们生活和工作的每一个角落。

他就是防疫战线的医生——郑健。

郑健是辽阳县疾病预防控制中心健康教育科科长。他从2014年开始，3次踏上援疆路，总共在额敏县工作了长达4年半的时间，完成了疫情防控的3个周期，为额敏县人民的健康，为额敏县经济社会的发展，做出了自己的贡献，也为自己的一生留下了值得珍惜的一笔财富。

初到额敏，作为防疫医生的郑健，他没有时间和心情来欣赏这里美丽的景色。他的目光紧盯着这片美丽的草原，发现和寻找着这里的敌人——疫情。经过认真的调查和了解，他发现这里的疫情不仅严重，而且是多方面的，比较复杂。

首先是布鲁氏菌病，来势汹汹。这种病简称"布病"，是一种多发的人畜共患传染病，是《中华人民共和国传染病防治法》规定的乙类传染病。感染了布菌的家畜是人类布病的主要传染源。人由于接触患病的牲畜及其产品或其污染物而感染布病。人得了布病，会出现浑身无力、内脏肿大、肌肉关节疼痛等症状，如发现及时可治疗，若变成慢性病就难治了，严重的会丧失劳动能力。额敏县每年都有300多病例出现，防控任务艰巨。

包虫病也是这里的一种传染病，是人传狗、狗传人的疾病。病菌进入人的食道后进入肝部，使其肿大。每年这里都有100多名这样的病人。

肺结核是近年来多发的一种传染病，这里每年有400多人患病，发病率较高，对人民群众的危害很大。除此之外，额敏县的草原有大量的老鼠，密度很大，是国家的监测点，对鼠疫病情的监控任务也十分艰巨繁重。

疫情就是命令。

战士就要出征。

郑健被任命为额敏县疾控中心副主任，主抓具体业务工作。他立即投入战斗。

一进入战斗状态，困难就一个跟着一个地出现了。

先是人员严重不足。额敏县疾控中心有40余人，按说不算少，但有一半的人员都在乡、村两级驻守。剩下的一半人员中，还有不少年纪偏大、身体欠佳者。郑健就在现有的人员中优中选优地选出了十多人，作为专业队伍，开始进行专业培训、学习、演练。他告诉大家，我们人虽然不多，但我们是精兵强将，以一胜十。他根据自己所学的专业知识和在辽阳县疫情防控中的实践，给队员们做系统的讲解，还购买和编写了一些专业教材，供大家学习使用。

一走进县疾控中心的仓库，郑健惊呆了：仓库很大，但里面空空荡荡，什么装备也没有。这怎么能行呢？装备是防疫工作最基本、最起码的条件，没有装备，遇到疫情，防疫人员是最危险的。他立即向县疾控中心主任汇报。

主任听后连连摇头，他告诉郑健，额敏县的财政状况非常紧张，保最基本的刚性支出都非常非常困难，至于购买防疫设备，现在还很难做到。

听了主任的话，郑健非常着急。他也知道主任说的话全是真的，县里的财政情况确实拿不出钱。这可怎么办？连续两个晚上，郑健都没有睡好觉，嘴上也烧起了大泡。他把唯一的希望放到了"娘家"的身上。他给自己单位的领导打了电话，汇报了自己工作面临的困难，他深情地说："你们把我派到新疆，可不能一派了之，我遇到的困难，你们一定要帮我解决才行。"

领导听后也叹了口气说："小郑啊，我们县里的情况你也不是不知道，我们同样面临着财政困难，我们疾控中心也同样经费严重不足。"

郑健语气坚定地说："援疆可是政治任务，这可不是小事。"

领导想了想说："这样吧，我把情况向县政府汇报，争取解决。"

郑健马上说："那好，可要快呀，疫情不等人哪！"

很快，辽阳县政府拿出了11万元专款，用于援疆购买防疫设备。郑健拿到这笔钱，精打细算，仔细挑选，购买了10套防疫应急装备。成为塔城地区唯一有防疫装备的县级防疫中心，并在地区举行的年度防疫演练中获得了县中心团体组第一名的好成绩，打开了额敏县防疫工作的新局面。

做好防疫宣传工作十分重要，郑健非常明白这一点。每年，他都组织大规模的全县防疫宣传，组成若干工作小组，下到乡村和街道、学校，宣讲各种疫情的防控知识，对乡、村两级防疫人员进行专业培训，他亲自主讲，亲写教材，并进行实际操作，对村民和中小学生进行防疫科普知识讲座，发放宣传单。广泛发动群众，构建防控疫情的群众网络。

为了便于疫情防控，郑健根据县里的地理条件，把人员下沉，工作重心下沉，全县设立了3个分中心，每个分中心安排两名专业人员长期包保，划定工作分工、工作责任，便于考核。这样一来，工作任务压实了，每个人的任务和责任明确了，工作效率也大为提高。

为了把防疫的工作做实，各项工作郑健都参加，每年要进行布病调查，人员是400人左右，郑健就带领防疫人员走村入户，进行流行病调查，认真填写各种表格，不得出现一点的马虎。对包虫病的调查要取狗粪进行化验，他不怕脏，不怕臭，一直冲在最前面。对鼠疫的调查更是认真，草原的老鼠又大又肥，有时见人也不跑，但很难捉到。郑健就和队员们一起找鼠洞，找到后拉来一大桶水，用水往鼠洞里浇，老鼠立即往外跑，堵在洞口前的郑健用铁锹拍打老鼠，打死后立即进行解剖、检查，看鼠肺是否有病毒。这样的解剖每年要进行500多只，然后将情况向上级防疫部门及时进行报告。对农村安全饮水进行监测也是一项事关百姓健康的重大任务，全县有40多个采样单位，要采80多份水样，要上山，要进草原，最远处的采点有200多公里。他们的车子全天要跑几百公里，不管风吹雨打，也不管冬寒夏暑，他和防疫队员日夜战斗在草原上，常常是吃不好，睡不好，饼干、方便面是他们标配的午餐。

离额敏县城最远的哈拉也门镇，是哈萨克族群众聚居的地方，有70多公里的路程，郑健每年要去近20次。他平均一年有70多天是在农村，他跑遍了全县的山山水水、村村落落。每年3月，是全县儿童强化免疫的时期，0~6岁的儿童要服麻疹糖丸，属于国家免费强制服用。在全县启动大规模行动，广泛发动群众，大范围宣传，这时期郑健和同志们踏着牛屎，深一脚、浅一脚地走村入户送药丸，他每到一家，都要亲眼看见孩子们服用才放心离开。他每年还要带队进行全民健康体检，从4月到10月，具体负责学校师生的体检，他拉着医疗设备，带领相关医生，逐乡、逐村、逐校进行体检，筛查各种病情，整理相关健康数据。

2017年5月的一天，郑健正在单位值班，突然接到电话，大风口景区有5位旅客吃了野菜中毒，情况危急。得到这个消息，郑健立马带人奔赴现场，当时天气十分恶劣，下着大雨，刮着大风，患者已经被送往医院抢救，但要立即查清到底是中了什么毒，这对抢救至关重要，必须现场采样。汽车到离现场很远的地方就开不进去了，郑健顶着狂风暴雨，艰难地赶到现场，经过认真调查，游客把乌头草当成野菜吃了，是乌头草中的乌头碱中毒。他们采集了一束实物，立即空运至乌鲁木齐，后转运至北京中国疾病控制中心实验室。

正在医院抢救的病人神志不清，口吐白沫，处于昏迷状态。郑健及时将中毒病源查找到，向医院的专家发去了相关图片，医生对症下药，精准救治，5位游客转危为安。

2018年7月，正是一年最热的时候，援疆工作队员陆续休假回辽，郑健因为手头上的事情太多，决定要晚走些日子。可就在这时，与额敏县邻近的托里县发生了泥石流灾害。郑健是夜里10点钟得到这一消息的，当时单位一把手外出不在，他就带领4名同志，带着装备和物资，连夜驱车赶往灾区。

进了托里县城，看到了灾后的惨象：泥石流把县城的道路堵死，冲毁。街边的店铺、房屋都涌进了泥沙、石子，人畜的粪便满街都是。消杀病毒，进行防疫是刻不容缓的头等大事。天一亮，郑健就带领4名同志开始了病毒消杀工作。他们背着沉重的药桶，艰难地行走在大街小巷，背带把肩膀磨出了血泡，脚上的鞋子一直是潮湿的，脚上也磨出了大泡。一连5天，他们除了吃饭和短暂的睡觉休息，一直奋战在防疫一线，人累瘦了，脸晒黑了，但因消杀及时，疫情没有出现。他们离开时受到了托里县高度赞扬。这个暑期，因为参与救灾防疫，他没有回辽阳休假。

到了年底，工作任务不是那么繁重了，郑健休假回到了辽阳。假期还没有休完，他接到了队里的电话，有任务，要他赶紧返回新疆。

迅速在网上订机票，抓紧收拾行装，和家人简单告别，第二天一早他就从家里起程。从沈阳飞到乌鲁木齐，已经是下午5点多钟了。他要转机到塔城，但是机场广播通知，因为天气的原因，飞往塔城的航班临时取消。在新疆，因为天气原因临时取消航班是常有的事，他过去也遇见过。因为着急队里的工作，他没有选择住在乌鲁木齐，而是找到了线上出租车，连夜回额敏。

开出租车的是一位哈萨克族小伙子，同车还有另外两名乘客。从乌鲁木齐上高速直奔克拉玛依。到那已经是夜里11点多钟了。这时天气突变，大风夹杂着大雪加上飞扬的泥沙，铺天盖地。克拉玛依的高速公路已经封了，他们只好下高速。司机是当地人，道路熟悉，他说有一条便道，便开车前往。越走风越大，沙尘越大，雪也越大，车子开出去大约40公里，就无法前行了。一米之外漆黑一片，什么也看不见，呼啸着的大风，大片的雪花，还有飞扬起来的沙石，打着车子当当直响，车前挡玻璃被打坏了，透进了刮脸的风，司机想打开车门出去看看，可车门变形，根本无法打开。车上的4个人都害怕了。司机自言自语："开了这么多年的车，还是头一回遇见这么坏的天气。"另一个有点经验的乘客说："这可能就是多年不遇的白毛雪，赶紧退回，不然命就没了。"

司机一听，吓出了一头冷汗，他赶紧小心地驾车原路退回，车子像蜗牛一样，在狂风大雪的黑暗中，仅凭一点点微弱的车灯，在不停的摇晃中爬行，终于在天亮的时候，才返回到克拉玛依。走出汽车，4个人都长出了一口气，在那里又等待了十多个小时，才经过104国道回到了额敏。事后通过新闻得知，这就是60年一遇的风雪极端天气，又叫"白毛雪"。通过这件事，郑健才真正懂得了什么叫恐惧。生死，有的时候真就是那么一刹那。

他援疆4年多，危险的事情也遇到过几次。2017年11月，他参加自治区举办的业务培训班，他住在宾馆的6楼。早上5点多钟正睡得香的时候，他被猛烈的晃动摇醒，他知道是地震了，而且不会小，晃动了1分多钟，他趴在床下，想着远方的亲人。事后得知这是一次6.6级地震。

他常年下乡，车上遇险也多达四五次。有一次是冬天，有一段路全是冰，尽管司机小心开车，但车子还是在冰面上来了一个360度大转向，好在车子没翻。

艰苦的环境，繁重的工作，巨大的压力，使郑健的身体出现了毛病。他来新疆前是一个身体倍儿棒，什么毛病都没有的人。而现在，50多岁的他，患上了高血压，血压常常在160/110，他需要天天服药。因为饮食无规律，他得了胃病，消化系统也不正常。他的睡眠出现了问题，常常焦虑，睡不好觉。

面对身体上出现的问题，郑健十分坦然，他说："人总是要得病的，为援疆得点病，值得。为新疆各族人民做点工作，更是值得。"

医生，人称白衣天使。

辽阳援疆医生，就是辽阳人民的天使。他们把辽阳人民对新疆各族人民的美好祝福和无限深情带到了新疆，带到了额敏。他们用自己的爱心和医术，书写着民族友谊团结的动人乐章！

辽额检察蓝

钟素艳

蓝天　白云　壮丽的山河
我们人民的检察官　在庄严的国旗下集合
执法为民是党的嘱托
法律监督是我们神圣的职责
为了人权保障　为了社会祥和
我们履行承诺
看阳光普照　大路宽阔
天地间我们高扬
我们高扬公平正义歌
青春　热血　不朽的史册
我们人民的检察官　在庄严的国旗下集合
清廉严明是闪光的品格
忠诚公平是我们不改的本色
为了春天永在　为了百姓欢乐
我们无怨无悔
看阳光普照　大路宽阔
天地间我们高扬我们高扬
公平正义歌

——《人民检察官之歌》

在祖国边陲额敏县的历史长卷中，有一抹凝重深邃的检察蓝，与多姿多彩的民族色彩融合在一起，浑然天成，为新疆的长治久安描绘了美好的法治生态图景。这个特殊群体，就是援助额敏县人民检察院的辽阳市人民检察院的检察官。他们身着深蓝色检察制服、佩戴检察徽章、依法履行法律监督职责，用青春和热忱，在塔额盆地践行人民检察官的使命担当……在去往额敏县人民检察院采访的路上，我的脑海中一直回荡着这首雄壮磅礴的《检察官之歌》。这首歌唱出了检察官的爱之所在、魂之所在。

无论在东北辽阳，还是在西北额敏，那一抹庄重深情的检察蓝，是公平正义的庄严，令人敬畏；是惩恶扬善的利剑，让违法者胆寒。在中国依法治国的路上，他们冲锋在前，为经济发展、社会稳定保驾护航。

检察援疆工作是中央为推进新疆跨越式发展和长治久安而做出的重大战略部署的重要组成部分。中央新疆工作座谈会和全国、全省检察机关援藏援疆工作座谈会后，辽阳市人民检察院在第一时间成立了援疆工作领导小组，根据省院确定的结对关系，辽阳市人民检察院承担新疆维吾尔自治区塔城地区额敏县人民检察院的援助任务。2016年起，辽阳市人民检察院开始实施检察业务援疆计划，把检察援疆工作自觉置于党的领导之下，努力把援疆干部人才、项目、资金纳入辽阳市援疆工作大盘子，本着实事求是，注重实效的原则，着力解决额敏县检察院的实际困难和重点、难点问题，推动额敏县检察院实现跨越式发展。根据《最高人民检察院关于加强和推进新形势下检察援疆工作的意见》的规定，辽阳市人民检察院在额敏县检察院提出的受援要求基础上，起草了《辽阳检察机关援疆工作实施方案》和《辽阳市检察院援疆工作规划》，明确了辽阳市检察机关援疆工作的总体要求、基本原则和具体实施步骤。成立了以检察长为组长、主管副检察长为副组长、其他党组成员为小组成员的援疆工作领导小组，在政治部设立援疆工作办公室，主任由政治部主任担任，副主任由政治部副主任担任，其他成员由办公室、人事科、宣传教育科、计财科、技术科等相关部门负责人组成。建立和实行辽阳市人民检察院援疆工作责任制，明确分工和责任；与额敏县人民检察院建立重大工作情况通报制度、重要规范性文件、典型案件交流制度、联络员定期联系制度、干部人才双向挂职锻炼和岗位实践锻炼制度和援疆干部人员选拔培养制度，确保支援额敏县人民检察院工作有力、有序、有效进行。

无论时空如何阻隔，责任就是热爱到达的地方。对口援助以来，两家检察院加强互访工作，使援助工作更有针对性和实效性。额敏县人民检察院领导和干警多次到辽阳实地参观考察，选派干部到辽阳挂职锻炼。辽阳市人民检察院领导也多次回访到额敏县人民检察院考察调研，了解额敏县人民检察院各项检察业务工作和队伍建设情况以及在检察业务、干部人才、教育培训、科技信息化、资金项目等方面的受援需求，协商援疆工作计划，切实解决额敏检察的实际问题。

时光不停运行，援助从没停歇。责任、担当，让相距近万里的两家检察院使命相连，真诚、信任，让两地检察人亲如手足。截至2019年，辽阳市人民检察院在经济援助中，援助额敏县人民检察院资金80余万元；在队伍建设援助中，将近几年编制的各种办案规章、办案规范、办案制度及办案经验做法等文献编辑成册寄送额敏县人民检察院；在检察业务援助中，热情关心照顾来辽挂职的额敏检察干警的工作和生活，主动邀他们参加岗位练兵和业务培训。同时辽阳市人民检察院把政治坚定、业务精通、作风优良、有发展潜力的干警派到额敏挂职锻炼。4年来，分批次派出公诉处李昭达、曹廷，技术处陈世刚，民行处张栋共4名检察干警到额敏县人民检察院进行分类业务指导工作。他们从实际出发，研究新疆地区多发性和重大疑难案件的法律政策适用问题，指导和帮助额敏县人民检察院提高执法办案水平，对额敏县人民检察院办公自动化和局域网建设提供技术支持，协助完善检察业务部门网络信息发布、远程指挥、网上办公办案、检务管理系统和检察门户网站及安全保密系统建设……通过业务工作援助，提升了额敏县人民检察院法律监督能力和水平，两家检察院促进了检察业务工作高质量发展，也结下了深厚的友谊，使每一份援疆计划都带着温暖关切，每一个美好的愿望都落地开花。

公诉科里最忙的人

李昭达是第一位援疆的辽阳检察官，是实地开展业务指导的检察援疆开创者。时隔3年，我到额敏检察院采访，提起李昭达，很多同志说："他是公诉科里最忙的人。"

时间回溯到2016年7月，辽阳市人民检察院政治部收到辽宁省人民检察院政治部关于开展对口援疆工作的文件，这份文件拉开了检察业务援疆的序幕，辽阳市人民检察院对口援助新疆塔城地区额敏县人民检察院。政治部副主任刘向阳马上联系额敏，征求受援方需求，额敏盼望辽阳选派公诉部门检察官。市院党组十分重视此项工作，在检察长会议室，时任检察长孙策、分管公诉工作的副检察长伍崇伟、政治部主任李景洲共同研究人选问题，认为额敏是少数民族集聚区，地域偏远，检察工作繁重但检察人员不足，我们有义务提供力所能及的帮助，而且，要把援疆工作当成重要的政治任务来完成好。新疆自然环境和工作条件比较艰苦，民族风俗不同，饮食习惯不同，办案模式也不尽相同，对援疆的检察官来说，既是考验也是挑战。对口援助是长期工作，要开个好头，必须选派一名工作能力强、政治素质好、能代表辽阳检察形象的检察官。几位领导研究后，初步人选定为公诉处李昭达。

李昭达年轻帅气，成熟稳重，有丰富的公诉工作经验，执法公正，连年被评为系统先进，是一位放到哪里都会闪光的检察官。

会后，伍崇伟副检察长找李昭达谈话，征求他的意见。

这突如其来的消息让李昭达不知所措，心情非常复杂。他知道新疆偏远落后，环境艰苦。而且，他当时手中的案子很多，无法短时间内审结，家中孩子正面临从幼儿园到小学的择校阶段，工作和家庭压力都很大……但面对单位的指派，作为公诉处骨干检察官、共产党员，他想自己必须义无反顾、无条件执行院里决定。

他说："领导把这么重要的工作交给我，我感到非常荣幸。感谢院领导的信任，我本人愿意到艰苦的地方去锻炼，但要征求家人的意见，或者说要说服家人，毕竟要离家小半年时间，对家庭生活会产生一些影响。"

父母听说后，极力反对。妻子显得六神无主，眼里有了泪光，她说："孩子上学也是大事，选个好学校，选个好老师，对孩子的学习和成长非常重要，你一走，我怎么办哪？"

这些话让李昭达为难了，一边是自己为之奋斗的检察事业，一边是为之倾情的至爱亲人，但他还是决心奔赴新疆，努力说服了家人。在处理好工作和家庭的事情之后，带着对援助新疆的使命和对家人的眷恋，7月底，连同送他的市人民检察院的领导和同志一起，登上了飞往乌鲁木齐的班机。从此，他踏上了广袤的新疆大地，掀开了人生崭新的一页。

7月底是新疆最热的时节，他们一下飞机，就被无处不在的热浪围裹住了。当然，和天气同样热情的还有新疆塔城地区额敏县人民检察院的同志们。无论是辽阳，还是额敏，在以往的检察工作中，本地区上下级检察人员挂职锻炼的情况是常有的，但这种大幅度的地区跨越式挂职还是第一次，这种第一次带给人的新奇是可想而知的。而对于李昭达来说，自然环境、工作环境、生活环境的迥异，使他对今后半年的援疆工作充满了未知和忐忑。接下来，通过参观、座谈等形式，两院领导和干警进行了充分的交流，对额敏县人民检察院的现状有了初步了解，并对以后的援助工作进行了进一步的探讨。在这期间，李昭达着重了解了额敏县人民检察院公诉科的情况，包括人员、办案数量、案件类别等，更加明确了自己援助工作的目标，建立了为额敏检察多做贡献的信心。

一周后，辽阳的领导和同志完成了交接、考察任务，即将返程，李昭达同额敏县人民检察院的同志一同前往乌鲁木齐送行。一路上，他心里不是滋味，很少说话，好像一张嘴眼泪就会掉下来。在机场，院领导一再叮嘱他，在新疆生活上要照顾好自己，工作上树立辽阳检察形象……分别的那一刻，目送领导和同志们渐行渐远的背影，他突然感到了前所未有的孤独。他想，现在只有他一个人在这里战斗了，未来的工作一定加倍努力，为需要他的额敏检察多做一些，为辽阳检察的援疆工作创造良好开端！此时，这个决心就是誓言，他感受到了肩上沉甸甸的责任，内心涌起了自豪感。他强忍着泪水转身，同额敏县人民检察院的同事一同回到了额敏县委党校招待所，这是他在额敏工作的住所。

在异地他乡，李昭达首先要解决的是吃住行问题，这是他做好援疆工作的保障性前提，也是他必须克服的困难。额敏县委党校招待所距离检察院有三四公里的路程，在额敏县属于比较偏僻的地段。李昭达住在四楼一个比较陈旧的标准间，室内没有有线电视，网络信号极弱，卫生间很小且设施简陋，感觉自己被放在了一个孤独而逼仄的空间里，环境和通信极不通畅。整个楼层就住他一个人，走廊里寂静而空旷，让人心生胆怯。好在，楼下不时有一些民族同胞入住，并不缺乏生气。这一晚，他辗转反侧，难以入睡，时差不是一时半会儿能倒过来的。住的条件艰苦，而吃更是一个大问题。第二天早上，他到楼下的食堂吃早餐。那天做的是新疆特色的手抓饭，饭里有很多肥肉，感觉特别油腻。他试着吃了一口，实在难以下咽，便偷偷跑到外面的卫生间，全都吐了出来。之后，他就没在食堂吃过一顿早饭。每天到超市买好面包、牛奶等食物，一直到他离开新疆。

额敏县人民检察院没有食堂，因此，李昭达的午餐、晚餐都需要自己上街找地方吃。而当地大多是哈萨克族和维吾尔族餐厅，还有一部分是回族餐厅，汉族饭店很少。因为当地的面食做得和家里的差不多，他在新疆的三餐基本都是以面食为主。几个月的面食，使他在回辽阳后的很长一段时间看到面条就躲得远远的。

援疆工作时间有限，李昭达想，即使自己拼尽全力，所做工作也是微不足道，谁都知道授之以渔胜过授之于鱼的道理，他决心尽可能多地做好业务指导工作。

在额敏县人民检察院，他被分配到公诉科任副科长，负责办理公诉案件和指导交流工作。那时，正赶上院里进行卷宗归档，公诉科的卷宗基本装订完毕，但是没有进行复核检查，这是一项必须对历史负责、对法律负责的细致工作。由于科里同志少，还有驻村任务，科长顾不上家里年幼的孩子，选择晚上加班。李昭达了解到这一情况后，主动承担起来。他说：反正我就一个人在新疆，回宿舍也是待着，不如在院里加班吧。那一段时间，李昭达下班后匆匆吃点东西，立即投入工作。新疆晚8点下班，10点钟，太阳还高挂在天上，高温难耐。他想尽快高质量完成案卷归档工作，每天都要工作到深夜。检察院整座大楼像一位劳碌的人早已进入梦乡，安静了下来，只有李昭达办公室的灯光还亮着，在黑夜里和星月一样，照亮孜孜不倦的前行者的路。额敏县2015年数十本公诉卷宗，每一本每一页都停留过他审慎的目光。通过认真检查、仔细整理，他发现了公诉科日常工作有失规范的问题。这些问题主要体现在程序上，如询问笔录、讯问笔录缺少侦查人员检察员签字，提讯证上的提审时间、收监时间忘记填写，其他材料中缺少换押证、案件移送单等，他将卷宗内出现的各种问题均用铅笔一一标注好，办案人及时纠正、重新整理装订，大家在最短的时间内优质高效地完成归档工作。全科的同事也被他认真负责的态度所打动，都表示以后在工作中不仅要重实体，更要重程序，使工作更加专业化规范化。而在对办案法律实体的把握上，李昭达也倾尽全力，察微析疑，指导同志们认真对待每一个细节，每一个数据，每一个嫌疑人，以彰显法律的尊严。

公诉科检察官赵文龙收到一个盗窃案，涉及跨境盗窃牛、羊等家畜。额敏县与哈萨克斯坦接壤，而牛、羊等家畜在当地是农民主要的生活经济来源。李昭达通过阅卷发现，这个案子主要问题是公安机关对被盗的家畜没有委托相关机构进行估价鉴定，而是采用以往的做法，即按照当时的市场估价予以认定。在研究案件时，李昭达提出，这种估价办法虽然合理，但并不合法，依照法律必须对被盗物品进行估价鉴定，因为盗窃罪是数额犯罪，应根据鉴定数额对嫌疑人进行定罪量刑，这样才能体现法律的公平正义。此时，赵文龙也认识到事件的严重性，马上跟公安机关沟通，要求公安机关必须对被盗物品进行价格鉴定，同时跟法院联系，对已经做出判决的类似案件进行补充鉴定。李昭达对一起案件的指导，使额敏地区的同类案件得到公正判决，也使检察院的法律监督职能得到充分发挥。

从双脚迈进额敏县人民检察院大楼那刻起，李昭达就把自己当成额敏县人民检察院的一员，严守组织纪律、工作纪律，和公诉科的同志一道紧张工作。他积极参与办案，参与案件讨论和指导，遇到疑难问题，主动向辽阳的领导和同志们请教，为额敏公诉做了很多指导性工作，在做好本职工作的同时，他乐于做些辅助工作，经常不辞辛苦陪同志去看守所提审犯罪嫌疑人，往返在额敏县看守所和九师看守所之间。在辽阳，到看守所提审犯罪嫌疑人是件很平常的工作，不管路途远近都有警车保障。可在额敏县人民检察院，一般情况下，提审没有车，到看守所需要步行40分钟，但他仍然主动配合办案人工作。记得到额敏检察院工作的第三天，李柳坤科长分给他一个故意伤害的案件。仔细阅卷之后，他同公诉科赵文龙一同到额敏县看守所去提审犯罪嫌疑人。看守所距离检察院有五六公里。去提审时，赵文龙在单位叫了一辆警车，提审结束后，赵文龙对他说："咱俩走回去吧，这地方偏僻，打不到出租车。"

他惊讶地说："不是单位的警车在外面吗？"

赵文龙说："哦，刚才单位有其他工作需要用警车，所以车先回去了。"

那时李昭达才知道，原来额敏县人民检察院只有一辆警车，工作忙的时候根本用不过来，像今天这样，从看守所走回检察院是很平常的事。从那时起，李昭达多次去看守所提审犯罪嫌疑人，步行成为常态。提审路上，他经历过骄阳似火、天寒地冻、雨雪风沙……但不管天气如何，他坚定的脚步从没退缩过。当他坐在我对面，轻描淡写地谈起当时的这些困难时，语气平静，话语间充满了怀念。我想，对于一位心中有信念的年轻检察官来说，克服困难、磨炼意志，是他援疆的初心使命，也是增长才干最有效的途径之一吧。

在额敏县人民检察院公诉科，李昭达的工作能力、工作态度和司法理念赢得了大家一致称赞。援疆的几个月里，朝气蓬勃的辽阳检察官像一股清流，感染和激发了额敏县人民检察院干警的工作热情。他谦逊温和，善于交流，同志们在工作中遇到法律问题都愿意请教他，也和他结下了深厚的友情。

一天，额敏县人民检察院的金书记找到他，跟他聊辽阳地区办理案件的相关做法及其他工作的开展情况。之后，金书记邀请他以公诉工作的某一点或某一类罪名为主题，为大家做一次讲座。他接到这项工作之后十分重视，业余时间上网查相关资料，给辽阳的同事打电话切磋一些案件情况，并且结合他以往的办案经验，经过一个星期的准备，形成了《自首的司法认定》讲稿，主要围绕自首的构成、主动投案的情形、如实供述的范围及相关司法解释、案例。但就在这时，金书记接到区里通知，需要到相邻的几个县去调研工作，所以讲座就搁置了，直到他离开新疆也没有进行，这成了他援疆工作中非常遗憾的事情。当然，还有一种遗憾或者说是歉疚，是他心里隐隐的痛。离家几千里，想家是最难熬的。他经常给家里打电话报平安，但最怕听到家人生病的消息。其间，孩子生病，妻子忙里忙外，下楼时不慎崴了脚，他能感到家里的忙乱，焦急惦念，但是什么都帮不上……

在新疆，正常的工作之外，还有一项非常重要的工作，就是驻村帮扶工作。在额敏县当地，每个机关都需要派员到相应的农村驻村，同当地农民一同吃住一年，检察院也不例外。额敏县人民检察院所帮扶的村子距离单位20公里左右，李昭达有幸同金书记一起到农村去，体验驻村工作，了解少数民族群众的生活，丰富了援疆经历。

在额敏县人民检察院，李昭达同赵文龙在一个办公室，因为工作上的接触，也成了无话不谈的好友。新疆古尔邦节的盛大隆重，相当于我们的春节。赵文龙特地带他到禾木体验民族风情，他们到哈萨克族朋友家里做客，少数民族同胞的淳朴热情，西北景色的纯净美丽，给他留下了深刻印象。同时，由于近距离的接触，增进了民族感情。援疆结束后，他们始终保持着联系，经常相互问候，更多的是探讨案件。

政治部主任史志丽是位细心的领导，她看李昭达每天步行40分钟上下班十分辛苦，主动把女儿的自行车借给他，解决了他交通上的大问题，他将路上节约下来的时间都用于工作上。他说："援疆的时间很有限，我要尽力用好每一分每一秒，为额敏的检察工作多做一些。"

作为写作者，我到额敏县人民检察院采访，了解辽阳检察官的援疆工作。座谈会上，大家争相发言，谈对李昭达的印象，好像回到了和他一起工作的时光，个个有说不完的话，话语间流露着对他的赞扬和想念。

主管公诉工作的副检察长左慧丽说："昭达来我院时间不长，他既是办案人，又是业务指导，有时还是辅助人员。在案件办理指导上，做了很多工作，2016年到现在经常联系，持续保持案件研讨，他为检察援疆工作开了个好头！"

一"网"情深

新疆塔城地区额敏县别称"天空之城"，素有"蓝天无处觅白云"的美誉，天空高远辽阔，湛蓝无云。

2017年7月，一个周一的早晨，在蓝色苍穹之下，额敏县人民检察院全体干警整装列队照常举行升旗仪式，与以往不同的是，队伍里多了一张陌生面孔。他身材瘦高，站姿挺拔，面容俊朗，英气勃发，整个人散发着十足的军人气质，一看就知是多年军营历练的结果，他是来自辽阳市人民检察院的援疆干部陈世刚。陈世刚2013年转业到辽阳市人民检察院工作，由于精通计算机，被分配到检察技术处工作。

社会进入信息化时代，检察工作更离不开科技支撑。早在2007

年，辽阳检察机关就在"互联网+检察"方面做出了突出成绩，在辽宁省检察系统率先开通了网上工作协同平台，集语音、视频、会议于一体，极大提高了工作效率。到2016年，辽阳检察信息化建设已经普及到检察机关各个条线，并有了成熟可推广的经验。而此时，处在祖国西北边陲的额敏，因为网络和技术的诸多原因，此项工作还处在初级阶段，科技强检比较滞后。额敏检察院领导多次考察辽阳检察工作后，希望辽阳在2017年选派一名技术处的同志援助额敏工作。

2017年7月，一个炎热的下午，辽阳市人民检察院检察技术处接到了政治部关于选派检察技术人员援疆的通知。那时，院里正进行干部竞聘上岗工作，陈世刚成功竞聘技术处副处长，正在公示期。陈世刚知道后，第一时间产生了要去的想法。回到家和爱人谈了自己的想法，她坚决反对。妻子的反对是有理由的，当时，他们的孩子才出生20个月，正是需要爸爸照顾陪伴的时候；他的父母在外地，岳母住在灯塔，虽然离得比较近，但身体不好；妻子每天要上班，工作也特别忙。陷入短暂的沉默后，他再次坚定地对妻子说：援疆是国家战略，更是光荣使命，我作为党员干部，理应带头……妻子理解他，看他决心已定，只好抹着眼泪默许了。之后，夫妻俩商量把孩子送到灯塔岳母家，请岳母帮忙照看，妻子每天在辽阳和灯塔之间跑通勤。

第二天，陈世刚提出了援疆申请。院党组批准后，要求立即与部门同志交接分管的工作，3天内出发。出发前，时任检察长孙策把他叫到办公室，勉励他舍小家顾大家，自觉服务奉献，建设祖国边疆，希望他安下心、扎下根，立足本职、无私奉献，为额敏检察事业做出新贡献，同时要坚持旗帜鲜明讲政治，要忠诚干净勇担当……

7月27日登上了飞往乌鲁木齐的飞机，经过6个小时的行程，到达乌鲁木齐时已是晚上8时，太阳还高高挂在天空，走出机场，见到等待许久的额敏县人民检察院同人，他们的热情使他一下子把忐忑抛到了九霄云外。到达额敏的第一天，他就感受到了额敏人的热情好客，额敏县人民检察院党组书记金勇为他准备了新疆美食，香喷喷的抓饭、大块羊肉、甜美无比的水果……

在陈世刚的印象中，提起新疆额敏，他会想到能歌善舞的少数民族同胞，会想到那里美味多汁的瓜果。而当他真来到额敏才发现，额敏有的不只是这些。额敏县土地辽阔、物华天宝，是全国绿色农业示范区、国家粮食基地县、油料百强县；现代畜牧业发展迅速，是自治区细毛羊改良县、百万头（只）牲畜发展县、新疆飞鹅养殖基地和全国褐牛基地县，素有"粮仓、肉库、油缸"之美称，被授予"中国红花之乡""中国飞鹅之乡""中国打瓜之乡"等九大特色之乡美誉。

新疆是个好地方！地域广阔，物产丰富，人民热情。虽然经济发展相对落后，气候环境恶劣，干旱少雨，多有风沙，极寒极热，工作条件简陋，但这些算不了什么。陈世刚从决定援疆那刻起，就已经做好了吃苦的准备。

此时，额敏县人民检察院新建的办公大楼刚刚竣工，还没有投入使用，必须科学设置内部设施，以保证跟得上科技强检的脚步。辽阳市人民检察院参与了新办公大楼的援建，这里的每一块石头、每一根钢筋、每一块玻璃，都饱含着辽阳检察人的深情和希望。这气势庄严的大楼，让陈世刚觉得格外亲切，内心里充满了自豪，他决心倾尽全力，建设、运营、维护好检察网上办公办案系统，为额敏检察插上科技腾飞的翅膀。

陈世刚知道，技术援疆的时间是有限的，要想在有限的时间里把检察局域网建设好利用好，首先要做一个额敏检察人，做好平凡的日常工作，把自己全身心融入额敏检察这个集体中，与额敏检察的发展同律动，针对额敏检察技术的特点和需求，积极发挥自己的优长，把辽阳信息化建设的先进经验运用到额敏检察的工作中。在额敏这片热土上，陈世刚努力克服困难，时刻谨记自己的"四个身份"——共产党员、援疆干部、检察干部、辽阳干部，落实自治区党委提出的"聚焦总目标、大干五十天、实现三不出、喜迎十九大"要求，积极参加额敏县人民检察院组织的各项学习教育活动，严守政治纪律和政治规矩，严于律己，尊重领导，团结同志，爱岗敬业，时刻树立援疆干部的良好形象。

由于额敏县人民检察院人员少任务重，30多名干警既要开展日常工作，又要完成驻村扶贫、看守所和社区值班等重要工作，陈世刚看到这一实际情况后，主动向组织申请，哪里缺少人员就到哪里去，主动要求担起值夜班的任务，尤其是十九大会议前后的一个月时间，全天候工作未曾休息过一天……

把科技运用到检察工作中，最大限度地提高工作效率和办案质量，是检察机关科技强检的重要体现。到额敏县人民检察院后，陈世刚了解到本院信息技术人员短缺，网络平台建设水平落后，曾一度制约额敏县人民检察院的发展。通过实地考察，额敏县检察院的网络信息化工作已经在陈世刚头脑中形成了清晰的图谱。

陈世刚主动担起重任，充分发挥检察技术业务能力，圆满完成了塔城地区分院和额敏县院的信息化建设工作。他协助塔城分院和额敏县人民检察院高标准完成了内部局域网建设规划，制定了详细的设备配备清单和各类设备技术参数指标。在建设检察三级专线网络时，提出了合理的综合布线方案，使用光纤替代网线，有效地解决了线路之间干扰的问题，并多次到工地现场指导工作，在节约资金的同时，高标准完成了信息化建设任务。"陈世刚同志人很实在，我们一心扑到工作上，在一起放弃休息日，加班加点，一个月内完成了网络建设拓扑图工作，提前完成新建办公楼信息化建设。"谈及当年的工作情形，额敏县检察院干警孙朝中记忆犹新。

9月下旬，陈世刚随同塔城分院评估组到塔城地区基层检察院对信息化建设开展评估工作。他和评估组的同志一起，行程1000多公里，深入每个基层检察院，按照自治区检察机关的评估标准，逐条逐项进行检查，针对存在的问题指导相关人员及时整改，对不能现场整改的单位提出有效的整改意见，对信息化规范化开展起到了积极作用，受到了塔城分院领导和受检单位的高度赞扬。

随着社会的发展、科技的进步，新型犯罪层出不穷，对检察工作提出了新的挑战。陈世刚以娴熟的技术水平、过硬的业务能力、敬业的态度保障了检察干警办公办案顺利进行。他主动承担了额敏院的信息化运维工作，坚持每天上班前和下班后对机房进行检查，确保额敏县人民检察院网络随时畅通。他为人温和，工作勤勉，每天楼上楼下不知跑多少个来回，每个办公室里都能见到他的身影。几个月中，他耐心为干警解决业务应用系统办案中遇到的问题近百次。尤其是在协助自侦部门办案过程中，为查办的两起受贿案件，依法提取了电子证据，对案件的侦破起到了关键作用。

检察信息化的目的是深化应用和信息共享，而信息化应用的主体是广大检察人员。为切实提高全院检察人员计算机操作的基本技能，营造浓厚的信息技术学习氛围，为办公、办案系统的应用和推广打下基础，在额敏县人民检察院党组的大力支持下，陈世刚精心备课，在全院干警中开展了一次大规模的信息化培训活动。在培训中，他细致讲解、耐心示范、点对点指导，把自己掌握的技能倾囊倒出。课后，为进一步巩固学习效果，他针对各部门检察工作的特点和可能遇到的技术问题，精心选用了学习资料，挂在内网供全体干警参考学习，并随时对提出问题的干警进行个别辅导。通过学习，额敏县人民检察院干警掌握了计算机的基本知识，特别是明白了检察机关的信息化是什么、检察机关的信息化应该怎么做等一系列令他们困惑的问题，工作效率都有了明显提高，技术骨干也快速成长起来，都能够独当一面，保障检察信息化工作正常运行。

陈世刚的努力，收获了工作成果，也收获了额敏检察人对他的关爱，他们像对待自己的亲人一样关心他的生活，经常给他送来喜欢吃的手抓饭、拌面。他说："我本来是来吃苦的，来奉献的，但当地干部群众对我的关爱，让我感到分外温暖。"记忆最深刻的一次感动是，中秋节快到了，思乡的情绪在心头凝聚，离家两个多月了，不知道更加劳累的岳母身体吃得消吗？不知道每日辛苦的妻子过得好吗？他最疼爱的女儿提前上了幼儿园，不知道小小的她能适应吗？是否生病了？尽管经常和家里联系，但妻子总是报喜不报忧。但他知道，过日子，哪会遇不到难事。可自己，几千里之外又能怎样呢……就在这时，他收到了很多额敏县检察院同人、朋友诚挚的祝福。这让他无比感动，工作干劲倍增。

陈世刚带着对额敏的深情，对网络的深情，对检察事业的深情克服困难，忘我工作，额敏县检察院的信息化工作在塔城地区首屈一指。额敏县检察院检察长叶尔肯·古丽说："我们的信息化水平建设能在塔城地区排第一，陈世刚科长功不可没。"

法庭上的"正义君"

检察援疆工作，让大东北和大西北得以互通交流，亲如一家，辽阳市人民检察院在财力、人力、技术上给予了额敏县人民检察院无私的援助。两家检察院往来频繁，共同探讨司法理念、办案模式、技术应用等检察工作的实际问题，也加深了民族之间的感情，激发了青年检察官担当作为的勇气和激情。到2019年，辽阳市人民检察院开展援疆工作已经4个年头了，按照以往的惯例，还会根据额敏县人民检察院的需求选派援疆检察官。4月，公诉处检察官助理曹廷向政治部提出申请，希望有机会到国家对口援疆工作大潮中去锻炼，在祖国开发大西北战略中出一份力。时隔不久，额敏县人民检察院政治部主任史志丽打来电话并发来工作函，他们需要的正是公诉部门的检察官。接到通知后，曹廷第一时间联系了他的父母和新婚妻子，征得了家人的支持。那时，对口报名的只有他一个人。本以为没有竞争，会顺利得到批准，他开始跃跃欲试地咨询前几届的援疆检察官，默默制订援助计划，没想到主管领导因为公诉处工作比较繁忙，压力比较大，不同意他去援疆。他心里燃烧的小火苗遭遇了一盆冷水，一时间不知所措，十分焦急，但他不想放弃，鼓起勇气走进了伍崇伟副检察长办公室。伍崇伟被这个年轻人援助边疆的决心所打动，最终同意了他的请求。

在出发之前，恰巧额敏县人民检察院束文芳书记一行来辽阳考察，座谈期间，她见到了即将赴疆援助的曹廷，并给了他很多鼓励，让他更加坚定了援疆的信心。政治部姚述刚主任专门找他谈话，希望他在援疆工作中，真诚热忱，多做工作，建立感情，树立辽阳检察良好形象。

对于人生经历和工作经历都比较简单的曹廷来说，2019年6月23日，是他永生难忘的日子。这一天，他告别了新婚宴尔的妻子，和束书记一行一起登上了飞往新疆的飞机。他飞越千山万水，从生于斯长于斯的东北来到了人地生疏的西北，身负援疆使命，开启了与以往不同的人生。32岁的曹廷，面庞还有些许稚气，肩膀也没扛过重担，他能在新疆的艰苦环境中完成任务吗？当飞机进入新疆上空，千里戈壁滩出现在眼前，没有一丝绿，没有一座建筑，没有一个人，那种荒凉空旷的气息令人震撼，也令人却步。此时，他又想起援疆同行对新疆的印象，那里干旱少雨，多风沙多暴雪，温差大、极寒极热，因为语言障碍交流不畅……但曹廷想，正因为如此，国家才实施援疆战略，那里才需要他，他的豪情才得以挥洒。既然叫援助，就一定会有困难，他早就有了战胜困难的思想准备。

飞机降落塔城机场，来接他们的是额敏县人民检察院办公室副主任魏长宝，他彪悍高大，亲切热情，和空气中的热浪一样给曹廷留下了很深的印象，消解了他初来乍到的忐忑。从机场开往额敏的路上，曹廷一直看着窗外，对周围的一切都充满了好奇。魏副主任主动向他介绍这里的情况，说道路左侧是额敏县，道路右侧归新疆生产建设兵团九师管理……两侧房屋建筑的风格和东北完全不同，这边是哈萨克族人住的房子，那间是维吾尔族人住的房子……就餐时，束书记一直向办公室张梅红主任、魏长宝副主任交代安排他的住宿问题。以往援疆的同志都住在额敏县委党校的招待所，因为检察院新楼还没有盖，院里解决不了住宿。而招待所条件比较差，离单位又远，上下班要步行40分钟，特别是逢天气不好时很不方便。现在，新的办公楼虽然已投入使用，但也没有干警宿舍。

到了额敏县人民检察院，曹廷住在了四楼休息室。环境非常好，屋子里的东西都是新的。这时，他才知道，束书记把自己的休息室让给了他，感动得不知说什么好。

第二天是周六，在正式进入公诉工作之前，民行部的蒙古族小伙子巴特尔·成吉思带他来到街上，陪他熟悉额敏县情况。他们来到辽阳援疆队，那里有40多名援疆的辽阳干部人才，在产业援疆、科技援疆、医疗援疆、教育援疆、文化援疆中，到处可见辽阳援疆人忙碌的身影；他们到辽阳援建的医院，这里从门诊大楼到现代化医疗器械，都蕴含着辽阳对额敏的关怀，还有十多名辽阳的医疗专家在这里传授医德医术；他们到辽阳援疆的学校，这里的宿舍楼、食堂寄托着辽阳人对少数民族学子的希望，这里有20多名辽阳的优秀教师在进行教育援助……额敏，从平坦的道路到健全的基础设施，从产业的崛起到科技的进步，到处都能感受到辽阳的贡献。作为一名辽阳的援疆人，曹廷一时间觉得不是一个人在战斗，辽阳市援疆工作队就是辽阳援疆人的根据地，辽阳援疆人是一个集体，拥有无尽的温暖和强大的力量，一种自豪感、亲切感油然而生。他想，一定要在检察援疆中做出成绩，否则，如何证明你曾经来过，曾经参与国家的援疆战略，并为之努力奉献过？

带着这份激情，曹廷很快融入公诉工作中去了。他多次参与案件研讨，提出自己的观点和意见建议。特别是同类案件的办理，灵活借鉴内地的经验做法。他主动参与案件的提审、取证工作、出庭公诉工作，奔走在去看守所的路上、去法庭的路上……在个案的办理中发挥着援助指导作用。而最值得一提的是，曹廷以正义的勇气，履行法律监督职能，义正词严纠正程序混乱的法庭秩序，打破了额敏多年来的庭审惯例，维护了法律尊严。

那是额敏县第一起非法吸收公众存款案件的庭审。下午3时，曹廷和一部部长赵文龙身着深蓝色检察制服，代表国家坐到了额敏县人民法院的公诉席上，准备开庭。被告人涉嫌的罪名是非法吸收公众存款罪，涉案金额300余万元，这是一起涉及百余名被害人的具有上访风险的案件，同时也是额敏县第一起非法吸收公众存款案件。被告人的律师是当地的一名老律师，有较深的辩护资历。庭审开始，审判长核实了被告人身份，公诉人宣读起诉书后，审判长问被告人对起诉书是否有异议。被告人称有异议，并请其辩护人代为表述。审判长同意后，要求辩护人简要说明对起诉书指控的异议。辩护人开始宣读对起诉书的异议，过去了20分钟，还没有结束，其中很多观点应是法庭辩论阶段的辩护意见，而不是在法庭调查阶段简要发表的对起诉书的反对意见。

　　面对这不合时宜的长篇大论，曹廷在与赵文龙沟通后行使了检察机关在庭审中的审判监督权力。他要求审判长控制庭审节奏，进入法庭调查阶段。辩护律师听到曹廷提请审判长后，竟然话锋一转，直接与曹廷对话，威胁说如果不让他将"辩护词"读完，在后面的法庭调查环节就要拖延时间。曹廷义正词严地说道："请不要和我对话，我们的法庭是以审判为中心，公诉人有异议应当对审判长说，辩护律师有异议也同样应当与审判长说，而不是辩护律师与公诉人直接对话。同时，我提请审判长，刚刚公诉人已行使了法庭监督权，希望审判长能够注意。"

　　听了曹廷的意见后，审判长立即要求辩护律师不要继续在法庭调查环节宣读辩护词。庭审继续进行，公诉人讯问被告人后，辩护人开始对被告人发问。但辩护人很多询问都是带有方向性、诱供性的问题，比如："你是不是认识×××，你与他是不是亲属？"这个问题正常的提问方式应当是："你是否认识×××，你与他是什么关系？"曹廷再次提请审判长，要求提醒辩护人不要诱供。这时，辩护人竟然恶狠狠地瞪了他一眼，目光里充满了愤怒。庭审进入法庭举证阶段，在公诉人举证后，辩护律师提出有一项新的证据提请法庭，要当庭与被告人核实。可证据没有先交给公诉人传阅，却直接让法警交给了被告人，开始核实。曹廷看着赵文龙，不解地说："法庭应当先给我们传阅之后才能给被告人哪！"于是，赵文龙要求将书证交给公诉人。此时，被告人已经核实了几项证据。赵文龙发现上面有好多人的名字，其中很多用不同的下划线标记着。

　　赵文龙问被告人："这上面的人你都认识吗？"

被告人："不都认识。"

赵文龙："如果没有上面的标记，你知道这些人吗?"

被告人："不知道。"

赵文龙："这上的标记是谁画的?"

对方的辩护人说是被告人的妻子画的。

这时，审判长说："这份证据被标记，不能在法庭上使用。下面继续庭审……"

曹廷打断了审判长："审判长，本份证据被标记，未经检察机关确认就由律师交给被告人，这个环节中，律师是否涉及违反法律执业纪律甚至是犯罪? 请法庭核实后酌情报给司法局，履行对律师的监督职能。"

作为国家公诉人，曹廷在法庭上正义直言，有理有据有威严有风采，纠正了一系列庭审程序错误，维护了法律的尊严。在之后的庭审中，这名律师规范地履行职务，庭审顺利结束。

新疆的检察工作有其特殊的地域性，检察干警不但要承担检察本职工作，还肩负着民族团结、保障地方安全的重任，他们不辞辛苦，敬业奉献，百忙之中不忘对援疆同志的照顾。因为检察院没有食堂，很多同事都在下班后、周末或者节日的时候请曹廷去饭店、到家里做客……其实，在曹廷来之前，办公室魏主任就在会上要求办公室的同志："辽阳援疆同志几千公里来援助我们，我们一定要把他们的生活照顾好。无论援疆同志在工作中遇到什么难题，大家必须帮助解决。"

后来曹廷知道了这件事，真是无法言表的感动，觉得只有更多更好地工作，才对得起这份关爱和情意。渐渐地，他们除了是工作上默契合作的战友，还是生活中的朋友和兄弟。

在做好公诉工作的同时，曹廷有意通过额敏县人民检察院的同志结识少数民族同胞，向他们传达党的援疆政策，传递党对少数民族同胞的关心和爱护，维护民族团结，并和哈萨克族的阿曼·札木札木结下了深厚友谊。阿曼·札木札木热情好客，他向曹廷介绍新疆的风土人情，地域风光。他说："新疆是一个很美很热情的地方，欢迎你家乡的朋友到这里做客，我们不但有着火热的气候，还有同样火热的心。"曹廷也欢迎阿曼大哥到辽宁去，并答应他回辽宁后向朋友们好好介绍美丽热情的新疆。

一个人的努力再微小，也是一份力量，曹廷要把这份力量做到最大化。所以他说："我理解的检察援疆工作，不是受援单位仅仅多办理几件案件，而应是把辽阳和额敏检察系统联系在一起。不只是我们市人民检察院公诉部门，而应是全辽阳地区检察机关，无论是民行、案管、控申或者技术部门……应该是整体的联系，需要案件的探讨或者技术的支持时，我愿意成为一个桥梁，帮助联系辽阳的业务专家或技术专家。也希望整个辽宁省和新疆塔城地区联系在一起，互相沟通衔接，解决新疆兄弟的实际问题……"他是这样说也是这样做的。

经过几个月的援助和锻炼，曹廷觉得自己一下子成长了，成熟了，眼界宽了，心胸广了，关注的问题也提高了一个层面，有了更强烈的使命感和责任担当。

现在，曹廷已经完成援疆任务回辽阳了。采访他时，他再三嘱托我，如果再入疆采访，一定要告诉他，他要带一些辽阳特产给额敏县人民检察院和当地少数民族朋友。

我到额敏县人民检察院采访那天，副检察长左慧丽到宾馆接我，党组书记束文芳参加并主持了座谈，政治部主任史志丽特意从很远的驻村地赶回来，额敏检察院如此重视这项工作，除了他们敬业的职业素养外，还因为我曾经是辽阳市人民检察院的一员。我在辽阳市人民检察院工作期间，曾有幸接待过额敏县人民检察院同人的来访，几次短暂的相处留下了很多美好的回忆。这次在额敏相见，我已经离开检察院3个月了，以系统外作家的身份来到一直向往的额敏，见到远在边陲的朋友，终是有缘有情有念，一时眼窝湿热激动难言。座谈会上，谈到辽阳市人民检察院对额敏县人民检察院的援助，在座的领导和同志们都有好多话说。2018年、2019年，辽阳市人民检察院检察长张晶岩、政治部主任姚述刚分别到额敏县人民检察院考察，带去援助资金，了解额敏县人民检察院各方面需求，精心规划下一步工作，让额敏检察人备受感动，记忆犹新。特别是几位实地援助的年轻检察官，他们克服生活上的困难，义无反顾地到艰苦的新疆去。李昭达、陈世刚离开年幼的孩子，张栋、曹廷离开新婚的妻子，他们把家庭担子放下，把援疆使命扛起。在远离家乡的地方，夜晚独自品尝对家人的愧疚和思念，晨起又精神百倍地投入新的工作。他们踏实融入当地工作，为额敏带去了新的理念、新的气象。业务指导中，他们重实体规范，也重程序规范；庭审中，他们重证据重规则，淡定从容，唇枪舌剑，依法捍卫公平正义，维护法律尊严；工作延伸中，他们使两地检察联通更加密切频繁通畅，咨询问题探讨案件得以迅速解决。束文芳书记深有感触地说了三个"好"：国家援疆工作形式好、组织得好，援疆进入国家治理体系，使民生改善，人心相连；辽阳市检察院国家政策落实得好，尽最大努力，在财力、人力、物力上支持额敏；援疆的检察官干得好，他们有热情有能力，有情怀有担当。

对几位年轻检察官的采访，他们都谦虚地说自己没做什么，做得还不够好，希望有机会再到额敏去工作。而对于2020年的援疆工作，姚述刚主任说："张晶岩检察长、伍崇伟副检察长都十分重视这项工作，无论从工作的角度，还是从民族感情的角度，仍会按照额敏检察院的需求，尽最大努力给予援助。"

这篇报告文学的写作已近尾声，我收起采访时用的笔记本、录音笔，关闭电脑屏幕上的资料文档，轻轻地把美好的记忆珍藏起来。虽然我没有参与援疆工作，但在采写援疆检察官的事迹时，也有身临其境的感触，有荡涤心灵的启迪，有平凡中见伟大的震撼……

山川异域，风月同天。辽阳，额敏，大东北，大西北，关山万里，相距遥远。但有一种蓝，让远在天边犹在眼前，让辽额检察官心手相牵，惩恶扬善，护佑平安，那就是神圣庄严的检察蓝，公平正义的检察蓝！

撒下蒲公英的种子

——辽阳市教育援疆侧记

王秀英

引　子

"我们新疆好地方，天山南北好牧场啊，戈壁沙滩变良田，积雪融化灌农庄……"第一次听到这首歌的时候，我还是少年。新疆广阔的地域，戈壁、沙漠、湖泊，还有高鼻子大眼睛的新疆人，在我的心中都是无比神奇的。

新疆，始终是人们心心向往的观光胜地。若不是作为辽阳作家采访团成员来新疆，仅仅是旅游，大概我是不会到塔城地区额敏县，额敏太遥远，远在离边境只有几十里路，巴克图口岸对面就是哈萨克斯坦。况且新疆著名的大美景致多得用10个手指头都数不清，来一次怕是游览不全呢。

2019年12月8日，天未亮就走出家门，拼车赶往沈阳桃仙机场。

飞机向西飞行，我透过机窗查看可见的地理，努力辨别哪里是内蒙古，哪里是青海、甘肃。一路没有倦意，甚至有点兴奋。2017年9月，在G7高速公路开通半个月后，与同学自驾游新疆，一直在地上跑，这回在天空俯视曾经到过的地方，祖国大好河山在脑子里便是立体化了。而且这次带着任务来新疆采访援疆队员，能更加深入地了解新疆的风土人情，怎么会不兴奋呢！

从乌鲁木齐机场转机到塔城地窝堡机场，下飞机已是夜色阑珊。辽阳市援疆工作队派人把我们接到对口援助的额敏县，在援疆工作队驻地，40多名援疆队员齐刷刷地站在公寓门前迎接我们。这一刻，让我深切感受到了援疆队员的思乡情愫有多浓重！

亲人来了，思乡的闸门再次打开，亲人相见，心里顿生暖意。

接下来一周的采访，几乎天天要有几次热泪盈眶，有感动，有辛酸，也有震撼。

我的任务是采访援疆教师。正在执行援疆任务的教师有7名是辽阳市委组织部选派的，其中有3名是前一批期满后留用的，连续支教。有24名是教育系统2018年8月参加国家"万名教师进疆"统一行动而来，这24名教师中有22名留在额敏县，分布在不同的中小学和职业学校，有2名前往塔城高中任教。

2019年12月11日，辽阳作家采访团一行6人走进了额敏县第三初级中学。一进校园，我就被几栋现代化的教学楼吸引，哎呀，辽阳市的中学也没几座能比得上这样的环境啊！再进到多功能报告厅、多媒体教室、体育馆，更是让我们感叹不已。

陪同参观的校长兴奋地一一给我们介绍学校的每一处建设过程，每一句话都饱含着对国家援疆政策的赞许。

当我们走到一栋名为"思援楼"的学生公寓前，校长声调高八度："这就是辽阳给我们援建的学生公寓！"

我们走进楼内，见学生宿舍的设施跟国内一些高校新建的宿舍一样，我们纷纷点头赞叹："真好哇！够得上一流了。"辽阳市内的高中，学生宿舍还多是8人一室的上下铺呢！此时，我再次深切地体味到，这就是咱辽宁人的长子情怀吧，自己勒紧裤带省吃俭用，把省下来的钱物资助给有困难的兄弟，让他们过得比自己还好，才安心哪！

在额敏三中参观过程中，适逢学生下课，在楼道里、楼门前，学生都很有礼貌地避让客人，同时行礼喊一声："老师好！"尤其是少数民族孩子，让我喜爱得不由自主地去亲近他们。

几个少数民族学生口里喊着万老师，向走在我身边的援疆教师万国强跑来，抱住万老师不撒手。国强搂着他们，眼睛有些湿润。他近来不敢见学生，因为有的学生听说他要回辽阳了，都急哭了。

在采访结束，即将离开学校时，我有些不舍，以后还能有机会再来吗？还能有机会零距离和这里的孩子们亲近吗？多么难得的一次遇见呢！

我跑到采访团长钟素艳主席跟前请示，能否和学生们在思援楼前合影呢？留个纪念多么有意义呀！提议得到支持，额敏三中校长施露霞组织了几十名学生，高高兴兴地与我们在思援楼前拍了一张珍贵的合影，这张合影将是我此行中最值得珍藏的。

一周时间不能逐一采访，面对面采访到11名教师，用掉了两支水性笔，写满了一个32开60页的小笔记本。这次采访，于我是一次心灵的洗礼。怀着崇敬之情，记录援疆教师的付出，展示他们的家国情怀，希望自己的文字能给予更多人以心灵的启迪。

让我们跟着这些教师的援疆故事，走进新疆准噶尔盆地，品味塔敏地区的人文风貌，感受他们的苦与乐吧。

千辛万苦来追梦

因为有梦，所以出发。因为初心，所以担当。2018年8月，辽阳市首批教育系统24名援疆教师整装出发，携太子河的气息飞越万里，去汇合额敏河的韵味。

万里之遥，从东北平原到西北准噶尔盆地的最西端，气候、时差、饮食、习俗，多有不适。正应了"百里不同风，千里不同俗"的俗语。

25个民族聚居的额敏县，饮食特点是辣、咸、油腻，尤其偏重辣，难以下咽。不咽则饿，咽了则呛，眼泪鼻涕加咳嗽。教师们中午在学校食堂就餐，早晚在住宿的党校食堂用餐，他们只好一口饭菜，一口白水稀释缓解，艰难地把肚子填饱。一周下来，几乎无一不显病症，流鼻血的、咽喉肿痛的、头晕目眩的、肚子疼的、生痔疮的，各种不适。一个月下来，个个瘦塌了膘，个别教师病得差点去医院做手术了。尤其担心的是，讲课是要用嗓子的，这种饮食怎么得了呢？

好在教师们的这些困难，被辽阳市援疆工作队总领队张成良看在眼里，疼在心上。他说，虽然这批教育系统来的援疆教师不是我带队来的，可是，毕竟都是辽阳来援疆的呀，一块土上的亲人，在他乡相遇，缘分哪！我怎么能看着兄弟姐妹有困难袖手旁观呢？他想办法把援疆工作队只能容纳20多人用餐的小食堂改造扩大，添置了锅灶炊具，把留宿在工作队前院党校的22名教师请过来用餐。

张成良心里这才算有了些许安慰。他却给自己挑的担子里加重了砝码，管理的人数翻了一番。既然吃的是一锅饭了，兄弟们在其他方面遇上困难，张成良能不管吗！

老师们得到了亲人的关怀照顾，生活上渐渐适应，工作起来就跟时钟上足了劲儿的发条一样，马不停蹄地转动。

额敏与辽阳时差两个多小时，工作时间是上午10点至14点，下午16点至20点。下班后，晚饭、洗漱、批改学生作业、写教研方案等临时性准备工作，时而与家人视频互报平安，大约是下半夜两点左右才得以休息。习惯了早起的辽阳教师，早上6点左右醒来，外面漆黑一片。开灯看书，写教案，饥肠辘辘地盼天明。

教师们分布在额敏县不同的中小学和职业中学，纪律要求援疆队员不得开机动车。他们只能步行上下班，从住处到学校，路途最近的也要走上半个小时。路途最远的辽阳市一职专教务副主任田原，步行半小时后还要坐一小时公交车才能赶到额敏县职业高中，车路费得自理。学校还有早、晚课，大家几乎是天天顶着星星出发，披着月光而归。

额敏的野狗多，经常袭击路人，灯塔市沈旦中学的李杰老师自嘲："不知道自己哪点招狗烦了，或许是身材高大对狗们造成了威胁？"经常有成群的野狗狂吠着扑向他，晨起上班，手里得拿一根棒子，要么捡块石头防身。

更让人肃然起敬的是辽阳市二中英语教师毛宏梅，她是教育部首批万名教师援疆支教计划中，辽阳市24名支教老师中唯一的女教师。她和男同志一样早出晚归，没有耽误一节早、晚课。当然在此不得不提的是和她同在额敏六中支教的纪福新等同事，他们默默地陪护毛老师起早走过黎明前那段黑暗的上班路程，像爱护自己的姐妹一样保护毛老师。毛宏梅平和地微笑，轻声说："既来之则安之嘛！咱们来了一队人马，还有组织上的关怀，哪能吃点苦头就退套呢！"

正如张台子镇中心小学副校长董晓林在进疆后参加额敏县教育系统"思想大讲堂"活动的发言《愿做戈壁滩上的一棵红柳》中说的那样——我们进疆，第一要过安全关，增强自我保护能力和应变意识；第二是过气候关，尽快适应；第三要过孤独关，把思亲的情感化作教学的动力。"万名教师进疆"是习近平总书记提出的一项"功在当代，利在千秋"的促进民族团结、实现新疆社会稳定和长治久安的重大决策。我们充分认识到援疆的重要性，要从讲政治、讲大局、讲奉献的高度来展示援疆教师的家国情怀与责任担当。

我们的援疆教师们，手机微信运动步数显示，每天每人几乎都超过2万步。他们风趣地说这样更好，绿色出行，既保护环境，又锻炼身体。

是的，风和日丽，走走，呼吸新鲜空气，放飞思绪，怡情惬意。那么风霜雪雨天气呢？更何况额敏县是三面环山，向西开口的地势。春季升温不稳，夏季炎热时常高温40摄氏度左右，秋季降温迅速，冬季寒冷漫长，极端低温可达零下30摄氏度以下。境内有著名的老风口，老风口处遇风突袭，人仰车翻。居住区全年盛行东北风，风速定时监测最大为每秒20米，平均风速也是每秒3米多。

我们的教师，头顶酷暑，喝风咽雨，毛发挂霜，踩冰踏雪行走在上下班的路上，这是常态。

面对生活的诸多不便，身体的各种不适，他们没有退缩，没有给家人诉苦，也没有向组织矫情抱怨。怀着一种既来之则安之的心态，对家人只报喜不报忧，给家人发一些美好的自然风光图片，或者是工作风采照片，免得亲人牵挂。

在困难面前，他们叩问自己：我来新疆为什么？我来做什么？要给新疆留下什么？

想到这三个"什么"，他们血脉里便会涌出一股激情，一股战无不胜的果敢，坚守，前行，大有"黄沙百战穿金甲，不破楼兰终不还"的意气！正应了法国作家罗曼·罗兰说的那句话："世界上只有一种真正的英雄主义，那就是在认识了生活的真相后依然爱它。"

真心真意结亲戚

支教，不止于教学，更重要的是以高度的国家政治育人，让新疆少数民族兄弟真正理解中国共产党的民族政策，提高他们明辨是非的能力。以春风化雨般的温暖，团结少数民族兄弟，使他们感受到中华民族大家庭的幸福。

额敏县居住的25个民族中，少数民族学生中来自哈萨克族、维吾尔族的较多，他们在原来的民族学校读书，多用少数民族语言教学，汉语基础薄弱。部分学生家庭生活困难。为此，辽阳市委组织部选派的以李恒山、李光旭、万国强、纪福新、李杰、田原、易广宇为代表的援疆教师承担了与少数民族困难家庭学生结"亲戚"的任务，分别与二支河牧场汇干村的困难农户结成"亲戚"。

结了"亲戚"，就把"亲戚"学生当成自己的孩子，把学生父母当成自己的兄弟姐妹，时时关注"亲戚"的疾苦，尽力提供帮助。

每到周末，他们自己掏腰包买生活用品、学习用品、食品等提上一大包，跑到住在乡下的贫困"亲戚"家，嘘寒问暖，帮助做活计，给学生辅导功课。这些流程在我们的援疆教师眼里都是不足挂齿的，因为在这些常规的例行之外，有着他们更加关注，更加劳心费神、身体力行为之付出的事情。可是，在笔者看来，大爱情怀也是从每一件点滴小事中体现的，所谓润物细无声，涓涓细流汇成河嘛！

"你就把我当成你的亲弟弟，我帮你是应该的。"易广宇真诚地对结对"亲戚"——学生舒曼娅的母亲如是说。

易广宇，灯塔市第二初级中学语文教师，在额敏三中教七年级语文课。他的结亲对子是所任班级的维吾尔族学生舒曼娅。舒曼娅的父亲去世不到两年，只靠母亲做糕点零售供舒曼娅和姐姐读书。

易广宇看到舒曼娅母亲因操劳而明显老于同龄人的面容，心里很是难过。同是中华大家庭的姐妹，命运把她推进了艰难的生活谷底，而自己恰是走到谷沿上可以伸手拉她一把的兄弟呀！

舒曼娅家艰难的生活让易广宇牵肠挂肚，每个月他都会带上水果、各种练习本子等礼物去她家走访，和一家人拉家常，向她们宣传党的民族政策，为孩子辅导功课。

他看到舒曼娅母亲做的糕点销量不大，就利用自己的朋友资源，帮助她们家卖糕点。用他自己的话说就是舍下脸来，求助家乡的亲朋、原单位教师来买糕点。第一次就帮着卖出2000多元的蛋糕，以此来帮助舒曼娅家缓解经济压力。

舒曼娅一家人非常欢迎易老师到访，感激易老师的热心帮助，念叨共产党好，政府好，老师好！

易广宇说："我们和有困难的少数民族结'亲戚'，非常尊重他们，绝不能摆出施者的架势。我们得带着党的政策，以兄弟情义相处，维护他们的自尊心。"

是的，尊敬，以心换心，这是老百姓最朴素的心理需求。但是需要用更合适的方式去表达，易广宇做得恰到好处，让有困难的兄弟姐妹有尊严地接受了帮助，他赢得了欢迎与尊重。这门"亲戚"真的和自己的亲姐妹一样，处得非常融洽。

"万老师，您家的小哥哥有您这样的父亲，真是太幸福了！"

这是万国强结亲学生发自内心的羡慕，他们羡慕万国强的儿子，有这样一位既慈爱又有学问的父亲。

万国强是辽阳市宏伟区实验学校数学教师，连续两届援疆，分别任教于额敏一中和三中。他结了两个"亲戚"，其中之一是三中的回族学生马志龙家。

万国强走进马家这5口人暂时租住的一间不到30平方米的房间里，心里非常不是滋味。怎样才能以自己的绵薄之力来帮助他们，让他们感受到祖国大家庭的温暖呢?！

万国强每个月都会带上水果等礼物去"亲戚"家，帮助他家干农活，一边干活，一边拉家常。

马大嫂对国强说："我们不怕累，就怕收成不好。有时候，收成好了，又怕东西卖不上好价钱。我们省吃俭用，怕也攒不下几个钱。孩子们读书吧，读好了呢，上大学费用又那么高；到我们干不动了，再生病遭灾的，可怎么办呢? 有的时候，心里真的是不敢想得太远，想多了心里更焦虑，唉！"

万国强劝慰大嫂把心放宽了："这不还有政府呢吗！咱们国家对待少数民族是有好多优惠优抚政策的呀，你比如，咱新疆，划为艰苦边远地区，那公职人员就多了一项补助；咱这的牧民和农民，在生产中，还有各项补贴；将来孩子上大学了，招生方面都有照顾的，有的大学指定名额面向新疆地区；还有哇，少数民族的孩子，特困户、低保户的孩子都有相应的助学政策，大学也都开辟绿色通道，肯定不会让考上的孩子因为交不上学费而辍学的。说到你们老了干不动了，生病了，这方面更不用担心，现在已经实行新型农村合作医疗了，还逐年增加报销额度。还有咱是大国，就像一个大家庭，兄弟姐妹多，一个人有难，兄弟姐妹都来帮。你看，我们来援疆，这不就是咱新疆哪方面弱，内地有优势的就来援助吗? 你再看国家在大西北在咱新疆建的大项目，逐年增多。你看高速公路，网络通信发展得多快，这些都是咱新疆经济发展的大动脉呀，整体经济搞上去了，咱老百姓还愁不脱贫吗? 再说了，社会捐助、慈善事业也都在发展中……大嫂，生活在咱中国，只要你拥护咱的党，遵纪守法，勤勤恳恳做事情，奔小康那是肯定能实现的。你家孩子多，那更是财富哇，困难是暂时的，将来都培养成才了，你们可就幸福得合不拢嘴呢！"

马大嫂眼里闪出了惊奇和希望的光芒："哎呀，万老师，听你这一说呀，心里敞亮了。加油，听习主席的话，撸起袖子加油干！"

大家不约而同地开怀大笑起来。

2018年8月末再开学的时候，万国强惊喜地发现班上出现了一张熟悉的面孔，那是他结的第一家"亲戚"龚发龙大哥的小女儿，这可真是亲上加亲了！于是，每到周末，一旦有时间，他就会来到龚家，把他家附近的同学恩朱、海依娜等几名同学也一起叫过来，为他们义务辅导功课，同时做心理咨询辅导。

万国强说，这些孩子和自己的孩子一样大，刚刚进入青春期，需要家长和老师的心理关怀。看到他们，就想念自己的孩子，就想把平日在家时对自己孩子的爱护与陪伴转嫁到这些新疆孩子的身上，释放父爱的能量。

在一次课外辅导课间活动时，一名学生说："万老师，您家的小哥哥有您这样的父亲，太幸福了！"其他几名学生眼里也流露出羡慕与渴望的目光。望着孩子们单纯清澈的眼眸，万国强的眼睛潮湿了，他情不自禁地抱起学生抢大圈，就像抱自己的孩子一样。

世间的情感，还有什么能抵得上这不是亲人胜似亲人的由衷表达呢?

"田校长，你是好样的，我们爱你！"田原结亲的哈萨克族兄弟对他竖起了大拇指。

田原，辽阳市一职专教务处副主任，任额敏职业高级中学副校长。他的结亲对子是哈萨克族14岁的小男孩。在县内走读，父母在外地打工。家长不通汉语，沟通困难。孩子自己住在家里，衣食住行无人照顾，学习没劲头，思想易波动。田原与校领导协商，给他办理了住宿。家长没了后顾之忧，十分感激。这个孩子住宿后，情绪好了，性格变得开朗了，学习劲头足了，成绩提高了。

田原经常对这个孩子单独训练汉语，时时关注他的思想和学习动态。孩子和田原非常亲近，普通话进步很快，对全国地理、自然、文化有了新的了解。孩子越发阳光向上，还能及时把自己的思想传导给家长，家长在和孩子视频时，竖起大拇指。

这个孩子学了烹饪技术，现已在石河子职业高中学习专业课，师生二人一直保持家人一样的联系。田原在节假日都要买东西捎给他，把他当成自己的孩子一样，不放弃对他的关心爱护。

师者，将爱植于教育中，这种爱必将持续发酵。

"纪老师，您的糖很甜。"这是学生给纪福新的留言。

纪福新，辽阳市第八初级中学语文老师，2017年2月17日，受组织委派，告别故乡白雪覆盖的大地，踏上万里援疆之路。2018年8月，他第二次来到新疆额敏，被任命为辽阳市教育援疆教师在疆期间工作领导小组组长。

寒冬腊月，下午放学后，纪福新带上礼物与结亲学生阿严一起到她家里"走亲戚"，一路上，阿严少言寡语，心事重重。

"阿严，平时见你不是很开心，不爱言语，总像有心事一样。你小小年纪，都在想什么呢？"纪福新问。

"没想什么，就是妈妈太辛苦了，家里钱还总是不够用。什么时候才能像人家那样有钱呢？"阿严答道。

纪福新安慰阿严："你还小，不要想大人的事。现在你的任务就是好好读书，将来考上大学，有了学问，你的生活就不会和你妈妈一样了。困难都是暂时的，咱们国家在发展，现在正在打脱贫攻坚战，这老百姓的生活会跟着好起来的。"

"我的家真的能脱贫吗？"阿严心存疑问。

"肯定的呀！不信，咱俩拉钩。"纪福新说。

师生二人一路聊着美好的前景，阿严脚步轻松，时而跳跃几步，转回身朝纪老师摇晃几下脑袋，抖抖肩膀。

阿严母亲怕纪老师吃不惯油腻的食品，特意给他做了素馅的烤包子。这让纪福新很感动，少数民族兄弟姐妹和自己东北家乡的人们一样，多么的善良纯朴，可亲可爱呀！

回到学校后，纪福新除了给阿严解决中午在校用餐问题，给她办了特困生就餐卡，又资助她400元现金。阿严心情舒畅了，脸上露出了久违的笑容，越发活泼开朗起来。

纪福新是援疆教师领导小组组长，平日琐事较多，白天不能及时辅导阿严功课。为了提高阿严的学习成绩，纪福新经常晚上去阿严家"走亲戚"，给她辅导功课。阿严家住在红星牧场，离纪福新的住处十几公里，有时辅导功课后赶不上末班公交车，他就不得不步行回公寓。他却把这样的情境当作难得的机会，他笑着说："一个人走在寂静的夜晚，似乎能听到大地的呼吸，仿佛能和星星对话，非常诗意呀！步行，不仅使体能得到提高，更便于放飞思绪，也能集中注意力思考问题。"

纪福新为了团结更多的少数民族孩子，让他们了解东北文化，在暑假期间，新疆的孩子来东北参加夏令营，他带着孩子们逛沈阳故宫、看二人转，参观辽阳的广佑寺等几个文化场所。有的孩子兴高采烈、手舞足蹈，说将来报考东北的大学。

他先后花了2000多元买孩子们喜欢吃的巧克力等小食品和学习用具，奖励月考成绩前十名、进步前十名的学生。学生赵婧雯写给他这样的留言："感谢您对我们的教导，感谢您包容我们的任性，您的糖抚平了我们因青春而躁动的心。您的糖很甜，这将是我们初中时代独一份的记忆！"

王英杰以有别于常人的方式来安排时间。

他是辽阳市弓长岭区汤河学校的教师，2005年曾赴青海支教，这次他又来到新疆额敏第二小学支教。他总是把有限的时间放到他认为最有意义的事情上。

来到额敏第二小学，他发现少数民族学生以怪异的眼神听他讲课，而且在课堂上用他们自己的民族语言窃窃私语。经过了解才知道，孩子们是对东北话感兴趣，非常想了解东北是什么样子的。于是，他就在课间和孩子们一起打球、一起做游戏，拉近和孩子们的距离，向他们讲述东北的人文地理和风土人情。

他曾到乡下住了一周以便了解民情。他了解到乡镇干部耐心细致地把党的惠民政策落实到各家各户，感到自己做好教育工作有多么神圣与光荣！所谓扶贫先扶智，师者的使命感让他更加亲近新疆同胞。

在即将离开新疆的时候，他在工作总结中写下了几个舍不得：舍不得与第二小学同志们共同奋斗的岁月；舍不得与可爱的学生们教学相长的时光；舍不得门卫大爷；舍不得商店老板、理发大姐……舍不得这条哺育额敏人民的河流——额敏河，绿柳，曲桥，涨满河床的清流，还有河水中嬉戏的麻鸭，你们可曾记得，有这样一群教师天天从你身边走过？

日本作家川端康成说："时间以同样的方式流经每个人，而每个人却以不同的方式度过时间。"辽阳市委组织部选派的万国强、纪福新等几名教师，就是把在新疆的每一时每一刻都用在发挥教师能量的事情上。

三里庄村的孩子家长下班在晚7:30～8:30，孩子放学回家有一段时间无人照管。万国强、纪福新、薛士杰、李恒山、李杰等教师与村里联系，在村委会安排一间临时教室，小学、初中的孩子放学后来补课。每天轮流去两位老师，除了辅导课本知识外，还教孩子们汉语、书法、绘画、围棋等。

丰富多彩的课后看护班，是三里庄村的孩子们一天中身心最放松、最快乐、最喜欢的时光。几名教师更是乐此不疲，以这样的方式，把自己一天有限的业余时间用在有意义的寓教于乐中，心里是满满的充实感、成就感、价值感。

与少数民族结亲戚，这一民族团结一家亲活动，不仅给予了少数民族兄弟家庭生活上的帮助，也帮助他们增强了爱国热情。同时，也提升了援疆教师的民族团结情怀。援疆教师所做的工作，岂止是一般的"传道、授业、解惑"呢！

相辅相融结对子

任谁都得承认额敏与辽阳，地域与文化背景差异甚大。额敏县少数民族学生多，仅看新合并的第三中学，60%是少数民族学生。如此，势必在教育教学方式上与辽阳地区有着很大的差别。单单从语言方面，额敏地区师生的汉语基础相对薄弱，国学知识普及面较少。当然，额敏教育教学上也有着内地不曾实施的教法，是值得援疆教师借鉴的。

由此，辽阳援疆教师进入额敏的学校后，都能尽快地全面熟悉校情，了解教学方式，寻找切入点，把辽阳较为先进的教育教学理念和方式融入其中，以期提高额敏的教学水平。为此，援疆队采用了结对子、小项目两种措施切入。

结对子，提高教师授课水平。每一位援疆教师与当地的三位教师结成"一带三"的帮扶对子，帮助他们集备、教研、命题，结合当地学生的实际情况，推行各类先进的教学方法和教育理念，与当地教师共同进步、共同提高。

如此，除了完成自己的任课，还要去听课、评课。可想而知，援疆教师要比当地教师多出无法计数的工作量。

在此，摘录我们在额敏三中采访座谈时，几位三中老师的谈话——

政史地组组长韩春霞老师兴奋地说："我请辽阳来的易广宇老师听课指导，每次他都听得仔细认真，他的指导意见比我教案写得都多，使我们成功地完成了交流磨课，效果真的是太好了！"

王翠芳老师饱含深情地对辽阳作家们说："易广宇老师在教研活动中，拿出了自己宝贵的教学经验，我们非常非常受益。"

语文组组长熊雅慧多次请易广宇老师看备课教案，请他提出指导意见，易老师都是认真帮忙。

我的采访日程里，因为时间有限，没有专程采访到易广宇老师，在离开新疆的头一天吃午饭时遇上了他，一聊才知道他是灯塔市第二中学的语文老师。他说："我恨不能把自己所储备的教育方法像竹筒倒豆子一样全部传授给他们，让这里的孩子们快速增长知识，尤其是在语文课目上能早日撵上内地的孩子。"

"一带三"大有星火燎原之势，从易广宇一人可窥见一斑。只说辽阳援疆教师就30多名，更何况全国万名教师进疆呢！

各显身手小项目

开展援疆小项目，促进当地教育质量提升。每一位援疆教师都要充分发挥自己的潜力，拿出至少一个教育教研方面的小项目，引领当地教师改变思维模式，改进教育教学方式。

推行一个方案，完成一个项目，并非想象中那样容易。尽管你尽心传授，还有接受对象的意愿问题。当地的教师并非都那么愿意接受新技法。他们长期形成的教育方式不是几名外援教师一时间就能改变的。援疆教师还是尽可能地做出了项目方案，想方设法实施。

万国强、易广宇老师将"利用网络资源提升教学质量"作为研究课题，把自己积累的优质网络教学资源无私地提供给同一教研组的各位教师；耐心地教他们怎样搜集和使用这类资源，希望当地老师能够树立充分利用网络资源的教学思想，掌握搜集整理网络资源的方法，进而促进教学质量提升，这使青年教师大开眼界，产生了浓厚的兴趣。万国强还发挥自身在心理学方面的特长，开展了主题为"考前心理辅导与自我调适"和"利用心理学常识提高记忆效果"等专题讲座，取得了很好的效果，深受当地师生好评。

纪福新老师推行的"分组分层作文"模式，首先在自己所带的班级里实行。这是一项烧脑费力的工作，比统一命题作文工作强度翻几倍。他为学生批改作文、改写演讲稿，经常至次日凌晨三四点钟。他批改作文，不是简单地写评语打分数，而是逐字逐词逐句逐段乃至从整体构思去剖析。学生对作文兴趣浓厚了，对演讲也产生了兴趣，由此引起了学生对语文课的重视。

李杰老师开办了"三笔字"课堂，不仅对学生分年级、分字体、分软硬笔教授，还对教师开班授课辅导。从拿笔手势、坐姿教起，那可真的是掰着手教，因此，李杰被参加学习的额敏教师戏称为"大掰哥"。这位大个头儿"大掰哥"无论出现在校园的哪一个角落，都是师生眼中的一道亮丽的风景，可亲可敬可爱，他能给人带来开心快乐的感觉。

白景超老师将"分层教学"作为研究课题，从分层作业和分层习题入手，将自己从前相关的教学经验首先提供给三位结对帮扶教师；再通过交流实践，使当地老师能够树立分层教学意识，掌握分层教学方法，以期最终形成多方面的分层教学理念与经验技能，进而促进教学质量提高。他的期望没有落空，他的教法在教研组得到了推广。

谢朋贵老师将"几何画板基本操作培训"作为研究课题。将自己积累的几何画板的基本操作方法无私地提供给数学组的各位教师，教他们怎样在教学中使用几何画板，最终使当地的数学教师能够利用几何画板这个数学工具来研究并解决数学问题，进而促进教学质量提升。这种新技法，让额敏的同行大开眼界，扩大了教研的思维空间，给常规教法注入了新鲜血液，这血液目前正在逐渐渗透乃至沸腾，相信这一股热流会流遍额敏乃至塔城地区教育界。

田原是职高的副校长，重点在管理上下功夫。他夜以继日地积极参与额敏县教科局职业高级中学教学诊断106条的对照、梳理、整改工作，对学校教学、安全、卫生、后勤等提出了切实可行的管理办法。同时，帮助额敏职业高中建立了学生德育量化考核办法，填补了学校德育教育硬性指标考核的空白。

由辽阳市教育局选派的24名援疆教师中，以孙永余、毛宏梅、王志胜为代表的援疆教师主持成立了三个教学工作室，可以称得上援教的瞩目项目，也是额敏县教科局正式对援疆教师提出的希望之一。且看下文的专题报告，在此不再赘述。

走笔至此，笔者要告诉朋友们，我们的援疆教师，无时无刻不在思索如何尽快将自己所储备的教学经验毫无保留地提供给额敏的同行！

星火燎原工作室

孙永余老师主持成立了"求索"工作室，并创办了室刊《求索》。他为刊物撰写的自序中的一段话，道出了所有援疆教师的心声：

> 已故武侠泰斗金庸先生，生前尝立名言有曰：侠之大者，为国为民！何谓之侠？此寥寥数字，诉诸笔端，袒露于心，慷而慨然，尽致淋漓！思而生敬，望而生畏，继而萌蘖情怀酝于心者——"家国"！

> 吾辈皆为人物之小有如蜉蝣，虽偶存雄心于内，竟发壮志于外者复几何哉？然予偶一念及"天下兴亡，匹夫有责"，羞赧愧悔，无以复加。幸而警醒未晚，犹有旋路之机。故余立志：路之正者，吾必行之；谏之善者，吾必从之；言之忠者，吾必纳之。

在没有这期刊物，没有任何大型重要仪式的常态下，即便他有万丈豪情，也不会在人前说出这番慷慨激昂的话语。在不是非要讲话不可的时候，他多是少言寡语，倾听他人见地。这是他的风格，或者说是一种让人敬重的师者风范。

1982年出生在一个满族家庭的孙永余，2004年7月毕业于渤海大学汉语言文学（教育）专业。他原为辽阳市弓长岭区高级中学语文高级教师，2018年8月21日入疆，先后在额敏一中、额敏二中任教。在一中一年，教高三两个班语文，承担多次教研课题主讲及公开课讲授任务，每周要上18～20节课；之后到二中任课半年，每周16节正课，加上辅导课平均每周要24课时。

孙永余发现额敏高中学生语文水平相当于内地小学四五年级的水平。这让他非常吃惊。他冥思苦想，极尽所能针对实际情况，完善教学方案，以期收到良好效果。他的教学水平及工作热情备受校方领导和同行的赞许。

教师节刚过，在学校的推荐下，额敏县电视台对孙永余老师做了一次采访报道，先后在额敏县电视台、塔城地区电视台播出。节目播出后，受到了学校老师及家长的广泛赞誉。老师们为身边有这样的援疆同行而感到幸运，觉得从孙永余身上能学到许多之前不曾了解的教学知识。一中尚爱丽老师说自己已过不惑之年，常常找不到前进的动力，是辽阳来的孙老师让她不断前进取得了很大进步。家长们因为孩子能遇上孙老师这样的名师而感到欣慰。

孙永余在一中的第二学期，了解到二中（民族学校）师资弱，主动承担了二中部分课程，每周兼课10节左右，一中、二中两边跑。其他班看好，找领导也要孙教师上课，他就接了3～4个班的课，后来，又扩到6～7个班的课。课节排不开了，就上阶梯教师上大课，同年组的几个班一起上课。孙永余就这样两边跑，课程安排得满满当当。他超负荷运转，如春蚕抽丝一样耗费心血和精力。

他的努力没有白费。让他欣慰的是，在2019年高考时，额敏一中文科成绩居塔城地区之首。

我从一份《额敏教育之声》微刊里读到《给你们讲讲孙永余老师与额敏县第二中学的那点事》中了解到了他两边跑的感人故事。他的课太受学生欢迎了，到下课铃响，学生都诧异地说："怎么这么快就下课了呢，再讲一会儿吧。"

二中高二（3）班的多斯布力说："孙老师的课特别有意思。在他妙趣横生的讲解下，原来我们觉得很难的知识都变得简单了，轻轻松松就能学会。"

一名高三年级的同学也难以掩饰内心的感激，高兴地说："一想到要面临高考，我们都很紧张。现在好了，听了孙老师的课，我们有信心取得好成绩。我们特别感谢孙老师。"

劳动量成倍增加以及额外开销，孙永余全然没放在心上。他巴不得使出浑身解数，以快速提高当地教师的教学水平和学生的学习能力。

恰逢额敏县教科局希望援疆教师开办工作室，带动辐射全县教师提高教学水平，这让孙永余眼前一亮。于是，他快速主持操办了工作室。

最初只是语文学科教师参与，后来吸纳了政治学科骨干。他说："语文学科本就应该在思想教育方面相对于其他学科担负更多的责任。"结合额敏时下的大环境，我们深感邀请一位资深的政治教师加入工作室来为我们把握思政方向之必要，所以我们吸纳王凤娇老师加入本工作室。

工作室人员是流动性的，有的教师因为其他工作多，或者受不了工作室义务服务活动的牵扯而退出。但是由于孙永余的坚持与付出，工作室始终能保持8~9名教师共同学习，配合工作。

"求索"工作室首先是"立足一线，力见实效"。本着工作室"务实不务虚"的宗旨，只求解决实际问题，坚决不搞花架子。孙永余老师经常深入成员教师的课堂听课，额外完成听课任务数十节，并认真评课。他上示范课数十节，把自己在一线最真实的教学水平展示给同行，并为工作室成员教师录课、指导。

在他的努力下，额敏一中语文组的几位一线青年教师飞速成长，教育教学取得了丰硕成果。杨维凤、涂晶晶等几位教师，在公开课及教研活动中获得了领导及其他教师的广泛赞誉。该工作室成员王凤娇、尚爱丽等教师在工作室的培养带动下快速进步，业务能力取得了重大突破，论文、教学设计、微课堂大赛多次获奖。

"立足一校，辐射全县"是"求索"工作室又一个目标，切入点便是开展"手拉手·向明天"系列活动。

在孙永余的积极运作下，2019年3月26日，二中全体语文教师在学校领导的带领下，怀着热切的心情奔赴一中听示范课。县教科局的主管领导及有关教研科室负责人一行4人莅临现场。

高规格的教学示范活动没有让"求索"工作室上示范课的教师胆怯，此前，孙永余认真指导了上示范课的几位教师，他们信心十足地展示了自己的教法。他自己的课题是"高三语文复习之文言文阅读"，他以幽默风趣的语言，深入浅出地拓展深度与广度，让学生在轻松愉快的氛围中，记得全，记得透，记得牢。40分钟课程，令学生和二中听课的教师感到余音绕梁、回味无穷。

4月初，清明将至，和煦的春风吹皱了一湾春水，更吹醒了人们心底最深的思念。这份思念是中华民族的魂，中华儿女的根。"求索"人怀着这份深情的思念，携手兄弟学校的同行再次燃起了额敏教育的新亮点。

4月4日，由"求索"工作室牵头开展的"手拉手·向明天"系列活动第二期——一中教师赴二中指导送课活动——成功举行，两所学校参加活动的领导及教师达50余人，反响不同寻常。

孙永余带给二中的公开课是"汉语之美"。这是一节助力推广普及国家通用语言文字的大课，以此助推额敏县普及通用语言文字活动更加轰轰烈烈地开展。

孙老师先是以一篇令人爆笑的"东北话八级测试材料"引出推广国家通用语言文字的直接作用在于交流和发展。随后，他幽默风趣的授课风格贯穿始终，让大家在轻松愉快的氛围中进一步明确了推广国家通用语言文字对于全国各族人民"凝聚中国力量，同心共筑中国梦"的重要意义。

二中教师代表玛娜尔激动地表示："我们二中师生对于这次送课活动已经盼望很久了！几位老师底蕴深厚，技巧纯熟。这次送课，让我们更加真切地感受到了与一中的差距，也让我们更加明确了前进的方向。希望这样的活动越来越多。"

在二中教初三语文的王老师，在课后与孙永余交流探讨时，表达了想到六中、三中交流学习的愿望，但由于种种现实困难，该愿望一直没能实现。孙永余非常高兴年轻教师能有这样的上进心，这正是他期望的呀！额敏的老师都能这样，还愁教学质量难以提高吗？当天下午，忙碌的间隙，他帮忙联系了县教科局教研室，从中沟通协调，得到了县教科局教研室的大力支持，在第二天就促成了为期一个月的二中初三教师到六中、三中交流学习活动。

在额敏，乡以下没有高中，在常人眼里，初中、小学并不在孙永余高中语文工作室辐射范围内。但是，孙永余认为，语文课是需要牢固基础的，因此，联动初、小非常必要，高、初、小教师交流切磋，更能明确教学目标，可以超越教学大纲，挖掘潜质去完善教学方法，提高学生的学习效率。因此，他的工作室潜心研究各学段协同运作、联运改革方案。

孙永余在圆满完成两个高三毕业班（每周平均24课时）的复习备考任务的同时，成功举办了大型师德师风教育讲座，大大增强了成员教师的师德师风意识。

孙永余说："教育犹如耕耘，一世不灭，一世不休。我们的'求索'之旅才刚刚开始，工作室后续还将陆续推出更多更精彩的活动。但愿有人来延续吧！"

其实，可以想象，开展活动并非一蹴而就的事。其间做了多少工作，费了多少心血，他本人没有和我诉苦。他只说，无论分内分外，凭的是心中的这股热情。

我在辽阳市援疆工作队的一份宣传册上，看到了孙永余老师的入疆感言："'海阔凭鱼跃，天高任鸟飞'是我的永恒宣言；'路漫漫其修远兮，吾将上下而求索'是我不变的追求。"

他深情地说，本期援疆任务结束后，还是会一如既往地与第二故乡额敏的各位教育同人携手并进，不断探索，在祖国教育这座大花园里，做辛勤而智慧的园丁。

红梅花开春风来

"用爱启点教育，用心启点教学。"是毛宏梅在额敏县第六中学主持的中学英语"启点工作室"的指导思想。"把课堂40分钟作为学生人生梦想的启点，打造高效课堂。"是工作室的主攻目标。为此，毛宏梅带领工作室来自额敏3所初中和1所高中的11名英语教师，努力将教学实践与最新教育理念相结合，拓展教育教学思路，走出去，请进来，博采众长。一次次的公开示范课、一次次的教学大赛活动，激起了额敏县英语教学一朵又一朵新的浪花。毛宏梅的名字也因此传遍了额敏教育界，如果把她的名字和她的工作室效应联系起来，在额敏，真可谓红梅花开春风来。

出生于1970年的毛宏梅，大学毕业后在辽阳从教25年，教过许多毕业班的英语，她所带的班级，中考英语成绩一直优异，她本人多次在市级优秀课大赛中获奖。

"做一名好老师"是毛宏梅从教之日起暗自立下的誓言。她在辽阳从教的25年做到了。她勤勤恳恳，脚踏实地，刻苦钻研，深受师生喜爱和学生家长敬重。

2018年教育部启动万名教师援藏援疆工程，她果断报名。当她拉着行李箱与23名男援友共赴新疆时，真可谓万绿丛中一点红，巾帼不让须眉。

初到新疆塔城地区额敏县第六中学，由于不了解当地的教学情况，她用原来的教学方式教学，学生不适应，很多学生跟不上。她立即多方面调研，主动与学生沟通，向同教研室教师了解学生的实际状况，及时调整教学方法，深入研究教材，精心设计每一节课。在每一节课上，尽可能以学生为主体，调动学生主动学习的积极性，培养学生良好的学习英语习惯，极力培养学生热爱英语、学习英语的兴趣。

毛宏梅在教学中使用"对话法""课前英语五分钟演讲法""表演法""小组竞赛"等行之有效的教学方法，让学生在课堂上动起来，深入挖掘孩子们的潜能，使学生学习有了目标，有了动力，有了兴趣，上进心就被激发了。

课后，毛宏梅认真批改学生的课内外作业，力求做到全批全改，以便了解学生的学习状况，监督每日听写错误的学生，及时订正。由此，她经常把作业本带回宿舍，批改到深夜。困倦袭来时，她用冷水洗洗脸，不做完做好很难入睡。睡下了，梦里依然是学生、作业……

对于学习英语有困难的学生，毛宏梅利用大课间、周末给他们辅导。在节假日，辽阳市援疆工作队驻地的小会议室和她的宿舍，常常成为她为学生补课的教室。

她在为学生补习英语的同时，讲一些小故事，让学生懂得学好汉语是学好国际通用语的基础，时时渗透给孩子们爱国爱家的情愫，让他们接受中华民族的传统文化，循序渐进地拓展学生视野，让他们懂得身在新疆，热爱祖国，放眼世界，将来成为国家的有用之材。毛宏梅用满满的正能量，指引帮助新疆的孩子们沿着健康、光明的道路成长。

当学生们学习有了兴致，舒展开紧锁的眉头，信心满满地举手发言，争先恐后参与课前英语演讲、对话、小组竞赛时，毛宏梅由衷的欣慰和喜悦溢于言表。

她欣慰地说："少数民族的孩子非常可爱，他们单纯、善良，你给他爱，他感知了，就会对你友好、对你信任。我们当老师的，就要在这些纯净的心灵里播种健康向上的种子，为祖国输送合格的苗子。"

来新疆援教，她牢记着自己传、帮、带的使命，一定要把自己积累的教学经验毫不保留地教给新疆的年轻教师。

2018年12月，毛宏梅与青年教师洪芳慧结了对子。洪芳慧是刚参加工作的青年教师，毛宏梅的课堂对她是公开的，随时可以听课；毛宏梅耐心地教她如何上课、如何写教案、如何组织教学。在毛老师的悉心指教下，洪芳慧进步非常快，很快进入了良好的教学状态。

2019年3月至6月，毛老师又带了一名河西学院的实习生。实习生的汇报课受到了实习学校的好评。青年教师肖艳在毛宏梅零距离的随时指导下，在额敏六中2019年10月举办的教师素养大赛中获得一等奖。

看到自己指导的青年教师在教学中日渐成熟，毛老师无比欣慰。她说："我带的几名青年教师取得了成绩，我吃饭都觉得更香了，那真是睡觉脸上都挂着笑。"

毛宏梅和学校的少数民族教师相处得非常融洽，在教学中结下了友谊。古尔邦节是当地回族、维吾尔族、哈萨克族等十多个信仰伊斯兰教的少数民族群众共同的节日。在这样重要的节日，毛宏梅被同事盛情邀请到家里去一同过节，感受少数民族兄弟姐妹过节的热烈气氛，毛宏梅既开心又感动。她深深地感到，自己的付出是值得的，民族团结一家亲的和谐社会，人们是多么的幸福！

2018年11月，毛宏梅主持的"启点工作室"正式启动。工作室的出发点是提高全县英语教师的教学水平。为此，工作室成员包括县里3所初中和1所高中的11位英语教师。

主持这个工作室牵扯了毛宏梅相当大的精力。从制定规章、策划流程，到部署、安排工作计划，这些额外的操劳占用了她的课余时间。日里夜里，想的做的都是工作，各种协调，各种部署，都是亲力亲为，一丝都不马虎。她人累瘦了，脸色比之前憔悴了，白发也增多了。

一次，毛宏梅单独给一名少数民族学生补课，学生抚着她的白发，心疼地说："老师，您的白头发长长了，我给您拔了吧，拔掉了您就和刚来教我们时一样年轻漂亮了。"她搂着孩子的肩膀，语重心长地说："好孩子，只要你们学好了，老师心里就美呀！将来你遇上困难时，想想老师的白头发，回忆一下和老师学习的这个场景，我相信，你就会增强战胜困难的信心，对不对呀?！"学生频频点头，会心地笑了，给了毛老师一个大大的拥抱。

5月是额敏最好最美的时节。毛宏梅主持的"启点工作室"也进入了生机勃勃的状态，教研教学活动陆续展开。

2019年5月7日下午，在额敏县第六中学，聚集了工作室全体成员。额敏县教科局局长曾琳、教研员刘风萍；第六中学副校长肖毅、胡国伟，教研主任刘秀英悉数到场，英语公开课活动拉开了序幕。

"启点工作室"成员、额敏县第六中学教师李佳鸿，为大家呈现了一堂集听、说、读、写为一体的高效课堂。在课堂上，李老师设疑，学生以小组竞赛的方式互动学习，有效地激发了学生的求知欲。纵观整节课，教学目的明确，重难点突出，教法灵活科学，讲课时思路清晰，课堂驾驭能力很好，最重要的是让学生有了一定的语言运用能力。

工作室的另一名教师徐江华，在公开课上，自己化身成"小仙子"与学生一起互动。徐老师在教学过程中牢牢地抓住了学生的注意力，不失时机地精心制造教学亮点，把课堂教学推向高潮，学生学习情绪高涨，在这堂课有了更多的收获。

毛宏梅在评课环节做了精彩发言，她总结了自工作室成立以来所取得的成绩和不足，提出了工作室下一步工作重点是上好两节县级观摩课和一次专题讲座。

一路走来，公开课几乎月月有，规格不同，形式多样，评课找差距对照改进，一步步，一环环，无不倾注了毛宏梅的心血。

我与她谈及生活时说："你儿子在外地读博了，你自己在辽阳原单位轻车熟路地教点课，没事保养保养自己，安安乐乐地过生活多好哇，何苦来这吃这苦受这累呢？洗个澡身上都起白灰，皮肤弄得粗糙了，还要预防包虫病、结石病等。"

她笑着说："正是因为家里暂时没什么负担，身体还好，就想着再发挥一下自己的潜能，有了这个援疆的机会，正契合了我的心愿。既来之则安之嘛！毛主席不是说过吗，我们要的是一支来之能战、战之能胜的队伍。其实，我们来援疆支教，真的有非常特殊的使命感，非常强烈的责任感。在原来工作单位虽然尽心尽力负责任，和支教比，毕竟还是有区别的。在这里，感觉自己只有做出了贡献，给新疆教育注入新的理念、新的教法，或者说填补了某些空白，让新疆的孩子们接受和内地一样的高质量教育，才不枉我们离家几千里来援教。我想，来新疆支教这一年半应该是我一生从教生涯中最有意义的时光！"

2019年11月，寒风频吹额敏城，雪花精灵般飞舞。毛宏梅为期一年半的援疆服务期进入倒计时。她对工作室有好多新设想，怕是来不及亲自操作了。她快马加鞭地组织了额敏县首届"英语好课堂"现场授课大赛。来自额敏县各学校共7位选手展开了激烈角逐，全县70余名英语教师齐聚一堂，参加盛会。

组织这场大赛，耗费了毛宏梅很多精力。首先得取得县教科局同意和支持。其次是策划大赛日程、制定大赛规则和方案、找评委等等。因为工作室其他教师工作都忙，又不在同一所学校，所以，每一环节都得她亲自操作，甚至打电话联络、下通知等琐事都要自己做。

大赛之前10天，她组建了参赛选手微信群，在群内，她对选手培训口语，教他们做导学案，帮他们改课件，包括丰富教学设计内容，教他们穿插小游戏，加强教学趣味性，调动学生学英语的积极性，等等。

经过毛宏梅的一番悉心指导，大赛取得圆满成功。大赛现场可谓精彩纷呈，参赛教师的课堂各有特色：有的老师由词到句、由浅到深、层层递进、环环相扣；有的老师声音极富感染力，生动活泼，自如驾驭课堂；有的设置闯关竞赛、游戏来调动学生积极参与；有的讲写作，从单词到句子到段落，一环扣一环，有效达到整篇写作贯通的预设目标；有的上了一节轻松的听说课，轻松过渡各环节，重难点得到了很好的突破；还有的老师目标明确地讲解了制作学生喜欢吃的食品香蕉奶昔和爆米花的步骤。

参加观摩的教师都深受启发，噢，原来英语课还有这么多妙招！

大赛发现了3位出色的教师。

上户镇寄宿制学校的哈萨克族男教师花布什·对山汉，口语非常流利，发音标准，特别有感染力。他的教案，之前被毛老师改过3次。他控制课堂能力很强，充分调动了学生学习的积极性。他因此荣获一等奖。

青年教师肖艳，在毛宏梅指导下，讲的是九年级阅读课。学生在她的引导下热情高涨，课堂氛围十分活跃，给现场观摩的教师带来英语课堂的视觉盛宴，把本次大赛推向了高潮。她也获得一等奖。

让人惊奇的是一等奖获得者花布什的妻子拉扎提，也是哈萨克族，她与丈夫同课异构，效果相当，获得大赛二等奖。这对哈萨克族英语教师夫妻在全县教育界一时声名大噪。

毛宏梅在大赛开幕前用纯正的英语致辞，从"兴趣、方法、效率"阐述了自己对教学工作的理解。她说："兴趣是最好的老师，老师和学生都应该保持高度的学习兴趣；教学中，教学方法起着重要作用，授人以鱼不如授人以渔；教学工作效率和学生学习效率在教学中至关重要。"

在即将结束这次支教工作时，她感慨万千。她在个人总结中写道："这18个月的援疆生活将成为我人生旅程中一段美好难忘的时光。在这里我不仅体验到了民族风情，还收获了友情，使我的人生更加丰满。我会永远记得额敏的山山水水，姹紫嫣红的烂漫山花，令人心旷神怡的天然野果林，一望无际的孟布拉克大草原，还有留下我们无数足迹的额敏河畔……"

那日，我采访结束回宾馆，毛老师送行至额敏河畔。她仰望天空悠悠地说："等到退休后，如果可能，就和爱人一起旅居兼支教，给缺少教师的山区孩子送教，让山里的孩子接受和城里孩子一样的教育，那是我一个不小的心愿。如果能实现这个愿望，我的教育生涯才更加圆满。当我老到走不动了，回忆执教生涯，这才是最值得骄傲和欣慰的事。"

望着她自信满满的脸庞、深邃的眼神，一幅山区校园的动态场景浮现在我的脑海里，毛宏梅与学生们琅琅的读书声，久久地在耳边回响。

撒下蒲公英的种子

"来新疆额敏支教，为额敏县培养一批热爱小学语文的骨干教师，将是我援疆的最大业绩。当我离开新疆、离开额敏之后，他们将像蒲公英的种子，在额敏遍地开花。"

这是王志胜在额敏县第二小学主持的"敏辽名师语文工作室"的工作计划中发布的宣言。王志胜说，他秉承的理念是"读书滋养人生、教书快乐人生、写作体悟人生"。

不难理解。他是爱读书的人，认为读书能滋养生命；把学到的知识传播出去，最佳的途径便是教书，教书既能快乐自己，也能丰富他人，他人也能得到快乐；写作是他的钟爱，以此更加深刻地体悟人生。笔者以为这是他对自己教书育人生涯的总结和总体感悟。

王志胜，1980年出生在辽阳县一个普通的农民家庭。他的优良品质主要体现在一个"勤"字上。勤于学习、勤于实践、勤于反思、勤于动笔。他在辽阳县刘二堡镇河北小学当教师，因为这"四个勤"，成为辽阳市的骨干教师。因为勤于反思，勤于动笔，论文、诗歌、散文频频见诸报端，成为辽阳市作协会员，当选为辽阳县作家协会副主席。这足以证明，他不仅是师者，也是社会活动者。他主持操办工作室，可以说是顺理成章，或者说是驾轻就熟。

王志胜于2018年8月26日到额敏县第二小学报到，通过与学校领导座谈，与老师、学生交流，迅速了解了学校的基本情况。额敏县第二小学是一座具有80多年历史积淀的小学，有着厚重的校园文化。学校里少数民族孩子占一多半，特别是2018年刚从第一小学合并过来的维吾尔族孩子，汉语水平较低。

如何将自己原有的先进教法切实有效地在额敏二小实施，这是他曾在一段时间经常思考的问题。冥思苦想后得出的结论是，首先要取得校方师生的信任，以课堂教学为阵地，上好第一堂课是至关重要的。

理清了思路，接下来的一周，他立即了解学生情况，与教师交谈、听课、评课，掌握了学校教学情况的第一手资料。在此基础上，他认真备课，精心设计，成功地上了一堂"走进大自然"习作讲评公开课。

课后教师同人一致表示很受启发，都说这节课导入新颖，各环节环环相扣，点评到位，针对性训练突出。对他们来说，的的确确是一堂高效的示范课。

王志胜成功地打响了第一炮，初步取得了学校同人的信任。于是，他抓住时机，乘势而上，在六年级6个班各上了一节示范课，扩大影响。

干，是要付出心血和精力的。才能的发挥不是一蹴而就的。哪一节课不需要精心设计？哪一节课不需要研究学生的心理？随机应变，机智灵活应对学生的反应，还要把知识灌输给学生，把学习方法传授给学生。同样的教案，针对不同的学生授课，是要动一番脑筋的。只要你想做好、做得完美，就得不惜思考、不惜力。

由于学校少数民族学生占一多半，孩子们汉语知识缺乏；王志胜自身的东北口音，加之生活经验又不足，这些都成了教学中不可小视的问题。上课时王志胜必须把语速慢下来，稍微一快，孩子们就听不懂、理解不了；还要尽量把话说得通俗易懂，逻辑性很强或是很抽象的话语，孩子是听不懂的。为此，他专门找来几名汉语水平不同的学生进行交流，让他们说一说自己习惯的听课方式，问他们希望老师怎么讲课、用什么样的语速，什么样的课堂是他们最想要的，综合同学们的意见和想法，王志胜基本确定了讲课思路。

课堂上，他总是用最接近孩子们的语言，最适合孩子们理解的方式讲课，语速要尽可能慢一些，语言表达要尽可能浅显易懂。学生听不懂的地方要尽可能多讲两遍。一节课下来，口干舌燥，嗓子冒烟，感到特别累，是从前在辽阳任教时不曾有过的。有一天下课后，学生们把甜甜的杏子捧到他面前问："王老师，下节课还是你上吗？"他暗喜。当他说"不"后看到孩子们一脸失望的表情，他便有了成就感，他知道孩子们已经喜欢上了自己的课。这让他很是欣慰，此时，所有的困难、辛苦都化作了甘甜。

教学方法基本理顺了，他没有自满。他要以"班级管理"为平台，打造和谐文明的班级文化，尊重民族学生的生活习惯，做民族团结一家亲的促进者。针对班级的实际情况，适时开展读书、朗诵和文体活动。他和学生打成一片，带领学生积极参加学校组织的各项活动，在活动中争取拿出好成绩。在学校秋季运动会上，全校36个班，他的班取得总分第二名的好成绩。整个班级团结友爱、奋发向上的班风得到了弘扬。

他没有忘记来疆要带好一批骨干教师的初心，先帮扶两名青年教师，只要有时间就去听她俩的课，随时给予肯定，并指出不妥之处和亟待改进的教学环节。让他高兴的是，这两位青年教师有上进心，能虚心学习，经常向他请教。

2019年春季学期，李杭娟老师在他的指导下，参加额敏县小学语文素养大赛，执教《威尼斯的小艇》这堂课，教学主线清晰，课堂设计独特。从老师质疑引发对小艇样子、船夫驾驶技术的思考、探究，最后运用习得的方法进行迁移运用，进行小练笔，注重引导学生在实践中学习。这堂课荣获大赛一等奖，并代表敏辽小学语文工作室参加送教下乡活动。

2019年秋季学期，许丽莉老师在他的指导下，参加了辽宁教育专家送教进疆活动，与辽阳市名师伊晓英同课异构，她的课《总也倒不了的老屋》受到了辽阳专家伊老师的好评。

2018年11月，王志胜主持的敏辽小学语文工作室正式启动，他的担子更重了。他乐此不疲，这正是他要实践初心的平台。

王志胜积极探索读写结合的语文教学模式，并且致力于引导学生也能够坚持练笔。抓住每篇课文中读写结合的训练点，作文的做后指导，为学生作文常见错误问诊把脉。

他对高、中、低年段学生语文教学有不同的诠释，做了一次"聊聊小学语文教学那些事"专题讲座。从认字、写字、阅读、写句子、写文章逐次阐述。用典型的教学案例告诉老师们：语文教师要向数学教师学习，不能满足于"教过"而要满足于"学会"，要严格按照"认识—实践—迁移"的认知规律来组织教学流程。从小学生进校那天起，就要有目的、有计划、有步骤地指导学生朗读、记诵、积累、模仿、应用，指导学生投身社会生活，看报纸、听广播、读课外书、写人生感受日记。只有这样反复训练，形成一个滚雪球的渐进过程，到了一定程度，学生才能"通悟"。

工作室首先开展集体备课。长久以来，语文阅读教学重于分析，重于理解，重于人文内涵的挖掘，却唯独缺少语言文字的积累和运用，造成的后果是学生运用语言文字能力低下，语文课堂"高耗低效"。

他的教学思维释放给集体备课的教师，大家互相批评、争论、改进，效果比之前各自备课好多了，大家认同了王志胜的招数。一开始开玩笑似的喊他"大师"，后来，是从心里认可他的教法确实高明。王志胜自己也是近乎开玩笑似的接受了"大师"的称呼。他坚持多听、多学、多讲授，信心满满地备足教学方案，朝课堂要效率，带动影响身边的额敏教师。

2019年3月21日，"敏辽小学语文工作室"在额敏县第四小学举行教研活动。额敏县教科局的王勇副局长，主管援疆工作室的刘风萍、教研室的韩冬梅，敏辽小学语文工作室成员以及附近乡镇场学校的教师共91名参与了听评课活动。

在王志胜的操持下，本次公开课指定由敏辽小学语文工作室成员多宏宇老师执教的《陶罐和铁罐》拉开帷幕。课后，敏辽小学语文工作室成员针对多宏宇老师的这堂课进行了各抒己见的点评。多宏宇老师的课堂亮点纷呈：

一是巧妙处理预设与生成的矛盾冲突。分别让学生组词，恰当地处理了预设与生成的矛盾关系，体现了多宏宇老师以学生为本的教育理念，突出了学生的主体地位，考验了执教者驾驭课堂的能力。

二是遵循语言学习的基本规律——语用原则。多宏宇老师复习生词时，注重用生词造句，学生说得不规范的地方及时订正；注重多种方式的读，以读促思，以读促悟，以读代讲，潜移默化中培养学生语感；注重语言的积累，在课外延伸这个环节，用幻灯片呈现了"尺有所短，寸有所长""人各有所能，有所不能"等经典语句，让学生积累语言，达到润物细无声的育人效果。

三是多宏宇老师的语文基本功扎实。课堂语言干净利落，板书美观大方，范读情感到位。

王志胜说这次教研活动，很好地促进了工作室成员语文素养和驾驭课堂能力的提升。多宏宇老师为敏辽小学语文工作室各项工作的顺利开展开了一个好头！

2019年9月27日，额敏县第二小学语文教研室组织开展三校联盟教研活动，也木勒牧场寄宿制学校、萨尔也木勒牧场寄宿制学校参与。王志胜和地区学科带头人谢冰老师上示范课，示范课吸引了3所联盟学校的语文教师及相关教研人员听课。

王志胜以幽默的语言讲解《猎人海力布》，引导学生从故事起因、经过、结果理清思路，抓住关键词句，理清文章层次，根据提示一步步完成复述故事，以达到预期目标。同时，他运用与众不同的评价语，给孩子们鼓励，让孩子们有信心、有意愿去回答问题。

示范课让听课的教师大开眼界，对小学语文有效课堂有了新的认识，尤其在课堂改革上，给牧场寄宿制学校的教师指明了教学方向。

2019年10月15日至18日，工作室又担任了辽阳送教教师伊晓英在额敏为期4天的示范课配课工作，得到了伊老师及额敏县教科局的好评。

敏辽小学语文工作室以"不忘初心、牢记使命"为主题，旨在打造指向写作的阅读教学模式，提供语文教师之间交流成长的平台，既让上课教师从中得到磨炼，又使听课教师从中受益，掀起了向课堂要质量要效益的教研热潮。

11月，敏辽小学语文工作室成员成果展示课活动如期举行，全县60多名小学语文教师参加了听评课研讨活动。

以王志胜为首的工作室6名老师分别从"侧重以写作为重点的阅读教学模式的实践与探究"教学方面进行课堂展示。

王志胜老师执教的六年级习作《让生活更美好》，让学生从自己的习作中找出不足。目的是让学生学会选材，即根据自己确定的题目选择合适的材料。教学中，为了让学生能顺利地按照要求把作文写好，王志胜做了多方面的铺垫：学生谈论自己的生活，交流自己的体会，先说后写，范文引路，温馨提示。这样，学生动起笔来就容易多了。

作为工作室主持人，王志胜对工作室其他成员的5节语文课进行了翔实、中肯的点评，既有诚挚的肯定，又有中肯全面的教学建议和高屋建瓴的教学指导。从课前导入、教学重难点的把握和突破、教学评价、写字指导、问题设计、教材挖掘等方面，进行了全方位、立体式的剖析指导，对课堂存在的问题进行了认真细致的分析。

王志胜在写作课上进行多种尝试。比如给学生命题诗改文；再如带学生走进自然，游历研学，之后写作文等。以此引导学生灵活运用语言文字，观察生活细节，动脑筋构思文章。为此，他创办了作文小报《作文园地》，把班级内的优秀学生作文编辑到小报上。小报同时开设《民俗文化》栏目，对写民俗方面的作文优先选登，比如《丰富多彩的古尔邦节》《华夏文明的摇篮——河南》《河北民俗》《端午节》《阿拉的上海名吃》《蒙古族的节俗》，以此扩大学生的知识面，让他们通过作文多多了解中华民族的优秀传统文化，同时加强孩子们对祖国地理的认知，从而更加热爱祖国。

王志胜带的毕业班学生阿依萨拉已经升入初中，路上遇见时，说没听够王老师的课。她在微信上谢谢王老师对她的作文指导，现在写作文的水平提高了许多。王志胜鼓励她："棒棒哒，继续努力，将来考上好的大学。"

2019年6月17日深夜，王志胜想着带了一年的学生即将毕业，他的心翻江倒海不能入眠，提笔给即将毕业的学生写了一封掏心掏肺的长信，发表在"额敏教育之声"微刊上。在此笔者摘抄长信的部分段落，结束对王志胜工作室的报道——

援疆一年，教你们一载，老师知识水平有限，没有能力让你们成为更好的自己，深表遗憾！原谅老师能力的不足。你们要记住老师的话："心有多大，舞台就有多大！"努力成就最好的自己，为梦想去拼搏，老师为你们呐喊！

感恩你们的赏识。"老师，我最喜欢你的课！"发自你们心底的褒奖，让老师有了为人师者的成就感！感恩你们的宽容，能够容忍老师的一腔东北味，并最终跟老师学会了几句东北话。感恩你们的大度，老师刚开始教你们时经常喊错你们的名字，老师真是抱歉！刚接班时，看到你们一大长串的名字，老师真是头大如斗。即使我已经教你们一年，我依然记不住你们的全名。抱歉，老师没有做到哇！

最后引用《钢铁是怎样炼成的》这本书中的一段话送给同学们："人最宝贵的东西是生命，生命属于人只有一次。人的一生应该是这样度过的：当他回首往事的时候，他不会因为虚度年华而悔恨，也不会因为碌碌无为而羞愧；这样，在临死的时候，他就能够说：我的整个生命和全部精力，都已经献给世界上最壮丽的事业——为人类的解放而斗争。"愿你们青春无悔，人生无悔，我愿足矣。

这封信，不正是王志胜人生观的真实写照吗？

王志胜曾说他希望敏辽小学语文工作室带动的教师像蒲公英的种子一样，在额敏遍地开花。而他本人又何尝不是一颗蒲公英的种子呢！

迎难而上真本色

援教任务是艰巨的，难度是不可想象的，而成绩却往往是隐性的。只有无私无畏的人，才能默默地坚守初心，迎难而上。

田原，原辽阳市一职专教务副主任。初见田原，觉得这位长相秀气、儒雅精致的小男生是刚参加工作的大学生。之后的采访及一周时间在工作队用餐，时有接触，却发现，在这位80后那精致文雅的外表下，蕴藏着智慧、果断、坚韧的巨大能量，勤奋、耐心是他独特的性格。

2018年8月到额敏职业高中任副校长一职时，原来的两个副校长下沉包扶，校长到北大学习3个月。整个学校由田原一个人代理校长主持工作。

额敏县职业高中有225名学生，其中住宿的150人；70名在编教师，能上讲台讲课的45人。从教材到人才培养方案、课程规划、教学诊断等全方位的工作都需要田原亲自操刀。田原清醒地意识到自己肩上的担子有多重，难度有多大。

他既是管理者，也是执教者，更有大量的政治任务需要他贯彻落实。他铆足了精神，信心百倍地投入工作中，忙得像陀螺一样。

如果工作都是按部就班的，何谈难度呢？而在突发事件到来时，才是对一个人应变能力的考验。

田原在一次值班时，下半夜两点多，住宿的学生生病，急需送医院。

值班空岗是要受处分的。没有车，怎么办？田原沉着冷静，安排好值班岗位，亲自护送学生进医院，垫付医药费。住宿的学生多是乡镇场山区的孩子，从家到学校得辗转四五个小时，学生在校期间的生活全部由学校管理，这种紧急的事情更是指望不上家长。95%的学生是少数民族，家长语言不通，学生本人汉语交流也困难。第二天生病学生家长赶到后，感激得不知道说什么好，一个劲儿地给医生鞠躬给老师鞠躬。

田原值班时，每两个小时要在校内巡查一次，其间他便重点到宿舍看看学生的状况。他说学校就得以学生为本，寄宿制学校，看护好孩子们是头等大事。

2018年，推行国家通用语言学习。针对这个要求，鉴于之前该校属于民族学校，教师国家通用语言不过关的现状，田原组织教师每晚8:30~10:30两小时学习国家通用语言。坚持一个半月的晚课，请援疆工作队老师来考核，25名参加学习的教师全部过关。

在推行学生德育量化考核办法时，遇上家长一方的阻力。与家长约谈非常困难，他们不懂汉语是其一，最主要的是家长主观思想意识上认为没有必要。他们忽视孩子的人生观教育，对基础课学习也不像辽阳地区的家长那么重视。他们想的是孩子吃住在学校不用花钱，学一门手艺将来能养家糊口就相当好了。

田原一班人就不厌其烦耐心细致地做工作。他的信念就是只要有信心，铁杵也能磨成针。在德育教育上，更要迎难而上，才不辱援疆支教的使命。在田原艰辛的努力下，德育量化考核办法在重重阻力之下终于得以实施。

由于额敏学校师资力量不均衡，当地教师难以胜任跨专业教学。辽阳来的教师，有的不得不改教非本专业课程，有的中学教师改教小学，以补充师资空缺。真正成了一块砖，哪里需要哪里搬。

易广宇是辽阳灯塔二中的语文高级教师，在2019年，额敏三中缺政治教师，让他改教政治，易老师竟能给政史地教研组注入新的教课方式，博得同事敬佩，试想他得倾注多少心血和精力呀！

白景超是辽阳五中的数学教师，来到额敏三中，由于学校工作的需要，由原来的一名数学科"老"教师，毫无心理准备地成了一名道德与法治科的"新"教师，所面临的困难可想而知。俗话说"隔行如隔山"，不知道如何备课，更不知道如何讲课，忽然感觉到英雄无用武之地。但是，他没有退缩，他能与同科室教师悉心交流，通过共同备课的形式，认真学习业务知识，不断提高自己的业务能力，圆满地完成了教学任务。

李杰、易广宇负责教合并到三中的两个少数民族班语文，七年级的学生，讲不好普通话，一段课文都读不下来，相当于辽阳地区小学二三年级的水平。他们就得从小学拼音识字教起。学生不感兴趣，与他交流时，他面无表情地瞪着你，你不知道他在想什么。为了取得学生的信任，他们就自掏腰包买小奖品激励学生。与学生交朋友。学生名字长，他们的名字是自己姓名加上父亲和祖父的名字，不好记。两位老师便在课案上做标签，不到一个月就记住了全班同学的名字。当他们很快地喊出学生名字时，学生非常高兴，觉着自己在老师心中有位置，从而开始亲近老师。

李杰说，少数民族孩子思想非常单纯，一旦他消除了对你的戒备，就会把你当朋友，甚至当亲人。李杰和易广宇两位老师每周每人都要至少上两节早课，还不失时机地抢下午的自习课，给学生补课。经过一年的辛苦努力，每个班40名学生中终于有3～5人语文成绩及格，大部分同学达到40分左右。这样的成绩，怎么和内地学生相比呢？

易广宇感叹道："2018年才开始把少数民族学校合并到普通学校，要想让少数民族学校的孩子汉语知识撵上内地学生的水平，还需要很长的时间哪！"

孙朝阳，援疆前系辽阳县唐马寨镇鱼窑小学大队辅导员，现任额敏县第二小学数学教师兼任副大队辅导员。他教两个班的数学课，针对受援地教学的实际情况，他迅速调整教学方法，因材施教，有的放矢地认真备课。教学中充分发挥学生的主观能动性，让学生动手动脑，给学生提供学习的条件和机会，帮助学生学会主动参与、主动学习，启发学生提出问题，然后指导和帮助学生分析、解决问题，使学生能做到举一反三，以灵活多变、生动形象的授课方式，用多种方法培养同一个学生。抓住学生巩固基础不放松，基础和能力同步提高的策略。以幽默风趣的教学语言，让学生在轻松的氛围中获得知识。通过师生的共同努力，几个月下来，学生不仅喜欢数学，还掌握了一些学习方法，学会了主动学习，数学成绩明显提高。期末考试成绩名列额敏县小学年组第二。

孙朝阳不光教学，还认真履行辅导员的职责，针对额敏县第二小学课间纪律涣散的情况，他主动请缨，让额敏的孩子养成良好的遵守公共秩序的习惯，做有教养的人，规范了全校学生课间活动秩序，使全校教育上了一个台阶。

辽阳市第五中学的化学教师邹积德，入疆后得了腰椎间盘突出症，晚上睡觉要趴在硬板床上，白天他一手扶着腰，一手拿着粉笔，汗水从他的额头滴落到讲台上。他并没有因此耽误过一节课，学生的自习课上总能看到他答疑解惑的身影。夏日的周末他顶着炎炎烈日，冬日的休息日冒着刺骨寒风，到校给学生补课。

为了提高学生的学习效率，教师们都在所任的班里开展了"微课堂"，便于及时和家长沟通，督促学生完成作业。可是多数学生一贯随性，不写作业，或者作业马马虎虎的习气没有得到家长的重视，家长很少抽时间管理孩子学习的事。有的家长甚至有抵触情绪，认为学生学习都是教师的事，家长只管孩子的起居饮食。我们的教师便苦口婆心地开导他们，请他们配合教师把孩子的学习能力提高上来，培养他们学习的兴趣。

难，每行一步都有坎，本来在辽阳地区很容易推行的工作，到了额敏，便有来自多方面的困难，但是我们的援疆教师没有气馁，想尽办法，努力推行着辽阳地区的先进教法。他们自我解嘲说："办法总比困难多嘛！要是知难而退图安逸，也不会来援疆了。"

无私奉献家国情

谁不爱自己的父母妻儿呢？谁又舍得远离他们呢？更何况多数教师的父母都已年逾古稀，子女正在读中小学，正是需要父母陪伴的爬坡阶段。

可能有的人会说，他们多是为了加官晋级；或者有的人会说，到新疆体验生活，等于公费旅居，又不失浪漫。在此，我要郑重地告诉大家，他们是背负使命而来，不是体验生活，更不是旅居。他们的浪漫在于付出、奉献，是有价值、不辱使命的浪漫。

援疆教师中，有相当一部分原本已经是高级教师了，援疆后没有再晋级的空间。教师们入疆后，立即投入工作中，根本没有时间外出游山玩水。节假日还有值班、走访、补课等工作。极少的休息时间，只能在额敏县内走走看看。正如额敏县教科局王勇书记说的："我是代表教科局到机场接的辽阳教师，他们下飞机上我的车，首先了解的是学生成绩怎么样，身体怎么样，少数民族学生应该怎么对待。这说明，他们一来，就进入了教育教学状态，而不是关注自己的待遇和生活。"

王勇书记还说："辽阳的教师是党员的，每次政治学习和党员活动都不缺席，按时按点，保质保量做得非常到位。我们三中60%是少数民族学生，辽阳的教师非常关心孩子，温和，没有罚过孩子。孩子对家长说辽阳的教师好，家长就想见辽阳的教师，节日就想请老师到家里去过，表示他们对老师的爱戴。由此，学校每周都举办公开课，请家长来。辽阳的老师德智专业化，不愧为专家，在立德树人方面是榜样。"

万国强、纪福新是连续两届支教教师，他们图什么呢！于自己而言，真的无所图。他们有的就是一颗爱教育爱孩子的心，为了上下届支教工作的无缝对接，他们甘愿做融合剂，甘愿服务于援友。连续两届援疆，3年不算长，其实也不短。他们不是没有后顾之忧。

纪福新父亲年逾古稀，是20世纪60年代到越南参加过抗美援越的老兵。如今头脑出了问题，只记得当年援越时的巡逻、战场、战友和自己年轻时的模样。他不服老，经常任性地想去哪儿就骑自行车走了。福新惦念老父，刚入疆的两个月，打了6次电话，只打通两次，只有一次和父亲对上话。听到电话那端说爸爸顶着烈日从辽阳西郊骑到河东新城，途中磕到了脚，福新难过得哽咽了。如果，如果自己在父亲身边，或许这种事情会减少或者不会发生。父亲只知道儿子援疆了，却在电话中说："儿子，我知道你在黑龙江呢。"

当纪福新把这些讲给笔者时，他流泪了，笔者和在场的老师也都是眼泪含在眼眶里，不知怎样安慰他。

纪福新在一篇随笔中写道："初来额敏，走在8月的额敏河边，一路笑语一路欢歌，三尺讲台，尽心抒写。时至冬日，我们披星戴月，踩冰踏雪，不曾有一日停留，不敢有一丝松懈。我们真的很苦，苦到说不出心中滋味；我们真的很痛，痛到记不得疼在哪里；我们真的很累，累到不想对家人说。……亲爱的援友们，一路走来，一路扶持，一片真诚。让我们一起从容走过人生一段最值得回味的时光。"

万国强的孩子和他所带班级的孩子一样大，刚刚进入青春期，明年就要升中学了。国强进疆前，孩子一直由他管理学习生活。进疆后，孩子和母亲沟通不太融洽，国强揪心难受，只能通过电话劝了孩子劝妻子进行调解。援疆3年，70多岁的父母牙都掉得没几颗了，衰老得很快；孩子之前还小，3年多，已经和自己一样高，自己得捡孩子的鞋穿了。应该陪伴的老人、孩子，自己没有陪伴。其中的惦念、思虑多少次把他从梦中惊醒，亏欠他们哪！说到此，国强也是强忍着没让眼泪落下来。

孙永余2018年8月21日进疆时，儿子8月末考入沈阳的东北育才学校就读初中。因为户籍在辽阳，想往沈阳落学籍，需要跑很多部门，办理很多手续。而他人在新疆，爱人在弓长岭高中任高三班主任，每周大量的工作，经常下班后开车回到辽阳家里已经很晚了，把小女儿哄睡以后，再开夜车回到弓长岭准备第二天上班的工作。

那段时间孙永余感到特别无助。最后是他岳母每天抱着他一岁半的小女儿来回奔波，克服重重困难去办手续。他眼里噙着泪水对我说："直到现在我都时常做梦，梦里看着我岳母背着大包裹，因为孩子小，奶瓶、奶粉、热水、衣物等都要带着，我的小女儿一边哭一边喊妈妈，让人心碎。那段时间我女儿病了好几天，岳母更是因为劳累过度，心脏问题越来越重，昏倒两次。我岳父本来都退休的人了，为了多挣点钱贴补家用，找了个烧烤店打工，每天都得半夜十一二点才能回到家。而我，作为这个家里的顶梁柱，真的是太愧得慌了。"

在进疆后的第一个中秋夜，孙永余夜不能寐，怅望明月，满怀深情地填了一首词《长相思·盼团圆》：风一年，雨一年，只身不畏迷里寒，援疆传美谈。月团圆，人团圆，以梦为马苦作甜，万里共婵娟！

董晓林，原灯塔市张台子镇中心小学副校长，现任额敏县第二小学副校长，兼援疆支教小学教师组组长。他任六年级一个班的数学课，还为王志胜主持敏辽小学语文工作室工作出谋划策，帮助王志胜承担一些繁杂琐碎的工作。他的奉献精神是额敏第二小学领导和教师有目共睹的。

入疆第二天，董晓林带领同在第二小学援教的7名辽阳籍教师，参加了学校的劳动。额敏第二小学是1937年建校的老学校，原来在额敏属于名校。因为是新学期合校，原来民族学校合并过来，推广国家通用语言文字，师资力量不足。学校分为两个校区，有学生1600多名，教师120多人。学校管理上暂时跟不上。教室要重新布置，桌椅重新安排，劳动量非常大。为了不耽误新学期学生正常上课，合理安排课表（两个校区36个班），董晓林连续两天加班到深夜，终于在开学前完成了课程安排。

2019年重阳节，董晓林接到姐姐的来电，说妈妈得了胆结石，医生建议手术治疗。但妈妈不让告诉晓林，也不让他回去。妈妈说儿子不在身边，她不想手术。晓林母亲70岁了，怕下不来手术台，见不到儿子。所以坚持采用保守治疗，每天还要服用止痛药，一定等到儿子援疆结束后再做手术。晓林拿着手机的手颤抖了，哽咽了，眼泪止不住哗哗地淌。

每一个援疆教师家里都有着不同的牵挂和惦念。有的教师奶奶得了病，不肯做手术，怕下不来手术台，见不到孙子；有的家里老人去世也未能回去送终；有的子女结婚都赶不回去参加婚礼；有的妻子工作忙，家庭负担重，婆媳关系紧张，每到夜间休息时，家里来电话，各有苦诉，劝不明白，简直要崩溃，常常放下电话，跑到额敏河边向河水哭诉，折腾一番，稍有平伏，天将亮，洗把脸，依然走上讲台。

如果他们没有舍小家顾大家的情怀，怎么会撇家舍业只身来疆？怎么会遇上各种困难没有退缩呢？

老师们的奉献，不是一篇文章就能说透的！呕心沥血呀！他们的奉献精神无时无刻不在闪光，时时感染着新疆的同行。

额敏三中熊雅慧老师说："辽阳来的万国强老师教数学，自己带一个班，补晚课对学生不厌其烦，班里搞得有声有色，其他班的师生都很羡慕。他毫无保留地把教研课经验教给我，由于我有孕在身，他就帮我盯着班级。还帮助我的班级排练运动会表演节目，使我班在运动会上拿了奖。他和学生非常亲近，以各种方式鼓励学生，自掏腰包给学生买奖品，像疼爱自己孩子一样疼爱学生。学生有几天见不到他，就嚷嚷找他，有的小孩子见了他就让他抱抱。听说万老师服务期满了，我们师生都舍不得他走。"

是的，我们辽阳的援教老师对少数民族师生的关爱如春风化雨，润物细无声。他们和当地师生一起学习、一起联欢、一起运动、一起执勤、一起劳动，并以饱满的爱国热情感染着额敏教师，赢得了尊重。额敏教师的进取心不断提升，进一步感知作为中华民族大家庭的一员是幸福的。额敏教师中的大多数，尤其是青年教师正在努力向辽阳教师学习，提高业务水平，并且真诚地和辽阳教师做朋友，每到节日，一些师生及学生家长也诚恳地请辽阳的教师到家里过节，真正展示了民族团结一家亲的感人画面。

额敏县第三中学校长施露霞说："辽阳来的老师素质高，细心、耐心、热心，乐于助人，给我们带来了好的教学和管理方法。他们回去了，是我校教研、管理的一大损失。我们真的太需要了，欢迎辽阳的教师多来一些。"

在即将结束这篇报告文学的时候，我最想说的一句话是：和平环境中援疆支教的教师真是最可爱的人！他们呕心沥血，传授教之道、学之艺；他们舍小家为国家，甘苦与共。漫漫援疆路，铸就了他们执教生涯中最是锦绣的华章。他们撒下了希望的种子，必将在额敏教育界生根、发芽、开花。他们也将把成功经验施于原来的教育沃土上，让辽阳和额敏教育之花并蒂开放。

续　篇

完成初稿，已是临近2020年春节。春节刚过，新冠病毒正在蔓延。我们每天都捧着手机翻看。在我的朋友圈里，十几名援疆教师不时地发表一些回忆新疆支教的故事，每一篇我都认真阅读。

孙永余陆续发布了日记体的回忆文稿3万多字，字字句句浸透着对新疆的人文关怀。

毛宏梅、王志胜陆续发布消息，说他们的工作室有了接替的主持人，工作室的延续让他们甚为欣慰。

大多数援疆教师的微信头像、微信运动页面还一直采用新疆的山水画面，可见新疆额敏驻在了他们心里，真正成了他们的第二故乡。

在我们采访团返回辽阳后的几天，又有好消息传来，万国强被新疆维吾尔自治区党委、新疆维吾尔自治区人民政府评为第九批省市优秀援疆干部人才；因为表现优秀，成绩突出，记功一次。

援疆教师们在额敏的良好表现，可谓给辽阳教育界争了脸，为辽阳人民争了光。

辽阳市教育局时时关心关爱援疆教师，局长滕海燕先后三次到额敏考察调研，同时慰问援疆教师；教育局积极倡导、支持辽阳高级教师赴新疆送教，以助援疆教师一臂之力。

每到节日，市教育局及时下达通知，号召派出单位开展慰问援疆教师活动。春节期间向每位援疆教师发放慰问金。

为了给援疆教师购买返程机票、落实政策待遇，主管援疆工作的副局长尤殿宏及有关科室成员不辞辛苦，多方沟通，解除援疆教师的后顾之忧……

第一批24名援疆教师载誉归来，第二批优中选优34名援疆教师带着市教育局的殷切希望和辽阳人民的嘱托，在疫情期间奔赴新疆，于2020年4月7日抵达额敏县，5月6日正式上岗。这34名援疆教师中，有15对夫妻。

走笔至此，那首《出塞曲》的旋律又出现在我的脑海里："请为我唱一首出塞曲，用那遗忘了的古老言语，请用美丽的颤音轻轻呼唤，我心中的大好河山……"还有那一群拉着行李箱奔赴新疆的教师背影，久久地萦绕在我的脑海里。

后 记

历时近10个月，真实反映辽阳援疆干部人才工作生活的报告文学集《情牵也迷里》如期与读者见面了。《情牵也迷里》的出版，在辽阳是一件具有历史意义的大事。

按照党中央统一部署和辽宁省委要求，辽阳市从2010年起对口支援新疆塔城地区额敏县，至2019年年底整整10年。10年来，市委、市政府深入贯彻落实党中央关于对口支援新疆战略决策部署，积极开展产业、教育、医疗、科技、人才、就业等对口援疆工作。累计安排资金6亿多元，选派9批106名援疆干部人才，支持建设100多个援疆项目，为当地经济社会发展做出了重大贡献。《情牵也迷里》的出版，真实而又艺术地还原了辽阳市援疆工作这一难忘历程。从某种意义上说，这部书称得上辽阳援疆十年大事记。

就其对辽阳文学界的意义来说，《情牵也迷里》是辽阳文学史上第一部多位作家围绕同一题材而共同创作的报告文学集。从酝酿选定题材、明确采写对象，到亲身实地采访、查找相关资料；从确定写作主题，到集体讨论初稿、反复征求意见，直至修改定稿。辽阳市作家协会发起的这一大型创作活动，既实际考验了自身的组织能力，也很好地检阅了队伍的创作能力。相信这次大型创作活动，将对作协未来的发展走向和作家的创作倾向起到很强的引领作用。

文集付梓之际，我们要感谢中共辽阳市委组织部和宣传部领导的决策，没有领导的支持和鼓励，就没有《情牵也迷里》的面世。

感谢参与此次创作活动的7位作家，感谢配合作家采访的援疆工作队的全体队员，感谢为作家采访、写作提供帮助的额敏、辽阳两地的有关部门，感谢春风文艺出版社的鼎力相助。特别要感谢援疆工作队四任领队朱志甘、崔安勇、张成良、刘洪海同志为本书出版提供的大力支持、提出的宝贵意见。

限于编者和作者的能力和水平，本书当有许多不足之处，恳请读者批评指正。